萦绕在眼前的薄雾，

总有被灿烂烈日驱散的一天。

硝烟弥漫中，

他们是彼此的救赎

微风几许

魅丽文化

薄雾

微风几许／著

江苏凤凰文艺出版社
JIANGSU PHOENIX LITERATURE AND ART PUBLISHING

图书在版编目（CIP）数据

薄雾 / 微风几许著 . — 南京 : 江苏凤凰文艺
出版社，2021.4（2025.4 重印）
ISBN 978-7-5594-5416-4

Ⅰ. ①薄… Ⅱ. ①微… Ⅲ. ①幻想小说 - 中国 - 当代
Ⅳ. ① I247.5

中国版本图书馆 CIP 数据核字 (2020) 第 227593 号

薄雾

微风几许 著

责任编辑 张 倩
特约编辑 喻 戎 赵 倩
装帧设计 ABOOK STUDIO 尾巴 Design QQ|980921251
出版发行 江苏凤凰文艺出版社
南京市中央路 165 号，邮编：210009
网 址 http://www.jswenyi.com
印 刷 湖南天闻新华印务有限公司
开 本 880mm × 1230mm 1/32
印 张 10.5
字 数 331 千字
版 次 2021 年 4 月第 1 版
印 次 2025 年 4 月第 5 次印刷
书 号 ISBN 978-7-5594-5416-4
定 价 46.80 元

目录

CONTENTS

我是时间见证者，我在此宣誓。

绝不改变过去！

绝不谈论现在！

绝不迷恋未来！

第一篇　起点

1.

星元一三九六年十二月，初雪。

绿皮火车翻山越岭，像一条巨龙穿梭于广袤大地。

雪花扑簌簌在窗外飞舞，偏僻落后的城镇在视野里逐渐变得清晰，车厢里响起不怎么甜美的女声：“各位亲爱的乘客，华东县到了，需要下车的乘客请拿好自己的随身物品，不要推搡，依次下车。”

随着车速的下降，角落里那个沉迷于黑白屏游戏掌机的年轻人终于抬起了头。从上一站开往华东县的这一路上，年轻人玩的俄罗斯方块已经从零分攀升到四十多万分。方块超快的坠落速度和他令人咋舌的排列操作，使得这款大众熟知的休闲游戏在他手中似乎永远不会结束。

听到到站播报，年轻人朝窗外看了一眼，再低头时，游戏界面已经出现了“Game Over（游戏结束）”的字样。

“嗐！”邻座一直关注他玩游戏的乘客条件反射地轻呼，“太可惜了。”

游戏玩到这个分数戛然而止，年轻人脸上却看不出半点留恋，他只将游戏机关掉，随手装进了背包里。

邻座乘客忍不住问：“小伙子最高打了多少分？你这么厉害，说不定能破个纪录啥的。”

年轻人相貌平平，一双眼睛却黑白分明，显得很干净。

他开口道：“和刚才差不多。”

邻座乘客惋惜道：“我看你刚才要是不停下来的话，绝对不止那个分数！”

年轻人不健谈，站起身准备下车，闻言只淡淡道：“没时间了。”

他跨出座位，背着包跟随下车的人往门口移动。

车厢里的乘客们来自天南地北，聊起天来各式口音均有，颇为嘈杂。

年轻人经过这路途中最为安静的一处座位，那里坐着几位身着制服的知识分子。这些人是在上一站华南县上的车，此时正围在一起轻声讨论桌上的图纸。其中一位中年人眉头紧锁，看得出他是领导者。

似乎察觉到了年轻人的目光，那位领导警觉地抬起头，年轻人却已经下了车。

年轻人身穿一件黑色棉服，背了个样式普通的包，身材高挑，背影很是显眼，可他一下月台就没什么存在感地消失在了人流里。若火车上有人再次想起这个年轻人，就会发现连他的长相都记不起来了。

星元一四五六年。

【1456.05.13 14：36：40】

系统投影出现时间坐标，所有人精神为之一振："回来了！准备接洽！"

三秒后，胶囊舱带着身穿黑色棉服的季雨时出现在传送台上。

机器臂检测到穿越者，立即迎过去递上了营养液，时空穿越后人体会出现水分大量流失的现象，各种营养成分也急需补充。

季雨时按下安全钮，扔开自己的背包，然后接过营养液喝了几口。他脸上那副平凡得毫无记忆点的模拟面孔开始瓦解，露出了原本的面容，显得有些苍白。

【恭喜，您已累计完成89个B级任务，当前评级：两星。】

季雨时瞥了眼透明面板上的提示，没什么表情地走出了胶囊舱。

他话一向不多，直接用清冷的嗓音开始叙述："准备任务日志，一三九六年岩雀事件，目标人物于当年十二月十三日在华南县上车，途经华东县，车次X168，同行人数4，均为岩雀事件主要头目，与历史记载有较大出入，建议修改。"

组员们一一记录下来。

顾不得季雨时还没喘口气，就有组员迎上来说："季老师，林部长又在外面等您呢。"

季雨时扶额，这件事比时空穿越的后遗症还要令他头痛，他皱眉道："又来了？"

组员哭笑不得："知道您这个时候回来，他都守了半小时了。"

季雨时去更衣室换了衣服出来，宁城分部部长果然拉下架子，就在外面等着他。

"小季！"林部长笑眯眯地拍了拍他的肩膀，"恭喜啊！又完成了一个任务，距离目标又近了一步！"

季雨时礼貌地回答："谢谢林部长。"

林部长进入主题："年轻人就是有前途！怎么样？去江城支援的事考虑好了吧？"

季雨时说："我上次已经和您说了不去。"

林部长笑容不改："哎呀，年轻人怎么这么小气呢？你知道的，传言嘛，传来传去内容就变了，你没必要为了一句传言耽误前程嘛。"

季雨时平静地道："没人帮我喂猫。"

现代人沉迷吸猫，季雨时一个单身小年轻，家里竟然养了三只猫。

小组众人听着墙脚，暗道季老师理由充足，拒得好拒得妙！

不怪众人愤慨，实在是江城分部那边太欺负人了！

同是天穹时间管理系统下的部门，江城与宁城分管的领域不同。

江城一直负责打击未来可能发生的各项犯罪事件或灾难，他们被称为"守护者"，必要时会采取极端作战手段，只为将恶果扼杀在摇篮里。

宁城则一直负责记录并还原过去大大小小的历史事件，他们被称为"记录者"。意思是他们只记录历史，绝不出手干预，甚至不需要配枪。

一个星期前，江城分部某队一位负责观察的守护者出任务受了重伤，恰逢队里要出新的任务，便缺了这么一位重要队员。

天穹工作系统中一个萝卜一个坑，每个队都无法立刻拨出人手支援，要临时找一个各方面都能胜任的观察员几乎是不可能的事。这还是上面的领导一拍脑袋想了起来，说宁城分部有这么一号人物可以借调，便发了借调令，要把人调到江城去。

季雨时在天穹赫赫有名，有不少传闻。

传说他记忆力超群，是个求知若渴的书呆子，这个年代家里还四面墙都堆满了纸质书，乱得连个落脚的地方都没有。

传说他面若桃花，手无缚鸡之力，作为一个堂堂的大男人，连瓶盖都拧不开。

传说他胆子小，晚上不敢一个人在部里过夜，还搞起了特殊待遇，全宁城分部上下就他一个人从来没值过夜班……

听了如此种种传闻，江城分部那位需要人手的支队长不乐意了，当众拒绝："搞什么？上头能不能分个能打的纯爷们儿过来？兄弟们是要去卖命的，不需要会量子波动速读的小天才！"

这话很快传到了远在千里之外的季雨时本人耳朵里。

季雨时当即回了调令，表示：不去了。

这下可好，领导立马急得像热锅上的蚂蚁。

林部长铿锵有力地道："诶，不就是三只猫嘛！带到部里来，部里的人帮你喂！一天三顿小鱼干儿，顿顿不重样！"

门背后的众人满脸疑问。

季雨时："我水土不服。"

林部长："我给你安排一空间车的宁城特产！要什么有什么！"

季雨时："我认生。"

林部长："你只管出任务，没必要花心思去了解他们那群看不起人的文盲！"

季雨时嘴唇动了动："我记仇。"

门背后的众人满脸恐慌。季雨时记仇那可是出了名的，不报复回来就不是季雨时了，要是他真的同意被借调过去，江城那群人肯定没有好果子吃。

不等领导再劝，狠心绝情的季雨时对领导点点头，颇为恭顺地转身走了，深藏功与名。

谁知林部长又开口了："小、小季啊。"

林部长再怎么说也是他的领导，他父亲的老友，季雨时只好站住脚步，无奈地回头："部长。"

林部长不愧是见过大场面的人，已经恢复了领导姿态，声音略带沧桑道："那正好，这点更不用担心了，那位姓宋的队长他……心胸宽广，他们领导说了，小宋绝对扛得住任何打击报复！"

季雨时有些无语。

宁城的季雨时来江城了，这个消息很快传遍了江城分部，引起了骚动。

全息训练场里，队员们表示很紧张。

"真来了？心理承受能力可真好啊！"

"真的来了！我刚才远远地看见了，长得是很好看，那脸那气质，像拍电影的演员。"

所有人面面相觑，心道，搞半天真来了一个绣花枕头。

年纪最小的队员安慰队友道："哎呀，没关系，我们几个人能打就行了。大不了我们到时候护着点他，回来也能交差。"

"得，这话少在宋队面前提，你忘了老于了？"

"这人和老于能一样吗？"

"老于好歹也是受过特训的呢。"

队里的观察员老于出任务受了重伤，现在还躺在医院，昏迷不醒。

"那、那也不用太悲观，你们不是说了吗？至少他长得是真的好看，我们平时看着也顺眼，不还是有优点的？”

“还优点？你知道他为什么突然又同意来了吗？”

“为了跟着我们躺赢A级任务，好升星评级？”

“说对了。”有人没好气地插嘴，“听说他特别在乎分数，跟拼命三郎似的，只要是分数高的任务，他肯定干！在咱们这边做任务，他得的分数就和咱们一样，可比他之前的任务分数高多了！”

众人倒吸凉气，纷纷骂起来。

对这群直肠子的兵痞子而言，要来的那人仿佛是什么洪水猛兽。

一个小眼睛的寸头真心实意地忧虑道：“完了，这种人一般都是看谁厉害就跟谁混，喜欢抱大腿，万一看上我怎么办？”

话音刚落，寸头后脑勺就狠狠挨了个爆栗。

只听熟悉的男声在背后响起：“今早出门又忘照镜子了？”

刚迈进训练室的年轻男人面容俊美，长眉入鬓，气质凌厉得如同淬过冰的刀锋。他个子极高，黑色作战服勾勒出完美的身体线条，外加一双利落长腿，天生给人一种难以忽略的压迫感。

寸头抱着脑袋，哭丧着脸道：“宋队。”

众人哄笑。

宋晴岚用目光把这群摸鱼的扫视一圈，黑眸如寒潭，却带着毫不遮掩的匪气。

他再次开口，只懒懒道：“人在哪儿？”

2.

人在天穹基地，这会儿正由部长亲自接待。

宋晴岚得到消息，转身就往基地走。他身高腿长，步履如风，不消几步便穿过走廊，进了传送舱。

“宋队！”

“诶，宋队！”

一路上，众人纷纷朝他打招呼，虽见他神色如常，却总觉得那霸道强势的皮囊下有火山即将爆发。

不一会儿，小道消息就传遍内部网，都说宋队要正式撵人了。

几分钟后，宋晴岚下到地底。

【欢迎，宋晴岚，欢迎您回到天穹。】

传送舱的舱门往两边打开，电子女声如以往每次出任务前一样柔和。

二十几年前，帝国科学团队参透了时间穿越的奥秘，发展到如今，有了时间管理联盟，有了各国分部，这里却依然是天穹的世界总部所在。在地下两千米之深的地方，数千人在此工作，不分昼夜，漆黑的地底永远灯火通明，无论何时见到这般情景，都让人觉得很震撼。

宋晴岚出了传送舱，又走了几分钟，停在一堵白墙前，他轻按一下，然后猛地推开了隐形门。

“哐”的一声响，室内的人俱是一怔，转头朝他看来。

中年女领导身侧站着一个人。

落地窗外庞大的半圆形发光穹顶成了背景，好似浩瀚宇宙中的星河。

窗前那人穿着普普通通的白衬衣、黑西裤，衬着一把细腰，干净而挺拔，让人想起雪地湖泊旁的寒松。

星星点点的绚烂灯光中，那人的肤色极为白皙，高挺鼻梁与莹润眉眼哪一分都恰到好处，尤其是那形状美好的嘴唇，像是一抹艳色给这张清冷面庞点上了好颜色，使得他整个人刹那间生动起来，令人见之难忘。

看到他的那个瞬间，宋晴岚脑中莫名浮现出队员们在训练室里说的话。

“听说他特别在乎分数，跟拼命三郎似的，只要是分数高的任务，他肯定干！在咱们这边做任务，他得的分数就和咱们一样，可比他之前的任务分数高多了！”

“又不敲门！”汪部长嗔怪道，“我看全天穹上下就只有你一个人永远无视规矩！”

宋晴岚收回思绪，不动声色地大步走了进去。

他完全没有要反省的自觉，桀骜地弯起嘴角道：“听说新队友到了，汪部长您也不通知我们来迎接迎接。”

说完，宋晴岚才把目光直接投向那人，喊道：“季顾问。”

这称呼颇有咄咄逼人的意味。

眼前的人来自宁城，是个仅做过B级任务的记录者，他空降守护者小队，头衔名曰“特别顾问”。对此，宋晴岚的不屑、苛刻以及审视都表现得直截了当。

季雨时初来乍到，迎上宋晴岚的目光却不怯不躲，只是平静地与他对视，像是不知道来者何人，竟一个字也没说。

气氛一时凝滞，面上平静无波，底下暗流汹涌。

汪部长哪能不知道这两个人的过节，还没见面呢，自家人就把人家得罪透了，到头来还不是他们这些做领导的给他擦屁股？

“我带季顾问来看看基地，哪知道你这么心急。”汪部长装作无事发生，温婉地做起介绍，“季顾问，这位是我们江城分部七队的队长，也是我们天穹系统下最年轻却最有潜力的一位队长，年纪轻轻的就已经执行过十二个A级任务，评级达到一星。正式介绍一下，他叫宋晴岚，你们还没见过吧？”

季雨时微讶，收回目光，不自觉地重复了这三个字：“宋……晴岚？”

他说话的声音很轻，嗓音也很好听，是宋晴岚意料之中的声音，大概这些搞文职工作的人声音都差不多。

汪部长笑眯眯地说：“旭日晴，山风岚，乍听读音是不是像个小女——”

“汪部长。”宋晴岚适时打断这话，面露不爽。

季雨时像没听见汪部长的揶揄似的，很快松开眉头道：“其实我见过宋队长。”

汪部长来了兴趣：“哦？什么时候？”

季雨时那好听的嗓音继续道：“三年前的十月十四日，我听过天穹在江城分部组织的几堂课，还是您上的，那次宋队长也在课堂上，只不过我们当时彼此不认识。”

汪部长这回可是惊讶了：“奇怪，我怎么会对你这样的小年轻没有印象？”

别提汪部长了，宋晴岚本人也对此事毫无印象。开玩笑，谁有空去记自己三年前都见过谁？

然而，季雨时却轻易地回忆起了那天的情形：“会场很大，我的位置又很靠后，您不记得也是正常的。那天您穿了一身水蓝色套裙，戴了一对巴洛克珍珠耳环，头发比现在短一点，上课的时候还不慎打碎了一个马克杯，后来换了个搪瓷的，您还记得吗？”

汪部长想了起来，连连点头：“记得记得！”

季雨时又说：“宋队长当时坐在第三排左边第九个位置，旷了两堂课，下午还早退了。”

宋晴岚听到这里忍不住道：“你是对我印象深刻呢，还是准备打小报告呢？”

季雨时转头看向宋晴岚，眸中倒映着宋晴岚的影子，道：“我只是碰巧记得当天在场的每个人罢了。”

宋晴岚差点就忘了，这位季顾问在天穹的传闻之一就是记忆力超群。

宋晴岚意有所指道：“季顾问，我听说记性好的人都记仇。”

季雨时答得坦然：“还好，分情况。”

汪部长打圆场道：“见过就好，小宋这个人呢，性格是火爆了点。他是直性子，批评起队员来也是丝毫不留情面，当众把人训哭这种事他也不是没干过。我听林部长说季顾问你很好相处，为人大度，到了队里可不要顾着给他面子，让自己受了委屈。”

季雨时不是个端架子的人，回答：“您放心，只要是工作上的事，我都会配合。”

宋晴岚轻笑一声，不怎么在意般道：“那就好。”

闲聊两句，汪部长说起了正事：“任务下周执行，从明天起季顾问先跟着小宋熟悉一下队里的队员和工作环境，训练场那边有不少器械，也有专门的模拟作战系统。对了，听说季顾问原先也在帝国部队待过？”

宋晴岚挑眉，不太相信。

果不其然，季雨时立刻证实了他的想法：“我在部队也是担任文职工作，只待了两个月。”

那不卑不亢的态度让特种部队出身的宋晴岚有点想笑，这人一副清瘦的小身板难道还能去前线？

汪部长点点头：“虽然观察员对于作战素质要求不高，但也可以适当训练一下。今年局里新招了一批学员，每天上午都有专业课，季顾问也可以去听一听。”

“来了！”

“出来了！”

“快快快！有没有打起来？”

“汪部长又摔杯子了没？”

监控面板前围了一圈脑袋，走廊上也有不少人探头探脑。

传送舱舱门打开，先走出来的是踩着高跟鞋的汪部长，看方向是回办公室去了。

第二个走出来的是宋晴岚，然后是季雨时。

他们两个人一个飒爽，一个俊秀，身高差了大半个头。

宋晴岚仗着个子高、路线熟，走得飞快，懒于接待新队友的态度快溢出表面了。百闻不如一见的季顾问果然很斯文，不紧不慢地跟在宋晴岚身后，倒不显得局促。

两人一路无话地往训练室走，围观的众人满脑袋问号。

这、这就结束了？宋晴岚就这样接受了新人的加入？说好的血溅江城分部，让人灰溜溜地打包行李，从哪儿来的回哪儿去呢？

训练室，见两人一起回来，队友们也是惊疑不定，这啥意思？

宋晴岚大喇喇地往前方空地一站，拍拍手叫他们集合："来，给大家介绍一下，这是宁城借调过来和我们一起完成这次任务的同事，担任队里的观察员，简称'特别顾问'。季雨时，季顾问。"

在这群男性荷尔蒙爆棚、人高马大的守护者面前，身穿白衬衣的季雨时显得过分单薄，好比一只小白兔误入狮群，显得弱小可欺。

然而，季雨时眉眼沉静，没有半分不适应，开口道："你们好。"

"这是段文、周明轩、李纯，双胞胎汤乐、汤其，分别负责控制、机械、后勤以及左右翼。"宋晴岚按照顺序向他介绍，"先前队里有一位观察员姓于，你现在暂代他的工作。"

陌生的队友们都穿着一样的制服，除了面孔其实并没有什么记忆点，遑论还有一对看上去一模一样的双胞胎。

而且宋晴岚语速很快，不知道是在故意为难季雨时还是只为敷衍。

季雨时只是点了点头，也不知道能不能记住。

宋晴岚不给他喘息的时间，紧接着安排道："老段，你和观察员有工作交接，你先带他去了解观察员的工作内容。"

段文惊讶道："啊？这么快？"

按常理，难道不该是带着人转悠转悠，去每个部门晃一圈，美其名曰熟悉环境吗？

宋晴岚皱眉道："时间不等人，你参加下一次任务评级怎么不觉得快？"

段文连忙应声："是！"

明眼人都看得出来，宋晴岚不打算给新来的季顾问面子。

季雨时看上去没什么意见，很配合地和老段一起走了，或许他也不打算和宋晴岚硬碰硬。

他们一走远，宋晴岚就恢复了点平日里的模样，眉毛微扬，说："看什么呢？一个个的眼珠子都快瞪出来了，瞧瞧你们这出息！"

"老大，这人是真好看！"

"我以前还觉得'漂亮'这个词不适合形容男的，现在倒觉得挺适合的。"

"都是吃一样的东西，都是人，他怎么就那么会长呢？刚才隔那么近，我看他脸上一个毛孔都没有，皮肤绝了。"

先前挨过宋晴岚爆栗的小眼睛寸头，也就是周明轩，还感叹道："啧，看样子他不会跟我混了。"

"你还挺惋惜？"宋晴岚一脚踹过去，"不是你回回都不想带新人吗？"

周明轩"嘿嘿"一笑。

"老大，我们真要留他啊？"

"这一看就肩不能扛手不能提的，除了好看也没什么用！"

"我以为你还要反抗反抗呢，这不像你的风格啊。"

宋晴岚直接把自己的打算说了一遍，最后总结："调令下来了，人也到部里来了，现在就是想换一个也晚了。这几天你们先带着他，有什么想法等出去了再说，总之少整点幺蛾子，目标只有一个——平安完成任务！"

众人齐声应道："是！"

等队员散去，宋晴岚不自觉地开始回忆三年前的那几堂课，却一无所获，毕竟旷课早退什么的……他干得可多了。

这人的记性……硬要说的话，或许勉强算得上一个优点？

3.

接下来的几天，宋晴岚都没见过季雨时。

听段文说，季雨时这几天上午都会去培训新学员的班里听课，下午则会在个人训练室训练，每天的时间安排得满满当当，汪部长来看过他一次，对他好一番夸奖。在领导眼里，这些搞文职工作的人大概做什么都显得很努力。

汪部长打电话给宋晴岚敲警钟："小季勤奋聪明，到时候出任务了你们也得讲究团队合作。人家好歹是个二星评级，出完这个任务也要升一星了，你别以为我不知道你们打算把人家当成花瓶伺候。"

宋晴岚揣着明白装糊涂："怎么可能有这种事？"

训练场有个人化的针对性训练室，也有团队化的模拟作战系统。

出任务前两天，按惯例大家会进行团队训练，宋晴岚叫所有人集合后才发现少了个季雨时，便问段文："老段，你通知他了吗？"

"我以为李纯昨天和他说了。"

"我怎么会和他说？我压根没碰见过他！"

"估计人又去听课了。"

"汤其，你组织训练。"

宋晴岚准备亲自去找人，免得汪局又给他扣什么大帽子。

走出训练场，宋晴岚直奔新学员营地。

宋晴岚作为最年轻的队长，许多新学员进天穹的第一堂格斗课就是由他上的，他一身近身格斗术让那些出身名校、自视甚高的学员都老实了不少。因此，只要宋晴岚一在窗外露面，就有开小差的人汗毛倒竖。

天穹的特聘讲解员正在上专业课，细微骚动间，宋晴岚很快发现了他要找的人——季雨时坐在靠窗的位置。

"空间，构成了我们身处的宇宙。而时间，构成了我们已知的宇宙。"台上的讲解员操纵全息图像，画出一条五彩斑斓的弧形光线，它不知从哪里开始，尽头也迈入虚无。

有学员小声赞叹，季雨时低着头，似乎没注意到这精彩演示。

"时间像一条流动着的线，让我们有了过去，也有了未来。过去是不可改变的——一个人不可能穿越回到过去杀死自己的祖父，由此，我们理解了'祖父悖论'。俄罗斯科学家诺维科夫也曾提出自洽性原则，意思是就算人可以回到过去，也改变不了历史的进程。因为简单来说，我们的现在就是已经被改变过无数次后的最终结局。"

光线在空中闪烁流动着。

讲解员继续道："那么未来呢？二十多年前，我国科学家团队发明了天穹。是他们发现了，时间不仅仅只有一条线。"

讲解员手一挥，空中的弧形光线发生变化了。那光线骤然分裂，由现在的时间点迸发出无数条细丝，朝无数个方向发散开来。

“天穹强大的计算能力能通过我们的现在测算出无数个未来，它的出现，让人类第一次知道了未来平行世界的存在。自天穹系统建立以来，世界各国通过天穹、通过在未来平行世界里的守护者行动，成功制止了一千七百七十一起可能发生的恐怖袭击、五百四十二次暴动、六次战争，成功预防了三次大范围的天灾。”

讲解中，许多资料影片轮流播放着。

宋晴岚走到窗前，准备看看汪部长口中“勤奋聪明”的人在做什么。

“勤奋聪明”的季顾问正在课堂上专心地……玩一款数十年前流行过的黑白屏游戏掌机。

俄罗斯方块在他熟稔的操作下不断变换方位，以极快的速度坠落、合并再消除，四行、五行，甚至有六七行的消除，分数不断暴涨。方块每次都以不可思议的方式嵌入合适的位置，让人觉得这游戏下一秒就要结束只是一种错觉。

不可否认，季雨时是个玩俄罗斯方块的高手，找遍整个天穹，可能也找不到第二个比他玩得更好的人。

因为低头，季雨时后颈颈椎微微凸起，清瘦的肩胛线一览无遗。

他神情很专注，纤长的睫毛低垂着，侧脸显得很文静，那手指修长，指甲短而干净，就像他这个人给人的感觉一样——根本没吃过苦。

宋晴岚想，或许人家本来也没打算来吃苦吧。

任务开始的前一天下午，所有人集合召开了任务会议。

如同以往每次任务会议一样，巨幕上显示着目的地地图，上附标记若干。

天穹总部第三指挥中心分管了这次的任务调度，会议室里坐了三四十号人，除了七队，全是为任务服务的内勤。

台上的任务总指挥正在对此次任务进行讲解，连汪部长都坐在台下。

“一个月前，天穹测算出星元一四六〇年西京市人口幅度骤然剧变，这个时间段出现了高达百分之三的减幅波动。”

总指挥放大了地图，指着图中闪烁着红点的区域继续说：“按照测算图来看，排除自然灾害、爆炸等能量因素后，天穹将此次任务定义为有可能发生的生化类恐怖袭击，任务等级为A级。”

“生化类恐怖袭击？”

“我们不是已经处理过一次了？”

“小意思啊！”

“我提出申请。”宋晴岚坐在斜角处，凌厉的墨色瞳孔中映着地图红点，“顺利完成这一个A级任务后，我申请执行S级任务。”

他话音一落，众人立即窃窃私语。

众所周知，一个S级任务所得评级分数抵得上五个A级任务。

十二个A级任务的圆满完成，让七队成立仅两年就打响了在天穹的名号，像一匹黑马冲进了最具价值小队的前排。但是，没有执行过S级任务的事实让他们始终无法挤进前三名，被前三名的队伍以超高的分数全面碾压着，怎么也上不去。

因此，七队一直渴望执行S级任务。

季雨时听说过这件事。现在，他和队友们坐在一起，能清楚地看见宋晴岚的模样。狂妄、自负与对胜利的渴望，都在宋晴岚的语气中表达得清清楚楚。

“接受申请。”总指挥顿了顿，对宋晴岚说，“完成此次任务后，指挥中心会根据你们的任务表现重新评定，请随时做好接受S级任务的准备。”

这一套说辞宋晴岚已经听过很多次了，他冷冷地坐着，脸上没什么表情。有人忍不住怀疑，长年累月服从所谓的安排，这个桀骜的新星迟早要爆发。

大会结束后还有一个战略小会要开，宋晴岚又单独和汪部长等直属领导谈了两个小时。

等他出来，见队友们全都换了便服在等他。

“叫上新来的。”宋晴岚随口道。

出任务前一晚全队会一起去吃火锅，也就是“上路前吃顿好的”，这是队里的惯例。

“叫了，季顾问说他就不去了。”

“人还在训练室。”

宋晴岚想起那人在专业课上玩俄罗斯方块的情景，觉出一丝玩味。

偌大的训练场里有上百个私人训练室，七队有自己的固定编号，宋晴岚有权限，他吩咐队友们先去火锅店占位，自己没费多少工夫就找到了要找的人。

季雨时还真是刚训练完，他刚下模拟器，灰色T恤的领口已经被汗水浸透了，两只机械臂围绕在他两侧，一只递毛巾，一只递纯净水。

季雨时取了水，意外于宋晴岚的出现："宋队？"

宋晴岚站在门口，好整以暇地抱着双臂，似乎在等一个合理的解释。

他开口问："怎么不去参加聚餐？"

季雨时喝了一口水，眉梢眼角都被汗水洇过，漂亮的五官冒着水汽。

这样斯文的人和那群糙汉子队友太不相同了，宋晴岚竟然觉得他随意出现在他们的训练室是一件非常逾矩的事。

季雨时回答："抱歉，提前约好了晚上要接视频电话。"

宋晴岚又问："不可以晚一点接？"

季雨时取了毛巾擦汗，淡淡道："太黏人了，会生气。"

这句话点明了什么，让宋晴岚想起关键性的一点，他扬眉问道："家里有人？"

机械臂已经乖巧地收好毛巾走开了，但又有一滴汗水从季雨时的额头滑落下来，他下意识掀起衣摆，用T恤拭去汗水。

年轻人那紧实的腰腹便露了出来，和天穹其他守护者的都不同，那截腰很细且柔韧，皮肤白得晃眼，很柔弱。

宋晴岚移开视线。

"宋队。"季雨时显然比他更明白矛盾所在，言行却十分自然，"你是不是觉得我来到这里会给你们拖后腿？"

这样的挑衅，宋晴岚还不至于放在眼里。

宋晴岚说出自己来训练室的真正目的，却并未比想象中的刺耳很多："我是想和你说，有很多人都想混一个A级任务来完成升星评级，但他们很快会发现自己想多了，因为A级任务比想象中的危险很多倍。如果季顾问你还在乎身边的人，现在退出还不晚，我会安排你回宁城去。"

季雨时像是没听出他话里的讽刺，说："可对我来说，现在要退出已经晚了。"

气氛瞬间紧绷。

宋晴岚倏地莞尔："行，那我对你只有一个要求。"

季雨时一脸平静，迎着他的目光看过去。

宋晴岚扔下几个字："服从命令，乖乖躺赢。"

第二篇 衔尾蛇

4.

出发当天。

【1456.05.17 09：51：40】

天穹第三指挥中心里，巨大的系统投影显示着当前时间坐标，人们井然有序地忙碌着，和过去无数次守护者行动没有什么不同。

八分钟后，任务即将正式启动，天穹守护者七队所有人都已经换上守护者统一的黑色作战服，正各自由询检师再次确认个人的身体状态，以确保不会在穿越途中出现不良反应。

宋晴岚已经询检完毕，按照惯例查看所有队员的状态。

看到季雨时后，他皱了皱眉，拍拍身侧队员的肩膀，示意：“去看看。”

一群壮硕的守护者中多了一抹纤细的身影。

季雨时前一天在颈侧植入了皮下通信器，此刻正由调度师替他连接到控制手环。他比调度师高一些，因此低着头，长长的睫毛掩去了眼中的神色，令他显得冷淡而不合群。

“记录者出任务都是单独行动，不需要队友，守护者则相反。”调度师贴心地告诉他，“季顾问你第一次植入通信器，可能会觉得不太舒服，脑海中首次听到队友的声音说不定还会吓一跳。不过不要紧，等时间久了，你就会习惯得忘了它的存在。”

“好的。”季雨时道。

调度师走开后，季雨时听见有人走过来，问他：“季顾问，你感觉怎么样？我看你今天脸色不太好。”

问话的人是双胞胎队友中的一个。

季雨时的确脸色苍白，但眼神依旧是明亮的，回道：“没问题，只是昨天晚上睡得比较晚。”

“这样啊。”因为彼此不熟悉，队友有些干巴巴地说，“那季顾问你也不要太紧张了，这次跃迁和你以前执行任务的感觉都差不多的，都一样。而且任务也特别简单，明天我们就能回来了。”

队友的好意季雨时领会到了，他点点头，说：“谢谢你，汤乐。”

汤乐回去时表情十分古怪。

宋晴岚问他：“怎么？”

“宋队！”汤乐跟见了鬼一样，无比惊讶地道，“他居然分得清楚我和我哥！他叫对了我的名字！部里好多人这几年都没分清楚过我们！就今天、就刚刚！周明轩还认错了一次！”

汤其与汤乐无论是身高体重还是外貌，相似度都达到了百分之九十九，不和他们朝夕相处的人根本分不清他们两人谁是谁。

可是宋晴岚只向季雨时介绍了一次，季雨时就记住了，还是在他们装束一模一样的情况下，这让宋晴岚也有些意外。

“凑巧吧。”宋晴岚无所谓地说，“他没事？”

汤乐回答：“没事！说是没睡好。”

宋晴岚道：“没事就好，就怕出去了拖后腿。”

倒计时三分钟，众人进了偌大的传送台，银白色胶囊舱紧密相连，像莲蓬上的莲子。

季雨时进了自己的胶囊舱，坐上安全椅，关上了舱门。

【欢迎，季雨时，您即将出发完成第一个A级任务。】

指挥中心嘈杂的人声被完全隔绝开了，静得只能听见自己的呼吸和心跳。

季雨时任由安全椅上的锁扣将他的小腿、腰腹、肩颈逐一包裹，然后，他左手手腕上的控制手环发出了绿光，那是六名队友的当前位置和身体状态。

季雨时意识到，这一次不是他一个人在时空中穿梭，他身边还有六名队友。

【您已连接到公共频道。】

短暂的提示后，透明面板上显示出了天穹定律。

【我是时间见证者，我在此宣誓。】

【绝不改变过去！】

【绝不谈论现在！】

【绝不迷恋未来！】

公共频道里响起队友们整齐划一、铿锵有力的声音。这誓言季雨时早已烂熟于心，但和这么多人一起宣誓，竟比以往多了几分严谨肃杀的味道。

倒计时还剩最后十秒，季雨时脑海中猝不及防地闯入一道低沉男声，刹那间酥麻了他的听觉神经。

宋晴岚的语气很轻松：“所有人准备，天穹守护者七队，第十三个A级任务，出发！”

好听的年轻男声犹在耳侧，如同之前许多次时空穿越一样，季雨时深吸了一口气，大约两三秒后，本该平缓安静的胶囊舱猛地剧烈颠簸起来！

【警告！警告！您已偏离目的坐标！您已偏离目的坐标！】

胶囊舱里警示灯不断闪烁，前方的透明面板上，无数五彩斑斓的画面快速闪过，光怪陆离，令人匪夷所思。

眼前一道白光闪过，尖锐的耳鸣骤然响起，眩晕、恶心伴随着强烈的失重感袭来，几乎将人淹没！

【检测到非法跃迁！】

【检测到非法跃迁！】

出错了！

季雨时咬着牙，好几次试图去按警示按钮，但胶囊舱天旋地转，强烈震动。

提示音中，他不得不使出全力抓住安全椅扶手，安全锁扣将他牢牢地扣在了原位，保护他不至于被甩出座椅撞击到舱壁，头破血流。

漫长到可能有一个世纪那么久，胶囊舱才逐渐强稳定下来。

等胶囊舱一进入彻底静止状态，季雨时就迅速抓住机械臂递来的营养液猛灌了几口，足足缓了十几秒才勉强缓过来。

【？？ p0754%$#37】

【：《“LRR”/’1’89’’】

面板上显示着看不懂的乱码，像是彻底死机了。

没有时间坐标，季雨时无法确认他们现在是到了什么年份，又遇上了什么情况。但透过胶囊舱的玻璃窗，他能看见他们降落在一片树林里，透过茂密的树冠还能隐约看见深灰色的天空。

季雨时松开安全椅锁扣，跨出了舱门。

“呕——”有队友在风里吐了。

一走出胶囊舱就开始呕吐的人是年纪最小的队友李纯，他刚被招募进守护者队伍不到一年，是个在一般情况下身体素质都很好的大男孩，只有一个问题：他“晕车”。

见他吐了，队友们好似训练有素，默契地以他为中心四散开来。

宋晴岚也被熏得倒退几步，开口道：“我让你坐满十次大摆锤才准再出任务，你老实交代，到底坐了几次？”

“两次……呕——”李纯话都没说完就又吐了。

队友们纷纷表示震惊。

“听听这是人干的事？”

“假期那么长，你就只用来撩妹了？”

“模拟机已经帮不了你了，你还敢怠慢大摆锤？”

李纯终于吐完了，弱弱地说：“不是……你们没有闻到吗？这里的空气好臭啊。”

段文捏着鼻子递过去一瓶拧开的水，说：“纯儿，别找借口，先漱漱。”

李纯：“谢谢文哥……诶？季顾问呢？”

季雨时的胶囊舱和李纯的最近，此时舱门大开，却不见人影。

众人正担心他会不会已经被甩到某个时空时，一道清冷的嗓音传来：“我在这里。”

季雨时不知道什么时候已经站在了距离李纯四五米远的地方，胶囊舱发出的荧光下，众人能看到季雨时白皙的脸上露出一丝不适。

有必要躲那么远吗？斯文人果然是最爱干净的啊！

宋晴岚看了季雨时一眼，没空管理新队员流露出的那淡薄的队友情。

每个人在胶囊舱里遇到的情况都差不多，透明面板上显示的都是乱码，宋晴岚打开自己手腕上的通信器，发现时间坐标已更新。

【1470.08.05 04：41：31】

这里明显不是此次A级任务的时间坐标，更不是他们原本的时间段。

刚才那一阵强烈的颠簸伴随着“非法跃迁”的提示，让宋晴岚判断他们很可能遭遇了某种故障——他执行任务两年来还是第一次遇到这种情况。

宋晴岚清晰地命令道：“段文，查看主控面板，看看是否有数据纰漏或信息劫持，马上联系指挥中心。”

“是。”段文那边快速操作，很快报告，“宋队，我们的设备好像被锁定了。”

宋晴岚拧起眉头问：“怎么个锁定法？”

段文说：“主控面板离线，也联系不到指挥中心，胶囊舱不工作。似乎是因为这里的电磁波、磁场有点不一样，但我不能确定，说不定刚才的跃迁和这个也有关系。现在就剩通信器能用，我们被困在了这里。”

众人听到这个消息，纷纷咒骂起来。

“那任务怎么办？”

“我还说明天下任务就请新认识的妹子吃饭呢。”

“你已经渣了那么多个，有完没完？”

这时，树林里忽然传来了脚步声。凌晨四点，谁会来这么偏僻的树林深处？

所有人默契地静音了。

秉着穿越者不能被原住民发现的低调原则，负责控制的段文立刻通过手环将发光的全息地图关闭，原地伫立的七个胶囊舱也在他的控制下进入了隐蔽状态，完全隐形。

最后的光线消失，幽深的树林再次陷入了黑暗与安静中，落针可闻。

众人像是在树林掩护下的一群幽灵，无声地等待闯入禁地的陌生人离开。

那是一个发现了他们的流浪汉，大概是走错路了。

黑漆漆的树林里突然出现一群神秘人，寻常人应该吓一跳才对，可那流浪汉竟完全没有吃惊，更没有停住脚步。与之相反，看到这些人影，他骤然发出兴奋的狂叫声，加快速度直冲过来！

李纯站在最外面，刚吐了个昏天黑地，人还有点虚。

恶臭扑鼻，他咒骂一声迅速反应过来，反手就把人摔在了地上。

“吼！吼！”流浪汉嘴里发出怪异的嘶吼，霎时间重新扑来。

“什么鬼？”李纯一时没料到对方还敢扑，只觉得腥风一闪，刚闻到一股恶心至极的臭味，肩膀上就一阵剧痛，“啊！”

流浪汉竟狠狠咬在了李纯的肩膀上！

“嘭”的一声，流浪汉被宋晴岚踹出了三四米远！

这头，段文拉起李纯，急忙问道：“纯儿！你怎么样？”

李纯疼得龇牙咧嘴，好在守护者的作战服肩上有护甲，流浪汉这一口咬下去只留下了个牙印，并没有伤到皮肉。

要是普通人挨了宋晴岚这一脚，恐怕已经爬不起来了，但流浪汉口中“吼吼”作响，竟又站了起来！这回他的目标换成了宋晴岚。

面对新一轮猛扑，宋晴岚不慌不忙。黑暗中，他像一头游刃有余的矫健黑豹，眨眼间就绕了后，一个利落的肘击将人击倒在地，悄无声息地把人彻底制服了。

也许是对付流浪汉太过轻松，宋晴岚连气都没喘，只抬了抬下巴，道："纯儿，你新渣过的对象？都追到这里来了。"

有队友在笑："噗。"

一旁的季雨时心想，这支队伍好像和他想象中的有点不一样，队长和队员都不像正经人。

李纯被调侃后也不敢顶嘴，乖乖忍着恶臭拿绳子将"他渣过的对象"绑了起来，这是他的报应，谁让他刚才没忍住呕吐，污染了队友的鼻腔。

那流浪汉被控制住后还在疯狂地嘶吼着、挣扎着，似乎丧失了理智。沙哑怪异的吼声在寂静的树林里回荡，听着不像人类，倒像某种低级恐怖片里吃人的野兽。

宋晴岚察觉有些不对劲，言简意赅道："手电。"

这一喊却叫来了季雨时。

见他打着手电走过来，宋晴岚才记起这位空降小队的特别顾问其实是他们队里的观察员。

新任观察员心理素质不太行，才看了眼前的流浪汉一眼，就立刻别开了视线。看得出来，斯文爱干净的季顾问这回是真的想吐了。

宋晴岚看着他说："能忍吗？不能忍换他们来。"

暗处，季雨时白皙的脖颈形绷成一条倔强的曲线，看得出来他是在强撑，只听他道："我尽量。"

宋晴岚不置可否，不走心地道："那你可千万忍住了。"

一片漆黑中，手电的强光让众人都看清了流浪汉的模样。

那是一张惨白的脸，皮肤表面布满暗青色网状血管，眼眶里装着一对灰白浑浊的眼球，它们失了焦，找不到一丝人性的痕迹。

更让人心惊的是，流浪汉的口腔与衣物上满是暗红血迹，甚至还缀着一些细碎肉块！

不仅是季雨时，队友们也面色各异。

那些肉块带着特征，隐约能看出是人体组织。

李纯求生欲极强，小声说："我都和你们说了这里的空气很臭了。"

腥臭味就是从流浪汉这一身血污里发出的。

5.

凌晨，一个满身鲜血、见人就扑的流浪汉突然冲进树林里，还是个疯子，这事本就不寻常。再加上这人很可能患有什么疾病，长相太过刺激了，众人一时无话。

宋晴岚从季雨时手中拿过手电关掉。

众人重新陷入黑暗中，季雨时听到他说："得，出门前该看看皇历，我们简直破了守护者史上最快被原住民发现的纪录。回去后谁都不准上报，要是因此扣分的话，九队那帮人就要超过我们了。"

季雨时无言。

宋晴岚的语气一如往常，将众人从诡秘异样的氛围里拉了出来。

这是一种提醒：他们是守护者，目前正处于他们不该在的时空。

"暂时把人留在附近，自然会有人发现他再报警。"宋晴岚说，"这里一片漆黑，什么都看不见，我们得出去想办法联系这个时空的天穹。出去的时候大家都要注意周边环境，提高警惕，可能会途经凶案现场。"

众人齐齐应声："是！"

离开落脚点前，七队按惯例分发装备。

周明轩打开机械库，里面长枪短炮、匕首军刀一应俱全。

守护者有最先进的装备，每个人都有自己擅长的，以便必要时刻采取必要手段。他们必须做好一切准备，以备在未来时空的不时之需。

这是季雨时第一次在任务中携带武器，轮到他时，他选择了最近几天在私人训练室常用的一把手枪。

这把枪通体呈银白色，枪身小巧，非常便于携带和隐藏。

"钻石鸟。"宋晴岚站在他身侧，说出了枪的名字，"仿十四世纪PPK的款式。季顾问，你很复古。"

"什么？"季雨时不解，一把枪就看出他复古了？

宋晴岚却没解释他为什么这么说，只道："要是我的话，在这种情况下会尽量选择更能保护自己的武器。不过，这枪挺适合你。"

季雨时："呵。"他知道部队里有人称钻石鸟为"女人枪"。

宋晴岚擅长近身格斗，一身紧实匀称的肌肉也说明了这一点。只见他有条不紊地先挑了两把军刀插入绑在修长小腿上的束带里，然后选了一副手套、一副拳钩，最后才挑选了一把霰弹枪。

神眠——是这把枪的代号，它本身重量就不轻，杀伤力极大，就像宋晴岚这个人给人带来的感觉，放肆、霸道，难以忽视。

选完装备，宋晴岚说："武器要在该用的时候用，最好不要离身，但是你知道如果被原住民发现你佩枪的话要怎么办吗？"宋晴岚看着眼前的季雨时，有点调侃意味，教他，"就说你是警察。"

走出树林，众人才发现他们所处的地方是一个公园。

宋晴岚说得没错，他们刚来到公园的主干道就在路灯下发现了一具尸体。说是一具，其实不然，那尸体只剩下一半，创面像是被什么动物啃咬过，让人很快想到了那个瘆人的疯狂流浪汉。

这难道是被吃掉了？结合刚才那流浪汉身上的肉块，众人皆是一阵反胃。

这不仅是他们被原住民发现最早的一次，也是最重口味的一次。

这是一个不小的森林公园，位于城市中央，周围高楼林立。此时已经是清晨五点，早该有晨练者、老人家到公园散步锻炼了，可他们一路上竟没有碰见一个活人。

垃圾被风吹得到处都是，草坪上、长椅上，随处可见，像是很久没有环卫人员清理了。一片萧条中，偶尔能发现路面上有干涸的暗红色血迹，看来这里不止发生过一起凶案。

抬头望去，除了公园里的少数路灯还亮着，几乎难以发现一丝灯光。

不仅如此，远处的高楼矗立在深灰色的天空下，所有窗口都是黑洞洞的，毫无生气。

没有车水马龙的喧嚣，没有清晨熟悉的嘈杂，这城市安静得可怕，仿佛陷入了死寂。

更奇怪的是，距离树林越远，空气中飘荡着的若有若无的腐臭味就越明显，好像在他们看不见的地方还有更多不祥在等着他们。

这里到底发生了什么？

天际出现了一缕浅白，太阳快出来了。

可这杳无人烟的偌大公园仍被阴影笼罩着，阴森无比。

敏锐地嗅到了危险的存在，宋晴岚无声地做了个手势。

众人纷纷警备，列队而行，分别查看四周。

季雨时走在宋晴岚左边，他漂亮的手指握着枪，给钻石鸟上膛的动作很利落，这一点倒和队友们有了几分默契。但是，鉴于在树林中季雨时遇到危险时的临场反应，宋晴岚对他偏了偏头。

宋晴岚黑眸中的意思很明显：到队伍中间去。

季雨时却没有一点身为花瓶的自觉，像看不懂他的意思一样，自顾自地继续前进。

几秒后，季雨时压低声音，语速极快地说："宋队，十一点钟方向，公园管理处。"

宋晴岚顺着他说的方向眯起眼睛看过去，那里一片漆黑，他什么也没看见。

季雨时又说："里面好像有灯光。"

观察员最低的素质要求便是耳聪目明，从前观察员老于在的时候，宋晴岚便把他当成小队的眼睛，对于观察员的判断从不怀疑。

因此，宋晴岚沉声道："去看看。"

事实证明季雨时的视力极好，经他提醒，众人又走了一段路才分辨出隐藏在灌木丛旁的建筑。低矮的建筑门口挂着一块牌子：PU-31 中央公园管理处。

"PU-31 是什么玩意儿？"有人小声道，"没这个地名啊？"

众人心里都有疑惑，当前时间坐标是星元一四七〇年，虽然他们来自十几年前，但也不至于用这种地名吧？

这么远的距离，这么小的字，也不知道季雨时是怎么看清楚的。

等进了门，宋晴岚才发现所谓的灯光不过是角落里实木办公桌上的一盏台灯发出的。

宋晴岚心里更惊讶了，季雨时的眼睛是可以放大焦距倍数的？

公园管理处空无一人，与外面的世界一样一片死寂。

几名队友进入其他房间查看，宋晴岚拿起管理员桌上的通信器，发现已经因为没有电而关机了，桌面上也是一片凌乱，钥匙、报纸、登记簿、外卖盒……什么都有。

很快，汤乐搜索完毕出来了，报告："宋队，洗手间里发现了一具尸体！"

洗手间里的尸体穿着制服，看上去正是这里的管理员。

尸体面朝下趴在地板上，脖子上一个大血洞贯穿大脑，翻着腐烂的皮肉与清晰可见的动脉。

宋晴岚随便拿过了一张毛巾裹住尸体的手，将尸体翻过来。

果不其然，这人和方才的流浪汉一样，脸上的皮肤惨白，布满了青色网状血管，不同的是尸体面容僵硬、双眼紧闭，却保持着死前的状态，大张的嘴里有蛆虫蠕动，让围观者头皮发麻。

狭小的空间里气流不通，恶臭浓烈，有轻微的干呕声传来。

宋晴岚头也不回地道："李纯，你再给我吐一个试试看。"

挤在洗手间里的众人怒目回头，李纯无辜地举手道："这回真的不是我！"

站在门口的季雨时捂着嘴迅速走开了。

终于撑不住了？宋晴岚想。

不过，不管是谁，他现在都没空管理队员的心理状态。

他对着尸体沉思几秒，没有再直接上手，而是从小腿束带里抽出军刀，以刀柄扒拉开了死者的眼皮。

果不其然，和流浪汉一样，这位死者的眼球也是灰白色的，一片浑浊中甚至难以分辨出哪一团是瞳仁。

李纯说："快看，和刚才那个疯子一样的症状啊！这是什么？传染病？"

回忆起自己差点被那个流浪汉咬到，也就是说差点被传染，李纯简直后怕。

宋晴岚说："有可能，但我们不能确定。"

加上公园里的那具尸体，还有其他的血迹……一个发疯的流浪汉真能造成这么多起凶杀案？他表示怀疑。

季雨时倒没有真的吐出来。

宋晴岚回到管理员办公室时，季雨时正打量着那个没有信号的通信器，除了脸色略显苍白，已经调整好了自己的状态。

见他们出来，季雨时说："我发现了一段视频。"

"我在抽屉里找到了通信器的充电口。"季雨时好像不太习惯在众人面前表达自己的看法，没什么感情地继续说，"通信器打开后，发现了这个下载于一个月前的视频。"

通信器投影出了那个视频的画面。

一个面容惨白、布满青色网状血管的男人出现在画面里，凸起的瞳仁是灰白的，他正疯狂地冲向镜头。拍摄者一阵尖叫，抖动的画面中，男人的脖子被铁链扯住，被剧烈的拉扯弄得血迹斑斑。但即便这样，男人还是张着大嘴狂扑向拍摄者，喉咙里发出“吼吼”的嘶吼。

拍摄者是个女人，视频里传来她的哭声：“救命！救救我……我老公变异了！外面、外面还有很多！救救我，我不想死！我没有被咬！谁来救救我！”

视频结束在男人狰狞的脸上。

众人不寒而栗。

“是丧尸！”

“如果真的是丧尸，那得有多少这样的在外面！”

“难怪这里这么古怪！”

“这都是一个月前的视频了！”

刚看完一段真实的恐怖片，季雨时脸色也很古怪，开口道：“通信器没网络，但我刚刚还收到了一条信息，应该是别人发给我们的。”

周明轩奇道：“信息在死者的通信器上，但……是发给我们的？”

他加重了“我们”两个字，这太离谱了。

季雨时却肯定了这个说法：“我觉得是的。”

宋晴岚冷静道：“打开。”

蓝光微闪，全息投影逐渐亮起。

队员们围成一圈，看着投影上的信息，面面相觑。

【欢迎，来自星元一四五六年的守护者，欢迎来到PU-31。】

天穹系统熟悉的欢迎语出现，本该让人松一口气，但所有人在疑惑不已的同时都感觉背脊发凉。不仅是因为这条消息真的是发给他们的，更因为投影上很快出现了第二行字、第三行字。

【本次跃迁已锁定，任务成功后解锁。】

【任务模式：衔尾蛇。】

【任务规则：死亡淘汰。】

“你们看！”站在窗口位置的汤乐忽然指着外面大喊。

众人快速走过去，无不目瞪口呆。

只见天地间骤然出现一堵黑墙，从他们刚才来的方向一路蔓延。

不，不能说是黑墙。

如果非要形容的话，就好像模型游戏加载时的黑屏画面，它动得迅速，将天空至地面间能看见的一切都淹没了，直到公园管理处前才堪堪停下。

“嘀——”，通信器发出提示音。

投影上最后一行字出现了。

6.

【任务目标：黑暗追逐者。】

“什么玩意儿？PU-31到底是什么？”

“指挥中心临时给我们换任务了？”

“用脚趾想想，也知道上面不可能临时给我们换任务。”

“会不会和别人的任务串频了？还是九队那群人搞的恶作剧？”

“那‘黑暗追逐者’又是啥？不完成任务我们就回不去了？”

“宋队，你们以前遇到过这样的情况吗？”

七嘴八舌中，季雨时的问话让大家安静了下来。黑色作战服将季雨时衬得过于纤细，但他的语气和队友们的比起来算得上冷静。

“第一次。”宋晴岚说，“你们在记录者任务中遇到过？”

见季雨时沉默，想必是没遇到过，宋晴岚扬眉道：“怎么，害怕了？”

季雨时摇摇头：“不会，我躺赢就好。”

众人顿时无比震惊，没想到季顾问竟然真的能把这种话说出口！在这种危急又搞不清楚情况的关头，这样真的好吗？

季雨时一脸平静，看上去完全没有心理负担，立志要做一条咸鱼。

宋晴岚心道：算了，人各有志。

不欲多说，宋晴岚环顾周围，捡起公园管理处的扫把来到外面。

黑墙就在眼前，宋晴岚用扫把戳了戳，竟然能戳进去，看来它并不是实体。可是手中扫把的重量一下子变得很轻，等再拿出来时，扫把插进黑墙的那一截已经不翼而飞，截面整整齐齐，竟被黑墙“吃”了。

这可怕的情景让所有人一身冷汗，众人不由得想象出自己要是冒冒失失地触碰黑墙，轻则肢体残缺、重则被劈成两半的血腥场面。

如刚才所见，黑墙会动。虽然它现在静止了，但谁也不知道它还会不会继续前进，显然他们得尽快从公园管理处离开。

宋晴岚扔掉扫把，问：“刚才的任务规则说什么来着？”

“死、死亡淘汰。”有人回答。

“知道就好。”宋晴岚面容冷峻，对众人说，“拿好自己的装备，最好一个都别给我死。反正也回不去，不管这个 PU-31 到底是什么，我们去会会它。”

小队走出公园，来到了不太宽敞的路口。

星元一四七〇年，建筑密度比十几年前他们生活的时空要高得多，在城中央留出一块空地做公园已经非常奢侈了，因此公园附近的街道都相对狭窄。

城市一片荒芜，比想象中还要空旷，不见活人。

路边乱七八糟地停着撞坏的车，各式商铺好像经过了打砸抢烧，随处可见的血迹与偶尔撞见的一两具腐败尸首，让人犹如来到了世界末日，一眼望去满目疮痍。

越是深入城市，队员们越是沉默，通信器里传来的都是大家沉重的呼吸声，没人说话。

队员们沿着墙壁谨慎地前进。

他们也不知道那黑墙有没有再移动，每走一段路，他们都会因为产生这样的疑惑而回头，可黑墙还是好端端地停在远处，将那一半天地完全抹除。

“等等。”宋晴岚在公共频道发声，做了个握拳的手势。

所有人停住了脚步。

此时已经是清晨六点。

夏末的阳光透过高楼大厦的间隙，在焦黑色的柏油路面上投射出一道金色光线。那刺眼的光线里有一群人，准确地说，是一群丧尸。

路中央躺着一摊血肉，看得出是肚破肠流的新鲜尸体，正被那群丧尸包围着进食。它们争先恐后地撕扯皮肉、四肢及内脏，啃咬吞咽着。

它们进食时发出的咀嚼声夹杂着嘶哑的低吼声，从相距不过七八米的地方传来，是那么清晰。

虽然早有心理准备，但队员们目睹丧尸进食人类的场景还是太过震惊了。

众人还来不及消化这一幕，就听到一声惊恐至极的尖叫声从后方传来。

“啊！”

不远处未被阳光照射到的阴影里，一个浑身是血的女人冲出了大楼。她身后，二三十个丧尸从大楼漆黑的门洞里鱼贯而出，疯狂追逐她的身影，想要把她撕碎。

而七队这头，女人的尖叫声惊扰了阳光下的那群进食者。它们猛一抬头，露出灰白色的瞳仁和满嘴鲜红，像地狱里钻出来的恶魔，迅速朝小队冲了过来！

不知是谁咒骂出声，紧接着小队里有人大喊："救人！"

"砰砰砰"几声枪响，宋晴岚击毙了女人身后的三四个丧尸。与此同时，另一头队友连开数枪，冲过来的进食者脑浆迸裂，倒了满地。

城市的安静被枪声打破了。

"吼吼——"

这一下捅了马蜂窝，几乎是几秒内，四面八方都涌出了蛰伏的丧尸。它们从阴影里、建筑里、街道上看不见的角落里如潮水般冒了出来，速度快得惊人。

"走走走！"

"快！"

"撤！"

枪声此起彼伏，响彻整条街道。

那女人转眼已冲到七队众人面前，季雨时正要去拉，却脸色剧变！

短短十几米距离，鲜活的人类突然发生转变，女人脸上瞬间布满青色血管，一双瞳孔变成灰白色，她赫然变成了恶魔的同类！

"开枪！她已经不是人了！"有人在季雨时背后大喊。

季雨时如梦初醒，手指扣动扳机，钻石鸟一枪爆头，丧尸的脑浆"噗"地迸出！

女人霎时倒地，被无数冲上来的丧尸踩踏淹没。

"后面！"

身体被人猛地一推，季雨时耳边一声炸响，只觉得脖子一热，宋晴岚已将他身后的丧尸头颅爆开。

脸上染了血雾，季雨时眼前模糊不清，耳鸣剧烈，宋晴岚拧着眉毛在对他说什么，但他什么也听不清。

转眼间街道上丧尸密布，竟分不清哪里有路可逃。

"哐"的一声，宋晴岚已迈开长腿，在枪林弹雨中轻松跨上车顶。

只见他手持神眠，火力全开，直接以小队为圆心硬生生轰出了一圈肉泥。

众人稍微喘息一瞬。

李纯如法炮制跳上另一辆车，一边开枪一边狂吼：“宋队！丧尸越来越多了！我们怎么办！”

宋晴岚长眉紧蹙，瞳孔微缩，命令道：“左前方，便利店！”

街道上的商铺大多被毁，拉着铁栅栏的便利店很是显眼。

越来越多的丧尸被枪声吸引，近在咫尺的丧尸却仍旧对着活人前赴后继。

一片血腥中，碎尸满地，无人顾得上踩到了什么，只不顾一切地朝宋晴岚说的方向突围。

汤其、汤乐分别占据左右位置，周明轩冲在最前方。

宋晴岚与李纯占据了优势，很快为他们开出一条血路。

季雨时擦去脸上的血迹，他们已冲到便利店门口。

有人骂道：“门锁了！”

长久以来的默契让段文毫不迟疑地举枪击中了店铺识别面板，刺耳的警报声拉响，玻璃门外的那层铁栅栏已被周明轩拉出缝隙！

季雨时回头，瞧见宋晴岚已经跳下车顶，在缓冲下就地一滚，避开了蜂拥而至的丧尸，朝他们这边快速走来。

宋晴岚面冷如霜，一边走一边开着枪怒吼：“李纯！你还没玩够是不是！”

李纯杀红了眼，正咒骂着扫射他周围那些不断爬上车顶的丧尸。

被宋晴岚一吼，李纯如梦初醒，看了看正往便利店冲的队友，喊道：“我再掩护一下他们！快走！”

宋晴岚到了便利店门前，他臂力惊人，一加入便与周明轩一起将铁栅栏硬生生拉出了容人弯腰而入的高度！

“吼！”

让他们没想到的是，几乎是拉开铁栅栏的同时，五六个灰白瞳孔、惨白着脸的丧尸瞬间从便利店里涌出，动作迅猛如狂犬，迎面而来！

“砰砰砰砰砰！”

一连数发枪响，尸体倒了一地，每一发子弹都准确爆头。

众人皆是一愣，转头看过去。

只见正对着门口的季雨时满脸是血，看不清表情。

他双手握着钻石鸟，连续开枪的后坐力震得他手臂发麻，正轻微地发着抖。

他前方最后一具尸体躺下，双目圆睁，子弹正中眉心。

宋晴岚也愣了一瞬，很快就反应过来命令道："清理门口，进去关门！"

现在不是插科打诨的时候，段文立即拖开尸体侧滚而入，紧接着是让人刮目相看、仿佛瞬间换了一个人的季雨时。

两人半分也不敢松懈，进去后先举着枪迅速巡视了一圈。只见便利店里一片狼藉，大部分货架都空荡荡的，像刚被人狂扫抢劫过一样。

除此以外，店里并没有其他的丧尸，还算得上安全。

枪声与嘶吼声中，李纯第三个滚进便利店，紧接着是周明轩与宋晴岚。

尸体堆积，宋晴岚一脚踹开钻进来的丧尸，再补上一枪。

然而，活人的出现吸引了越来越多的丧尸，它们推挤在门口，疯狂地往里钻，迸裂的血花与脑浆将便利店门口染成一片尸海，铁栅栏被拍打得"哐哐"直响，仿佛马上就要塌了！

在门口众人快要支撑不住时，汤乐终于被汤其狠狠推进了便利店。

汤乐头发已经被血打湿了，回头大喊："哥！快进来！"

汤其就在门外，鲜血染了满脸，他把汤乐送进来以后，却猛地将铁栅栏往下一拉，把自己关在了门外！

众人震惊，有人出声喊道："汤其！"

宋晴岚猝然扔下神眠，双臂抬起铁栅栏，电光石火间却见汤其抬起右手，擦了下脸上的血迹。那右手三根手指都少了一截，咬痕鲜血淋漓。

和刚才那个突变的女人一样，汤其年轻的脸庞逐渐爬上青色网状血管，坚毅明亮的双眸以肉眼可见的速度变成了灰白色。无数丧尸挤在汤其背后，簇拥着他撕咬，他无动于衷。

"哥！"便利店里绝望的哀号响起，目睹一切的汤乐如受伤的猛兽般扑向门口。

队友拉住汤乐，皆是双目赤红。

门外的汤其眼珠完全浑浊，短短几秒内，他身上属于鲜活人类的一切特征都消失了。他口中发出"吼吼"的嘶吼声，跟着那群被关在外面的丧尸一起，疯狂地拍打冲击铁栅栏。

他成了丧尸的一员。

"哥！"汤乐趴在地上被队友压住，一米八几的大男人哭得伤心欲绝，"哥！"

宋晴岚退后几步，狠狠一拳砸在墙上！黑发垂在他额前，额上隐隐有青筋暴起，他浑身散发着浓烈的戾气。

“我们是不是死定了？后面是黑墙，外面是丧尸！”李纯红着眼圈道，“这么快就……外面丧尸那么多，我们怎么办！”

外面的丧尸如潮水，一波接一波，密密麻麻，他们毫无硬闯出去的可能。

人一旦被咬，几乎在十秒内就会变异，汤其就是很好的例子。

这便利店的铁栅栏看上去也支撑不了多久了。

李纯这话一出，便利店里一片沉默。

这情况比预计中的危险数百倍，开局就是死路，没人想过会是这样的局面！

季雨时站在角落里，耳侧的发丝带着一些黏稠血迹。

汤其突变的一幕太过惊悚，让人胆怯。铁栅栏“哐哐”作响，聚集在便利店外的丧尸越来越多。听着那些近在咫尺的嘶吼声，小小的便利店里，绝望笼罩在每个人心头。

然而，宋晴岚却道：“留下来也是坐以待毙，还不到放弃的时候！”

季雨时抬头，只见宋晴岚捡起了地上的神眠，没有去看外面双目浑浊、跟随他出生入死过的队友。

明白众人都指望着他，宋晴岚咬着牙，沉声下达命令：“看看有没有别的出口！”

队友们纷纷行动，很快又都回到了原先的位置。

“宋队！没有发现！”

“洗手间有一个窗口，但是仅有三十厘米大小，我们出不去。”

“仓库应该有出口。”季雨时的耳朵因为那贴得太近的枪响还耳鸣着，耳膜剧痛，因此他说话的语调有些怪。

目睹队友的死亡，季雨时染了血渍的脸庞有些苍白，他继续道：“但我不确定出口外有什么，可能更糟。”

众人微讶。这位新加入的季顾问刚才在门口露了一手，此刻看上去脆弱得不堪一击，好比受过摧残的温室花朵，他们却不约而同地想起方才那一排在他枪下倒地的丧尸。

段文说：“我已经看过了，仓库里四面都是墙！”

季雨时又说：“不会的，我记得这一片的建筑布局！”

宋晴岚脱口而出："你以前来过？"

不对，宋晴岚很快打消了这个疑虑，他们刚刚来到这个所谓的 PU-31，连这里到底是什么地方都没搞清楚，季雨时不可能来过。

季雨时解释道："不是！我们刚才来的路上，我见过这一排建筑的窗户布局。这里是商圈，对建筑外貌都有固定的要求，因此底层的每间铺面都是一模一样的，所以仓库一定有出口。"

有人忍不住问："你能确定不会错？"

季雨时点点头："我确定。"

众人快速来到四面都是墙的仓库。

如果没有很好的方向感，人到了一个陌生的空间，很难分辨清楚自己所在的方位。

然而，季雨时脑中仿佛有一张活生生的 3D 建筑图，他指着一堵墙快速道："这个位置有一扇大概高一百二十厘米、宽八十厘米的窗。因为这里被规划出来做便利店的仓库，考虑到防盗防潮等问题，原本的窗户很有可能被封起来了，店主在不改变建筑外貌的情况下保留了假窗。"

众人狐疑，真有人能记住路上见过的一切，丝毫不出错？

宋晴岚已经恢复了冷静，敲了敲那堵墙。

时间紧迫，确认是轻薄砖体墙后，宋晴岚问："墙后是什么？"

季雨时从那眼神中看出几分信任，镇定地又说了一遍："后巷，但我不能确定后巷的情况。"

情况危急，宋晴岚不假思索地道："直接轰开！"

说干就干，众人后退，汤乐使用一把冲锋枪，与宋晴岚一起轰扫墙体。

墙体迸裂，天光照进了仓库，外面果然如季雨时所说，是一条后巷。

仓库外传来"轰隆"一声巨响。

说时迟那时快，是那铁栅栏不堪重负，终于轰然倒塌！

无数疯狂的丧尸冲入了店里，纷乱急促的脚步声与货架倾覆声就是死神的丧钟！

"快快快！"

"你们先走！"

机会就在眼前，但仓库门只是一块薄薄的木板，很快就被丧尸挤压得变形了。

周明轩背靠着它，以身为盾勉强支撑，大声催促：“快走！”

李纯紧随段文，迅速钻出了墙体上刚轰出来的窗口。

可是很快，不堪一击的仓库门“哐当”倒地，丧尸争先恐后地扑了进来，周明轩来不及躲闪，瞬间被丧尸淹没！

枪声乍起，血花四溅，早已濒临崩溃的汤乐红了双眼：“我杀了你们！”

仓库内血肉横飞，宋晴岚神情紧绷，手持神眠狂扫。

稍一得到喘息的机会，宋晴岚立马抓住汤乐的衣服，回头看向季雨时，眸中似有电闪雷鸣，吼道：“季雨时！把他给我带走！”

季雨时满身鲜血，十分狼狈，回道：“太多了！一起走！”

汤乐脸上不知道黏着谁的血，被宋晴岚抓得踉跄着退了几步。

宋晴岚单手持枪干掉新一拨丧尸，把人狠狠推向季雨时：“你不是想帮忙吗？别废话！都给我走！我殿后！”

越来越多的丧尸涌入，巷外也有丧尸被吸引了过来。

眼见宋晴岚自顾不暇，季雨时不再犹豫，推搡着汤乐从窗口一跃而下。

李纯在不远处一辆车的驾驶室里大喊：“快上车！”

“砰！”季雨时落地后干掉一个冲来的丧尸，与汤乐迅速上了车，他们身后传来震耳欲聋的枪响。

“宋队呢？”车里的段文问，“汤乐！宋队呢？”

仓库里密集的枪声戛然而止，季雨时顷刻间明白了什么，方才宋晴岚那决绝的神情出现在他脑海里。

他猛地看向他们跳出来的窗口，那里正源源不断地涌出丧尸，唯独不见那个专横跋扈的宋晴岚。

段文声音变了调，像是在哭也像是在号叫：“识别卡！快找！”

数十个丧尸将车子包围住，拍打声响在每个人心头。

这年代开车需要指纹锁，用寻常的方式打不了火，李纯哆嗦着，终于从储物箱找到了车辆备用识别卡。

车子发出轰鸣声，轮胎摩擦地面时冒起白烟，冲撞间将前方的丧尸拖行出一地暗红色血痕。

后巷外，街道如旧，阳光明媚，远处的黑墙成了城市的背景。

那个时候，时间的流速仿佛变慢了，每个人脸上不可置信、瞳孔放大的惊恐表情都定格了。

阳光下，一辆巨型空间车正从不远处疾驰而来。

他们刚逃出生天就全军覆没，被碾成了烂泥。

7.

“所有人准备，天穹守护者七队，第十三次A级任务，出发！”

低沉的男声从耳侧掠过，清晰地传入脑海中，酥麻了听觉神经。

【警告！警告！您已偏离目的坐标！您已偏离目的坐标！】

胶囊舱里警示红灯狂闪，透明面板上闪现着无数光怪陆离的画面，紧接着眼前一道白光闪过，尖锐的耳鸣骤然响起。

【检测到非法跃迁！】

【检测到非法跃迁！】

出错了！

季雨时咬着牙试图去按警示按钮，但胶囊舱猛然天旋地转，他不得不使出全力去抓住安全椅的扶手，才不至于被甩出座椅，撞得头破血流。

漫长的颠簸过去，胶囊舱归为平静的一刹那，季雨时抓住机械臂递来的营养液猛灌几口，足足缓了十几秒。

等等……这一幕怎么……有一种既视感？就像是他已经经历过一次一样。

可那感觉消失得很快，季雨时来不及抓住它的尾巴，它就消散于无形之间了。

【？？ p0754%$#37】

【：《“LRR”/’1’89’’】

透明面板上出现乱码，彻底死机了，胶囊舱外传来队友们的说话声。

季雨时跨出胶囊舱，发现他们到达了一片树林。

天空呈深灰色，漆黑的树林影影绰绰，除了七个胶囊舱闪着荧光外，再没有其他光线，静谧幽深。

队友们在吐槽什么。

宋晴岚的声音传来：“我让你坐满十次大摆锤才准再出任务，你老实交代，到底坐了几次？”

另一个声音听起来有点痛苦：“两次……呕——”

原来是有人吐了。

借着胶囊舱的荧光，季雨时分辨出正在呕吐的人是紧邻自己的胶囊舱的李纯，不明物体甚至溅了一部分到他的胶囊舱上。

季雨时霎时屏住呼吸，连退了好几步，也有点想吐了。

队友们对李纯的吐槽还在继续，季雨时吹着冷风，想等气味散去，也想等他们吐槽结束。

李纯好像终于吐完了，声音虚弱地道："不是……你们没有闻到吗？这里的空气好臭啊。"

有人说："纯儿，别找借口，先漱漱口。"

"谢谢文哥……诶？季顾问呢？"

李纯这句话刚说出口，季雨时就下意识接了一句："我在这里。"

快得就像他知道李纯会这样问一样，季雨时之前消失的那种既视感又来了。

宋晴岚似乎朝他的方向看了一眼，表情挺冷淡的，然后低头看通信器。

季雨时便也看了看自己的通信器。

【1470.08.05 04：41：31】

这不是他们应该来的时间坐标。

宋晴岚肯定也发现了这点，命令道："段文，查看主控面板，看看是否有数据纰漏或信息劫持，马上联系指挥中心。"

"是。"段文报告，"宋队，我们的设备好像被锁定了。"

设备锁定了？季雨时走了过去。

宋晴岚问："怎么个锁定法？"他眉头成结，侧脸的线条很好看。

段文说："主控面板离线，也联系不到指挥中心，胶囊舱不工作。似乎是因为这里的电磁波、磁场有点不一样，但我不能确定，说不定刚才的跃迁和这个也有关系。现在就剩通信器能用，我们被困在了这里。"

周围的队员都竖着耳朵，听到这个消息纷纷抱怨起来。

"那任务怎么办？"

"我还说明天下任务就请新认识的妹子吃饭呢。"

"你已经渣了那么多个，有完没完？"

众人话音刚落，树林里忽然传来了脚步声。

守护者行动秉承低调原则，非必要时刻不得让当前时间的原住民发现身份，于是众人同时静音了。

负责控制的段文也反应很快地将发光的胶囊舱关闭，并调成了隐形模式。

所有人静静地站在树林里，一动不动。

随着那纷乱的脚步声越来越近，季雨时忽然产生了一种强烈的预感……果然，等他适应了黑暗，就清晰地分辨出来者是一个肮脏的流浪汉。

“吼吼——”

流浪汉扑向李纯，却被李纯摔倒在地，紧接着，流浪汉再次暴起冲来。

“什么鬼？”李纯猝不及防地被扑倒，惨叫一声，“啊！”

那流浪汉竟狠狠咬住了李纯的肩膀！

宋晴岚一脚将流浪汉踹出了三四米远，发出“嘭”的一声响。

段文拉起李纯，急道：“纯儿！你怎么样？”

作战服肩上有护甲，李纯疼得龇牙咧嘴，万幸流浪汉这一口下去只留下了个牙印，没咬出血。

黑暗中，宋晴岚干脆利落地将流浪汉制服，然后冲李纯抬了抬下巴，道：“纯儿，你新渣过的对象？都追到这里来了。”

在队友们的哄笑声中，季雨时显得格外沉默，他站在一旁，看起来……在走神。

等他回过神来，李纯已经将流浪汉绑在了树上。

于是，季雨时打开手电，径自朝流浪汉走去。

手电的强光让众人都看清了流浪汉的模样。

灰白又浑浊的眼球，布满青色网状血管的惨白皮肤，以及一身暗红血迹和细碎肉块，散发出阵阵浓烈腥臭味，令人作呕。

“吼——”流浪汉的表情几乎不像个人类，他仍张着大嘴，试图啃咬周围的活人，兀自疯狂挣扎着。

队友们面色各异。

这一幕冲击力太大，季雨时却眼睛一眨不眨地看着，好像完全没有受影响。

只听李纯小声说：“我都和你们说了这里的空气很臭了。”

宋晴岚眉头深锁，观察了流浪汉一会儿才关掉手电，开口道：“得，我们出门前该看看皇历，简直破了守护者史上最快被原住民发现的纪录。回去后谁都不准上报，要是因此扣分的话，九队那帮人就要超过我们了。”

他站起来，又说：“暂时把人留在附近，自然会有人发现他再报警。这里一片漆黑，什么都看不见，我们得出去想办法联系这个时空的天穹。出去的时候大家都要注意周边环境，提高警惕，可能会途经凶案现场。”

众人：“是！”

领取装备时，每个人的动作都很麻利。很快轮到了季雨时挑选装备，他选了一把最近几天在训练室里使用过的手枪。

宋晴岚站在他身侧，说出了枪的名字：“钻石鸟。”

这个男人个子极高，不笑的时候气质凌厉，有一种难以忽视的压迫感。

被这样俯视着，季雨时莫名接着他的话说了下去：“仿十四世纪PPK的款式。”

宋晴岚大概正好也想说这个，被抢白后微微挑着眉，露出几分桀骜的神色，道：“季顾问，你很复古。”

季雨时微怔，这到底怎么回事？

宋晴岚的话打断了他奇怪的思路：“要是我的话，在这种情况下会尽量选择更能保护自己的武器。”

季雨时不由自主地抬头看着他。

“一点小建议。”宋晴岚眉毛微扬，自顾自地挑选了武器，“不过，挺适合你。”

宋晴岚先选了两把军刀，季雨时看着他把军刀插进了小腿束带，然后再看着他按照自己想象的顺序选了一副手套、一副拳钩，最后才挑选了一把霰弹枪。

“神眠？”季雨时问。

不管他有没有在部队待过，能认出一把著名的杀器也并不奇怪。

宋晴岚回道：“对，适合我。”

出发前，宋晴岚忽然转身道：“武器要在该用的时候用，最好不要离身，但是你知道如果被原住民发现你佩枪的话要怎么办吗？”

被那双黑眸注视，季雨时不难看出其中的揶揄，像是在说：你这样的不像警察。

季雨时却接着他的话说了下去：“就说我是警察。”

走出树林后，季雨时发现这里是一个公园。

途中，他们在主干道看到了半具被啃咬过的尸体，流浪汉身上的肉块和血迹似乎都有了解释。

这是城市中央最繁华的地段，清晨五点的公园里却杳无人烟，除了随风飘扬、无人清理的垃圾和偶然在路面看到的暗红色血痕，众人没有看到一个活人。

公园周围林立的高楼大厦也不见烟火，城市一片死寂。

诡秘的氛围里，公园阴森无比，众人列队而行。

“宋队，十一点钟方向，公园管理处。”像是担心惊扰了什么，季雨时压低声音，忽然这样提醒道。

这一路季雨时都很沉默，宋晴岚随着他说的方向看去。

季雨时刚想补一句“里面好像有灯光”，宋晴岚便偏了偏头，道：“分头前进，先去看看。”

队友们领命四散开来，主干道上就剩季雨时和宋晴岚两人。

一阵风吹过，宋晴岚的额发垂落少许，平日里精明桀骜的双眼微微眯起。

季雨时有些紧张，那种既视感越发强烈，难道宋晴岚也察觉到了那种不对劲？他希望是那样。

然而，宋晴岚只单刀直入地问：“季顾问，你的心理承受能力怎么样？”

季雨时的脸色忽然变得苍白，心脏也剧烈地跳动起来。

如同梦魇来袭，他被魔障一般的网兜在其中，沉重得不可自拔，但并不是因为宋晴岚问了这个问题。

季雨时面上平静，无人知道他的手心已经泛起了一股冷汗，他听见自己回答：“可能不怎么样。”

怎么？以貌取人的宋队长开始关心他了？这难道是新人待遇？

宋晴岚抬头朝四周死寂的高楼看了看，然后说：“这次被困，不知道要多久才能回去，你家里那位怕是要等急了。但是，我希望你调整一下。”

季雨时问：“宋队，做任务时，对每个新人你都会特地谈话？”

“不是。”宋晴岚并无需要客套的意思。

原来是针对“花瓶”特地打的预防针，季雨时懂了，应道：“我知道了……”

宋晴岚走后，季雨时在原地待了几秒，想等待身上的恶寒散去。可是，他耳边依然传来了无数杂音，他心跳得快要蹦出嗓子眼，一时间难以平息。

“团团，你要清醒过来……你要加油，不要被它拽着走。”

“咱们不想了！咱们不想了！团团，你看这里，这里的东西都是新的，它们从来没有出现过，你看看！”

“季雨时，你这一次的图像考试和心理测验都不及格。尤其是你的心理测验，分数低得可怕，表现一次差过一次！”

“季雨时！你要振作起来！你必须学会分解大脑的超载！否则你就离疯狂不远了！”

“团团，你要分清楚现实和记忆的区别，重叠记忆对你没有半点好处。”

……

公园管理处，季雨时最后一个到达。

汤乐正在报告：“宋队！洗手间里发现了尸体！”

宋晴岚找到了一个关机的通信器，正在摆弄，闻言便将它放下，前去洗手间查看。

他们将尸体翻了个面，阵阵恶臭中，宋晴岚用军刀拨开了尸体紧闭的眼皮——这具尸体的体征变化与他们在树林里碰到的流浪汉一模一样。

众人七嘴八舌地开始了讨论，没人留意到季雨时只在门口看了看就默不作声地走开了。

管理员办公室里的布置在眼前晃动，季雨时无视了一片凌乱的桌面，略过钥匙、报纸、登记簿等，目光径直落在那个黑屏的通信器上。

像是得到了某种指引，季雨时打开抽屉，在里面找到了通信器充电口。

关机的通信器被打开了，季雨时只略微翻看了一两分钟就猛地将它放下。他目光迅速扫过办公室，在角落里找到了一箱矿泉水。

“怎么了？”

宋晴岚与队友们回到办公室，正巧撞见这一幕。

季雨时手持一瓶矿泉水，脸色苍白，漆黑的睫毛在眼睑投下一片阴影，整个人正难以察觉地轻微颤抖着，仿佛正强忍不适。

殊不知他这副模样如同一件经不得磨难的瓷器，仿佛只要轻轻一碰就碎了。

当着众人的面，季雨时一点心理负担也没有地将矿泉水递给宋晴岚，眼神澄澈，开口道：“宋队，能帮帮忙吗？我有点难受。”

他好像承认了自己的脆弱，而花瓶正是需要被呵护的。

众人心想：上一个在宋晴岚面前这样的人坟头恐怕都长草了，连个瓶盖都拧不开，这是什么男人！

谁料，宋晴岚只是好整以暇地看了季雨时两秒，便接过矿泉水拧开瓶盖再递回去，问他："有没有什么发现？"

季雨时喝了一口水，将口中的药咽了下去。

"我在抽屉里找到了管理员通信器的充电口，还发现了一段视频。"

8.

等季雨时播放了那段在通信器里找到的视频，众人都不寒而栗。

视频里的男人也出现了流浪汉与管理员身上的症状——眼球灰白浑浊，皮肤惨白，布满青色血管，叫嚣着想要撕咬自己的老婆。

"视频拍摄时间是一个月前。"

不同于众人表现出来的惊恐，季雨时的语气很平淡。

他表现得勇敢而成熟，就像刚才那个连瓶盖都拧不开的人不是他一样。

"是丧尸！"

"如果真的是丧尸，那得有多少这样的在外面！"

"难怪这里这么古怪！"

"这都是一个月前的视频了！"

似曾相识的话语在办公室里响起。

在队友们的讨论中，季雨时只默默地又喝了一口水，那股可怕的无力感才渐渐消失。他缓缓说："通信器没网络，但我刚刚还收到了新信息，应该是发给我们的。"

"信息在死者的通信器上，但……是发给我们的？"

"是。"

"打开。"宋晴岚道。

季雨时将信息投影出来。

【欢迎，来自星元一四五六年的守护者，欢迎来到PU-31。】

【本次跃迁已锁定，任务成功后解锁。】

【任务模式：衔尾蛇。】

【任务规则：死亡淘汰。】

这时，汤乐大喊："你们看！"

窗外，天地间骤然出现一堵黑墙，从他们刚才来的方向一路蔓延。

"嘀"的一声，通信器显示了最后一行提示。

【任务目标：黑暗追逐者。】

众人惊恐不已。

七嘴八舌中，宋晴岚找到一个扫把，将它戳进了黑墙，等再拿出来时，扫把插进黑墙的那一截已经不翼而飞，截面整整齐齐，竟被黑墙“吃”了。

“刚才的任务规则说什么来着？”

“死、死亡淘汰。”有人回答。

“知道就好。”宋晴岚严肃道，“拿好自己的装备，最好一个都别给我死。反正也回不去，不管这个 PU-31 到底是什么，我们去会会它。”

段文回头看了看季雨时，问宋晴岚：“季顾问怎么了？”

季雨时已经走在了队伍中间，身姿挺拔，背脊挺得很直，整个人显得很沉默，完全看不出来他刚才在管理处被腐尸吓得魂不守舍的模样。

私人频道里，宋晴岚有些漫不经心地道：“你自己问问？”

段文“嘻”了一声，说：“算了，万一他也让我拧瓶盖呢？”

宋晴岚语气有些微妙的变化：“所以？”

段文不敢再开队长的玩笑，连忙说：“那、那我还是会帮忙拧的嘛，帮助队友是我们的责任。”

宋晴岚评价：“少说垃圾话。”

段文说：“其实我就是希望回去写报告的时候可以友好一点，不要因为团队不和谐拉低评级分数……”

段文还在絮絮叨叨，宋晴岚却忽然顿住了脚步，做了个握拳的手势：“等等。”

宋晴岚的声音在公共频道响起，所有人都朝前方看去。

荒芜破败、杳无人烟的城市道路上出现了一群人。

正值夏末，清晨六点的阳光穿过这片钢筋水泥铸就的森林，投射在焦黑色的柏油路面上，形成一条金色光线。那刺眼的光像一道分隔线，将人间与地狱分割。

那是一群丧尸，它们没有发现悄然走在僻静处的小队，正专注地包围着一具血肉模糊的尸体，喉咙里发出兴奋的“吼吼”声，如同野兽一样争先恐后地进食。

皮肉、四肢以及内脏都被撕扯开来，丧尸们狼吞虎咽中，骇人的咀嚼声从相距不过七八米的地方清晰地传入了小队每个人耳中。

“啊！”尖叫声乍起。

小队后方，一个女人从建筑里冲出来，拔足狂奔，她身后跟着二三十个丧尸，眼看就要将她追上。

这一声尖叫惊扰了前方的进食者，小队犹如夹心饼干中间的“心”，眼睁睁看着前方的进食者扔下尸块，迅猛地朝他们冲来！

不知道队里的谁喊了一声：“救人！”

“砰砰砰”几声枪响，女人身后的三四个丧尸倒地，与此同时，另一名队友也开了火，将冲来的进食者击毙。

枪声回荡在寂静空旷的城市里，如同一滴水溅入了滚烫的油锅中，热油霎时重新沸腾起来，无数丧尸从阴影里涌了出来！

“走走走！”

“快！”

枪声震耳欲聋。

“宋队？”段文喊了一声，“快走！”

宋晴岚站在原地，似乎在等待什么，身上散发出逼人的凛冽气息。

待那女人距他还有几步之遥时，一道寒光闪过，女人猛地双膝跪地，“扑通”一声倒在了路上。

有队友的掩护，宋晴岚大步走过去，从女人的额头上拔出了他的军刀。

鲜血扑簌簌流在女人圆睁的双目上，灰白色的眼球短短几秒内已经与追逐她的丧尸如出一辙，她耳朵少了一块，能看出来明显的齿痕。

宋晴岚插回军刀，身后的季雨时正转身一枪干掉了一个扑向他后背的丧尸，动作麻利得超出宋晴岚的意料，他还以为第一次在真实战斗里开枪的人都会比较犹豫。

人潮汹涌，犹如末日。

季雨时回头朝地上的女人看了一眼，然后讶然看着宋晴岚。

看了这一眼，季雨时终于确定了某种让他迟疑的原因，清秀的双眸迸出热度，他好似终于有了人身上的烟火气，怒而大喊：“左前方！便利店！快走！”

丧尸越来越多，目之所及之处还在源源不断地涌出。

七队众人距离便利店并不算太远，能清楚地看见便利店完整的铁栅栏。

及时发现掩体给他们争取了许多时间，众人协力，在枪林弹雨中很快齐齐冲到了便利店门口。

季雨时看也不看，举枪“砰”的一声击中了店铺识别面板，刺耳的警报声中，李纯与周明轩齐齐使力拉开了铁栅栏！刚容一人侧滚而过，季雨时便犹如一条滑溜的鱼，迅速侧滑而入。

霎时，店铺里传来数发枪响：“砰砰砰砰砰！”

枪声平息，季雨时重新出现在铁栅栏后，鲜血打湿了他白皙的脸庞，连睫毛上都染了血迹。

“进来！”他微微喘着气，声音不太稳。

等队友们接连进入便利店，面对一地的新鲜尸体，皆一脸震惊：这真的是连瓶盖都拧不开的季顾问？

便利店里乱七八糟，货架空空如也，除此之外尚算安全——就算有危险，也被季雨时单枪匹马地在眨眼间解决了。

他那速度和果敢，简直就像是预知了情况一样。

说实话，最好的守护者也最多只能有这种水平了，众人顿时产生了一种该交智商税了的感觉。

“宋队呢？”周明轩猛地问道。

在场的还有李纯、段文、季雨时三人，却不见双胞胎与宋晴岚。

季雨时皱起眉头道：“拉开门，等他们！”

话音刚落，店外就传来密集的枪响，宋晴岚推着汤乐在店里众人的掩护下滚进了店里。

汤乐神情涣散，而宋晴岚则面色铁青，铁栅栏“哐”的一声被拉下，有人喊道：“还要等汤其！”

“不用等了。”宋晴岚站起来，浑身血污，“汤其被咬了，他被感染后，突变时间……不超过十秒。”

汤乐痛哭出声。

没人知道他们在外面发生了什么，听到这个答案后，先进店的四人均是浑身巨震。

近在咫尺的地方，无数丧尸在疯狂地拍打着铁栅栏，张着血盆大口，灰白瞳孔紧盯着店里的活人，似乎下一秒就要涌进来把他们撕碎。

十秒，这病毒的传染速度竟如此之快。再加上被咬后百分之百的变异率，世上根本没有哪一座城市有能力防卫这样的病毒。

“我们不能坐以待毙，这栅栏坚持不了多久。”宋晴岚的声音很冷，“店里的仓库内有一堵轻砖砌的假墙，我们把它轰开，从那里出去。”

季雨时猛地抬头，两人视线正巧相触。

现在不是聊天的时候，季雨时被鲜血洇湿的脸上那双眼睛亮极了。

宋晴岚镇定自若，问的话却蕴含深意：“季顾问，墙后面是什么？”

季雨时攥紧拳头，指甲刺痛了掌心。

当着一无所知的队友，他平静道：“是后巷。”

众人不明所以，更加不明白他们两人在打什么哑谜，可只要有生路，在这样的情况下他们根本没时间去顾及其他。

铁栅栏承受着巨大的压力，晃荡着发出可怕的响声，他们必须争分夺秒从这里逃出去。

墙体被集火轰开，光线照了进来。

最后一名队友跳出窗口后，“轰隆”一声，那苦苦支撑的铁栅栏终于倒地！

周明轩开枪扫射后巷的丧尸进行掩护：“快上车！”

宋晴岚将几近崩溃的汤乐塞进后座。

那些丧尸冲进了便利店，再顺着他们逃生的仓库窗口跳了下来。

周明轩也上了车，不算宽敞的小车里一下子塞进了六个大男人，彼此紧贴。

只听段文喊道：“识别卡呢？快找！”

宋晴岚与季雨时中间隔了个汤乐，他却近得能看清楚通过车窗照进来的阳光下，季雨时白皙后颈上的细软绒毛。

季雨时打开储物箱，把识别卡递过去，说：“这里！”

驾驶座上的李纯接过识别卡，忙不迭发动车子飙了出去。

车子发出轰鸣声，轮胎摩擦地面时冒起白烟，冲撞间将前方的丧尸拖行出一地暗红色血痕，他们冲出了后巷。

还来不及松一口气，车子行驶到某个十字路口，季雨时忽地变了脸色，大喊：

“左转！”

不远处，一辆巨型空间车疾驰而来！

季雨时喊得及时，这一声吼让李纯条件反射猛打方向盘，小车直冲进了一栋大厦里！

车子刹车缓冲，“嘭嘭嘭”一连撞击了几道玻璃门才堪堪停住。

挡风玻璃碎成了蜘蛛网，车头冒烟，所有人都因为惯性撞得不轻。

片刻的安静后，宋晴岚踢了踢驾驶座的椅背，说：“纯儿，你好像还没拿到驾照。”

李纯有气无力地道：“不是我顶嘴，老大，现在真的不要在意这些细节。”

众人齐齐无语。

9.

大厦里光线很暗，只有入口处透着些许光亮。

从他们的车撞进大厦的位置看去，勉强能看见大堂中央的墙壁上写着四个大字——润金大厦。四个大字左侧的金属面板上镌刻着各楼层分布图，能大概分辨出这是一栋商住两用楼。

大堂里光滑的大理石地板染了血迹，墙壁上也有一些血手印，被车撞碎的玻璃与垃圾桶里倾覆的垃圾撒了一地，除此以外什么也没有。

“大家怎么样？”车里的宋晴岚问，“有没有人受伤？”

车头变形严重，连带着本就拥挤的后座上坐着的人更加动弹不得。

宋晴岚这一声距离很近，沉沉地传入季雨时的耳朵里，就像他第一次在公共频道听到这声音时一样。

“我没事。”季雨时回答。

这一车人除了季雨时，没人知道之前发生过什么，更没有人对上一次的死亡保留记忆。

空间车袭来那一刻的死亡倒计时，令人肾上腺素飙升，因此季雨时心跳得很快，连刹车时头撞击到前座椅背产生的疼痛都感觉不到了。

“我也没事。”

“没事。”

副驾驶座的段文嗓音痛苦地道：“我、我好像卡住腿了。”

李纯骂了一声："快来帮忙！文哥被卡住了！"

"吼吼……"隐约有声音传来。

大厦里空荡荡的，黑漆漆的走廊也很幽深，让人难以分辨声音具体是从哪个方向传来的，但肯定已经距离他们不远了。

刚才车子撞进大厦的动静太大，肯定已经惊扰了附近的丧尸，这栋大厦看起来安静，却说不准也隐藏着许多丧尸。

段文的左腿死死卡在副驾驶座的中控台下，一旦队友试图挪动那变形的部分，他就疼得难以忍受。

段文忍痛道："你们先走，不用管我！"

丧尸的声音越来越近，他喘着粗气，一头冷汗，又说："快走！"

"我们怎么可能丢下你！"

"文哥你坚持住！"

宋晴岚将神眠插入中控台形成的空隙里，示意李纯护住段文的膝盖。

在这种情况下，他依然保持冷静果断，只快速道："少废话，忍住了，腿断了也得一起走！"

过去一起经历许多次任务形成的绝对信任，让段文对于队长的命令从不抗拒，因此他咬着牙点点头："好。"

"快！"周明轩在催促，同时举枪四顾。

走廊里的脚步声越来越大、越来越急，连带着"吼吼"的嘶吼声也近在咫尺了。

"砰砰砰"几声枪响，不知是谁开了枪，几个丧尸血花四溅，悚然倒地。

可是这条走廊犹如通往地狱，很快就有更多的"吼吼"声与脚步声响起，比前几个丧尸还要疯狂数倍的丧尸出现了！

"快点！"李纯急得眼红，大喊，"宋队！"

通体漆黑的神眠被宋晴岚当成了杠杆，因为用力，宋晴岚额头都冒出了青筋，手臂上肌肉蓄力成块，爆发力让中控台被撬动，发出了令人牙酸的声音。

"啊——"随着一声难以抑制的惨叫，段文的腿终于被救了出来，鲜血淋淋，伤口深可见骨！

"文哥！"李纯的手发着抖。

段文几欲昏厥，脸色煞白，李纯将他扛在身上，宋晴岚喝道："走！"

五个人加一名伤员，在这出入口有限的大厦里边打边退，来时的入口布满了碎玻璃，左侧有出口的走廊也被堵死了。

丧尸正源源不断地涌入，小队像无头乱撞的猎物，被扔进了陷阱里，可以说是才出虎穴又入狼窝！

枪声中，一拨又一拨丧尸被击毙，大厦犹如迷宫，让人无处可逃。

“哐”的一声，有人撞开了防火门。

一直沉默着的汤乐大喊：“这边！”

众人进入楼道，楼道里应急灯亮起，里面空无一人。可楼道下方很快就传来了密集的骚动声，众人脸色一变，有一群丧尸从楼下冲上来了！

“吼——”

“吼——”

此时紧跟他们的丧尸涌入了防火门，橘黄色的应急灯下，这些面孔惨白的人类被照得仿佛浸过血水，与楼下那群丧尸一道将楼道堵得水泄不通！

枪声密集，血肉、脑浆染红了洁白的墙壁。

一行人退至二楼，周明轩只打开门看了一眼就大骂道：“这是个交易所！都什么年代了还有人亲自出门办事！”

二楼黑压压一片人头，全是找不到出口的丧尸，数量无法估计！

汤乐与周明轩猛地将防火门关上，无视那门被撞得“哐当”巨响，汤乐迅速将门上的锁链缠上了，喊道：“再往上！”

“不能上去了！”周明轩分身乏术，边扫射楼下追来的丧尸边大喊，“说不定是死路！”

“往下也是死！”汤乐吼道，“那你说怎么办！”

众人不得不一退再退，转眼已到四楼，季雨时忽然开口：“去六楼！”

李纯扛着段文，都快哭了，不可置信地道：“还上？”

宋晴岚咬牙扫射着，眼前的丧尸爬过楼道堆积的尸体，源源不绝，他喊道：“上！”

“哐”的一声，六楼防火门被撞开，一片安静。

借着楼道应急灯散发的光，只见一个丧尸从黑暗中急速冲来，被走在前方开路的周明轩一枪爆头。

“关门！”

“找东西别上！”

黑暗中，手电亮起，有什么响声随之传来。

宋晴岚听觉敏锐，低声制止：“安静！”

乱七八糟的手电光束里，一个女性丧尸从拐角处狂奔而来。

“咻”的一声，丧尸额头爆出血洞，灰白色眼睛圆睁，应声倒地。

季雨时黑眸中亮着一点光，他手中握着通体雪白的钻石鸟，不知道什么时候已经装上了消音器。

小队背后的防火门外传来了撞击声，夹杂着丧尸特有的嘶吼声。

宋晴岚悄无声息的一枪让丧尸没有发现他们，丧尸仅在门外短暂地停留，那混乱沉重的脚步声就很快略过这里，一路往上去了。

七队暂时安全了。

灯光大亮，有些刺眼，是汤乐在墙上找到了电源开关。

这地方装修得很是浮夸，水晶灯、粉色棉花糖一样的沙发、大理石与玻璃砖的墙面，让一群男人不太懂这里是个什么地方。

“高级美容院。”季雨时收好枪说，“一般没什么人。”

周明轩忽然冲他举起了自己的镭射枪，瞄准红点刺激得季雨时眯起眼睛，下一秒，“噗”的一声，他身后不远处又倒下了一个丧尸。

季雨时回头看了下，淡定道：“谢谢。”

周明轩则行了个礼。

那头宋晴岚已和李纯一起将段文放到了美容院的沙发上，鲜血很快将沙发浸湿了。

段文失血过多，腿折成一个不自然的角度，人已经完全昏迷。

李纯负责后勤，队里的简单医疗工作也是他在做，看到这情形，他不由得眼眶发热：“医疗包刚刚被丧尸拉扯得落在路上了！我真没用！”

宋晴岚比李纯镇定，对众人道：“先止血，去找干净的毛巾来！再看看有没有急救箱！”

众人应声：“是！”

忙碌的翻找中，周明轩问：“季顾问，你怎么知道这里是个美容院？”

季雨时说："楼下有楼层分布图。"

像是不习惯考虑别人能否理解他的话，季雨时又补充了一句："就在大楼标志旁边。"

周明轩也想了起来，"润金大厦"四个字旁边的确有个分布图，但普通人在那种情况下只会对它一扫而过，更别提清晰地记住每一层楼的具体分布了。

这一路过来，周明轩已经对季雨时有所改观，此时再听他这么一说，如果不是心情太沉重，周明轩简直想由衷地夸奖他两句了。

他们很快找到了急救箱，李纯又在消毒柜里找到了毛巾。

在这种情况下，李纯连针都没法缝，除了能暂时用绷带和毛巾将段文的左腿包扎起来，别无他法。

好不容易帮忙将段文的血勉强止住，宋晴岚手上已经染满了血迹，额头上也有了汗珠。他环顾周围，目光落在了汤乐身上。

汤乐滑坐在墙角，一言不发，双眼无神，好像刚才他只是短暂地活过来一瞬而已。

宋晴岚神色凝重地看了汤乐几秒，似乎有话想说，然而他最终只转过头问："季顾问呢？"

周明轩微怔，指着洗手间的方向说："往那边去了。"

早上七点四十分。

这家高级美容院的洗手间宽敞明亮，四个公主式盥洗台围成一个圆圈，地上铺有地毯，周围摆了香薰蜡烛，一走进去还能闻到香气。

可此时，这香气中夹杂了淡淡的血腥气息，地毯上也扔了几团染了血迹的纸巾。

"哗哗"的水声传来，宋晴岚围着圆形盥洗台绕了半圈，才在最靠里的位置发现了季雨时。

季雨时在洗脸，或者说干脆用水把头发都冲了一遍。

黏稠的血液混合着清水，变成了粉色，流到搪瓷洗手盆里。

季雨时的发梢连同睫毛都在滴水，湿透的皮肤显得比平时还要白，额头那个凸起的包因此更加显眼了——那是他在车上撞的。

镜子里，季雨时也看见了宋晴岚，喊道："宋队。"

经过一场恶战，所有人都几乎是在丧尸堆里打过滚了。

和他们这群兵痞子一样的守护者不同，季雨时非常爱干净，这点大家都看得出来。

奇怪的是，即使大家已经见识过季雨时并非一无是处，知道他不是想象中来混A级任务的花瓶，但只要看到他这副长相，还是会觉得他脆弱。

宋晴岚对着镜子指了指自己的额头，不太走心地问："你没事吧？"

季雨时道："没事。段文怎么样？"

宋晴岚回道："左腿骨折，伤到了动脉，腿怕是要废了。"

季雨时动作顿了顿。

宋晴岚又说："扛，不管怎么样都要把他扛回去，总比看不到人好。"

这一路发生的种种意外都太快了。

他们措手不及，被情势步步紧逼，先是汤其，然后是段文，再到现在的局面。

但是如果……大概是想到了同一个方向去，两人同时沉默了，却没人把那种无法确定的猜测说出口。

宋晴岚并不是来找季雨时闲聊的，很快就直奔主题："季顾问，你怎么知道仓库后面是后巷？"

季雨时放下毛巾，说："那宋队又怎么知道哪里是假墙呢？"

"那个女人在我眼皮子底下突变的时候，我突然就想起来了。"

"真巧，我也是。"

从目前的情况来看，能记得上一次发生过什么的只有他们两个人。

宋晴岚双手环胸，身上有了点邪气，似是不太在意地道："如果不是我疯了的话，我记得你们应该逃上车了。"

季雨时点点头："是的，但我们运气不太好，刚逃上车开出去没多远，就被刚才遇到的那辆空间车撞死了。"

上一次的死亡对他们来说都不是什么美好的回忆。

原来殿后牺牲什么的并没有起到作用，宋晴岚低低骂了声，然后说："看来我们都没疯。"

宋晴岚打开水龙头，冲去手上的血污。

那双大手骨节分明，血污已经渗进了指甲里，不知是段文的还是谁的。

出去前，宋晴岚顿住了脚步。他转身看向季雨时，双眸深邃，似乎想看穿季雨时的内心。

“对了季顾问，你还记得任务模式吗？”

“记得，是‘衔尾蛇’。”

季雨时忽地明白了什么，西方传说里，“衔尾蛇”代表的是循环，和他们现在的情况何其相似！

宋晴岚忽然提起这个话题，见了季雨时的反应，又轻轻放下，提醒道：“这件事还没有头绪，谁也不知道我们的猜测对不对，万一错了就无可挽回，我希望你可以暂时保密。”

宋晴岚的黑色作战服上满是暗红色血迹，像是嫌季雨时磨蹭，他说：“那什么，尽快去大厅集合，讨论下一步怎么做。”

两分钟后，季雨时回到大厅时，对宋晴岚随手扔过去一物。

那是宋晴岚撬车时拿去做了杠杆，后来又拿去做了门把手别住防火门的著名杀器——神眠。

此刻，防火门已经被季雨时用刚找到的消防斧别好了。

当着所有人的面，季雨时丝毫没有身为下属的自觉，语气正经地道：“武器要在该用的时候用，最好不要离身。”

众人暗暗吐槽：刚刚使唤过队长拧瓶盖，现在又敢对队长指指点点，季顾问的胆子真是越来越大了。

这话落入宋晴岚耳中，宋晴岚莫名觉得有些熟悉，好像是他上一次在公园管理处说过的。季雨时这个人，果真是睚眦必报。

10.

蜜蜂大小的袖珍无人机从窗口四散飞走，盘旋在城市上空，在飞行中将实时画面传送至季雨时的通信器上，再投射为全息影像，以便众人观察。

“城里还有幸存者。”周明轩指着一处画面说，“你们看，这里有浓烟！”

画面上，城市的面容逐渐显露。

破败的街景、损毁的道路，处处提示着文明社会已经从这座城市里消失了。

和他们目前所在的地区一样，其他街道也有丧尸的活动痕迹。

“肯定有幸存者啊，我们刚才不是差点被那空间车撞上吗？”李纯说到这里，掩不住自己的气愤和懊悔，“要不是那空间车，文哥也不至于伤成这样……我当时真的没办法做得更好了！”

季雨时道：“是我提醒得晚了点。”

李纯张了张嘴巴，然后说：“季顾问，我不是那个意思。”

“行了，他也不是那个意思。”宋晴岚用望远镜看了看周明轩指出来的位置。

镜头里，那栋大楼楼顶，有三四个人正往一个蓝色的大铁桶里堆放燃料，地面则用白色油漆写了个巨大的“SOS”，看得出来他们是在求救。

“有幸存者也是等死。”宋晴岚又说。

不远处，那堵吞噬一切的黑墙静静伫立着。前有丧尸，后有黑墙，那些人不过和他们一样，都是在夹缝中勉强生存，也许不知道什么时候就完蛋了。

目之所及，无数丧尸正从大厦、小区、地铁口等地方走出来。在四周没有“可捕食”同类的情况下，这些丧尸动作如常人，走得不快不慢，只是漫无目的地四处游荡。

随着走上街的丧尸越来越多，一眼望去，人头密集，就像过去的跨年夜一样热闹。

宋晴岚观察了几分钟，皱起了眉头，疑惑道：“这些丧尸还保留了社会习性？”

周明轩接过望远镜看了看，也发现了这一点，说：“奇怪，它们这是晚上回家睡完觉，大清早就起床逛街呢？可真是热爱生活！”

黑墙这头，阳光洒满了整座城市。

宋晴岚看着无人机投射出的画面，冷峻的侧脸绷起，若有所思。

在公园管理处时，宋晴岚曾用军刀扒开过管理员尸体的眼皮观察，那是他距离丧尸最近的一次。尸体浑浊不堪的灰白色眼球突然出现在宋晴岚脑海中，他蓦地想通了一点：“是光线。”

所有人都看着他。

宋晴岚说：“我们到达这里的时间是早上四点半，除了那个流浪汉，最初我们在路上并没有遇到大规模的丧尸，直到太阳出来了——”

接下来的话不用宋晴岚多说，当第一缕阳光照进城市时，小队将遭遇一拨丧尸。

“你们看。”宋晴岚指着无人机画面说，“丧尸有聚集性，它们走出来的地方有很多都是地下通道、地铁站、大厦等，这些地方大部分都是彻夜通明的。

我假设病毒入侵了它们的视觉神经，损坏眼球，使得它们看不清东西，因此对光线有强烈反应。除了声音和气味，它们会本能地跟随同类去追逐有光且光线更亮的地方。”

听队长这么一分析，众人都醍醐灌顶。李纯抬头望向大厅里透亮的水晶灯，然后走过去把灯关掉了，众人默许了他这个行为。

紧接着，另一个问题又来了。

季雨时道：“如果这些追逐光线的丧尸可以勉强称为‘光明追逐者’的话，那任务目标提到的‘黑暗追逐者’又是什么意思？”

这个问题暂时无解，没人可以回答。

周明轩想了想，说：“那我们是不是晚上走更安全？晚上这些玩意儿就自个儿回巢穴去了？”

“不一定。”宋晴岚道，“不是所有丧尸都会回地下，总有一部分会留在外面。比起对光线的敏感，这些丧尸对声音和气味的敏感度更强，你忘了我们刚才在楼道里的恶战了？”

李纯皱眉道：“对哦，它们瞎是瞎了点，可是速度很快！”

宋晴岚说：“最重要的是，不管从哪方面来看，我们都等不了那么久。”

大厅里，段文仍在昏迷。当务之急，他们还得找到药房，给段文拿药、消炎，否则别说腿了，恐怕连命都保不住。

宋晴岚是个非常有行动力的人，短短的时间里他已经理清了思路。他放大投影里当前大厦的俯瞰图，继续说：“再说了，现在的情况对我们其实很有利。

“刚才汤乐和周明轩去看了一圈，除了不能使用的电梯，润金大厦还有四条消防楼梯。左侧走廊那一条被堵死，刚才我们上来的这一条就更不用说了，那么只剩下两条可以选，暂时不清楚哪条情况好一些。

“走消防楼梯下去就可以直接进入地下通道——现在丧尸差不多都上街了，地下比地面安全。地下通道还连接主干道，这是地面出口。”

宋晴岚在全息地图上画出一道绿色的线，快速分析：“根据无人机传回来的实时情况，从地面出口出去后，我们能走丧尸最少的路线尽快找到药房或者医院。这是最理想的突围方式，唯一的问题是——消防通道应该选哪条。”

李纯说：“二选一，百分之五十的胜率啊。”

周明轩用手肘杵他：“你怎么不说还有百分之五十是选错了就得死？”

李纯看了看汤乐，对周明轩眨眼睛：“老周你这就不对了，人总要往好处想！”

他们正说着，无人机画面忽然一闪，黑屏了，投影上出现了提示。

【警告，无人机离线。】

“不好！黑墙移动过来了！”周明轩走到窗口看了一眼，怒骂出声，“我们得快点走！”

所有人都是一惊。

果然，那堵黑墙不知道什么时候蔓延开了，已经移动到了便利店那条街的位置，不仅“吃”掉了无人机，眼看就要移动到他们的位置了！

本来无人机传回的画面要同步生成地图就有几分钟的时间差，天知道他们刚有了计划黑墙就动了，真是屋漏偏逢连夜雨！

宋晴岚忍不住愤懑地拍了下桌面。

季雨时查看了存储情况，说：“没关系，路线图我记下来了，最近的药房、医院我都可以画出来。”

“匆匆扫过的影像资料，无数街道分布，你可以画出来？”宋晴岚憋着火，微微挑眉，“你是不是太自信了点？”

季雨时看了看那堵黑墙，又看了看通信器上的时间，淡淡道：“我要是画出来了呢？”

知道宋晴岚着急，季雨时不等他回答就接着说：“不用画那么多，画出最适合前进的路线就够了，给我五分钟。”

众人心道：季顾问疯了？

季雨时画完图甚至没花完五分钟。

一开始大家以为他只是说说而已，毕竟一个人怎么可能记得清全部的陌生路线与每条路上的路况？但是，看着他画的地图越来越完整，东南西北走向严丝合缝，看着他不假思索的勾勒动作，众人暗暗心惊，顿时对他不敢小觑。

等路线图完全呈现出来，宋晴岚草草扫过一遍，然后将其群发至每个人的通信器上，匆匆说：“分开走，万一走散了就在约定的地点会合。如果途经药房，大家在情况允许的条件下尽量去找绷带、消炎药、夹板等物品，不嫌多。看到黑墙一定要拼命地跑，丧尸在黑墙面前都不算什么。”

众人应声：“知道！”

窗外黑压压一片，黑墙遮盖了天光，马上就要压境。

大楼里丧尸云集，街道外更甚，七队成立两年从没遇到过这种情形，不知不觉间竟到了绝路。

李纯说：“我和汤乐走东南角！”

周明轩背着枪说：“那队长、我和季顾问一起，带着老段走东北角！”

“天杀的PU-31，天杀的黑墙丧尸，我要是死了，你们烧纸记得写个地址！”李纯抹了一把眼睛，大男孩的脸上带着刚毅的神色，“多烧两个妹子！我还是单身狗！”

“滚吧你！也不怕人家季顾问笑话。”

李纯骂骂咧咧：“呸！搞不好季顾问也想要妹子呢。”

众人推搡他。

连季雨时此刻都不觉得这群人不正经了，他抬头看了下宋晴岚，心想，对方到底是怎么带出来手底下这群人的？好像并没有他想象中那么讨厌。

“好，哥给你烧八个。”公共频道里，段文的声音忽然传来。

听到他醒了，众人快速走到关灯后不甚明亮的大厅，都是一惊！

沙发上除了暗红色血渍，早已没有了段文的踪影！

宋晴岚意识到了什么，喊道：“段文！”

段文已经不惧怕队长的怒喝了，继续在公共频道里说：“我发烧了，跟着你们出去也是死，不如做点贡献。这是什么鬼任务？啧。”

段文的通信器里传来杂音，众人急得不行。

“文哥！你在哪里？”

“老段你到底去哪里了？”

段文说：“少娘们唧唧的，老子帮你们节省时间。

“不用分开走。

“队长，这条道不通，走东北角那条消防梯，快点，黑墙来了。”

楼道里混乱的脚步声通过通信器传来。

“吼吼——”

紧接着，“砰砰”的枪声响起。

11.

“吼——”

“砰砰砰！”

老式越野车后门打开，后座上枪火扫射，又是一群丧尸脑袋迸裂，“扑通”倒地，鲜红的血液汇集成血洼，往下水道口流去。

地下通道里一片狼藉，灯管四散垂落，灯光闪烁，忽明忽暗。

车子往通往地面出口的方向狂飙，穿越令人压抑的黑暗，穿过在通道中四散游荡的丧尸，撞开那一双双僵硬惨白的手，朝着那一点刺眼的阳光驶去。

四周豁然开朗，夏日九点半的太阳灼得车身滚烫，每个人心中却冰凉一片。

黑漆漆的地下通道出口越来越远了，“砰”的一声，越野车撞飞一个丧尸，挡风玻璃上，血液蜿蜒而下。

周明轩车技了得，这主干道丧尸云集，被抛弃的车辆横七竖八地摆放着，偶尔碾过路面的残骸，车子便猛地一倾斜，被他以极其刁钻的角度平稳落地再继续前进。

宋晴岚坐在副驾驶座，神眠开道，一枪一枪爆掉丧尸的脑袋。

从后视镜里，季雨时只能看见宋晴岚紧绷着的下颌线，还有他时不时扣动扳机的修长手指。

车子里没人说话，他们冲过前方一拨密集的丧尸，车子在丧尸狂热的追逐中留下血痕，渐渐地把丧尸甩在了身后。

润金大厦在后方视野里变得越来越小了，它渐渐被那堵巨大的黑墙吞没，消失在一片黑暗中，再也看不见了。

离开最繁华的市中心，路旁可见的丧尸相对减少，偶尔能撞见一些幸存者求救时留下的痕迹和爆炸损毁后的警力资源。

宋晴岚收回神眠，拿出这辆老式越野车里剩下的半包香烟，点了一根放在窗外，却并不抽。

后座上，李纯忍不住哽咽道：“我们出任务前，文哥还说想试试看几年后西京市的烟是啥味道，看看科技是不是日新月异呢。

“谁知道我们根本没去成一四六〇年的西京，也根本抽上没几年后的烟……

“才几个小时就没了两个人，这是什么坑爹的任务？这谁来不是送死……我们真是倒霉透了，落在这个见鬼的地方，好好的 A 级任务变成地狱难度！”

虽然有段文以命探路，但他们在东北角的消防梯里还是经过了一场恶战。

因此，他们更难想象段文所在的那条消防梯里到底是什么场景。

李纯到底年纪小一些，再次死里逃生又失去了队友，一时之间情绪无法控制。

季雨时注意到身旁的汤乐眼圈泛红了。季雨时从来没有过队友，一直都是单独行动，因此他本想出声安慰，却一个字都说不出来，他太不擅长表达情感了。

“撑。”宋晴岚说，“撑到完成任务回去，不能让他们白白牺牲。回去以后我去找那群浑蛋，查清楚为什么会出现这种情况，到底是Bug（漏洞）还是人为！不给出个答案，就让指挥中心全体乘坐胶囊舱过来一日游！”

众人沉默。

宋晴岚又说：“还有，接下来不管发生什么，谁都不准自作主张。主动牺牲是莽夫行为，不值得学习，没有什么比活下去更重要！队里还有很多别的事等着你们去奉献，犯不着赶着送死。”

依旧没有人说话。

宋晴岚掐灭了那根烟，将它扔在了窗外：“都给我听清楚了！”

“是！”

“知道了。”

“嘭嘭”两声响。

越野车又接连撞飞两个丧尸，随着车子远去，能看见街道后方的一处商店里冲出几个新的丧尸在车后追逐。

“不是吧……”周明轩咒骂了一声，“小孩儿。”

那群丧尸中混着一个小小的身影，扎着羊角辫，手里还抱了个穿红裙子的布娃娃。

“这么小的丧尸……”

汤乐说：“丧尸咬人不分是成年人还是儿童。”

就像黑墙吞噬起来不分万物。

“有一部老电影，女主的老公变异成丧尸，首先就咬了他的女儿。”不知怎的，汤乐忽然说起了这个话题，“人一旦变异，就没有了理智，更没有了人性。那电影情节和我们先前经历的其实有点像，我们都是被逼无路躲到一栋建筑里。只不过，他们躲的是个商场，里面好歹有很多吃的，他们也不用急着做任务，在里面待了好几个月。”

“《活死人黎明》。”说话的是季雨时，“不过电影里是女主的女儿先咬了女主的老公。”

汤乐稍微愣了下，说：“是吗？其实是汤其看的时候我跟着看了看，季顾问也看过？”

季雨时有些后悔搭话了：“同学看的时候，我不小心看到了。”

宋晴岚拿起望远镜看了下前方，又看了看路线图，开口道：“季顾问，我们怎么不走大道？”

季雨时解释道：“大道进去四百米处有一处路障，还有一辆损坏的空间车占道。”

一阵颠簸后，车子很快出了小巷，途经大道路口时果然发现有路障。

无人机传输过来的画面是途经高空俯瞰的，且速度也很快，季雨时得有多细致的观察力才能看到这一点？

途经一条小巷，再经过一座大桥，一路上的景象都和市中心大同小异，除了丧尸还是丧尸。

这一路开过来，车子都快撞得报废了，车门上、车窗上到处都是腐肉，偶尔还吹来一缕丧尸的头发，黏在车子外壳上迎风飞舞。

“我们去哪里？”沉默中周明轩终于发问。

这个问题问出来有点悲凉，在这个被称为 PU-31 的世界，除了选择丧尸少一点、距离黑墙远一点的地方，他们好像根本无处可去。

季雨时朝窗外看了一眼，说：“在前面那条街左转，走两公里进入辅道，路边有一家书店。书店是在小坡上，好防守，视野也不错。”

书店？这都什么年代了，纸质书早就被淘汰，现代人类只需要按下通信器，就能投影出一切所需要的资讯。开一家书店可以说是很疯狂的主意，小众到基本上不会有人踏足。

宋晴岚从后视镜里看了看季雨时，应道：“那就去书店。”

上午十点二十分，车子到达目的地。

果然如季雨时所说，这里真的有一家书店，显然即使到了末世，它也不是人类选择做掩体的存在。

光洁的地板，从一楼高耸到二楼天花板的书架，让人犹如回到了数十年前。

柜台后面有一位死去的老年员工，睁着双眼，瞳仁是灰白色的，露出一口假牙。即使已经感染，也能依稀分辨出这人感染前是一位慈祥的老人家。

宋晴岚把它翻了个身，放在了椅子上。

季雨时看着这一幕，很快移开了视线。

这家店很大，队友们分开在店里巡查一番，发现除了这位老人就没有其他人存在了。

到达得太顺利，这个街区连丧尸也没遇见几个，经历过前面发生的事，所有人都有一种太过容易的感觉。

“黑墙一时半会儿追不过来，我们可以在这里待上几个小时。”宋晴岚说，“二楼视野开阔，我们以二楼作为据点，如果有不长眼的丧尸冲进来我们也能第一时间发现，现在可以去找点吃的。”

“我去吧。”周明轩背着自己的镭射枪说，“顺便看看附近的情况，你们注意安全。”

“我和你一起。”汤乐道。

最后李纯也去了，五人只留下两人，正是季雨时与宋晴岚。

这样的安排很少见，季雨时不太习惯与人单独待在一起，还好宋晴岚说：“我去看看这里能不能有点发现。”

两人分头行动。宋晴岚找到了一些电子设备，因为没有网络，从中没有什么收获，等他回到原地时，季雨时不见了。

书架一排接着一排，宋晴岚找过去，却发现季雨时站在角落里，手拿一瓶不知道从哪里找到的矿泉水，喉结一滚，将什么东西咽下去了。

下一秒，季雨时的手腕被抓住。

“季顾问。”宋晴岚问，“这是什么？”

季雨时手里拿着薄薄的方形药盒。被这样一问，他拧眉，倏地抽出手来。

宋晴岚一时不察，被他挣开，立刻去抢。

季雨时察觉背后疾风袭来，蓦然双膝着地，将腰折出不可思议的弧度，整个人几乎是贴地滑过。

他知道自己近战不是宋晴岚的对手，堪堪躲过后起身要跑，但宋晴岚反应极快，大手如铁钳，抓住了他的肩膀。

季雨时反手肘击，宋晴岚后仰避过，迎面又是一阵疾风，季雨时狠辣的拳头被他一把截住。

凭借身高优势，宋晴岚将人狠狠往面前一拉，长臂一伸去抓季雨时左手的药盒。

季雨时手疾眼快，将药盒一扔，药盒在空中形成一道抛物线。

谁料宋晴岚竟不管那药盒，干脆就着这个姿势将他双手反剪，整个人压在了书架上！

宋晴岚的语气很陌生，冷冷的嗓音从耳后传来："季雨时，多次重复同一时间点，精神上会出现混淆现实的状态，需要靠药物保持清醒——至少我看过某篇论文里是这么说的。"

"你想说什么？"季雨时挣脱不得，虽然隔着衣服，但与另一个人紧密相贴的感觉并不好受。

宋晴岚说："我觉得你很多事没有和我说实话。"

从便利店、润金大厦美容院，再到书店，从他的角度看季雨时的行为都很可疑，季雨时表现得太轻车熟路了。

退一步说，十二次任务穿越，七队从没出现过跃迁目的地偏移从而进入某个诡异时空的情况，直到——上面派来一个季雨时，由不得宋晴岚不怀疑。

"你可以解释一下我们为什么要来书店，或者我们现在的情况你到底经历了几次？"

季雨时霎时明白了："你以为我和那个所谓的'衔尾蛇'有关？"

宋晴岚道："没错。"

"你放开我，我就告诉你！"

"你说出来，我就放开！"

宋晴岚这个人，本来就一身匪气，连带这支小队都不是按常理出牌的。未达到目的他不可能放手，就算是面临天大的威胁也不行。

季雨时脸贴在冰凉的书架上，突然说："疼。"

宋晴岚一怔，他怎么还使用这种招数？

"我的手疼。"季雨时又说了一遍，像是在哀求，"你先放开好不好？"

那一瞬间，宋晴岚有种在欺负一个弱者的感觉。

这不符合他一贯的作风，眼见季雨时脸色逐渐变得苍白，料想他反正也跑不出自己的手掌心，宋晴岚便松了手。

谁知，他刚一放手，脸上就挨了狠狠的一拳，颧骨火辣辣地疼。

宋晴岚愠怒，却见季雨时眼尾泛红，显然是真的疼得狠了，不是装的。

季雨时揍了人，表情却还是冷淡极了，道："宋队，你知不知道世界上有种病，叫超忆症。"

12.

超忆症？

天穹人事复杂，八卦也多，早在两年前，宋晴岚还是个没有成为守护者的特种兵时，就在守护者训练营听人说过这件事。

当时是某项考试出了排名，训练营一位专业知识过硬的老师竟然屈居第二。

课堂上，老师对学员们调侃："其实我不算输啦，排第一的季雨时有超忆症，谁考得过他？"

那只是玩笑般的一句话，听上去大概是在用夸张的修辞来形容季雨时这个人的记忆力到底有多好。

事实上，宋晴岚之前也只把这当作一种形容，但是……这是一种病？

隔得这样近，季雨时睫毛上的湿润都叫人看得清清楚楚。

他皮肤呈冷白色，生气的时候也未见毛细血管扩张透出血液的红色，好像一个冷冷的冰雕。

"我的尾状核与额叶发生了异常，会不受控制地进行长期记忆储存。我记得我第一天上小学的早上穿了什么颜色的袜子，记得我参加工作后第一个周末赖床的那天有没有下雨，也记得我刚才进入书店时是先抬的左脚还是右脚。"

季雨时一双眸子十分澄澈，眼神不带任何情绪，像一个叙述者："只要我见过的、听过的、感受过的，无论重要与否、需不需要记下来，我都会记住，没有筛选的过程。也就是说，我没有遗忘的能力。"

没有遗忘的能力？宋晴岚眉头舒展开，瞳孔中显露出些微讶异。

季雨时说："你觉得异常的，对我来说却是最平常的。所以只要我经历过，到底是经历了一次还是无数次都没有区别。也就是说，我和你一样，都只经历了一次任务重启的过程。"

"那么，你之所以表现得几乎无所不知，是因为你全都记得？"

"没错。"

“任何事？”

“任何事，你可以考我。”

季雨时看起来不像是在说谎，当然，宋晴岚不够了解他，也不知道他的到来和这次任务出现问题到底有没有联系，只问：“那你为什么要来书店？”

“我在无人机画面里看到了。”季雨时好像觉得这个问题很白痴，“没有网络，电子设备都是摆设。在一个陌生的地方，如果想快速了解它的历史和现在，还能去哪里？”

宋晴岚竟有些无言以对。

季雨时一语双关道：“宋队，不要光想着力量碾压。”

这话落在宋晴岚耳朵里，那语气就差没直接说“有空就要多读书”“不要用武力欺负人”了。

守护者执行任务目的明确，讲究快准狠，兵来将挡水来土掩，拔刀就上。自从与季雨时认识以来，他们两个人不是第一次交锋，但是宋晴岚第一次不得不承认对方说得有道理。

在这个莫名的世界无法快准狠地行动，细心就成了守护者的短板，目前来看，季雨时恰巧弥补了这一点。

“但是你有一点说得很对，我的药的确是理清思路、提神用的。”季雨时用手指戳宋晴岚的肩膀，“宋队，能让开了吗？”

宋晴岚这才发现他还压着季雨时。

一般来说，要是有人被宋晴岚亲手制服，通常表示此人偷懒导致某项训练不合格，要挨揍了，比如李纯每次被抓包的时候就是这样。

但是现在，宋晴岚压制的是借调过来的季雨时，就有了点欺负人的意思。

仗着身形高大就敢随便欺负人的宋队长终于舍得侧开身，让文弱秀气的季顾问从书架前方出来了，就是那张俊脸的脸色有点不太好看。

小小的方形药盒刚才呈抛物线被扔了出去，这么多书架和书，没看清具体的方向倒是不好找，季雨时走了几圈都没找到药盒。

正在这时，队友去而复返了。

“砰砰砰”的枪声忽然在书店外响起。

“宋队！”周明轩大喊一声，“关门，快！”

冲进来的三人身上都染了尸血。

二三十个丧尸涌至门口，透过书店的落地玻璃窗看见了里面的活人。

嘶吼声中，它们拍打玻璃，牙齿啃在玻璃上发出刺耳的声响，留下腐肉和血迹。

一脱离危险，李纯就骂道："真倒霉！吃的都被抢光了，好不容易找到超市，里面什么都没有，就只有这个什么罐头，我看货架下面摆了十几个都没人要。"

周明轩扔下那些仅存的罐头，说："估计味道不太好。"

"能有多难吃？"宋晴岚捡起一罐看了看，"末日了还有人嫌弃？"

汤乐一进门，看见书架上放了一瓶矿泉水，二话不说拧开就喝，显然是渴得急了，边喝边说："这地方有点不对劲！"

季雨时看了看那瓶水，没有出声阻止，也捡了一个罐头查看。

罐头上画着绿色的豆子，写的是"克蒙豆"，看上去和普通的豆子没什么区别。翻至罐头后方，成分列表也一切正常，但成分列表下方的小字引起了季雨时的注意。那行花体字用汉、英双语写着：PU-31 金乌二号上线后首批有机蔬菜，精品奉献。

从凌晨到近中午，一群年轻人即便身强力壮，在高强度的战斗下也饿得狠了。

早吐得腹中空空的李纯顾不上这罐头好不好吃，拔出自己的匕首就开始拆罐头，接了一句："这地方不是有点不对劲，是到处都不对劲！"

汤乐一口气把水喝掉半瓶，说："我是想说我刚才撞见一只狗，但我不知道是不是自己眼花了。"

宋晴岚问："狗也被丧尸感染了？"

汤乐面露难色，顿了顿，又说："不是，那只狗好像有两条尾巴，算了，当我没说。"

"呸！"李纯吃了一口克蒙豆，马上就吐了出来，"呕……太难吃了吧！"

周明轩推他脑袋："有东西吃不错了，闭着眼睛吞呗。有一年我和宋队参加雨林求生训练，吃虫子吃树皮，差点就吃泥巴了。"

李纯一连开了几个罐头分发给大家。季雨时尝了下，入口既涩又苦，质地也很奇怪，不像从土壤里长出来的，但他还是吞了下去。

看到连队里最"娇弱"的季雨时都能吃，李纯也不好意思再吐槽，众人沉默着进食。

吃了一会儿，宋晴岚说："都吃饱了？没吃饱就多吃点，下一次不知道又会遇到什么状况，说不定这就是最后一餐。”

七个人已经少了两个，宋晴岚这话没人嫌刺耳，毕竟是事实。

宋晴岚是主心骨，他冷血地打开通信器投影，一边在空中列举一边说：“我们现在面临两个问题，一是丧尸，二是黑墙，不管遇到那一个都是死。丧尸我们可以杀，黑墙我们目前还没有找到它移动的规律，也不知道它为什么存在。”

宋晴岚在地图上标记了黑墙目前所在的位置，黑墙距离他们还有十几公里远，就算移动过来也需要一点时间，书店暂时安全。

“任务规则有说‘死亡淘汰’。”周明轩猜测，“我猜黑墙的存在是为了吞噬那些丧尸，根本不是要淘汰我们。我们要做所谓的任务，上面没有必要给我们这个规则，我们死了对上面又没有什么好处。规则应该是提醒吧，这堵黑墙分不清丧尸和活人，我们一旦被它碰到也会死掉，这样我们就无可避免地被淘汰了。”

说到死亡淘汰，大家都想起了汤其与段文。

以前有汤其在，汤乐就是负责保持无忧无虑的那个，此时他却一下子成长了许多，无事般衔接上了话题：“老周说的有可能，但是，黑墙是怎么被制造出来的？难道这个时空的科技超越了我们那么多？”

“我认为不对。”宋晴岚却否定了，“如果这个时空真有那么大的能力去制造一堵黑墙来消灭丧尸，那么为什么不直接轰炸？反正结果都是一样的，何必绕路。”

季雨时的饭量最小，他最先吃完，忍着口中的苦涩，已经在书架上翻找了一圈。

见大家都吃完了，他抱着书走过来，加入讨论：“如果给我们派发任务的不是我们那个时空的天穹呢？”

所有人都抬起了头。

季雨时说：“我知道 PU-31 是什么意思了。”

一本橘黄色封面的书被扔在了众人中间，封面上画了个绿色星球，书名是“迷你世界：PU-31”。

“PU，Parallel universe，平行宇宙。”季雨时道，“编号为 31 的小星球，直径三千六百九十六千米，比水星还要小，是平行宇宙夹缝中的人造殖民地。”

自从时空穿越被发明以来，各国组成的时间联盟对此管控极为严格。但是，既然这项技术被发明，就意味着从它发明的那天起，每一个未来中都存在天穹系统。曾经发生过相同波段的频率下，穿越于未来的守护者们出现通信器被干扰、听到当前坐标守护者任务信息的事件。

万事有因必有果，人类发明了超越时代的科技，就注定会不完全可控。

因此，每次出发前，他们的誓言才会说得那么恳切严肃。

“我是时间见证者，我在此宣誓。

“绝不改变过去！

“绝不谈论现在！

“绝不迷恋未来！”

众人若有所思。

宋晴岚说：“你的意思是我们跃迁的时候，被这个时空的天穹截获送到他们的殖民地来了？”

季雨时回道：“我觉得这个可能性很大，这样也能解释为什么我们被提示非法跃迁，联系不上指挥中心，连任务提要都是从管理员的通信器上收到的了。”

窗外，几个丧尸因为角度关系，还能看见书店里的活人。

它们“啪啪”拍打着玻璃窗，灰白色的瞳仁凸起，店里的人类却无人有心思理会，季雨时的这个消息比被一千个丧尸围攻还瘆人。

“完了！”李纯心脏紧缩，露出惊恐的神色，“那我们要怎么回去？要怎么完成任务？如果真的是这个时空的天穹把我们送来这里的，那他们指挥中心的人不会说人话？这该死的任务提要写的是什么东西？多说几句会死？”

这愤怒的吐槽简直说到了每个人心里。

周明轩拍了拍李纯的肩膀，说：“兄弟，会说话多说点。”

宋晴岚抿了抿嘴，在此时此境，他身上刀锋般的凛冽气息依旧不容忽视。

“既然要在这个叫 PU-31 的地方殖民，那很有可能这个时空已经没有所谓的指挥中心了，系统……本身只是机械代码而已，你指望它说什么人话？”

“那汪部长他们会找我们吗？”李纯道，“指挥中心的人肯定也发现我们不见了吧。”

“真不一定。”汤乐双目有些失神，声音很轻，“平行宇宙，说不定对他们来说时间才过了一秒，谁知道呢？我哥和老段，就留在这种地方了……”

书店里一片沉默。

“所以，任务目标里的‘黑暗追逐者’到底是什么？”宋晴岚转头，对季雨时说，“季顾问，趁现在有时间，你能不能多看两本书研究研究？”

季雨时挺冷淡的，说：“我尽量，毕竟我也不是什么量子波动速读小天才。”

所有人一愣，绝了！出发前宋晴岚说过的一句话，竟然真的被季雨时原封不动地还了回来！都什么时候了？这也太记仇了吧！

“还有。”季雨时站在那里，轻轻拉起了自己的袖子，露出手腕。

他白皙的皮肤上赫然出现几道青紫瘀痕，看上去像是指印，如同被虐待过。

他慢条斯理的，很自然地问：“请问谁可以帮我找找书？我手疼。”

宋晴岚：“呃……我来。”

13.

作为殖民地，PU-31 这家书店的书特别杂，包罗万象，什么年代、什么方向的都有，新旧不一，看起来像是从不同的地方搜集而来的。

这个时空对于平行世界的接受程度远超他们所在的时空，从编号来看，类似于 PU-31 的殖民地可能不止一个，但季雨时发现书店里涉及这方面知识的书非常少，能找到刚才那本《迷你世界：PU-31》，还是因为它本身就写了显眼的名字。这说明这个时代的人们对这方面并不感到新奇或重视——当然，不排除那些知识都存储在云端或者网络图书馆的可能。

不过，好在多少有些收获。

季雨时一边走，一边看，有需要的书籍就让宋晴岚帮忙拿下来。他不算颐指气使，也没有再故意用手腕上的青紫瘀痕来“仗势欺人”，他只是指使得理所当然，顺便得饶人处且饶人。

这人这么记仇，也不知道是怎么在宁城分部撑到现在的。

宋晴岚睨着季雨时的侧脸，因为角度关系，他看见季雨时十分专注认真，那睫毛像小扇子一样。可能是因为长得好看吧，长得好看的人总是更容易让人忘记他的缺点。

不一会儿，两人都抱了高高的一摞书。

“抓紧。”宋晴岚把书扔在地板上，“拣有用的信息看。”

“知道。”季雨时头也不抬地说。

书店外烈日当空，光线特别好，阳光照进书店，投射出一片金色，但没人因此感受到它的灿烂。

远远的天际，有一条蛰伏的黑线。

近处，趴在玻璃上的丧尸“吼吼”着抓挠。

“噗”的一声，有一个丧尸被挤得狠了，一颗浑浊的眼球爆开在玻璃上，黏稠的液体顺着玻璃滑落。

宋晴岚承受能力很好，却多少也觉得有点恶心。

他一回头，突然发现另外三个队友正打量他和季雨时，表情耐人寻味。

宋晴岚眯了眯眼睛，那三人立刻扑上来，七手八脚地把书分了。

“我也来看看！”

“来来来，帮忙。”

“地名，人物，和‘黑暗’有关的都找找！”

周明轩翻开一本书，只看了一眼就觉得头晕，站起来端着枪说：“那什么，得有人轮班，我去二楼盯着点。”

李纯立马说：“老周放下，让我去！”

汤乐把李纯扯回来，他没心情耍宝，表情挺严肃的，说：“好好找找，万一能发现点什么有用的呢？”

李纯于是乖乖坐好了。

宋晴岚思索了一会儿他们刚才讨论的内容，又回到书店的柜台，找到了方才没发现什么的书店通信器。

如果他们那一番天马行空的猜想是在往正确的方向走，那么这个时代的天穹系统在没有指挥中心甚至需要劫持别的时空的守护者来获得帮助的情况下，是否是天穹系统本身在操控任务呢？宋晴岚没有结论。

这个通信器也和公园管理处的通信器一样，上面显示着几条相同的信息。

【欢迎，来自星元一四五六年的守护者，欢迎来到PU-31。】

【本次跃迁已锁定，任务成功后解锁。】

【任务模式：衔尾蛇。】

【任务规则：死亡淘汰。】

【任务目标：黑暗追逐者。】

没有网络，说明这些信息是单向发送的。

有一个想法从宋晴岚脑海中一闪而过，他余光恰巧瞄到了桌脚的一个方形小药盒。

他弯腰捡起来，药盒上干干净净，什么标识也没有，是季雨时的，超忆症……

宋晴岚看了看书店中央的队友们，那三人中，只有一个季雨时与这书店丝毫没有违和感。

季雨时当然不可能忘记这个药盒，只不过他现在忙着找线索，暂时把遗失的药盒放到了一旁。宋晴岚把药盒放到自己口袋里，不想打乱他的思路。

很遗憾，书店里没有找到与“黑暗追逐者”“黑墙”有关的信息。

季雨时倒是发现了PU-31所进行的多项人工培育项目，包括但不限于人造土壤、人造水源等。他翻着一本书，说：“《PU热核聚变实验堆计划发展史》？这是关于能源持续发展的？”

“啥？”李纯蒙了。

“关于能量的。”季雨时说，“主要利用氢和氘，用可控装置进行核聚变将能量释放，能用于电能和热能。”

其他人都是一脸蒙。

季雨时继续说：“也就是说，可能这个殖民地的主要能量都是来自这种能源。我们的时代也在进行这项研究，但没有这个时代发展得好。”

这和他们要找的问题答案并不能挂钩，因此季雨时将书放下了。

思索的氛围被这一段对话打断，宋晴岚捡起书架上的那半瓶水递过去，顺便想把药盒还给季雨时。

“不用了，谢谢。”季雨时回绝了，眼下有淡淡的青色。

明明嘴里还残留着豆子的苦涩滋味，这瓶水他却不愿意再碰。宋晴岚明白了，这人还有洁癖。

正在这时，季雨时视线落在窗外，脸上的神情一下子凝滞了。

所有人随着他的目光看去。

只见书店的落地窗外又聚集了一拨新来的丧尸，一层又一层。

最后那一排，有一个个子最高的丧尸。它长了一张和汤乐一模一样的脸，身穿黑色作战服，脖子上有一个大血洞，动脉血管暴露在外，瞳孔灰白。

“哥！”汤乐双目血红，大喊着起身冲了过去。

众人浑身巨震，这里距离便利店少说有二十几公里，他们无法想象突变的汤其是怎么来到这里的。

隔着一层玻璃，汤乐眼泪直掉，另一头，汤其却麻木地张着大嘴露出腐烂的牙龈，面对会动的人类，兴奋得想立刻把他撕碎。

“吼！吼！”丧尸群骚动起来。

室内的光线一下子变暗了，几乎同时，周明轩暴躁的声音从二楼传来：“快走！黑墙来了！”

所有人心里猛地一沉。

周明轩已经冲下楼了，急道：“二楼看得很清楚！亏了我一直盯着，这简直是瞬移！速度还在加快！”

众人望去，那本来远在天际的黑墙竟眨眼间移动，近得就像来到了眼前。

它悄无声息，已经移到了距书店不过四五公里的地方，正以难以想象、肉眼可见的速度吞噬城市！

遮天蔽日的黑墙像是宇宙黑洞，一切与它接触的东西都消失不见，没入了无尽的黑暗中。

更让人毛骨悚然的是，黑墙前方有着数不清的丧尸。在各处游荡的丧尸像是天生惧怕这股黑暗的力量，聚集成密密麻麻的丧尸潮往光明处奔涌，几乎能看见尸潮涌来时带起的尘土与热浪！

汤乐还站在落地窗前。

周明轩大喊一声：“快走！”

汤乐如梦初醒，两人操起枪一阵扫射，书店外，腐肉鲜血横飞。

车子就停留在书店外，宋晴岚抓起神眠往外走，喊道：“所有人上车！李纯！别捡了！”

李纯脚下，罐头骨碌碌滚了一地。

枪声不停，近处的丧尸被吸引，尽数冲了过来。

“上车！”

“快快快！”

书店内的光线又暗了一些，“轰隆隆”的沉闷响声传来，那是被黑墙追逐着往他们这个方向涌来的尸潮。

尸潮一边被黑墙吞没，一边由新的丧尸汇集，那声响如阵阵闷雷，昭示末日降临。

在这千钧一发的时刻，似乎受到某种指引，季雨时看到门口那排书架前有一本慌乱中被撞落的书，他正要去捡，宋晴岚却已一把抓住他的肩膀。

季雨时蓦地回头，在宋晴岚眼中看到了从没见过的戾气，听他吼道："走！"

季雨时跟着宋晴岚冲出书店，抬枪干掉一个丧尸，在杀开的血路中跟着队友往外走！

"砰砰砰"的枪声不断。

迅速黑下来的环境中，枪火明亮，刹那间天光割裂，黑暗压顶。

尸潮涌来。

"啊！"漆黑一片中不知道是谁的惨叫声传来，丧尸集结下却什么也看不清。

车子被尸潮堵住，最后一秒，汤乐干掉卡入车门的丧尸，迅速关上了车门，"轰"的一声骤然启动发动机，勉强凭着强悍的马力冲了出去。

前方丧尸被撞飞，挡风玻璃被腐肉和血液遮挡，雨刮器勉强刮动，周明轩凭感觉将车飙到大道上。

黑暗追逐而来，后方零散奔跑的丧尸眨眼间被吞没。

"吼——"后座上，李纯张开大嘴咬来。

短短几秒内，他脸上赫然少了一块肉，皮肤布满青色网状脉络，瞳孔已经完全变成了灰白色，他变异了！

周明轩从后视镜里看见这一幕，车子猛地失控，季雨时差一点撞上李纯！

汤乐嗓音变了调："纯儿！"

周明轩与汤乐将李纯按住，队友的音容笑貌还在眼前，人却已成了六亲不认的怪物，汤乐怎么下得了手！

季雨时手中的钻石鸟在不由自主地打战，只听宋晴岚在前方怒喝："动手！"

季雨时闭上眼。

"砰！"后座重归安静，黑暗中无人去看李纯。

车子眨眼间冲出百米远，忽然一声巨响，"轰"地冲上了前方铁丝网，挡风玻璃全部碎了。

紧接着，车子一个侧翻，轰然倒地飙出十几米远，彻底熄火！

车里众人耳膜刺痛。

周明轩脑袋耷拉，脖颈以一个不可思议的角度弯折着。

"快下车！"宋晴岚嗓音痛苦，几乎是咬着牙在吼，他解开安全带摔在地上，一脚踹开了车门。

车子侧翻后，后座车门变形，季雨时、李纯的尸体、汤乐正挤在一起。

汤乐喊道："宋队！"

"打不开车门！"季雨时腿上剧痛，脸色苍白。

宋晴岚抓住破碎的车窗边缘，玻璃碎片扎进他的掌心。

他的鲜血滴落在季雨时脸上，他却对这疼痛仿若未觉，竟咬着牙硬生生地将车门卸了下来！

"哐"的一声，车门被暴力拉开了。

宋晴岚伸出手来，季雨时握住了。

他们双手交握，一只手白皙，一只手鲜血淋漓。

那大掌坚韧有力，是属于队长的责任，是属于队友的友情。

季雨时被拉出了车厢，下一个，宋晴岚拉出了汤乐。

说时迟那时快，前一秒汤乐落地，后一秒黑墙便离他们仅剩十几米距离。

那一刻所有人都感觉到了绝望，顾不得前方有没有丧尸，都拿出了毕生所有的力气拔足狂奔，脑子里只有一个念头——跑！

季雨时觉得自己此生都没跑得这么快过，快得连腿上的剧痛都忘记了。

耳旁风声作响，身侧的队友与他一样，在这个时空全力求生。

跑了几十米远，季雨时心中升起不好的感觉，与宋晴岚一起回头。

有人喊道："汤乐！"

汤乐停了下来。他站在原地，一个丧尸正撕咬他的脖颈，血液霎时从他年轻的躯体中不断流出。

汤乐动了动嘴唇，缓缓说："季顾问……我们回不去了——"

这句话没有说完，后方，黑暗已至，将这天地，连同他们这些幸存者一起，全数淹没。

14.

"季顾问，你怎么样？我看你今天脸色不太好。"汤乐，圆脸双胞胎之一的新队友在问季雨时。

他看起来有些腼腆，听到回答后，干巴巴地说："这样啊。那季顾问你也不要太紧张了，这次跃迁和你以前执行任务的感觉都差不多的，都一样。而且任务也特别简单，明天我们就能回来了。”

…………

下一秒，汤乐脖颈处血流如注，鲜血喷了满身，顺着黑色队服往下流，胸口属于天穹七队的“7”字标志染得深红。

他双眼无神，逐渐被灰色白笼罩，背后是啃咬他的丧尸与无尽黑墙，他缓缓说：“季顾问，我们回不去了——”

画面晃动，白光乍现，天空与地面龟裂，粉碎瓦解。

刺耳的警报声传来。

【检测到非法跃迁！】

【检测到非法跃迁！】

剧烈的震动中，有人抓住季雨时的肩膀：“团团，你冷静一点！”

面前扔着一张白纸、一支铅笔，那人蹲在他身旁，告诉他：“来，现在按照老师说的做，好吗？”

小屋里异常安静，阳光洒在桌面上，季雨时小手抓着笔在白纸中央写下第一个数字。

“你看。”老师温和地说，“我们从1开始慢慢往后写，一直写到这张纸写不下。写错了也没有关系的，你不用思考，也不用记。对，不要害怕，一直写……直到你觉得舒服为止……”

“砰砰砰”的枪声响彻天际。

有人狠狠地把他往窗外推，一把神眠横扫尸潮，回过头时眸中似有电闪雷鸣，朝他吼道：“废话！都给我走！我殿后！”

…………

飞驰的车里，烟灰随风飞扬。

“主动牺牲是莽夫行为，不值得学习，没有什么比活下去更重要！队里还有很多别的事等着你们去奉献，犯不着赶着送死。”

“都给我听清楚了！”

…………

车辆倾覆，一只大手伸了过来，掌心扎着玻璃碎片，鲜血淋漓。

他把手递了过去，被握住的一瞬间，对方眯了眯眼，说：“季顾问，我觉得很多事你没有和我说实话……我们现在的情况你到底经历了几次？”

…………

“看来我们都没疯。”

一切静止。

季雨时眼前是洁白无瑕的胶囊舱内部，透明面板上显示着乱码，玻璃窗外是茂密的树林与灰色的天空。

“滋”的一声，轻微的声响后，机械臂呆头呆脑地把营养液递了过来。

“怦怦。”

“怦怦。”

被黑暗吞噬，死前那一秒在想什么？他竟毫无印象。唯有这颗鲜活的心脏，还在胸膛中剧烈跳动。

顾不得平复身上那种眩晕与失重感，季雨时几乎未加思考就摁下了安全锁扣，手脚无力地打开了舱门。

凌晨的冷风吹过，七个胶囊舱发着荧光，在安静的树林中央幽幽伫立。

三四个队友站在不远处，低声说着什么，语气有些激动，像是在抱怨错误的时间坐标。

另一侧，离季雨时最近的胶囊舱打开了，年轻男孩脸色难看，捂着嘴准备从胶囊舱里出来。

“哐”的一声，舱门被人猛地一脚踹了回去。

“宋队！”李纯的声音隐约从密闭舱体中传来，“呕——”

“要吐吐在自个儿家。”

路过的那人穿着一身黑色作战服，勾勒出一双紧实长腿，心安理得地道：“叫你就知道偷懒，放假那么长时间就坐了两次大摆锤。”

不远处的三人开启了嘲讽模式。

“纯儿又吐了呢？这是第几回被宋队逮到了？”

“不怪他，去游乐园玩刺激项目，妹子都比他厉害，上一回大摆锤，下来吐三回。”

“难怪，模拟机都帮不了他。”

另一头，三十出头的段文忙着调试主控面板，嗓子一听就是平时烟抽多了：“宋队！我们的设备好像被锁定了！”

宋晴岚应声：“知道。”

他不紧不慢地走了过来，留李纯一个人在胶囊舱里自我“熏陶”。

走到距离季雨时两三步的地方，宋晴岚忽地停下了脚步，转过头。

因为身高关系，季雨时觉得对方几乎是俯视着他的。

宋晴岚面容深邃，精神奕奕，突然道：“季顾问，我好像还是第一次见到你笑。”

季雨时下意识侧头去看，胶囊舱的荧光照亮了他的脸。

季雨时从反光的玻璃上隐约看见了自己的嘴角，好像真的有一个难以察觉的弧度。

“挺好看。”男人声音低沉。

季雨时错愕地回头，提醒他的人却已抬脚走了，只留下高挑宽厚的背影。

“主控面板离线，也联系不到指挥中心，胶囊舱不工作。似乎是因为这里的电磁波、磁场有点不一样，但我不能确定，说不定刚才的跃迁和这个也有关系。现在就剩通信器能用，我们被困在了……这里。”段文一溜烟说完，好像察觉到了什么，皱起了眉，“这话我是不是在哪里说过？”

宋晴岚拍了拍他的肩膀，道：“是说过了。”

段文蹲在那里绞尽脑汁地回忆，这一幕对他来说似乎有些熟悉，但他又说不上来是为什么。

“想不起来？”宋晴岚走到周明轩旁边，示意他打开机械库，“慢慢想。”

其余人都是一脸疑问。

宋晴岚在整齐成列的装备中看过去，径自先从里面选了一把军刀。

这时，树林中响起了脚步声。

昏暗的光线中，只见宋晴岚手中寒芒一闪，不远处一个黑影应声倒地。

所有人顿时一愣，连季雨时都愣了下，这人的准头出乎他的意料。

队友们打着手电去查看尸体，七嘴八舌地讨论尸体脸上的青色网状血管、暴突的灰色眼球及满身腐肉，暗自心惊。

队长干掉的这个流浪汉看起来不太像人类，可是，队长下手是不是太快了？

等李纯也从胶囊舱里出来了，宋晴岚叫众人集合：“还有谁有既视感的，都自己好好抓一抓。”

宋晴岚的目光在每一个人脸上扫过，口吻是少有的严肃：“这一回，谁都别给我死了。选装备，挑杀伤力大的拿，能带的都带上，出去先找一辆车。”

李纯刚吐完，还晕乎乎的。

每个人心里都充满疑惑，李纯最先问出来：“宋队，我们要去哪里？这是不是什么新任务？”

宋晴岚在心中计算着时间差，朝队伍最左的方向转过头，那里站着斯文俊秀、空降小队的季雨时。

“季顾问？”宋晴岚问，“你有什么建议？”

“直接去书店。”季雨时用清冷的嗓音回答，“我有个线索没来得及看完。”

宋晴岚倏地莞尔，然后，他带着一股子破釜沉舟的劲，沉着道：“正好，我也是这么想的。先去书店，搞清楚你想看的线索，然后计算出黑墙的移动规律，再在不用重来的基础上找到所谓的任务目标。”

他们两个人一唱一和，竟默契十足，其他人都是一头雾水。

宋晴岚道：“路上再和大家慢慢说。”

公园里的一切都和最初一模一样，满是垃圾、尸体、血迹。

听到黑墙、丧尸的事情，有的队员沉默不语，有的队员则难以置信。

对于他们中一部分人来说，这不可能是已经发生过的事。

尤其是汤其，后面发生的大半事情都没有他的参与，他要有既视感也很难。

段文则模糊想起来了一些画面，周明轩也稍微有了些熟悉感。

宋晴岚猜测，这和每个人曾经的训练有关。

天穹系统被发明后，许多准备进入天穹成为守护者的特种兵都参与了时间见证者计划。对于人体进行时间旅行所带来的遗忘、混淆现实的副作用，很长一段时间他们都是通过反复的记忆训练来复健的，这也是宋晴岚能猜出季雨时使用药物品类的原因。

目前队伍里对前两次经历有印象的人，都是参加过时间见证者计划、经过了训练的人。而李纯、汤乐、汤其他们这一批人进入天穹时，时空管理局已经发明了新的技术，通过营养液便能很好地缓解副作用，因此他们可能非常迟钝，或许永远感觉不到。

而季雨时，他就不用说了。

一个人没有遗忘的能力，这到底是一件好事，还是一件坏事？

“所以，每次我们死掉都会重来？”周明轩问，“这种死，是特定的某个人死去，还是全员死去？”

“应该是全员。”说话的是季雨时。

大概是因为精神上长时间处于高度紧张状态，没有得到休息，从他们第一次重启任务到现在，对于出发前一晚没睡好、还记得一切的季雨时来说，怕是有近二十个小时没睡觉了。

上一次车子冲入润金大厦时，季雨时额头撞出来的包已经随着任务重启而消失，但他眼下淡淡的青色还在，在这群兵痞子眼中，他仿佛被风一吹就会倒下。

“根据提示，我们的任务规则是‘死亡淘汰’。”季雨时道，“但天穹系统又给我们设置了时间锚。”

“时间锚？”宋晴岚意外于季雨时知道这个项目。

时间锚是一项一开始研发就被明令禁止的技术，它可以以某个时间坐标为锚点，插入另一个必要条件，在检测到该必要条件被触发时，让时间回到原点的锚点。

这项技术的出现产生了严重的时间悖论，例如，让某人在某个时间段内永生或者让某历史事件永远不会发生，产生基于当前时间线的时间气泡，影响正常时间线的进行。

因此，时间锚在他们的时代被禁止，知道的人也很少。

季雨时道：“是的。”

他大概对众人讲解了一下什么是时间锚，然后继续道：“这表示时间线会重启，我们总是会回到公园。我猜死亡淘汰是表示在每一次循环中，死去的人会成为弃子，剩下的人继续执行任务。一旦检测到全员死亡，任务就会重启，这保障了任务的最大完成度，即便剩下一个人也有完成任务的希望。”

“天哪！”

“这也太残酷了！”

“想出这个办法的人根本就没有人性吧？”

“有没有人性我就不知道了。”季雨时道，“我只知道，如果我们不完成任务，这个循环可能是无限次。”

他说这句话的时候，宋晴岚看了他一眼。

段文问：“那你们说的任务模式，那个‘衔尾蛇’是不是代表这个意思？”

宋晴岚对此已有猜测，并且他已经和季雨时谈过一次了。

“有可能。”宋晴岚道，“总之，这些问题搞清楚个大概就行，我们得先弄清楚什么是黑暗追逐者。”

众人已经走到了发现公园管理处的位置，但没有必要再去一次了。

然而，季雨时忽然顿住了脚步，问：“宋队，想不想要一辆可以碾压一切的车？”

宋晴岚发现自己已经有点习惯他突然冒出来的话题了。

季雨时这么说了，就肯定有，宋晴岚却控制不了贫嘴的毛病，反问：“我想要就能有？”

“有。”季雨时漂亮的侧脸在晨曦中很是沉静，“公园管理处，管理员的桌子上有一把空间车钥匙。”

公园管理处背后果然停着一辆崭新的空间车。

空间车钥匙与小车识别卡不同，非常好辨认。但一来，前两次循环中他们不会想着开空间车进城，二来它被一堆报纸、外卖盒掩盖着。

宋晴岚都不记得这样的细节，季雨时却记得清清楚楚。

空间车长八米，宽五米，金属外壳坚硬无比，没有驾驶室，时速达到三百公里，是个实打实的碾压级怪物。

这种车在他们的年代就已经有了，设置好以后不需要驾驶员，走特殊通道，一般是运输业在使用。说白了就是几个世纪以前的货车的无人驾驶智能版，因为空间大，也有人将其作为移动房车使用，因此被称为空间车。

“季顾问！”李纯跳上去看了一圈，兴奋道，“我有一种莫名其妙中大奖的感觉！这玩意儿爽翻了啊！”

汤乐对汤其说：“要是真有丧尸，一百个也能碾碎吧？”

汤其点头：“差不多。”

宋晴岚看了看通信器上的时间，催促道：“快点。”

这车上还装着好几根粗壮树干，段文研究后启动装置将它们倒下去，树干落地发出“轰隆”响声。

远处，几个丧尸被响声吸引，疯狂地冲了过来。

周明轩使用他的镭射枪配上狙击镜，“砰砰砰”连开几枪，丧尸匍匐倒地。

枪响后，更多的丧尸从隐蔽处冲了出来，天已经亮了。

亲眼见到真实的丧尸，队友们的震惊一时难以平息。方才宋队与季顾问讲的话，好像到了这一刻才让他们体会到其中真实。

将装备扔上车后，所有人都上车了。

关门的一刹那，天际一堵黑墙蓦地出现。

“快！”有人急切地催促。

季雨时很冷静，迅速而准确地在控制板上设置好目的地，段文一见到设置成功就拉下启动阀，空间车如离弦之箭冲了出去。

黑墙吞噬了树林，吞噬了半个公园，还有目之所及的一切。

空间车冲出公园，冲至大道。

它像一辆所向披靡的坦克，无视阻碍，将路上蜂拥而至的丧尸碾个稀碎。

“哟！”

“爽！”

一群年轻人忍不住热血沸腾，好似终于出了一口恶气。

高达两百多码的时速下，空间车行至街角十字路口，突然“轰隆”一声巨响，车身巨震。

一辆小车突然冲出路口，被空间车碾成了废铁。

15.

车里，众人都安静了一瞬，眼睛落在控制台的记录仪上。

城市里有不少阻碍物，他们刚才只顾着爽，谁也没有想到会突然撞上别的车，更没有想过会遇到活人。

撞到别人的车还将其碾成废铁这种事，任何有道德有良知的人都会因此而产生强烈的不安。

李纯傻了，面露惊恐，结巴道：“我、我们是不是撞死人了？”

几位队友脸色都不好看。

撞死丧尸是一回事，撞死活生生的人又是另一回事了。

只有向来很沉着、喜怒不形于色的汤其回答：“是。”

李纯犹豫道：“那怎么办？我们要不要回去看看？”

周明轩语气沉重：“还用得着去看？在这种速度和重量下，那车和里面的人肯定没了。见过废车场怎么处理破铜烂铁的吗？和那个差不多。”

"PU3K650。"季雨时背了一个车牌号。

这句话说得很突兀，队友们纷纷抬头。只见季雨时蓦地垂下睫毛，转身朝车尾走去。

车尾上方有个小小的方形玻璃窗，位置很高，季雨时恰巧能看见外面。

破败的街道被新升的太阳照得一派明媚，就连一路碾过来的腐肉血浆在废墟中都产生了一种令人不适的美感。而空间车速度极快，那小车早被远远地甩在了后方，看不到了。

季雨时不是第一次见到那辆车，随着回忆，记忆的画卷轻易就得以展开。

枪火激烈，丧尸狂热。他从仓库的假窗户跳下去，脚掌着地时因为高度缓冲而带来痛感，他来不及思考，抬枪干掉了左前方的一个丧尸。

那丧尸被打中了眼部，迸出的黏稠液体溅到了他的头发上。他左手使劲，拽着处于崩溃边缘的汤乐，将其往前拖。

身后，宋晴岚叫他们先走的怒吼声犹在，神眠枪声震耳，子弹扫射时，击落的墙灰伴随着细碎砖块四溅。

不远处有一辆银灰色小车，李纯从驾驶室探出头，脸上的神情非常急切，正大喊："快上车！"

这些细节都被记忆放得很慢，变成了长达几十秒的慢动作电影，毫不起眼的车牌被他的余光扫过……如同再次回到了那个瞬间，季雨时身临其境，清清楚楚地看见了车牌——PU3K650，白底黑字，与刚才那辆窜出来的小车的车牌一模一样。

手背被一个冰凉的物体碰了碰，季雨时低头，看见一瓶崭新的矿泉水，然后抬头，看见宋晴岚。

对方英气的眉毛轻蹙，问："你需不需要休息一下？"

小窗的光亮投射在宋晴岚脸上，这会儿刚从任务循环点出来，这张脸还保持着干净清爽。

宋晴岚这人的长相其实非常符合大部分人的审美，眉骨高，鼻梁硬挺，眼窝较深而瞳孔极黑，嘴唇不薄不厚，是个英俊正派的长相。但他这人天生带着点匪气，说话做事又爱不走寻常路，因此总给人一种桀骜不驯的感觉。

他说："给你的。"

那瓶水又在季雨时手背上碰了碰。

大概是不善于表达关心，宋晴岚的语气算不上有耐心：“你还翻了斗柜。”

这是指上一次任务重启，季雨时在公园管理处找到水喝的事。

宋晴岚刚才找水花了点时间，是在斗柜里找到的。

季雨时接过水，说：“谢谢宋队。”

宋晴岚看着窗外分析情况：“你对刚才撞到的那辆车有印象？”

因为高度关系，光只照得到季雨时的眼睛。他的瞳仁被光照成了琥珀色，让人忍不住猜想，这双瞳仁的主人脑海里到底记得多少东西。

“有。”季雨时说，“它就是我们上次开着闯进润金大厦那辆车。”

宋晴岚想起上一次他们从仓库后门出来后，开车到一个十字路口，迎面飙来一辆空间车，是季雨时陡然大声喊出“左转”，他们才勉强逃过一劫冲进了大厦里。

刚才那个位置正好是十字路口！

等等，宋晴岚蓦地想起来季雨时在润金大厦的洗手间里告诉他的话。

他告诉季雨时“如果不是我疯了的话，我记得你们应该逃上车了”，而季雨时说的是“是的，但运气不太好，刚逃上车开出去没多远，就被刚才遇到的那辆空间车撞死了”。

宋晴岚立马明白了季雨时为什么有些反常，不用季雨时说，他就笃定道：“也是第一次任务失败时你们开的那辆车，对不对？”

诡异之感转瞬间便涌了上来，两人心中都是一沉，背后一阵凉意悄然而至。

空间车另一头，队友们对他们讨论的话题还完全不知情，仍在分析这里的幸存者，快吵起来了。

宋晴岚习惯性地双手交叠在胸前，猜测道：“锚点设置后这个时空是固定的，我猜有些事情可能是固定发生的，就像游戏剧情有剧情点，会根据我们不同的选择产生不同的结果。前两次我们都进了便利店，所以才会开那辆车，但这一次我们做出的选择不一样，我们选择了空间车……”

“像你说的，有些事情固定发生。那么，我们没开那辆车，其他幸存者却有可能。”季雨时从窗前走开，背靠在车壁上，宋晴岚便看不清他的脸了，“我们在润金大厦不是还看见浓烟了？还有，我们每次都会遇到从大厦里冲出来求救的那个女人，那就是幸存者。”

宋晴岚思考几秒，皱起的眉头微微舒展：“你说得对。”

不管怎么样，这个话题他们现在无法去证实。他们不可能调头回去看看那辆车到底是怎么回事，目前第一重要的还是如何找到线索，尽快结束这该死的任务，回到他们的时间线去。

“要是遇到其他幸存者，我们得向他们搜集信息。”宋晴岚说完准备走开，却又顿了顿，站住了。

季雨时手中一空，宋晴岚竟把那瓶矿泉水夺走了，然后替他拧开了瓶盖，说：“我们争取了时间差，时间比上次宽裕了不少。”

水被塞了回季雨时手里，季雨时心想，这算是特殊照顾？还是以为他真的拧不开？

“再说，现在已经安全了，总会一次比一次好的。”宋晴岚依然站在光线能照到的位置，眉毛微扬，眼神桀骜，“就算忘不掉，也要先把不好的画面从脑子赶出去，别让它占据你的脑海。你可别在这种时候累成工伤。”

早上六点五十二分，金属空间车一路碾压，毫无阻力地到达了书店。

众人下车一看，都有些反胃。

本来光滑洁净的车壳上黏满了腐肉，车头的位置还卡着肠子，像进入屠宰场被人迎面泼了一车腥臭的烂肉，什么颜色都有。

听到声响，书店附近游荡的丧尸“吼吼”叫着冲了过来，活人是甜美的早餐，它们为此亢奋。

这一次任务重启，队友们还是第一次近距离看到这些玩意，一顿狂扫后来不及观察，就有更多的丧尸从角落里、街道上冲了过来。

段文一脚踹开书店门：“快，进来！”

众人鱼贯而入。

柜台后面一个老年丧尸磕磕绊绊地冲了过来，直奔离它最近的季雨时。

季雨时早已料到这一幕，却还没来得及开枪，那丧尸就被身旁的人一枪击毙了，圆脸的双胞胎队友看上去冷静沉着。

季雨时说：“谢谢你，汤乐。”

汤乐：“呃……”

季雨时已经收好枪去书架前了，汤乐纳闷地转过头道：“季顾问真的能分清楚！”

他哥汤其白了他一眼：“我是你能装的？去后面看看！”

“哦。”汤乐一把勒住李纯的脖子，“走，跟哥哥去后面看看！”

李纯被勒得直咳嗽：“我只是个后勤！文哥你管管！”

“你文哥没空！”段文刚反锁好门，正忙着往通信器上连接袖珍无人机，打算查看附近的情况。

周明轩则扬了扬手中的枪，对宋晴岚道：“宋队，我去检查楼上。”

宋晴岚：“行。”

看来周明轩就算暂时记不清上一次的事，也还是会像上次一样选择去高的地方，也许这就是狙击手的习惯。

一屋子七个人，这支队伍像是从来没有这么整齐过，看着生龙活虎的众人，听着他们的对话，季雨时紧绷的精神松懈了些许。

然后，他一眼就在门口的书架上看到了上次没发现的书。

作为第二个有前两次任务失败的记忆存档的人，宋晴岚对这个所谓的线索很好奇：“《金乌一号：繁衍不息》？这和黑暗追逐者有什么关系？”

季雨时已经打开了书，正以一目十行的速度阅读，看到某个关键词时才头也不抬地回答：“金乌是太阳的意思，别名也叫赤乌。”

见他已经快速进入了检索状态，宋晴岚心中虽有疑问，却暂时按捺住了。

他们这次提前来到书店，距离上次黑墙移动到书店的时间还有七八个小时，足够他们在这里研究出下一个目的地是哪里，也够季雨时把想看的东西看完了。

书店里还保持着他们第一次来时见到的状态，所有的书都在原本的位置，没有被人动过的痕迹，李纯扔在地上的罐头自然也不见了。

据宋晴岚观察，每一次任务重启，PU-31 的一切都会清零，恢复成他们没来时的状态，正好符合他们对时间锚的猜测。

队友们纷纷巡检完毕回来。

段文已经把无人机放了出去，看着无人机传回来的画面越来越远，宋晴岚提醒：“注意黑墙。”

上次无人机就是撞到了黑墙才消失的。

段文轻微一怔，表情变了。

宋晴岚敏锐地察觉到这一点，问：“记起点什么了？”

段文没有回话，三十几岁的汉子很难描绘自己现在心中的感觉。

宋晴岚在对方肩膀上捏了捏，兄弟间的安慰话暂时不用多说，直接说起正事："先看地图。大约今天下午两点后，黑墙会以非常快的速度从这个方向过来。它到底是一个圈还是一个横切面，因为太过庞大，我们目前还没有办法分辨。但我们知道它会到达这里，所以我们一会儿只能提前往相反的且丧尸比较少的方向移动。"

他顺着无人机传回来的画面画出一条线，又说："现在我们有空间车，在没有线索的情况下，我们得尽量一直保持着不被黑墙追上的距离。在没有线索前，大不了我们就和它耗着。现在我们可以先在这个确定好的移动方向判断一些有可能有食物、有必需品的位置，挨个做好标记，便于我们做好耗下去的准备。"

说完，他面对众人，示意："现在闲着也是闲着，你们有没有什么想法或者想问的？"

李纯举了手。

宋晴岚抬了抬下巴，示意："说。"

李纯朝季雨时的方向看了一眼，小声道："宋队，我想问问，你现在和季顾问是什么关系？"

宋晴岚眼神幽深，道："我是队长，你觉得我和他是什么关系？"

"不是，我怎么感觉，就坐了一回胶囊舱，出来以后你们关系就不一样了？出发前你们都不说话的，但现在很多事情好像只有你们知道，我们这些老队员都掺和不进来了。"

李纯硬着头皮说完，还学他泡的那些妹子"嘤嘤"了两声，被宋晴岚一脚踹在屁股上。

他跳了几步远，还不服气："不是我一个人觉得，文哥，你说是不是？"

段文想起来的总比李纯要多点，他摆弄无人机的时候迟疑了一下，说："那啥，我就看见宋队在空间车里给季顾问拧瓶盖了。"

周明轩又补了一句："他们还说了好久的悄悄话。"

汤乐欲言又止，可相对稳重的汤其却点了点头："有一说一，我有些嫉妒。"

其他人："加一。"

"加什么一？"宋晴岚冷冷地道，"你们有种每次都别死，别连编外人员都不如，那样我也给你们拧瓶盖。"

其他队员作鸟兽散，只剩下段文看地图，不敢说话。

宋晴岚站在段文旁边看了一会儿，指着一个点问：“这个建筑是什么？”

无人机的画面里，那个呈圆形碗状的巨大建筑引起了宋晴岚的注意。

太阳光的照射下，建筑表面覆盖着的金属在反光。

段文摇头道：“没见过，看这外形，是不是工厂之类的？但也太大了。”

宋晴岚说：“记下来，反正这个方向顺路，到时候可以留意一下。”

段文应声：“是。”

宋晴岚无意间在书架上发现了一物，有些眼熟。

他走过去一看，神色沉了下来。

那是一个小小的方形药盒，表面干干净净，什么标识也没有，是季雨时的。

上次宋晴岚在柜台底下捡到药盒以后，本来打算连同水一起递给季雨时，让季雨时吃药，但是季雨时嫌弃水被别人喝过，没有接。那时，正巧汤其出现在落地窗外，宋晴岚就顺手把东西都放在了这个书架上。

没错，就是这个书架，就是眼前这第七层隔板。

宋晴岚没有超忆症，但一直对自己的记忆很自信，这时他却难得产生了怀疑。

季雨时背对着落地窗，窗外的丧尸聚集起新的一拨，指甲抓挠着玻璃发出让人不爽的摩擦声响，但这并没有打扰季雨时的阅读。

察觉到宋晴岚走近，季雨时抬起头，漂亮的眼睛里有什么东西在闪烁，他说：“我知道了！ PU-31 原来是——”

宋晴岚打断了他的话：“季顾问，你刚才把药盒拿出来了？”

季雨时被截住了话题，只好道：“没有。”

宋晴岚把东西递给他，问：“那这个是不是你的？”

季雨时接过药盒看了看，然后说：“是。”

紧接着，他从自己的口袋里掏出一个东西放在掌心。

两个药盒，一模一样。

他打开宋晴岚递给他的那个，只见方形小格子里的药已经少了两颗，而另一个药盒还是满的。

16.

“的确是我的药盒。我出任务的时候都会检查，确定是装满的。”季雨时说得很自然，好像不觉得随身携带一个药盒值得人大惊小怪，“少了两颗，一颗是我在公园管理处吃掉的，一颗是我到达书店以后吃掉的，就是你打算揍我那次——”

“你等等，我打算揍你？”宋晴岚听着不可思议。

季雨时顿了下，稍微改了改措辞：“好吧，就是你误会的那次。药盒空掉的位置都一模一样，所以这个确实是我的药盒，你在哪里找到的？”

宋晴岚放他一马，把过程说了，疑惑道：“所以怎么会出现两个药盒？”

两人都想到了之前在路上被他们的空间车压扁的那辆小车，如果那辆小车上的人不是别的幸存者呢？

“宋队，我有个问题想问你。”季雨时比想象中冷静，他合上那本《金乌一号：繁衍不息》，问道，“第二次在便利店外，你和汤乐最后才进来是为了救汤其，当时汤其被咬伤的部位和第一次被咬伤的部位是一样的吗？”

第二次循环，季雨时没有看到受伤突变的汤其。

宋晴岚不解，回答：“是，都是右手手指。”

季雨时又问：“还有没有其他地方受伤？”

宋晴岚回道：“没有。”

季雨时说：“那么，关于我们上次为什么会在距离便利店二十多公里的这个书店里见到丧尸化的‘汤其’，我就能想通了。”

宋晴岚等着他继续说。

每当聊起记忆里的事情，季雨时就像变了一个人。

他不像是那个毫无斗志、上专业课开小差打游戏、出任务大言不惭只想躺赢的季雨时了，他回忆和分析的时候，有一股奇怪的、带着脆弱感的坚韧。

“那不是汤其。”季雨时道，“虽然我没看见书店外的‘汤其’手指有没有受伤，但是他的脖子上有一个血洞，你还记得吧？就算汤其真的能那么快来到这么远的书店，受伤的部位也不吻合。唯一吻合的是——上一次我们被黑墙吞没前，被丧尸咬了脖子的汤乐。”

事实上季雨时当时就把人认了出来，但结合当时的情况，他只对此十分疑惑，因此没有说出自己的发现。

宋晴岚听到这里，皱眉道：“是汤乐？”

可是当时活生生的汤乐就在书店里，所以连汤乐自己都认为出现在外面的那个人是汤其。这点暂且不论，就当两个汤乐像两个药盒一样能出现在同一时空，那也说不过去。

宋晴岚说出自己的疑问："可汤乐被咬后，马上就被黑墙吞没了，按理说就连尸体也不该有。"

比如那个短了一截的扫把，消失了就是消失了。

季雨时点点头："同理，书店当时也被黑墙吞没了，按理说，这个上一次留下的药盒也本来就不该存在。"

宋晴岚沉思着，不知不觉眉头又成了一个轻微凸起的结，让人想给他抚平。

"宋队！"周明轩的声音突然从二楼传来。

听到这一声喊，宋晴岚就太阳穴直跳。来到这个 PU-31，被迫接受了这个任务，每次周明轩这么喊的时候，就一定是黑墙来了。

不可否认，宋晴岚怀疑自己回去以后会对周明轩喊他的声音产生应激反应。

周明轩从狙击镜前移开头，看到楼下站得很近的两人同时抬起了头，一双小眼睛里似笑非笑，不知道又脑补了什么。

好在他惯会装正经，在队长怼人之前立刻说起正事："书店外面有人求救，是平民。"

楼下的众人听到后都有些惊讶，这种情况下真的还有平民？

宋晴岚也觉得很奇怪，不过这一次他们到达书店的时间比上次早太多，或许这个时间段本来就该发生这样的事。

宋晴岚三两步跨上楼梯，拿过望远镜看了看。

周明轩问："要不要让他们进来？"

望远镜里，书店外二三十米的街角，有两个包裹严实的平民站在一辆电车顶部对他们挥手，车下围了满满一圈丧尸。

"让他们进来。"宋晴岚说，"协助他们，速度要快。"

"是。"

守护者从来不是冷血动物，队长的答复在周明轩意料之中，他瞄准那群丧尸，远距离狙击。

周明轩"砰砰砰"地连续开枪快准狠，第一声枪响惊扰了街道的安静后，他就迅速干掉了电车前的那一圈丧尸。

那两个平民显然很激动，反应很快地从车顶滑了下来，一路狂奔。

周明轩游刃有余，周围追逐的丧尸被他一枪一枪爆头。

这些平民早练出了逃生本领，在丧尸的追逐中听到枪响竟一次都没回头，不顾一切地往书店冲。

门口的汤其与汤乐上去接应，两人很快就冲了进来。

“哐！”书店门被李纯关上。

不知道来者何人，队员们刚拔出枪，就见左边的人摘下长袍兜帽，是个国字脸男人，皮肤黝黑，看起来很憨厚。

另一个人也取下了黑袍和兜帽，是个三十多岁的女人。她长袍下竟然还躲着一个三四岁的孩子，双臂挂在她脖子上，是个很干净的小女孩，正怯生生地看着七队的人。这竟然是一家三口。

大家把枪收了起来。

两个幸存者霎时放松，然后大口喘气：“谢谢！谢谢你们救了我们！”

等他们把气喘匀了，宋晴岚毫不客气地问：“你们怎么知道书店有人？”

黑脸男老实道：“我们本来躲在街那边的小店里，看到了往这边开的空间车。快没吃的了，反正留下来是饿死，出来也会被咬死，就想着不如出来碰碰运气，万一运气好，换个地方待一待也是好的。”

这三人都是黑袍加身，并且黑袍看上去并不是整块布料，而是由很多深色衣物拼接缝补起来的。

感觉到大家都打量着他们，女人舔了舔干裂的嘴唇，问道：“能给点水喝吗？那边没水，孩子渴了好几天了。”

“我去拿。”

季雨时站在一旁，很奇怪的是，先前人一多，他就没有什么存在感，幸存者甚至没有注意到那边还有一个人。可是他一出声，就立即吸引了众人的目光。

在这群身强体壮的年轻人里，季雨时身形较为单薄，看上去很是文弱。

李纯好奇道：“你们怎么穿成这样？天气这么热，你们不闷得慌？”

黑脸男表情有些古怪，道：“习惯了，这样不容易被丧尸咬。”

李纯又问：“丧尸出现多久了？这城里还有多少幸存者啊？有人救你们吗？”

李纯这人一发问就连珠炮，问的正好也是大家想问的。

黑脸男说："有快一个月了，有没有别的幸存者我不知道，我们家一直躲着呢，联系不到外面，也不知道有没有人来救我们。你们……这么好的装备，是不是警察啊？"

正说着，季雨时拿水过来了。

书店里仅有一瓶水，再加上刚才宋晴岚在管理处找到后给他喝剩下的半瓶。

女人接过水就给小女孩喝，季雨时再把水递给黑脸男。刚递过去，他就感觉到一股大力袭来，黑脸男忽然变了脸色，猛地把他一拉。

众人同时举枪，黑脸男手中的袖珍手枪已经抵上了季雨时毫无防备的后脑勺，他厉声威胁："把空间车钥匙交出来！不然我就杀了他！"

"住手！"

"放开他！"

宋晴岚抬起神眠："你觉得你有胜算？"

女人已经带着小女孩躲在了黑脸男背后，三个对一群，不知道这个黑脸男哪里来的勇气。

黑脸男阴笑道："无所谓啊，这女的刚认识，小的也不是我的种。你尽管试试，大不了我拉你们的人陪葬，反正这世道没什么好活的。"

"季顾问！"

季雨时被挟制着，一句话也没有说，手其实已悄无声息地摸到了钻石鸟。

宋晴岚脸色紧绷，想提醒季雨时不要冒着危险随意乱动，却又怕坏事。

后脑勺又被顶了一下，黑脸男粗声粗气地威胁："快点，交出空间车钥匙，不然我就和他同归于尽！"

被一排黑洞洞的枪口对着，女人吓得浑身发抖。

小女孩从她身上滑落，站在中央一脸懵懂。她不明白发生了什么，自顾自地拿出了一个洋娃娃。洋娃娃有着金黄的头发，穿着红裙子，很漂亮。

季雨时放开了钻石鸟，忽然说："宋队，给他们。"

黑脸男厉声道："听到没有！"

宋晴岚没有要与敌人谈判的意思，看他那神情，众人就知道他心里在计算好几种突袭或者开枪的方式。

这时，季雨时又说了一句："还记不记得《活死人黎明》那部电影？"

季雨时被掐着脖子，脸不得不往后仰，白皙的皮肤上一丝瑕疵也无，神态自然，仔细看他的眼神，其实都没有什么紧张的情绪。又或者，反正他也不是第一次赴死了，早就习惯了。

队友们惊了，季顾问这种时候讲什么电影？

季雨时语气平静地道：“信我。”

宋晴岚慢慢地放下了枪，然后对段文说：“把钥匙给他。”

“宋队？”汤乐喊了一声，不可置信。

段文听从安排，拿出了空间车钥匙。

黑脸男把钥匙抓在手里，枪却没移开，在季雨时耳边说：“算你识相，不过，要麻烦你陪我们走一趟了。你们这群人不好惹，只要车子开出去十公里，确定没人来追我，我就在一个安全的地方扔你下车。”

他还挺聪明的，一边说，一边挟持着季雨时往门口退：“开门，保证我们安全到车上，不然我还是一枪崩了他！”

书店外的丧尸刚才死了一拨，此时数量不多，听到开门的声音迅速跑了过来，又被枪打得一个接一个倒下。

女人跟在黑脸男身后，抱着孩子回头小声对他们说了一句“对不起”。她也是身不由己，却未出声阻止或提醒过，令人感到末世里人性的悲哀。

黑脸男劫持着季雨时，枪顶在他脑袋上，一秒都没放松。

走到空间车前打开车门，见丧尸被消灭得差不多了，黑脸男吹了声口哨。

下一秒，不知道从哪里又冒出来五六个披着补丁袍，把自己裹得严严实实的人，个个都有枪。

这说明黑脸男刚进书店，这些人就慢慢潜伏到了附近，他们本来的目的就是抢车，女人和小孩真的只是让人放松警惕的诱饵。

双方对峙，宋晴岚忽然说：“等等。”

众人的目光都聚焦在他身上。

黑脸男咒骂了一句：“你想反悔？”

季雨时看到宋晴岚的眼神无比深沉，难以分辨其中的情绪。

宋晴岚忽地笑了：“不是反悔，只是他一个人被你们扔在路上，我不放心，干脆你们多带一个，到时候一起扔。要是答应的话，这把枪就送给你们了。”

神眠通体漆黑冰冷，一看就是好货。还会有这种好事？黑脸男迟疑。

“让他一起吧。”季雨时说，“他是我哥哥。”

闻言，宋晴岚和其他队员齐齐无语。

季雨时垂着头，无奈地说：“是我表哥，家里就剩我们两个人了，他不会扔下我的。”

“可以！”黑脸男往地上啐了一口，吩咐同伙捡枪，然后看着宋晴岚对后面的人示意，“要死你们一块儿死！”

17.

宋晴岚与季雨时被押上车，第一件事就是先搜身。

手腕上的通信器被摘下扔出车子，黑脸男又指使人把宋晴岚身上的军刀、拳钩等物品都搜了出来。

宋晴岚活了二十六年，第一次这么没有尊严地被人反绑双手控制在角落里，还被人用枪指着头，要多窝囊有多窝囊，关键还是买一送一，他自找的。

旁边，季雨时也在被搜身。他轻轻皱着眉毛，抬起双臂，被一个男人从上到下检查了一遍。

男人收了他的钻石鸟、药盒等东西，还搜出了一个半只手掌大的黑白屏游戏掌机。

黑脸男狐疑道：“这是什么？”

季雨时说：“游戏机。”

“啪”的一声，这堆东西都被扔开。季雨时看过去，小小的游戏机已经被摔坏了，四分五裂，电池都滚了出来。

他收回目光，黑白分明的眼睛里没什么异样，不知怎的黑脸男却感觉到了一丝不舒服，这眼神怪瘆人的。

宋晴岚都有点同情黑脸男了。

“看什么看！谁知道里面有没有追踪器？”黑脸男的脸彻底黑了，他将季雨时一推，“这一个也绑起来！扔到他哥旁边！”

这下季雨时也被绑住手腕塞进了角落里。

两人落入这种境地，宋晴岚侧身，低着头在季雨时耳旁压低声音道：“季顾问，好玩？”

季雨时转过头来，和他隔开点距离低声道：“我一会儿会给你解释。”

宋晴岚分明是咬着牙在说话："我问的是这个？"

季雨时问："那是什么？"

宋晴岚不语。

季雨时嘴唇轻轻动了动："宋队，一会儿你就明白了。"

这些人估计文化水平不高，半天没搞懂空间车的高速模式怎么设置，车子跑得不算快。

黑脸男防备心很重，到了一处，他突然喊了停车："那群人肯定会追过来，先把这条路封一下，然后走另外一条！"

三个人打开后车门跳了下去，丧尸追了上来。只见他们两人放哨，一人行动，按下路旁的道路封闭按钮，就有什么路障从地基中伸出，把路面彻底封死了。

那是一面铁丝网墙，很像七队上次开着车从书店逃出来时撞上的那一面。

宋晴岚回头，谁知季雨时也正好在看他。

时间的巨轮一遍遍碾过，死亡的记忆太深刻，车辆倾覆时的巨响、玻璃碎片上的鲜血，连带着周明轩耷拉着脑袋的一幕都仿佛还在眼前。

这是意外的收获。

"嘭"的一声，车门被重新关上，什么也看不见了。

车里本来就还有一些小队的装备器械，加上收缴的钻石鸟和神眠，这群人的收获很是可观。

这群人看起来不是同路人，正在为这一次的战利品归属做划分。那个抱着孩子的女人没有份，也没有地位，大概只是棋子。

车上闷热不堪，女人把小女孩放在一旁，然后脱下长袍，露出来的皮肤十分苍白。

这时，她忽然听到季雨时问："你有多久没晒过太阳了？"

女人看了看那群男的，迟疑着要不要和季雨时说话。

季雨时又问："应该是从灾变前开始吧？"

宋晴岚不明白季雨时为什么这么问，但知道一定有他的原因。

女人终于点了点头。

季雨时很自然地问："从金乌二号上线开始吗？"

"是。"女人小声又急切地说，"你们是不是从 PU-30 来的警察？我听说那里的人没有变异，你们可不可以带我和我女儿走？”

“不可以。”季雨时被绑着双手，却如同一个高高在上的判决者。

“我会想办法帮你们的！”女人立刻有些崩溃了，“求求你们了，就带我女儿一个人走行不行？金乌二号一上线我女儿就没晒过太阳，她不会变异的！”

宋晴岚道：“你不走，黑墙也会吞没你。”

女人一怔：“什么黑墙？”

车子里突然传来一声枪响，有人的鲜血喷洒在车壁上。

面对装备、空间车这么好的资源，男人们分赃不匀竟下了杀手，骂骂咧咧吵翻了天。

女人回头一看，吓得尖叫起来。

小女孩玩着洋娃娃，沉寂在自己的世界里，恍若未闻。

季雨时对这一幕毫不意外，只是低声道：“快了。”

他仿佛置身事外，只静观其变。

开枪的那人被夺了枪，车里的尸体双目圆睁，这些人却视若无睹。

争吵升级，他们开始在车里互殴。紧接着，空间车猛地一个转弯，再归于平稳。

不知道是谁喊了一声：“杀光他们，抢走空间车！”

所有人先是安静一秒，然后同时扑向了车厢里的那一堆装备！

枪声响起，车辆猛地倾斜，混战中控制面板竟被子弹击中了！

“啊！”女人在尖叫。

失控的空间车载着一帮亡命之徒极速前进，宋晴岚就势向前一滚，额头已经抵上了冰凉的枪口。他抬头，黑脸男凶相毕露地拿着他的神眠，对他扣动了扳机。

宋晴岚弯了弯嘴角，道：“要指纹的，白痴。”

话音刚落，他反绑在身后的双手骤然挣脱，方才往前一滚时他竟不知道什么时候捡到了自己的军刀。

他的动作快得季雨时几乎看不清，只见他就地倾斜，长腿横扫，黑脸男刹那间被撂翻在地。

宋晴岚抓住黑脸男的头对着地面就是一撞！

黑脸男惨叫一声，鼻梁硬生生被撞断，鲜血喷了一脸！

与此同时，宋晴岚黑色短靴一踢，军刀打着旋向反方向的季雨时滑去。

“给我杀了他！”

“快停车！”

“砰砰”声不断。

亡命之徒仍在混战，子弹击中金属车壁，火花四溅。

昏暗的光线里，宋晴岚如鬼魅般踩着车壁借力，甫一落地，“咔嚓”一声就折断一人胳膊！

“车子失控了！”季雨时大喊，只见摇晃中宋晴岚抬起神眠解决掉眼前两个幸存者，听到喊声立刻去扳手动操控杆，身后却扑来一人狠狠地扼住他的喉咙。

“嘭”的一声，车辆发出巨响，天旋地转间所有人在车厢里被剧烈甩动。

车外壳一路擦着墙壁前进，“轰隆隆”撞破了几堵墙才堪堪停下。

“咯咯咯！”季雨时被摔得喉头一甜，咳嗽不止。

车窗破损，灰尘溢满车厢，车子钢板往内凸起一个巨大的弧度，一切都安静了。

女人头部中弹，鲜血洒了一地，地上横七竖八都是尸体，小女孩面朝下，身下鲜血蔓延。

有人抓住他的脚踝，季雨时低头一看，黑脸男满脸血，竟然还没死，另一只手抓着他的钻石鸟缓缓抬起。

季雨时手里还握着军刀。

“吼吼。”有死人站了起来。

再一声响，小女孩也抱着洋娃娃站了起来。

季雨时漂亮的眼睛看着黑脸男，从他无力的手中拿走了自己的枪，然后狠狠地用军刀把他的手扎在了地板上！

“啊！”杀猪般的惨叫声响起。

“快走！”宋晴岚推开压在身上的墙砖，一身墙灰与血污，狼狈不堪，喊道，“季雨时！”

两人跳下空间车，四面八方的丧尸都朝发出巨响的空间车冲来！

两人像是尸潮中的一叶扁舟，在狂涌的浪潮中难以自保。

枪声不停，震得虎口发麻，宋晴岚的神眠狂扫也抵不住更多的丧尸追逐。

“吼！”腐肉、热浪，难以形容的味道充斥着鼻腔。

通信器被扔掉，皮下通信器里的频道还在公共状态。大约是队友追到了通信范围内，两人耳旁都传来队友断断续续的声音："宋队？喂？宋队？是不是你们？我在附近听到了巨响！"

是汤其在问。

"是我们！"宋晴岚一边开枪一边回答，"我们被尸潮包围了！"

汤其："正在定位……马上就到！"

通信中断了。

不远处的路边，有个绿色的迷你小亭子吸引了宋晴岚的注意："去那里撑一下！"

两人边开枪边向前冲。

"嘭"的一声，宋晴岚一脚踹开了门，身后的丧尸被季雨时击毙，两人迅速钻了进去。

亭子竟然只有一平方米大小，小得可怜，里面一片漆黑。

宋晴岚背抵着铁门大口喘气，几秒后，居然笑了一声，道："季顾问，下次能换个方式论证吗？"

季雨时与他面对面，黑暗中彼此都看不清楚对方的表情，反问："论证什么？"

丧尸的嘶吼声让人头皮发麻，抓挠声隔着四面钢板，密密麻麻的，清晰可闻，不难想象一旦被丧尸找到机会，他们就会马上肚破肠流。

宋晴岚说："论证你接下来想告诉我们的理论。"

在上一次循环里，他们路过了这个区域。那被阻挡的道路、破损的空间车，他们转入一旁的小巷遇到的小丧尸，竟奇妙地与现在的情况完美重合了。

宋晴岚本来不理解季雨时要做什么，直到季雨时不着痕迹地提起《活死人黎明》这部电影，他才回忆起他们之前在车上讨论这部电影是在什么样的情况下。

普通人很难做到把一切细节都精准对比，但季雨时脑中的记忆太过清晰，就连他们行驶过程中一瞥而过的那个小丧尸，连同小丧尸手中穿红裙子的洋娃娃，都被他牢牢地记在了脑子里。

季雨时清冷的嗓音道："事实上——"

轰然巨响传来，小亭子竟然被尸群推倒了！

两人猛地摔倒在地，季雨时一声闷哼，被宋晴岚压了个严严实实，嗓子里卡出下半句话："咯咯……没有办法换个方式论证。"

蓦地，亭子里亮起了白色的微光。两人上方有一块屏幕闪过什么动画和文字，但宋晴岚人在上面，那屏幕正好被他的背挡住了。

“吼！”丧尸依旧在推挤这个可怜的小亭子，震动间两人都默契地选择了闭嘴，在这种情况下还是保持安静比较好。

忽然，一阵短促轻快的音乐从背后的屏幕里传出，紧接着，甜美的女声提示道：“谢谢选择本产品，祝您使用愉快哦。”

“哗啦啦”一声响，屏幕下方落下一物，砸在两人身侧。

18.

“什么玩意儿？”那东西被包装得意味不明，宋晴岚正要伸手去拿，看看是什么，却被季雨时先一步抓到手，“啪”的一声扔到了黑暗的角落里。

宋晴岚低头要问，却见季雨时镇定道：“宋队，你进来的时候是不是没注意过这里是做什么的？”

情况危急，当然是埋头就冲，见处就躲，宋晴岚确实没精力去注意这个绿色的迷你小亭子是做什么的。

季雨时就不一样了，恐怕他就算不去注意，也能记个清清楚楚。

被季雨时这么一提醒，宋晴岚就明白了过来，刚才那东西……搞半天这里是个未来世界的成人用品自助贩卖亭。

自助贩卖亭又“哐哐”摇晃起来。

亭子里，屏幕的光线暗了下去，重新归于一片漆黑。两人都看不见对方的脸，狭小的空间里除了呼吸声，非常安静。

被宋晴岚挤着，季雨时额头冒汗。

这人也太沉了，还那么高，一身的肌肉都硬邦邦的，让他觉得胸口、腹部、大腿都被挤压得逐渐开始发疼。神眠好巧不巧也正好落在下方，硌着季雨时的背，坚硬的枪身抵得他从肩膀到尾椎都在发疼。

宋晴岚身上有血的味道，伴随着人体体温所散发的热气往季雨时鼻腔里钻。当然，季雨时自己身上的味道也好不到哪里去。

宋晴岚其实也撑得很辛苦，这角度他单手手肘支撑身体，另一只手还得死死拉着侧面的门以防被丧尸撞开，因此身体不得不有一部分挤压着季雨时。

“无人机本来就在外面，他们会用无人机追踪我们。”宋晴岚沉声道，“加上定位我们扔在附近的通信器，他们应该很快就能找到我们了，再坚持一下。”

季雨时说：“刚才汤其说听见了巨响，他们应该就在附近才对。”

其实宋晴岚也发现了问题，按理说汤其他们不应该来得这么慢。

好在自助贩卖亭外丧尸的嘶吼和抓挠在慢慢减少，如果真的出了什么状况，他们就得搏一搏，想办法从这里冲出去。

没过多久，皮下通信器里终于传来了队友的声音。

“宋队？季顾问？喂？能不能听见？”是汤其！

宋晴岚松了一口气，回答：“听得到。”

公共频道里，汤乐的声音响起：“不对，哥，光搜到定位了，这里没看见他们人！”

“砰砰砰”几道枪声同时从公共频道和自助贩卖亭外响起，听起来隔得不算太远。

宋晴岚道：“报告你们的位置。”

队友们在奔跑，汤其喘着气讲话，声音很急促：“我们在一辆报废的空间车旁边！这里好多丧尸！”

战况激烈，自助贩卖亭被蜂拥的丧尸推搡，再次剧烈摇晃。

密集的枪声中，季雨时迅速报出他们所在的位置：“背对车尾，一点钟方向有一个倒在地上的绿色小亭子！”

“没看见！汤乐你小心后面！”说话的人是李纯。

看来外面的情况和他们刚躲进亭子时差不多，丧尸说不定还有增无减，宋晴岚抓紧时间快速说：“倒在地上的那个，看见了没？我们躲在亭子里面！”

“宋队他们在后面！”

“调头！”

“快快快！”

一分钟后，枪声在亭外响起。

“轰”的一声，有丧尸被击飞，倒在亭子上发出巨响。

“宋队！”小亭子的门被打开，李纯的脸出现在外面，汤乐和汤其在左右集火猛扫，丧尸潮呈喷射状，血肉横飞。

宋晴岚面色不佳，先从亭子里滚了出来。

汤其回头道：“宋队！我们开了车，从后方突围！”

季雨时全身发麻，先把自己手上的钻石鸟扔给宋晴岚。

宋晴岚凌空接住，猛然回身，逐个击毙亭子后方的丧尸。

这时季雨时也从亭子里出来了，他脸色也不太好，倒不是情绪导致，看上去像是受了什么伤，捂着肚子又拖出了神眠。

“撤！”

众人边打边退，五个人的火力远远强过两个人，他们一路踩着乱七八糟停放的车辆向外突围。

宋晴岚喊了一声：“季雨时！”

钻石鸟又被扔了回来，季雨时哪能不懂？这人嫌弃他的钻石鸟不得劲！

他一边眼也不眨地接住，一边将对他来说特别碍事的神眠甩了回去。

沉重的枪身甩得季雨时手臂发酸，宋晴岚却轻而易举地将其抓住，眼神中露出难以掩饰的狂傲，那是一个男人对自己战斗力的自信。

神眠的陡然加入让这场战斗有了助力，他们硬生生地轰出了尸潮缺口，顺利抵达汤其所说的车上。

宋晴岚摔上车门，紧接着，众人同时猛地一个后仰，车子发出轰鸣声飙了出去！

车子撞飞好几个丧尸，狂奔的尸潮被远远甩在了身后。

李纯在副驾驶座回头道：“宋队！季顾问！你们怎么在这里？还躲在那种地方！”

宋晴岚伸手推了把李纯的脑袋，没好气地道：“怎么不说你们？就这么点距离，路上都干吗去了？”

李纯委屈道：“这么点距离？老大你好严格！还好路过这里的时候我看见了通信器上的绿点，不然我们现在也找不到你们！”

宋晴岚倒不是真的怪他们来得晚，只是随口一说。

懒得看李纯卖惨，他问：“老段和老周呢？”

汤乐说：“也走散了，我还以为他们和你们在一起呢。”

汤其正专注地开车，一路飙过残败的街景，出声安慰：“没关系，他们开着空间车比谁都快，应该会在书店的坐标和我们会合，肯定比我们先到。”

空间车？会合？明明是熟悉的三个队友，他们说出的话却让宋晴岚察觉到了异样。

他转头，只见身旁的季雨时蜷缩着，也皱起了眉毛。然后，两人目光相撞。

宋晴岚收回目光，貌似无意地问："刚才在公共频道，汤其不是说听见了巨响？怎么会找不到我们。"

汤其疑惑道："不是我，我没听到什么巨响，也没在公共频道说过话。"

李纯说："会不会是老段他们？我们要不要回头去看看？"

"不是吧？"汤乐表示反对，"又回头？刚才要不是回头也不会走散了！"

宋晴岚平静地问："你们是在什么地方走散的？"

汤乐说："和你们一样，就那栋大厦外面。我们到处到不找你们，就想着去说好的地方会合。"

季雨时很少在他们说话的时候插嘴，这时却突然开口问："润金大厦？"

"应该是吧！"汤乐一怔，说，"我没注意那大厦叫什么名字，光顾着去看那冲进去的小车了，季顾问你观察得好仔细！"

李纯说："季顾问的记忆力不是出了名的好？"

汤乐笑道："对哦，我差点忘了。"

这群人总有种神奇的安定，好像只要一脱离危险，他们就能毫无心理负担地放松下来。

在这种状态下，三人甚至没有发现宋晴岚与季雨时同时噤声了。

这支队伍，无论从队友的相貌还是习惯来看，都是宋晴岚熟悉的队伍，却不是他们原先的那一支。至少眼前这三名队友还没去过书店，也没经历过黑脸男的那一场劫持，他们竟然是从润金大厦来的。

那么，汤其说他没听到巨响也没在公共频道说过话就解释得通了。

可是现在这情况这到底是怎么回事？

宋晴岚心绪难定，队友们的对话又进行了两三分钟，直到距离书店的坐标越来越近了，季雨时突然喊了一声："宋队。"

沉思中的宋晴岚回头。

季雨时显然也发现了把他们从自助贩卖亭救出来的队友不是原先的队友，他对宋晴岚说："黑墙移动到书店还要一点时间，附近正好能找到吃的，我建议我们先去取一些食物再去书店。这样，规划下一个目的坐标时，大家也不用担心在路上没办法补充体力，这毕竟是持久战。"

季雨时说得非常自然，宋晴岚从他的眼神中甚至分辨不出这是一种微妙的拖延。

眼前这个人好像不管到了什么时候都很冷静，泰山崩于前而色不变，与他的外形给人的柔弱印象截然相反。

这世界扑朔迷离，处处诡谲，人身在其中，被时间所玩弄。每当人有了一点头绪的时候，事情的发展就会推翻他原先所有的认知，将人拖入另一个难以窥见真相的境地。

宋晴岚不可否认的是，时间循环到了目前这一步，连他自己都开始迷失了。

要从一团让人背后生凉的乱麻中理出线索，找出事实真相，分辨虚实，并非寻常人仅靠聪明就可以做到的事。若是人的心理承受能力不佳，直接原地疯狂也不一定。

但季雨时，他的忍耐力似乎没有下限。

宋晴岚嘴唇紧抿，虽然不明白季雨时为什么要这么做，但长年累月积攒下来的沉着和对异常事态的嗅觉让他很快做出了决定。

他转回头，命令汤其："先去附近看看情况，搜集食物。"

对于队长的决定，队员们从不质疑。

汤其欣然应允："是。"

书店所在的小山坡附近绿化甚好，正值上午，道路两旁繁茂的树木间隙，星星点点的阳光洒下来。

这里大约是个高档居民区，街道两旁十分安静，偶见丧尸聚集成堆，数量也比方才那场恶战中的要少不少。

车子停在显眼处，以便生变时他们能迅速撤离。

众人警惕地列队而行，前行不远，李纯就发现了便利店，低声道："这边！"

几个丧尸在便利店里游荡，李纯推开门，"吱呀"一声响，丧尸"吼吼"狂叫着冲来。

汤其与汤乐拔出匕首。

双生子默契十足，连行为习惯都差不了多少，很多时候不用多说也能明白对方心中所想，三两下就悄无声息地把店里的丧尸都干掉了。

货架上空荡荡的，被扫荡得几乎没剩下什么东西，底下那一层倒是堆了满满一排罐头。

李纯拿了一罐，看着上面的字说："克蒙豆是什么？怎么没听过？堆这么多都没人要，肯定不是什么好东西。"

汤其说："别管了，只要能吃就行。"

便利店挺大的，另一头还设有自助服务区，离三名队友有一段距离。

季雨时小声道："我们现在不能去书店。"

宋晴岚大概猜到了他的目的，说："因为在那里可能会碰见另一队队友？"

季雨时点点头。

"他们应该去追我们了，说不定还没有返回书店。"宋晴岚思考着说，"这是什么？时空重叠？"

如果是这样的话，那他们会不会不仅碰见了另外的队友，还会碰见另一个自己？

"不仅仅是这个问题。"季雨时四处看了看，然后道，"宋队，我需要那边的苏打粉。"

宋晴岚将苏打粉拿了过来。

季雨时嘴唇没什么血色，睫毛漆黑，他把苏打粉撕开倒在桌面上。

这年代几乎难见纸笔，两人的通信器又在空间车上被黑脸男扔掉了，看样子季雨时是要用这粉末画图列举。

季雨时用食指在粉末里写了个"1"，然后说："这是第一个循环里的我们，在润金大厦被空间车撞死，团灭了，简称 1 号小队。"

这个宋晴岚知道。

季雨时手指上不知道什么时候沾了血，大概是丧尸的，他没有在意，又写了个"2"。

"因为时间锚的存在，我们在锚点重启，开始了第二个循环。"季雨时说，"但是由于我保留了上一次的记忆，我们成功躲过了空间车，进了润金大厦。然后我们逃到了书店，在书店附近又团灭了，简称 2 号小队。"

这滋味真叫人不好受，他们不仅一次次失败团灭，还得一次次列举自己的失败。

紧接着，季雨时又在"2"旁边写了个"3"。

"第三个循环，也就是现在的我们，简称 3 号小队。"季雨时道，"我们开着空间车在十字路口撞到了一辆小车，根据我的记忆，我有理由认为那就是第一次被空间车撞死的我们。也就是说，那根本不是什么幸存者恰巧开了车牌号相同的车，而是3号小队的我们撞死了1号小队的我们。对吗，宋队？”

宋晴岚无法否认，因为事实就是这样难以置信。他们没有办法自己欺骗自己，必须得面对这惊悚的事实。

见他赞同，季雨时指着那个“2”字说：“已知，3号小队开车撞死了1号小队，这是我们所在的现实。但2号小队避开了撞击，那么，有一个问题出现了——2号小队避开的那辆空间车是谁在开？”

季雨时的问题一针见血。

便利店里，不远处的队友还在说话。

“时间锚原本是单线的无限循环，所以我们可以一次次重来。”季雨时顿了顿，修长的手指在“2”字上方画了一条线，“但是第二次循环的我们保留了记忆，躲开了空间车的撞击，我们就从那一刻开始无意间创造了一条新的平行时间线。那条时间线里面的‘我们’像现在的我们一样，准备开空间车直接去书店，但是路遇小车还差点撞上。看见小车冲进了润金大厦，‘我们’担心车上的幸存者，就停车进润金大厦寻找，结果遇到了大厦里狂热的尸潮，被迫分散了。那么，润金大厦里的这一支队伍简称为4号小队，也就是我们现在遇到的汤其他们。”

“因为时间锚里的空间与时间都是固定的，那么宋队，这就产生了你刚才提出的时空重叠。”季雨时道，“也就是所谓的多重现实。现在的情况是，同一时间，PU-31出现了两个天穹七队。但因为是平行时间线，3号小队的我们和4号小队撞到了一起，所以他们不知道我们发生过的事，我们也不知道他们发生过的事。”

宋晴岚缜密地思考后很快就理解了季雨时的意思，伸出手在“2”字下面轻点，说：“不止。如果时间与空间都是固定的，且产生了平行时间线，那么现在同一时间，不止有3、4号小队存在。你忘了，2号小队的‘我们’正从润金大厦逃出来，这个时候应该在来书店的路上。”

此时，2、3、4号小队同时存在。

季雨时说：“没错。”

话音刚落，他好像极为不舒服，忽地咬了下嘴唇，手指抓住了桌边，脸“唰”的一下白了。

“季雨时？”宋晴岚伸出手将他扶住，触手一片湿意，低头一看，掌心竟一片鲜红。

这一声让另一头的三人都快速走了过来，都是一脸关切。

“季顾问！”

“怎么了，季顾问受伤了？”

李纯负责队里的医疗，连忙上前帮忙：“快，把他放平！”

季雨时被放在台面上，腰腹部有鲜血从黑色作战服里流出来，暗红色的痕迹不甚明显，以至于众人都没发现。

宋晴岚找来剪刀，轻轻剪开他腹部的布料。

白皙的皮肤露了出来，那里有一个小小的枪眼，正在不断地往外冒着鲜血。

宋晴岚问：“什么时候受的伤？你为什么不说！”

季雨时额头冷汗淋漓，喘着气道：“抢车的时候。”

“没事，不严重，就算死了也可以重来。”他头脑变得有点不清醒，钝痛似乎忍到此刻才到了无法忍受的地步。

宋晴岚用手摁住他的伤口，那皮肤触感温热，不知道是血液的温度还是季雨时的体温。

季雨时慢慢闭上眼睛，陷入昏迷前喃喃道：“我只是……想尽量少来一次。”

少来一次，就能少记得一点。

“我没有遗忘的能力。”

这一刻，宋晴岚突然记起来季雨时曾经说过的那句话，他强硬冷漠的心脏像是被一只无形的手攥住了。

这家伙，根本就不是什么花瓶。

以貌取人，不行。

他忽然这么想。

19.

小雨淅淅沥沥地下着，天空昏暗，从楼道看去就像天还没亮一样。

季雨时关上家门，两只小手下意识拽着书包带子。他心里在想，今天放学后可以去买一点街角那家老店的小蛋糕，要是晚上父亲加班没回来的话，他就不会那么容易饿肚子了。

楼道的灯光里，他踏过九层台阶，然后走过转角，碰到了一个人。

他仰着头看过去，对方穿着一件紫色调的连帽衫，帽子兜住了脸。

这是一个陌生人，季雨时顿了下脚步，对方也顿了下脚步，然后两人错身而过。

…………

小雨停的时候，家里楼下拉起了警戒线。

明明还是下午，天却那样黑，警车的声音、救护车的声音，还有纷乱的脚步声与不断变换红蓝色彩的警示灯，纷纷交织在一起。

季雨时站在警戒线外，有人赶到他身边，一把将他搂在了怀里，声音颤抖，不知道是要安抚他还是安抚自己："团团、团团。"

警官压低声音和那人说话，声音模模糊糊："季教授，孩子吓得不轻，很有可能碰见过凶手……"

季雨时低着头，看见自己的黄色雨衣上有一滴水滑下去了。

…………

暖色调的房间里放了许多让人感到舒适的毛绒玩具。

儿童管理处的阿姨推开房门，有人办完所有手续，蹲在季雨时身前，抓着他的小手，柔声道："团团，我来接你回家，一个新的家。"

他点点头。

"你害怕吗？"

他摇头。

"好的。以后家里有妈妈，有爸爸，还有哥哥，会很热闹。"

他沉默着。

"从今天起，你就姓季了。"

…………

"诶，小季，你做了八十九个B级任务了，真的不考虑去支援一个A级的？"林部长苦口婆心地道，"我和上级申请了，要是用一个A级任务抵十个B级任务，加起来你就完成九十九个任务了，回来以后再出一次外勤，你一直想要的那个机会不就有了嘛！"

他说："不急，我自己再去做十个B级任务也是一样的。"

林部长急道："嗐！你这孩子怎么不听劝呢？你进天穹是为了什么，大家都知道的嘛。你要回到那年一次，上面说是说要考核你，但他们也不是那么严格的嘛。没有人非要那么为难你，你这是在为难你自己啊！”

他冷静道：“林部长，对于有刻板印象、盲目自大的队友，我没有办法和他们共事。”

林部长又说：“那位宋队长倒也不是没有自大的资本……唉，小季你等等！”

黑猫在他腿上打呼噜，季雨时一手翻书，一手撸猫。

这猫老了，他抚摸得很轻，感受着它柔软光滑的皮毛。

通信器响的时候，猫伸了个懒腰从他腿上跳了下去，他接通视频电话。

视频里，头发花白的老教授戴上眼镜和他闲扯家常。

另一只黑猫又跳上了他的膝头，在他腿上翻起了肚皮。

他挠它，耐心地听着电话那头的人说话，然后径自问：“老师，你是来劝我去江城的？”

老教授顿住，然后叹了口气，道：“团团，都到这一步了，早点达标，早点回到那一年，你就能早点解脱。”

他说：“好。”

浓密的睫毛快速颤抖，下一秒，季雨时睁开了眼睛。

疼痛从腹部开始蔓延，清晰地传递到大脑，季雨时痛得几乎撑不起自己的身体，只得躺回原地，小口吸气。

断片的思绪随着疼痛回笼，季雨时记得自己正在和宋晴岚分析目前的情况。

他话刚说了一半，还有许多许多事情没说完，他真怕一闭上眼就再也不醒来了。

“季顾问！你这么快就醒了！”坐在旁边的人放下望远镜转过头来，是李纯。

季雨时迷惑道：“我睡了多久？”

李纯看了看通信器，回道：“现在才十点四十二分，你从昏睡过去到现在就睡了不到一个小时吧！”

季雨时打量四周，发现他们在一栋建筑二楼的阳台上。

矮墙用雕花小砖砌成，外面的丧尸不容易发现他们，他们却正好能通过这些空隙观察到外面的情况。

季雨时被队友放在阳台的一张躺椅上，太阳伞替他遮住了大半阳光，让他不至于被晒得中暑。若不是听见了丧尸发出的“吼吼”声，季雨时差点以为自己是在谁的家里午休。

果然，他稍微侧头看去，就从雕花的缝隙里看见了楼下成群结队游荡着的丧尸。视线再放远一点，他就能看见街道另一头，山坡上侧对着他们这个角度露出一半的书店。

“季顾问你的睡眠可真轻，你明明都昏过去了，眼皮底下的眼珠子却还在转啊转的，一看就是光做梦没休息。”李纯拿着望远镜念叨，他是个话痨，这点季雨时已经很清楚了，“听说你平时睡眠也不好，但你人都受伤了，还是休息一下比较好，哪能一声不吭强忍着呢？”

季雨时无言以对，也不知道要怎么和对方解释。

“我晕！”李纯忽然骂了一句，“我看起来好傻啊。”

季雨时不解。

李纯手里拿着望远镜，极具羞耻感地说：“原来我走路的姿势这么难看啊，怎么从来没人提醒过我？我还以为我自己很帅呢！难怪我在情场总是那么不顺利，妹子一个接一个地飞，老周走路都比我好看。”

什么？季雨时蓦地记起来——这个时间段，2 号小队的他们已经逃出了润金大厦，损失了汤其与段文后，一行五人已经到达书店了！

他侧头去，隐隐看见书店里有几个人影，正是 2 号小队的他们！

几秒之内，他就惊出了一身冷汗，身边的李纯他们已经知道了？

“季顾问你不要紧张，宋队已经告诉我们了。”李纯回过头告诉他，“因为任务的重启，同一时间段内会出现不同的我们，早晚会有不同的队伍碰上，就像现在的我们和你们碰上了。”

宋晴岚已经和他们说了？

宋晴岚会这么做，在季雨时的理解范围内，可李纯现在的反应是不是太平淡了点？在这种情况下，谁还会有心思去吐槽另一个自己？难道不应该觉得细思恐极？

季雨时警觉道：“你不觉得害怕？”

“有什么好怕的，死都不怕了，还怕遇见另一个自己？”单纯的大男孩想事情很简单，“就像季顾问你，受了伤明知道可能会死，但还是想尽量往前走。就比如你们记录者吧，你们回到过去执行任务的时候，总会看见过去的人和事。

要是穿越的时间近一点，搞不好也会遇到过去的自己，难道你们会害怕？”

季雨时说：“这不一样。”

听到他这样说，李纯不以为意地笑了下，那模样竟然和宋晴岚如出一辙。不，是他们整支小队都有这样吊儿郎当的时候。

“差不多。”李纯说。

“你看，现在我们看到的，不过是‘过去式’的自己和‘做出不同选择’的自己而已。”李纯继续道，“可是无论同一时间点存在几个自己，最初的锚点都是固定的，就像你回到过去执行任务以后总会回到你出发的时间点一样。也就是说，不管发生什么事，重新出现在锚点的我还是我，且只有一个我。那么对于在锚点的我来说，曾经有几个自己同时存在过，其实本质上没有区别。”

“过去式的我”和“平行线上的我”，谁才是意识主体？这其实涉及哲学问题，世上恐怕没有几个人能回答。但因为锚点的存在，它确实有了很好的解释。

看不出来李纯会选择用这么通透的方式来理解，季雨时瞳孔轻微紧缩，陡然想通了许多事，对李纯刮目相看：“你说得很有道理。”

李纯抓抓脑袋，不好意思地道：“其实这些道理都是宋队分析出来的！我哪有你们那么聪明？我可是坐在这里守着你，脑袋都想破了，想了整整一个小时才搞清楚宋队的意思！”

季雨时：“呃……”

好吧，看来无论是哪一个李纯，脑子都很单纯。

季雨时心想，宋晴岚……这个人真的和他想象的有些不一样。

季雨时还以为接下来的事情会因此变得更为复杂，所有人都要回避另一个自己，造成分不清楚你我甚至互相为敌的混乱场面。

他甚至幻想过无数个自己出现在同一时间点，为了争夺所谓的主体意识而自相残杀的场景，那简直是噩梦中的噩梦。

可让季雨时没想到的是，在宋晴岚的带领下，这支队伍像一支离弦后就永不回头的利箭，从不纠结于无谓的苦难，兵来将挡，水来土掩，只管蓦直前进。

天穹七队的每一个人都组成了这支队伍的核心凝聚力，他们总是不断刷新着季雨时的认知，从第一次任务循环开始到现在，无论是谁牺牲、谁掉队，他们的目标都从未更改。

这好像在提醒季雨时，这一切都没什么大不了的，只要意志坚定，他们就不会陷入迷惘。不管怎么样，不管有多少个他们，他们的目标都只有一个——完成任务，回到原来的世界。

这种提醒让季雨时胸口沉沉压着的那块大石一点点地变轻了，他怔忡，所以，事情还可以这么简单吗？

昏迷前宋晴岚的脸出现在他脑海中，对方眉头紧锁，眼里有一种叫愤怒的情绪。

季雨时不是非常理解，宋晴岚在因为什么愤怒。

所以宋晴岚他们人呢？他想到这里，也问了出来。

李纯说："你昏迷以后，老周和老段来了——也就是你说的4号小队，和我们在润金大厦走散的那个。他们开了空间车，比2号小队来得快，但是还不知道现在存在多个自己的情况，汤其和汤乐大概在给他们做思想工作吧。宋队给你找医用绷带什么的去了，应该快回来了。一会儿大家在这里会合，然后去下一个目的地。"

季雨时嘴唇还白着，人还是虚弱的。

"季顾问，你身上的枪眼是钻石鸟打的，自个儿的枪打了自个儿。还好钻石鸟的子弹不是实体子弹，不用在你的肚子里找弹头，就是外创面小，内创面大，你下回可千万别这样了。"李纯忍不住道，"宋队挺担心你的。"

季雨时心想，宋晴岚怕是担心他拖后腿吧。

李纯又说："诶，其实我们宋队人很好的，那次老于出事，宋队硬生生把他从沙漠背了出来，走了几十公里，回来的时候嘴唇干得全是口子。观察员虽然算是文职工作，可是指不定什么时候就得出外勤，谁说得准什么时候有紧急任务？出了事以后吧，宋队一直很自责，不希望你来，所以才故意那么说。我们最多就是说话直了点，真不至于——"

"咻"的一声，一只鹰爪钩挂在了阳台上。楼下两个游荡着的丧尸调转方向"吼吼"地叫着，两三秒后，宋晴岚出现在墙外，身姿矫健，一下子翻进了阳台。

"你话还挺多。"宋晴岚眼神深邃，看了一眼季雨时，继续对李纯道，"在街对面都能听见你废话。"

那当然是不可能的，李纯"嘿嘿"一笑，立即闭嘴。

汤乐也顺着绳索翻进了阳台，惊喜道："季顾问，你醒了！"

季雨时对他点点头。

“醒了就好！不过你该多休息一下的，我们还有时间！”汤乐的反应也和李纯差不多，下一句竟然是，“等等，让我看看，是不是有另一个我出来了？”

李纯把望远镜递给他，说：“出来了，不是往我们这个方向走，应该是去找吃的。放心好了，便利店里没人要的克蒙豆我都给他们留着呢。”

汤乐道：“绝了……连自己都坑，你是不是人？”

宋晴岚个子太高，在遮阳伞下几乎要低着头才行。

他扔给李纯一包东西，说：“止疼药找到了一瓶，没找着绷带，找到了消毒酒精、缝合线和防水贴，先用着。”

李纯马上过来替季雨时处理伤口。

这一动，季雨时就“嘶”地小声吸气，白皙平坦的腹部随呼吸起伏，枪眼被一块聊胜于无的创可贴勉强贴住，创可贴已经被血浸湿了。酒精擦在伤口附近，季雨时疼得说不出话，缝合时死死咬住了嘴唇，竟一声都没吭。

“硬汉！”李纯缝完以后感叹，“季顾问，我小瞧你了！”

“何止硬汉。”宋晴岚突然开口。

他看上去不太高兴的样子，季雨时察觉了。

不料宋晴岚下一句竟说：“给你道个歉，硬汉。”

季雨时很是怀疑自己的耳朵，抬头望去，宋晴岚却不提为什么要道歉了，只盯着他，懒洋洋道：“想少来一次，就要活下去，别什么都死撑着不说，我又不会吃人。都是自己人，尽职尽责，友爱队员，是天穹七队的光荣传统。”

宋晴岚俯下身，又从刚才的口袋里拿出一件崭新的T恤，说：“季顾问，你的衣服被剪破了，这是我刚才在路上随便拿的，你自己能不能换？不能换就吱声。”

汤乐与李纯同时回头，眼里写着问号。虽说“尽职尽责，友爱队员”这话没什么槽点，但宋队什么时候变得这么细心了？难道聪明的人就能得到特殊待遇？是他们不配了吗？

宋晴岚冷冷地看了他们一眼，他们赶紧回过头，装作无事发生。

感受到宋队突如其来的好意，他还莫名其妙地成了天穹七队自己人，季雨时有些狐疑。

但他还没娇弱到那种程度，甚至感觉有点惊悚，便礼貌地道谢：“谢谢，我自己来就可以。”

宋晴岚：“你确定？”

季雨时：“我确定！”

说完，季雨时就抓住黑色作战服的下摆往上提。刚才缝针时太疼，他身上已经湿透，细白的皮肤上缀了一层汗珠。

事实证明他的确需要帮忙，动作间拉扯到伤口，疼得他差点又昏过去。

宋晴岚并没有袖手旁观，更没有借机嘲笑他，只是很正经地替他抽出了手臂，让他脱去满是血污的黑色作战服，又帮他换上了干净的白T恤。

季雨时整个人一下子柔和了不少，看起来就像一个捧着书本念书、不谙世事的少年。

宋晴岚帮完忙就说：“不客气，季顾问。”

季雨时有点无语。

宋晴岚转头问李纯：“现在是什么情况？”

无人回答，李纯和汤乐在轮流看望远镜，表情都有些怪。

过了一会儿，李纯才说：“嗯，这个，不好说。”

季雨时把钻石鸟插在后腰处，已经站了起来，还整理好了自己刚换的衣服，说：“我看看。”

李纯：“哦。”

季雨时从李纯手里接过望远镜，只见书店里，2号小队的宋晴岚正把季雨时双手反剪，摁在了书架上，正神色严厉地同他说着什么，而2号小队的季雨时看上去完全没有还手之力——那是宋晴岚质问他到底进行过多少次循环、怀疑他的时候。

季雨时放下望远镜对宋晴岚说：“宋队，现在的情况是——你正在教育我。”

李纯和汤乐一脸震惊。

宋晴岚皱眉道：“我，教育，你？”

季雨时表情自然。

宋晴岚：“呵呵。”

既然这回宋晴岚表现出了好意，那么季雨时觉得自己也没有必要对宋晴岚说“你打算对我严刑拷打”这样的话了。

他也不是非记仇不可，毕竟礼尚往来。

空间车开到建筑下，这里就成了临时集合点。

季雨时第一个扣着绳索滑下去，他有伤，很快就被周明轩和段文接住，扶进了空间车里。

熟悉的空间车里，种种摆设与他们从公园管理处出发时没什么不同，堆放的那一堆装备也是应有尽有。

季雨时几乎瞬间就想起了那一场恶战，女人的尖叫声、咒骂声、枪声、小女孩倒在血泊中的身影，还有那车子摩擦着撞过墙壁时的巨响，都历历在目。

黑脸男手中拿着他的钻石鸟，钻石鸟在剧烈的碰撞中走火。子弹穿进血肉的那一瞬间是没有痛觉的，季雨时却还能清晰地记得它进入皮肤的过程，以至于腹部刚被缝好的伤口疼痛感更为剧烈了。

但这辆车还是好好的，在另一条时间线上，什么都没发生过。

宋晴岚最后一个进车厢，严肃道："2 号小队就在附近，为了不与他们产生链接，所有人的通信器定位都关了没有？"

众人应声："关了！"

宋晴岚道："段文，现在创建一个加密频道，只有在这辆车里面的人可以交互。"

段文应声去做。

宋晴岚又说："距离黑墙到这里还有两三个小时，我刚才解释的问题大家都搞清楚了没有？没有搞清楚的人，现在抓紧时间提问。"

众人一个激灵，争先恐后地出了声。

宋晴岚头痛，不客气地制止："一个一个来！"

另一条时间线上，开着空间车一路狂奔，还什么信息都没消化好的周明轩先提问："我来理一下！宋队，按照你们给小队出现顺序的排序，我们现在的情况是这样对不对？你看啊，我、段文、汤其、汤乐、李纯，我们五个人是来自 4 号小队的，你和季顾问是来自 3 号小队的。也就是说，来自 3 号小队的你们，和来自 4 号小队的我们，在这里组队了？"

周明轩虽然说得有点绕，但确实是那么回事。

他又问："那，来自 4 号小队的宋队和季顾问，和 3 号小队剩下来的人去哪里了？”

宋晴岚说：“我和季顾问在书店被劫持以后，3号小队剩下的人肯定在追踪我们。那时候我在公共频道里联系上了汤其，汤其说听到了巨响，那么他们当时离我们被困的地方应该不远。而空间车损毁的区域是到达书店的必经之路，4号小队的我和季顾问与你们失散后肯定会去书店会合，就必然要从那里经过。我判断，汤其和我联系以后本来要来接我们，结果碰到了去书店的他们。”

周明轩说：“好，我懂了。相当于3、4号小队还是原班人马，只有队里的宋队和季顾问互相交换了一下！”

宋晴岚点头道：“就是这么简单。为了方便区分，我们可以暂且把他们称作B队。”

汤乐问：“那我们呢？”

汤其扶额道：“我们当然是A队，弟弟。”

汤乐听出来他哥一语双关了：“对不起。”

李纯又蒙了：“那B队怎么也没去书店？我们之所以在公园管理处找到空间车准备去书店，就是因为季顾问要去看一个没来得及看的线索。按理说就算我们融合成了两支新的队伍，他们也是肯定会去书店的。”

季雨时坐在装备箱上，头靠着车壁休息，缓缓道：“因为B队的那个我肯定也发现了时空重叠。”

众人都回头看着他。季雨时脸色确实不好看，好像风一吹就要倒了。

现在任务谜题解开的希望都系在了季雨时一个人身上，如果没有他，肯定不会是现在的局面，说不定大家都要疯了。众人心疼他的同时，简直恨不得把他供起来。

“但是B队的我没有受伤，也就没有昏迷，所以发现时空重叠后，B队的他们肯定比我们先商量出结果。”季雨时说，“B队和我们一样，也知道如果现在去书店，就必定会碰到2号小队，那么即将产生一个悖论。”

这也是季雨时昏迷前没有来得及和宋晴岚说完的话。

还好，宋晴岚肯定也想到了这一点，才会选择在附近观察。

两人一个站着，一个坐着，却像是有了一种莫名的氛围，好像他们才是真正的伙伴，旁人都插不进去的那种。那种默契，就这么不知不觉地产生了。

李纯问：“什么悖论？”

季雨时说话费力，说一句就得稍微停顿一下，宋晴岚便接着道："因为我们的存在都来自第三次任务循环，而第三次任务循环开启，就是因为2号小队团灭了。所以，不管是A队还是B队的我们现在去与2号小队碰面，都势必会改变2号小队的命运，那第三次任务循环就不会是现在这样，我们也不会出现在这里了。"

众人都听懂了。

"所以他们也不会去书店。"

"原来是这样！"

季雨时点点头，然后说："其实还有一点，你们还记得任务模式吧？"

众人道："衔尾蛇。"

"这是我们破解当前谜团的关键，我好像已经有些明白了。"季雨时说，"'衔尾蛇'在西方传说中有无限循环的含义。我们最开始只理解了这一层意思，以为只是死亡后会重启任务的意思，其实'衔尾蛇'还有一个象征——一条蛇正在进食自己的尾巴，也就是自我吞食。"

衔尾蛇，象征无穷、无限、无始、无终。

季雨时拿起身旁的一把军刀，示意宋晴岚："宋队，帮我画一个圆。"

宋晴岚依言，在车底板上刻画出一个浅白色的圆环。

季雨时接回了军刀，然后用刀尖在圆环上打了几个小点。

"你们看，不管是这圆环上的哪一个点，我们都可以视为圆的起点，也可以视为圆的终点。"他说得很慢，给众人留了反应的时间，"这和我们的情况是一样的。第一次循环，我们被空间车撞死，是因为选择开空间车的人恰恰是我们自己。我们遇到路障和损毁的空间车，走了小巷，然后顺势去了书店，是因为我们在另一次循环里被劫持，造成事故且堵了路。我们逃出书店，撞上铁丝网被黑墙吞没，是因为劫持我们的人升起了铁丝网。冥冥中仿佛注定了，这些事故都环环相扣，自成一个圆。

"因为在时间锚的设置下，时间是固定的。所以，我们留下的每一处痕迹都像这圆环上的小点一样，不分先后，互为因果。"

这番话讲完，PU-31这个任务中庞大复杂的世界运作体系震惊了所有人。

即便宋晴岚早已有所猜测，也没有季雨时分析得这么清楚。

车里久久没有人说话。

“哥，你听懂了吗？”汤乐戳了戳汤其。

“嗯。”汤其酷酷的，稍微露出迷茫神色后又确定地再次应了声，“嗯。”

周明轩摇头说：“不行，我好像懂了，又好像没懂，有点晕。”

段文拿出烟来，问：“来一根？”

李纯说：“文哥，我也来一根。”

等众人消化了几分钟，宋晴岚才让他们把烟掐了。

汤乐忧心忡忡，问出了最关键的一点：“那，季顾问，我们还能从这个循环里出去吗？”

汤其与他心有灵犀，问：“会不会我们现在走的每一步，其实都在因果里，什么也没改变？”

许是止痛药起了作用，季雨时的伤口没之前那么疼了。

他沉默了一会儿，诚实地说：“我不知道。”

宋晴岚忽然开口：“我们一定可以从循环里出去。”他背靠在车壁上，难得是个闲散慵懒的姿势，神情却不见半点放松，“既然都知道是怎么回事，就没有什么好怕的了。循环而已，唯一的方法就是不要回头，一直前进，就算失败了，也要给下一次循环里的我们留下线索。你们忘了吗？我们不是来这里体验什么因果的，我们的目的是——完成任务。”

所有人渐渐缓了过来。

宋晴岚问：“我就问你们，还想不想回去？”

众人齐声道：“想！”

宋晴岚点点头，又问：“那，你们怕死吗？”

众人毫不犹豫地道：“不怕！”

“那不就结了。”宋晴岚笑了，“何必思考那么多，弄懂是怎么回事就足够了。再说，虽然不知道B队躲在哪儿，但现在我们有了A、B两队，相当于学会了分身术，完成任务不是更容易了？”

众人精神为之一振，颇有点骄傲的意思。

宋晴岚又不客气地泼了一桶冷水：“当然，重点是，我们有两个会分析的季顾问。”

这话宋晴岚说得一点心理负担也没有，大概和季雨时面无表情地说他想要躺赢的时候差不多，风水轮流转。

突然，空间车外传来一声轻响，周明轩扔掉烟头，扛起他的镭射枪便去查看。

只见空间车车门上被鹰爪钩钉了一个塑封袋。

三四个丧尸循声而来，怕弄出动静吸引来更多的丧尸，周明轩拔出匕首干掉了这几个丧尸，拿着塑封袋进了空间车，问道：“这是什么？有人在搞飞鸽传书？”

宋晴岚好像想到了什么，说：“打开看看。”

袋子里竟然是一张纸，还有一支笔。

把那张纸打开，上面只写了一行字：《金乌一号：繁衍不息》？

“我看看。”季雨时伸出手，宋晴岚把东西递给他。

“这是我的笔迹。”季雨时很快就明白了，“是B队的我！跟我推测的一样，他们也搞清楚了时空重叠的问题，也知道现在不能去书店看线索，所以在跟踪我们！”

B队的季雨时记得要去找这个线索，却还没来得及看这本书。

所有人背上都起了一层鸡皮疙瘩，刚说不知道B队躲在哪儿，他们就出现了。

这和观察书店里的2号小队时的感觉不同，2号小队是他们的过去式，而B队却是他们的现在时。

任何人试想一下，同一个世界此时有两个自己存在，都会头皮发麻。

“他们在哪里搞到了纸笔？”段文说，“要不要通过通信器联系他们？”

“不要。”宋晴岚制止，“现在已经发展出多条时间线，我们得尽量规避被2号小队发现的风险。”

季雨时写得很快，他把在《金乌一号：繁衍不息》这本书里看到的见解都写了下来，一边写，一边说：“我之前猜得没错，PU-31本身只是平行宇宙中的人造殖民地，处于夹缝中，是个不该存在的边缘产物。在这个宇宙里，地球能源耗尽，人类几近灭绝，因此像PU-31这样的殖民地还有许多。它们靠着各种人造能源在自我运行，其中包括热核聚变计划下出现的人造太阳。”

“人造太阳？”宋晴岚觉得很不可思议，“金乌一号？”

“还有二号。”季雨时道，“我本以为，是宇宙辐射、暗物质等与人造太阳中的某种元素促使动植物变异，例如没人吃的、味道奇怪的克蒙豆，但那些披着黑袍的幸存者，还有那个女人——”

“她说金乌二号上线后，女儿从来没晒过太阳，所以肯定不会变异。”宋晴岚立刻懂了季雨时的意思，“所以，这场丧尸灾难与人造太阳有关。”

“因为人造太阳，所以才出现了丧尸？”周明轩问。

“那、那我们晒过这个太阳会不会也变异？”李纯问。

“这个我懂，和游戏存档差不多，只要我们回到锚点重生，就等于没晒过了。”汤其说。

季雨时说：“不仅和变异有关，也一定和我们的任务目标‘黑暗追逐者’有关。虽然我现在还不清楚其中的关联到底是什么，但金乌基地有两个，我们正好可以分开前进，去寻找答案。”

宋晴岚等他写完，就将笔拿过来，在纸张下方落款：A队。

他们两个人说完一回头，车厢里的另外几个人都一脸蒙。

李纯说：“我觉得我是什么都不懂的NPC（非玩家角色），跟着主角走剧情就好。”

其他人点头：“附议。”

贫嘴归贫嘴，周明轩还是将东西重新装在袋子里随便扔了出去，一群丧尸追着袋子狂奔。

过了一会儿，车壳又是一声轻响。

袋子重新被传了回来，上面写着：我们去金乌一号。

下方落款：A队。

“A”字还被重重地画了个圈，对方强调他们才是A队。

这一看就是自己的笔迹，宋晴岚一时无语：“幼稚，在我这里你们就是B队。”

季雨时看了他一眼。

宋晴岚在纸上“唰唰”写下小队成员的情况，他得了解“B队”目前怎么样。

纸条被传回来时，宋晴岚看了看，皱起了眉头。

B队成员目前的情况：宋晴岚、季雨时、段文、李纯、周明轩、汤其，唯独少了一个汤乐。

下附一行说明：提醒汤乐，不要去追两条尾巴的狗。

这行说明后面画了个小人，小人脖子上打了个叉。

季雨时先前在书店的分析涌入了宋晴岚脑海中，那时候他说，在第二次循环里，出现在书店外的丧尸不是汤其，而是汤乐。

当时宋晴岚不明白季雨时的意思，现在却明白了，原来那是B队的汤乐。

此时的汤乐还在和汤其说话，生龙活虎。

在十几个小时前，汤乐冲进书店忙不迭地喝了一口水，对大家说：“这地方有点不对劲！”

面对队友的吐槽，他说他撞见了一只两条尾巴的狗。他并不知道，十几个小时后，另一个自己同样会被那只狗吸引，去追逐那只狗，然后死去。

宋晴岚侧身，低头看着坐在装备箱上的季雨时。对方也正好在看他，漂亮的眼睛里写着疑惑，像是在说怎么了。

时间奥妙无穷，宇宙广袤浩瀚，唯有智慧亘古不变。

迷失的时候如果能遇见一座灯塔，那么哪怕漂洋过海，翻山越岭，也能找到回家的路。

宋晴岚收回自己的眼神，把纸团揉了揉扔掉，然后说：“收拾收拾，我们出发去金乌二号。”

20.

季雨时在《金乌一号：繁衍不息》这本书里面看到过基地简介，也看到了下个阶段金乌二号的计划。

“这里网络封闭，无法直接定位到该基地，但是我们可以找。”季雨时说，“基地修建得很庞大，是半个球形，两个基地呈镜像状分布。”

宋晴岚想了想，问：“是不是像个倒扣圆碗一样的建筑？”

季雨时说“是”。

宋晴岚道：“你在书店看书的时候，我和 3 号小队的段文通过无人机看到过这个地方，但我不知道它到底是金乌一号还是金乌二号。”

说着，宋晴岚让段文重新放飞无人机查看。

空间车行驶起来，他们从书店背面离开了这个屡次作为临时据点的小山坡。

远远看去，建筑林立，山坡上的树木枝繁叶茂，一派绿意盎然，连带着那些漫无目的游荡着的丧尸看起来都像是普通人类，令人仿佛看见了这个世界正常的模样。

此时，身处第二次循环里的 2 号小队还在那个书店里翻看资料。

他们并不知道，两个多小时后他们将会被突如其来的黑墙追逐，冲上老式越野车试图逃生后失败，彻底湮灭在那遮天蔽日的黑墙里。

对于第二次循环时从书店逃出来的记忆，队员中除了当时还活着的周明轩，基本上没有什么记忆。

把空间车交给汤其操控，模糊的记忆让周明轩心情复杂，他问："季顾问，记得所有不好的事情，是不是会比较难受？"

周明轩也靠在车壁上，席地而坐。

和宋晴岚一样，季雨时有超忆症的事其实大家在天穹时就都有所耳闻，但都没有这次和季雨时相处下来感受得这么强烈。

周明轩用手拨着自己后脑勺的头发，说："其实我……就是不太好调节，总觉得像做了噩梦似的，时不时就冒出点既视感，有点分不清什么是现实。"

车子撞上铁丝网时，驾驶座上的周明轩当场折断颈椎而死。

死亡前的那一刻，人在想什么？周明轩以后怕是可以回答这个问题了。

季雨时安静地看着他，白T恤衬得季雨时的脸只有巴掌大，削弱了利落感，显得有些柔弱。

周明轩看了看宋晴岚的位置，不好意思地说："我肯定没有宋队那么厉害，但是季顾问你都能做到，我就想请教你，这东西要怎么调节？"

这回周明轩可豁出去了，之前季雨时来队里的时候，他还挺看不起人，现在脸打得"啪啪"响。

好在季雨时没什么架子，回答了他："分散注意力。"

周明轩疑惑。

季雨时告诉他："找另一件能让你专注的事情做，很快，你就没有多余的精力去想你不想注意到的事情了。"

周明轩问："比如呢？"

季雨时一本正经地道："比如加入一个新的队伍，和队友们一起去异世界打怪。"

段文找到无人机，重新定位了那个倒扣圆碗状的巨型建筑。

宋晴岚说："我们有空间车，应该比B队的人先到。"

当时是另一个段文和他一起发现的基地，现在那个段文加入了B队，所以B队肯定也会直接去那里。

空间车轧过三四个丧尸，溅出血水。

这一路是出城的方向，丧尸不算太多，路况却很不好。大约是灾变时大部分人都想到了出城的缘故，路面上损毁的、停放的车辆很多，空间车前进得不算快。

“如果确定那里不是金乌二号，我们就得继续前进，去下一个基地。”宋晴岚打算着，“他们人少，又缺装备，到时候留一批装备给他们。”

不知不觉，A 队现在竟是几支分身队伍中人员最齐、装备最好的小队。除了季雨时受了伤，他们比第一次到达这个世界时的准备还要充足。

段文问：“宋队，那我们需不需要和他们联系一下说明情况？我们现在已经脱离了 2 号小队的通信范围，应该不怕会被他们发现，不会产生悖论了。”

宋晴岚思考着，联系 B 队应该不会造成什么悖论，毕竟他们是两条同时产生的平行时间线，彼此不存在因果关系。另外，除了他们可以留装备给 B 队以外，B 队或许也能给他们一点东西，比如——季雨时的药。

被黑脸男劫持时，两人身上的通信器、装备以及季雨时的药盒都被扔掉了。除此以外，宋晴岚还想起了那部被黑脸男摔坏的游戏机。

季雨时那么记仇，脱困后将黑脸男的手钉在车上的狠厉神情，让宋晴岚现在想起来都觉得有点帅。

不过，他倒是没想到季雨时连出任务都带着游戏机，对方在专业课上低着头精准操控俄罗斯方块的技术让他印象深刻。他心想，季雨时瘾还挺大，搞不好那游戏机是什么重要的人送的。

宋晴岚回头看了下，季雨时还保持着刚才坐在装备箱上、背靠车壁闭着双眼的模样，不知道是太过劳累睡着了，还是因为疼痛没有精神。

周明轩坐在季雨时旁边，看样子是怕他睡着了以后栽倒，撕扯到伤口。

另外几名队友怕打扰季雨时，也默契地保持了安静。

这已经是一个崭新的天穹七队了。

宋晴岚弯了下嘴角，轻声道：“先等等，有必要的时候再说。”

空间车在阻挠重重的道路上艰难行驶了将近一个小时，在路上，通过路标等标识，宋晴岚终于确定了他们找到的是金乌一号基地。

行驶到基地大门口，硕大的空间车在巨型圆碗建筑的衬托下显得很小。

正值中午，烈日当空，将景物的影子都照在脚下，建筑表面覆盖的金属材料则在太阳底下反射着刺眼的光芒。

季雨时已经睁开了眼睛，他扶着车厢壁站起来，从空间车前方观察这里。

五米高的铁丝网将整个基地围住，周围并没有什么绿植，地面也光秃秃的，空白场地上有不少身穿白色工作服的丧尸漫无目的地走来走去。

听到车子的声音，那些丧尸疯狂地扑到铁丝网前，却被高压电电得弹开，空气中充满了腐肉烧焦后的可怕气味与科幻片中常见的废土气息，让人想到这世界光明与灾难的由来——人造太阳。

基地入口的安全监测设备还在运行，空间车一靠近，那设备就发出警示音：“危险区域，请立即离开！”

众人分了一批装备，由汤其、周明轩将它们抬下车，准备将东西放在道闸处安检室。

宋晴岚走在前面开路，头顶突然传来细微的声响。他抬头一看，半空中一只蜜蜂大小的无人机正围着他绕圈。

车上，段文也看见了，笑骂道：“这、这是另一个我在操控？”

身边的李纯笑眯眯地怂恿他：“文哥，快跟你那双胞胎兄弟打个招呼！”

段文说：“诶，还真的有点做双胞胎的感觉，要是我，我也派无人机跟在咱们后面，心有灵犀啊这是，很默契！”

汤乐盯着他哥的背影，意味深长地道：“当你哥想揍你又不需要理由的时候，你就不喜欢这种默契了。”

刚才在车上，汤其和宋晴岚说了两句话脸色就变得很难看，不由分说地走过来揍了汤乐一顿：“好奇心很重是吧？无组织无纪律是吧？”

汤乐觉得莫名其妙：“我做什么了？”

汤其边揍他边说：“下次再看到什么两条尾巴的狗，三条尾巴的猫，你都不准给我追了！听见没有！”

“什么狗啊猫啊的？”汤乐气得不行，“你别找理由了，我看你就是心情不好，你心情不好就打弟弟！”

听到汤乐这么吐槽，季雨时说：“你说得对。”

汤乐如获知己：“季顾问，你也有个哥哥？”

季雨时淡淡道：“对，但都是我揍他。”

汤乐无言以对了。

那无人机一直盘旋到看着三人进了安检室才离开，想必B队和他们的距离并不算太远。

很快，车上众人都看见宋晴岚他们出来了，却没有放下装备，而是表情古怪地站在那里说着什么，连宋晴岚的神色都不太好看。

车上众人见状，纷纷从空间车后门下去查看情况。

不远处的荒土上，十几个丧尸正朝基地入口奔跑而来。枪声响起，脑浆迸射，丧尸们扑倒在地。

季雨时也抬起钻石鸟干掉了几个，腹部伤口被拉扯到，害他走到安检室门口时又出了一头冷汗，问道："怎么了？"

他们原计划是留下这些装备就走的。

一股不好的预感涌上心头，季雨时在这方面的嗅觉总是很敏锐。

他站在原地，汤乐他们却已经跑进安检室了，出来以后个个都脸色发白。

宋晴岚在短时间内已经调整好了自己的状态，在这种沉重的氛围下，他还用算得上轻松的语气说："你想听好消息还是坏消息？"

"坏消息。"季雨时几乎没有犹豫。

烈日下，他的眉眼都被冷汗浸湿，显得有些凌厉。

"坏消息是，我们这次不知道为什么又死了。"宋晴岚看着他说，"好消息是，未来的我们总算聪明了点，留了口信。"

原来，金乌一号基地的安检室里，已经有人留下了线索。

地面上用军刀刻着：关闭两个基地的能量源。

落款：5号小队。

从笔画来看，这是宋晴岚本人留下的。

5号小队有了前面的经验，在循环重启后从公园开始就没有浪费时间，一路未停留，先于他们直接赶到了目的地。然后，他们像宋晴岚先前说的那样，一直前进，就算失败了，也给下一次的他们留下了线索。

可没有人高兴得起来，因为每一次循环重启，都是源于上一次的全军覆没。

任务规则所谓的死亡淘汰，的确像季雨时说的那样，是为了保证只剩最后一个人也能完成任务。

5号小队的出现说明了一个事实——不管是当前的3号小队，还是平行时间线的4号小队，都会在这一次循环里全部死亡，所以5号小队由此产生。

众人明明刚重整旗鼓，热血沸腾，想要不管不顾地再去拼搏一次，这线索却像是给他们当头下了一道死亡通知书，提醒他们，他们马上就要死了。

在这个由时间锚构成的异世界，他们好像被一张大网兜住的鱼，怎么也逃脱不了既定的命运。

季雨时怔忡，瞳孔渐渐紧缩。

5号小队，关闭两个基地的能量源，那黑墙……

蓦地，季雨时苍白的脸上浮现出一个浅浅的笑容，待他抬起头来时，眼神明亮，他说："我知道该怎么破局了！"

众人满头问号。

宋晴岚虽不懂季雨时又想到了什么，但脸上也浮现出笑意来。

他看着季雨时，问："季顾问，猜对了有奖吗？"

21.

季雨时并不是故意卖关子，当然，猜对了也没有奖励。

"其实在我们被迫跃迁到PU-31的时候，天穹系统就已经给了我们很重要的提示！"他快速道，"重点还是在'衔尾蛇'身上！像我之前说的那样，'衔尾蛇'是一个圆环，我们在圆环上留下的痕迹不分先后，无论从哪一个点看上去都能互为因果，因此我们在循环里一直都找不到突破点。但是——"

众人的心一下子被提到了嗓子眼。

季雨时提出："如果我们从一个合适的点开始延长，对圆环上产生的点进行覆盖呢？"

大家都没理解他的意思，事实上要讲清楚也真的很难。

众人都等着这位神仙继续说下去，可这位神仙却不紧不慢地对身旁的人说："汤乐，我借用一下你的通信器。"

季雨时与宋晴岚的通信器在被黑脸男劫持的途中扔掉了。因为原任务仅是一个轻车熟路的A级任务，因此备用通信器不多，只有一个。方才路途中经过皮下通信器配对，宋晴岚作为队长正在使用那个备用通信器，因此季雨时身上没有。

"用我的。"像是猜到了他要做什么，宋晴岚已经把自己的通信器递了过来，"你继续。"

烈日炎炎，众人回了空间车，宋晴岚让段文将空间车继续开往镜像位置的金乌二号。

路上，季雨时将通信器打开，使用投影功能，打算还是利用画图这种直观的方式来讲解。

众人顿时感觉此举对他们这些咸鱼很友好。

季雨时重新画了一个圆环，看得出他有些激动，神采飞扬的脸庞在这一刹那太过耀眼，叫人移不开眼睛。

“我们已经知道，因为时间锚的关系，这里的时间与空间都是固定的，唯一改变的就是我们，我们是变量，也就是这些点。”季雨时选择不同的颜色，在空中白色的圆环上打了很多点，“每次我们团灭，就会再产生一个我们，也就是说会产生一个新的点。比如这个绿点，可以把它当成现在的我们。

“我们从一个小绿点开始出发，经过这个红点——也就是第一次团灭的1号小队，再经过这个黄点——也就是马上要在书店外面团灭的2号小队。”

季雨时把绿点沿着圆环延长，让它变成紧贴圆环的弧线，经过分别代表1、2号小队的点，并与之重叠，说：“你们看，在这一段时间里，1号小队团灭了，但是2号小队还没有，所以我们和2号小队同时存在，这是我们刚才说过的时空重叠，对吗？”

众人点头。

“这个明白。”

“知道。”

仿佛进入了什么奇怪的异世界课堂，众人都十分专注。

季雨时继续道：“再过不久，2号小队也要团灭了，但我们还在继续往前。”

绿点延长的弧线继续顺着圆环拉长一段后才停下，然后，他在绿点开始的位置添加了一个蓝色的点，说：“蓝色的点代表5号小队。”

季雨时把蓝色的点也沿着圆环拉长成弧线，让蓝线经过前面代表1号小队的红点、2号小队的黄点，还有代表他们现在时的绿线，直到它超出了绿线延伸的方向。

“5号小队是因为我们团灭了才会存在，他们吸取了我们前面这些点留下来的记忆和经验，现在走在我们前面，比我们活得更久，所以他们能给我们留下线索，保证我们能够看见。”

宋晴岚理解了他的意思，说：“你是指，我们刚才讨论的时空重叠现象可能远远不止重叠了那么几次，至少现在的时间段有 2 号小队、我们，还有 5 号小队同时存在？”

季雨时点点头，指着绿线说：“基于我们是第三次循环，认知范围都在绿线这个短的时间段里，所以我们并不知道在我们团灭以后，还有过多少次团灭，开启过多少次循环，那不在我们的想象范围内。”

周明轩忍不住道：“那岂不是这个时间段很可能有无数个我们存在，分布于圆环的不同位置？也就是说一天二十四个小时里，也许两点钟有三支小队、四点钟有五支小队、七点钟有八支小队？”

季雨时点头：“对。”

时空重叠会让循环在同一时间段不断叠加，细思恐极，所有人震惊了。

李纯举手：“我有个问题。”

这回李纯已经非常努力了，他问出了大家最关心的问题：“季顾问，你之前和宋队说，3 号小队是因为 2 号小队团灭才产生的，而 4 号小队是因为 2 号小队避开 3 号小队的空间车，无意间打开了平行时间线产生的。3、4 号小队的产生都和 2 号小队相关，所以 3、4 号小队可以互相联系，却不能与 2 号小队进行联系。因为那会改变 2 号小队的轨迹，抹杀我们的存在。”

众人都点了点头，不由自主地盯着圆环上那条短短的绿线，因为那就是他们目前拥有的全部。

李纯接着问：“那么 5 号小队的产生，一定是因为我们团灭了。可他们为什么要联系我们？难道不怕改变我们的轨迹，他们就不再存在了吗？”

“你说得对。”季雨时说，“改变了我们的轨迹以后，因果关系被打乱，不仅 5 号小队会消失，这个圆环上所有的点都会因此产生变化，组成新的因果。”

李纯问：“可是季顾问，如果我们不团灭，就不会有 5 号小队了，那也就没有他们留给我们的线索了。我们看不到线索了，这不就又是一个悖论？”

盲生终于发现了华点，季雨时欣慰，这是学渣的逆袭！

要解答这个问题，季雨时便问宋晴岚：“宋队，你还记不记得我们在书店里看到过两个我的药盒？”

宋晴岚颔首。

季雨时接着说：“一个药盒是完整的，一个药盒里面空了两格，说明那两个药盒并不是同一条时间线的产物。那个少了两颗药的药盒，搞不好是另外的循环里我被你教育以后留在那里的，只不过那条时间线的我们更早到达书店，很有可能是5号小队。”

教育？已经从望远镜里亲眼看到过这件事的汤乐和李纯默不作声，其他人则是一脸问号。

“呃……”话题不能歪掉，宋晴岚赶紧拉回来，“然后？”

“两条时间线同时存在。”季雨时说，“就像我们遇见2号小队一样，只要2号小队还没团灭，我们就能看见他们所有的痕迹，他们自然也能看见我们。”

“我知道了，反过来就是只要还没到我们团灭的那个点，5号小队的人也还没死，我们就能接收到他们的信息！”

“那纯儿说的悖论就还没发生！”

“我知道了，这简直是个Bug啊！”

众人纷纷奇怪道：“可是改变了我们的轨迹，他们最终还是会消失，5号小队为什么要这么做？”

“因为他们想让我们这支队伍继续。”宋晴岚明白了，开口道，“很有可能是因为需要关闭两个基地的能量源，而5号小队在这途中遇到了危险，人手严重不足。对于他们来说，我们现在拥有平行时间线的4队，能组成A、B两队人马，是圆环上最适合被‘延长’的点。”

“没错。”季雨时脸上的笑容一闪而过，“像宋队之前说的那样，即便身在看似没有尽头的循环里，但只要我们不回头，一直前进，从5号小队开始，未来的我们就会不断去探寻线索留给现在的我们，即便他们会消失，新产生的6号、7号小队也会探寻线索留给我们。那么，未来的我们将不断消失，而此时的我们，也就是这条绿线，将在圆环上无限延长，覆盖所有已经出现的或者没有出现的点——直到完成任务为止！”

季雨时这段话温和而激昂，却回荡在众人心中久久难以平息。

很难想象，未来有多少个自己正在一路往前冲！

他们永不回头，就算是死亡，都努力地留下宝贵的线索，就是为了让过去的自己能够冲破循环，从而破局！

宋晴岚面向季雨时，眼里有掩不住的赞赏：“季顾问，这就是你说的破局。”

“只是其中一点而已。”季雨时双眼明亮，“还有一点，如果我们能及时赶到金乌二号，或许能立刻得到答案。”

金乌二号基地外。

这里与金乌一号基地几乎一模一样，除了高大得难以想象的巨型圆碗建筑，四周都是一片荒地。不同的是，五米高的高压铁丝网后有一堆被电死了的身穿白色工作服的丧尸。

听到车子开来的声音，从空地开始又聚集了一拨新的丧尸，它们踩着同类焦黑的尸体前赴后继地扑向铁丝网。

基地入口处的安检设备也在运行着，但道闸被撞破，有丧尸从入口处涌出，被呼啸而来的空间车当场碾成血泥。

空间车一路开进了圆碗建筑，巨大的建筑内灯光亮得晃眼，洁白的地板上蜿蜒着两道血痕，散落着断臂残肢。

前方十几米处停着一辆空间车，后门大开，远远看去，连车内的情景都和他们的空间车一模一样。

段文开口道：“宋队，那是5号小队的车？”

宋晴岚点头：“是。”

季雨时说的要及时赶到金乌二号是有所预料，5号小队的人还活着！

“吼——”

几乎望不到头的室内，远处一扇玻璃门打开，一群丧尸狂奔而来。

它们冲至空间车前方，玻璃上一眼望去都是惨白的面孔与灰白色瞳仁，那些露出腐烂牙龈的嘴巴和满是血迹的白色工作服，让人不难想象这里灾变时场景有多惨烈多恐怖。

宋晴岚厉声道：“所有人准备下车。”

众人开始行动，季雨时也站了起来，找到车里的矿泉水，又吞了一颗止疼药。他从受伤到现在也不过几个小时，路上没吃东西，也没好好休息过，先前吃的那颗药可能也没管什么用。这种情况下没人叫伤员留在车里，季雨时显然也没打算那样做。

季雨时检查钻石鸟，补充能量弹匣，说：“我们应该直接去控制室！”

宋晴岚补充好身上的装备，作战服口袋都沉甸甸的。

“听季顾问的，直接轰开一条路去控制室。”他沉声道，“路上注意线索，看到任何可疑的活人都暂时不要开枪，别一个不小心把自己给崩了！”

众人应声：“是！”

打开空间车，装备精良的小队鱼贯而出。

空旷的场地里枪声回响。

他们一路走得几乎算是畅通无阻，丧尸被崩开脑袋，早已堆积的腐肉四射，恶心至极的气味混合在冷气中令人作呕，看得出来这里先前已经经历过了一场恶战。

进入一条宽阔的走道，墙壁上的巨大玻璃柜里展示着各种金乌二号上线以来的作品，不但没有让人感觉到新奇，反而让人觉得像在观看什么变态的畸形展览。

无性繁殖的禽类、克隆出来的哺乳动物、无须孵化的蛋……还有长在同一棵树上的苹果、梨子，甚至杧果。

怪异的生态环境，令人不适的创新，在这个殖民地似乎是让科学家们引以为傲的发明。

经过一个漆黑的展柜，众人都不明所以，等仔细分辨，才看清楚里面蠕动着的粗长蚯蚓和翻腾着的土壤颗粒，这竟然是人造土壤。

人造土壤里有许多他们没见过的蔬菜，什么样的都有。其中一种绿色豆类一分为二，每一只豆荚表壳上都覆盖着网状脉络，就像丧尸脸上的青色血管，丑陋无比。

再一看，展柜下面写着：克蒙豆，PU-31 金乌二号上线后首批有机蔬菜，精品奉献。

“好恶心。”李纯又想吐了，“呕，我就说了不要吃……”

“闭嘴！”

众人纷纷吐槽。

季雨时都想加入了，本着吃苦耐劳的精神，他可是艰难地吃完了一整罐克蒙豆。

这么大的建筑工程，说明在金乌二号工作的少说也有几千人，此时这里却如同一个屠宰场。丧尸腥臭的血液流在地面上，经过的人稍不注意就会滑倒。

季雨时走得最慢，却很稳。

宋晴岚几次转头，都能看见他毫无变化的秀气侧脸，以及那握着钻石鸟、稳如松柏的身姿。

眼前这一切他都会记得吗？宋晴岚忽然想到了这个，不由得皱起了眉头。

“宋队！”最前方的汤其扫射完一拨丧尸，好像发现了什么。

走廊尽头巨大的圆形展厅里，全息投影屏幕上的情景让所有人都怔住了，那是 PU-31 的模型，模拟着实时情况。

全息屏幕上，有一条漆黑的缝隙，一颗圆圆的小星球就在缝隙旁边，绿意盎然，生机勃勃。人造太阳在斜上方，模拟太阳照射地球的角度，数百个巨大的能量传输器位于星球表面，一起为 PU-31 创造能量。

金乌一号，金乌二号，虚假的世界因为它们的出现开始了一场名为繁衍的美梦，而如今，它成了噩梦。

“金乌计划不仅提供热能、光能，还提供动能，这个殖民地几乎所有能量都来自这里。”季雨时看着 PU-31，眼里倒映出它的影子，“黑墙……不过是平行宇宙中的夹缝而已，金乌计划通过这条缝隙从宇宙的虚无中获取能源分布于这些能量传输器，让这里像神创世一样有了光。”

突然，众人眼前的画面一闪，出现了变化。

PU-31 的球体表面突然出现了一圈黑色，仿佛那道黑色范围内的能量传输器都失控了。

此时，画面上还显示了时间。

【1470.08.05 14：32：53】

“是 B 队，他们在金乌一号关闭了第一个能量源。”季雨时的嗓音有些冷。

“这是黑墙！”

“我知道了！我知道了！哥，这又是那个‘衔尾蛇’！”

“是 2 号小队马上要被团灭的那个？”

“这原来是我们自己制造的黑墙！”

“怎么办？”

“宋队！”段文的声音传来，语气很是不同寻常。

宋晴岚走过去了。

不一会儿，季雨时身边的队友就只剩下了两三名。

季雨时从全息实时模型上移开视线，大步朝他们发现异常的地方看去，大约猜到了发生了什么。

还没走到那个位置，他就闻到了一股浓烈的血腥气。不像是丧尸腐肉发出的腥臭味，而是一股特别新鲜的、仿佛还充满生命力的鲜血的味道。

季雨时不由自主地握紧了钻石鸟，冰冷的枪身像他此刻的心。

他透过人高马大的队友们，只来得及看见一地的鲜血和一条穿着黑色短靴的残肢，眼前的画面就突然变黑，他的眼睛被一只温暖的手掌轻轻捂住了。

他听见宋晴岚说："别看。"

22.

别看……什么？

浓重的血腥味里，季雨时被遮住眼睛什么也看不见，可是他的大脑像不受控制一样，开始自动回放刚看到的场景。仅仅只是看了一眼而已，他的大脑就已经不由自主地记下了所有细节。

那里依旧是和外面一样的类似大理石材质的地面，洁白光滑，可鲜血布满了大半视野所及的范围，中间混杂着难以分辨清楚的残肢断臂……还有一截穿着黑色短靴的小腿。

季雨时只觉得一股强烈的呕吐欲涌了上来。

他不会认错，那是他自己的小腿，而血泊中看到的其他残肢，属于他身边还活生生站着的队友。

也就是说，他差一点目睹了5号小队完整的团灭现场。

"吼吼！"

季雨时听到那是丧尸从走廊尽头冲过来的声音，丧尸还没跑到他们面前，就"砰"的一声被干掉了。枪声近在咫尺，是身后捂着他眼睛的宋晴岚单手开了枪。

周围的人好像都有些不适，纷纷散开来。

"那是什么？"

"昆虫的腿？"

"黏糊糊的，好像是蜘蛛网！"

季雨时跟着宋晴岚走了几步，眼前的手才拿开了。

小队里每个人都脸色苍白，神情一个比一个难看。

即使一早就知道未来的自己会不断地给现在的自己铺路，但这样目睹这条路到底是怎么来的，还是超出了他们的认知范围。

“提醒晚了。”宋晴岚忽然开口道，“下次，我尽量早点儿。”

季雨时愣了下，这才反应过来宋晴岚是在和他说话。对方冷峻的面容在这明亮的灯光下显露着真诚的关心，让季雨时稍感意外。

“谢谢。”他说。

宋晴岚说：“5 号是分开走的，有一半人都在金乌一号基地。别多想，那里面没有‘你’。”

季雨时这下是真的有些诧异了。

宋晴岚神情自然，又道：“所以当作没看见就好。”

段文还站在那个大房间门口，看样子他的心理承受能力还不错，他忽然喊道：“宋队！这个老周好像还活着！”

“撑到现在，他肯定有话要说，我去看看。”宋晴岚像是也没有什么心理障碍，大步朝那个房间走去。

留在原地的队友有人没忍住，跑去一边吐了，这回不是李纯，而是周明轩。

任何人看见自己如此惨烈的死亡现场，都没有办法做到完全平静。

季雨时在想，这里到底发生了什么？为什么宋晴岚明明已经看见了，却还可以将情绪控制得这样好，是为了安慰他，怕他完不成接下来的任务？

一两分钟后，宋晴岚从那间散发着新鲜血腥味的屋子里快速走了出来，在地板上留下一串血脚印。

他语气森冷地迅速道：“快！继续往前！马上关闭走廊闸门！”

说时迟那时快，宋晴岚话音刚落，众人就都听到他们来的方向传来了密集快速的响声，听着不像是丧尸的动静，更不是人类的脚步声！

走廊尽头，一个汽车大小的黑影出现了。那东西受了伤，身上覆盖着棕黑色斑纹与绒毛，八条近两米长的腿断了三条。它面对众人张开了巨大的口器，如同示威。

“快走！是蜘蛛！”

众人头皮发麻，混乱中不知道谁喊了一声，掉头就往宋晴岚说的方向跑！

走廊闸门距他们大约十几米，这样短短的一截距离，在这一刻被拉伸得像是没有尽头！

那蜘蛛虽然受了伤，但依赖于得天独厚的本能，竟无视墙壁与地面，以难以想象的速度朝他们冲了过来！

“砰砰砰”的枪声不断，小队火力全开，但那巨型蜘蛛腹部与背部都覆有硬甲，子弹竟难以穿透。

巨型蜘蛛落了地，地面血迹斑斑，五条腿导致它难以保持平衡，猛地滑了一下。

趁此机会，汤其已经最先冲到闸门后，按下了液压开关！

“快！”

“宋队！”

在最后一名队友滚进闸门的一刹那，巨型蜘蛛猛地冲到了闸门前。

闸门阻隔了一切气体与声音，可众人还是仿佛听到了“啪”的一声！

只见巨型蜘蛛撞在了厚重的玻璃窗上，口器朝四面散开，白色黏液顺着玻璃往下滑。

李纯骂道：“这又是什么玩意儿！也是这里的科研成果？”

“白额高脚蛛。”只听季雨时道，“是室内常见的蜘蛛，食肉，一般来说都躲在背光处或者缝隙里，夜里才出来捕捉蟑螂、蚊子、苍蝇等昆虫。”

“这么大怎么躲在缝隙里？”汤乐说，“我差点被它咬死！”

季雨时几乎无所不知，队友们已经不对他时不时冒出来的讲解感到奇特了。

很简单，这只蜘蛛因为某个问题发生了变异。

听见汤乐说到咬死，大家都想起了未来的自己——5 号小队的惨状，不约而同想到了一种可能性，难道 5 号小队是被这蜘蛛团灭的？

“哐！哐！”

巨型蜘蛛从地上爬起来，用五条腿爬上闸门，腹部紧贴着玻璃。一排被蛛丝缠绕在腹部、密密麻麻的白色圆球从众人面前掠过，让人不寒而栗，很快明白过来那就是它尚未孵化的卵。

“不止这一只。”宋晴岚沉声道，“继续往前。”

“宋队！”季雨时目光还停留在外面，他这一喊却没了下文。

宋晴岚回头，也怔住了。

众人都看见了不可思议的一幕。

走廊闸门外，所有的一切都在他们眼前发生了变化。

地板上那些杂乱的血脚印不复存在，走廊上堆积的丧尸残躯、地面上的腐肉都消失了，目之所及之处都恢复了光洁，十几个身穿白色防护服的丧尸在走廊里游荡，连带着玻璃外的那只巨型蜘蛛都没了踪迹。

时光仿佛一瞬间倒流，5 号小队在这个时间段留下的所有痕迹都消失了。

正如季雨时之前给众人分析的那样，一旦产生悖论，圆环上已经发生的或者尚未发生的点就会被他们这条“延长”后的时间线所覆盖。5 号小队的循环像从来没发生过一样，不复存在了。而成功冲进了闸门的他们，全员活了下来。

这就是他们、未来的无数个他们一直往前冲的意义。

可是宋晴岚说，巨型蜘蛛不止这一只，那一定是 5 号小队的周明轩给他留下的线索。

每个人心中都惊疑不定，在来不及为未来的自己哀悼的同时，他们看到走廊远处、天花板上，三只同样大小的巨型白额高脚蛛出现了。它们无视丧尸，在不同的角落里游走，完好无损的八条腿动得极快，不一会儿就躲进了暗处。

季雨时知道，白额高脚蛛正静静蛰伏，用那腿上的绒毛感受着附近的每一次震动，只要有任何活物前来，它们就会骤然出现，把送上门的食物撕个粉碎。

一片安静中，宋晴岚说：“走。”

他们穿过走廊，来到了另一处开阔的场地。

圆形拱顶高上百米，这基地太大，很难立刻找到控制中心。

正在这时，宋晴岚备用通信器上的绿点一亮。

段文不知道什么时候关闭了通信。

紧接着，所有人都在公共频道听见了季雨时的声音，包括季雨时自己。

“宋队。”清冷的嗓音第一次单独在公共频道响起，是 B 队的季雨时。

可能是因为喊出自己的名字会很奇怪，所以 B 队的季雨时选择了对宋晴岚说话：“进了走廊闸门后，进入左前方第一道新闸门，下两层再绕一个半圆，就可以看到控制中心了。”

根据刚才大家在 PU-31 的实时全息模型上看见的情景，B 队已经先一步找到了控制中心，并且关闭了第一处能量传输器。两个基地是镜像的，B 队的季雨时自然和A队的一样心思缜密，立即想到了给他们传递信息。

众人都觉得很惊奇，这种体验太奇怪了，明明季雨时就站在他们面前且并未开口，他们却从公共频道里听见了季雨时熟悉的声音，连说话的语气、声调都是一模一样的。

宋晴岚也觉得这体验很新奇，他看了看季雨时，对方漆黑的眼睛安静地看着他，像是在等他和“别人”通话完毕。

“你们那边情况怎么样？”宋晴岚问。

“一切顺利。”另一个熟悉的声音也出现了。

宋晴岚听得一怔，差点以为在听自己的通话录音，那是另一个宋晴岚。

那人的语气是漫不经心的，却不容置喙，听起来有些欠揍：“除了丧尸多了点、5号的一半人马凭空消失以外，没什么问题。我们现在正在等季顾问计算好关闭能量传输器的先后顺序，要是一个不小心，还没关完就把自己给终结了，那我们还怎么去帮你们？”

众人无话可说。

听到一片安静，另一个宋晴岚又说：“你们那边不好处理吧？听说二号基地全是变异品种，SSS级难度。”

众人心里吐槽：果然不管是哪个宋队，都能轻易地让气氛充满火药味啊。

枪声响起，还有丧尸扑倒在地的声音，B队的李纯咒骂的声音成了背景音。

B队的季雨时出言提醒：“宋队，第四排左起第六个。”

B队宋晴岚：“好嘞，这就去。”

通信切断了。

不知怎的，宋晴岚觉得大家看他的眼神有点怪。季雨时也收回了眼神，好像对B队的他们的相处模式感到非常不适应。

宋晴岚弯了下嘴角，道：“走了，我们这边可是SSS难度。”

23.

众人都往B队季雨时指出来的方向前进。

看来，B队的宋晴岚与季雨时在润金大厦与原4号小队的队员们走散以后，友情竟然莫名其妙地突飞猛进了。

段文走在前面，说：“宋队，说起来也巧，3、4队都是你和季顾问两个人一起走散了，你们还真有缘分。”

李纯在后面，刚才开着枪一顿扫射，搞得他肩膀发痛，他一边揉肩膀一边插嘴：“是哦，文哥你不说我都没发现，两边都正好是宋队和季顾问一起行动，看来平行时间线里的自己很有可能会做出同样的选择啊！”

这队人，不管什么时候都能插科打诨。刚目睹完自己的死状，又打完巨型蜘蛛，前方还有未知的危险，他们竟这么快就说起了闲事。

或许这就是天穹七队转移注意力的方式，只有调节好心情，将自己调整到随时能迎接下一波未知打击的状态，他们才算得上是利箭一样的队伍。

季雨时大概有点懂天穹七队了。

四周一片空旷，自从那道闸门关闭后，他们一路上只遇见了两三个丧尸，且都没有什么威胁，用军刀就解决了，都不用开枪。

汤乐说：“那岂不是走散以后发生的事情都高度相似？”

“应该不能吧。”汤其说，“你忘了？我们找到宋队和季顾问的时候，他们还被困在那个绿色的小亭子里呢。”

周明轩揶揄道：“哦，那种绿色的小亭子，我和老段在路上也看见了几个，这个时代的人们思想很开放！”

季雨时懒得理他们的废话。

宋晴岚扛着神眠，一刻都没有放松。

他瞳孔紧缩，打量着周围的环境，在高度警惕下随口道：“少说垃圾话。”

周明轩“嘿嘿”一笑，宋晴岚作势要一脚踹在他屁股上。

“宋队。”汤其突然出声，是在询问意见。

众人已经走到了B队季雨时提到的“左前方的第一道闸门”前，看见了代表机密出入通道的密码面板。

背后是一片开阔空旷的场地，面前是一道内里情况一无所知的新闸门，鉴于B队宋晴岚说的“全是变异品种，SSS级难度”，这一刻所有人都有些舍不得离开目前所在的安全区，鬼知道里面又会遇见什么。

宋晴岚透过闸门玻璃朝闸门里面打量，发现里面竟又是一条干净整洁的新走廊，连一个丧尸都没有。

宋晴岚做了个手势，众人举枪，对准了闸门内的走廊。

段文拿出破解设备连接上密码面板，高速运算下，本该十几秒就破解的密码锁却显示了红灯。这时代远比他们所在的时代先进，这密码竟破解不了，段文准备换一种算法。

“试试掌纹。”一旁的季雨时忽然说，然后递过来一只血淋淋的手掌。

所有人看过来。

段文接过那断掌，道：“季顾问，你什么时候——”

“你们说垃圾话那会儿。”季雨时平静地道，“身边有个丧尸，就顺便切了。”

众人心道：太狠了吧！

要不是瞧见季雨时拿过断掌的手悄悄在黑色作战裤上蹭了两把，宋晴岚都快以为他真的有那么淡定了。

搞半天，原来爱干净的人沾了尸血，擦裤子上就算干净了？宋晴岚觉得有点好笑。

短促的“嘀”声响起，闸门悄然上移。

大家都保持着静默。

宋晴岚从口袋里掏出一个小物件，蹲下身，将它抛向了空无一人的走廊中央。那小物件发着红光落地，“嘭”的一声轻响后爆炸，回响在幽深的走廊里，震波足以被任何巨型白额高脚蛛感知到。

一秒、两秒，蜘蛛没有出现，也没有出现其他变异后的巨大昆虫。

众人刚稍微松了一口气，突然，走廊尽头传来嘈杂的脚步声和嘶吼声，数不清的身穿白色工作服的丧尸像是从地下几层同时涌出，像蚂蚁涌出巢穴一般，以难以形容的速度朝他们扑来！

没有巨型蜘蛛，但是他们见识了史上最为密集拥挤的尸潮！

众人“砰砰砰”地开枪，火力十足，扫射尸潮。

他们这次做了充足的准备，汤其与周明轩身上的爆破炸弹不是白带的，随便扔进去就能炸一窝。再加上他们又占据了走廊口这样的位置，面对眼前的情景没人想过要跑，丧尸也是血肉之躯，这一次，他们有足够的能力把这些丧尸全部打成筛子！

走廊里血肉横飞，墙壁上、地板上、天花板上全都溅满了尸血。一批又一批的丧尸前赴后继，不过几分钟，走廊里就堆积了满满的尸体，直到再没有新的丧尸跑出。

这一路被丧尸围攻、追着跑，面对一堆尸体，所有人这次终于感觉到了力量碾压带来的快感！

“爽！”

“真是太爽了，早就该这么干了！”

“走！”

宋晴岚检查神眠剩余的子弹，从口袋里拿出新的蓝色能量弹匣换上，一千零二十四发，竟然就这么打完了。

七人呈圆形分布，列队而行。季雨时走在中间，这是一个属于观察员的绝佳安全位，他也在更换能量弹匣。

腐臭扑鼻，踏过这一地血污，踩着一层层无辜突变的、曾也是同类的尸体，他们顺利抵达了第一层的建筑核心。

这一层是操作室，密密麻麻的操作台远远看去足有上千台，方才那些突变的丧尸生前都是这里的操作人员，夜以继日地工作着，为PU-31生产赖以生存的能源。

“数量不对。”宋晴岚皱眉道。

“什么数量——”段文的话被一声大叫打断。

“啊！”

众人猛地回头，只见李纯突然被一物从半空中卷走拖进了通风口，竟只来得及看见他消失在通风口的鞋子和滴落的黏液！

“纯儿！”有人大喊。

通风口窸窣作响，枪声猛烈，是被拖走的李纯还在开枪！

仅过了三五秒，枪声就与响声一同消失了。

“那是什么？”

“我好像看见了像吸盘一样的东西！”

“那不是蜘蛛吗？”

“不是！我觉得不是！”

宋晴岚当机立断，命令道：“走！继续往下！”

他话音刚落，“哐”的一声，通风口又垂落下来一物，那物像极了舌头，却又遍布吸盘，“咻”地朝最近的周明轩袭去！

周明轩就地一滚躲开，紧接着队友们骤然开枪击中那根“舌头”。

只听一声怪异至极的惨叫响在头顶，那“舌头”断成两截，一截猛地收了回去，只留坠落在地的一截像有生命力一样兀自蜷缩着。

头顶的通风口在震动，是那“舌头”逃走的动静。宋晴岚面色铁青地朝着声音传来的方向开了几枪，却很快失去了它的踪迹。

季雨时走到那截东西跟前，一手捂着腹部发疼的伤口，一手用身上的匕首翻看。那东西滑腻腻的，很快就不动了。

季雨时眼也不眨，不知道在想什么。

“下楼！”宋晴岚再次命令。

众人结伴而行，这一次走得紧凑了许多，保证不让任何人落单。

所谓的变异品种果然不只蜘蛛而已，李纯的消失给众人心中蒙上了愤怒、惊慌的阴影，可他们却没有闲暇时间来为他哀悼。

可惜，他们还没来得及走到楼道处，就有新的一拨丧尸从拐角处出现了！

“吼——”

宋晴岚说得没错，刚才在走廊里消灭的那些丧尸数量果然不对。

不知道是不是怪物突袭的动静给了丧尸们位置提示，楼下、四周瞬间同时涌出了比走廊里多好几倍的丧尸！

“啪”的一声，季雨时手上剧痛，那“舌头”蠕动着从天而降，竟准确地卷住了他的手臂！手臂剧痛中，钻石鸟落地，季雨时整个人陡然腾空了！

“季顾问！”枪声中不知道是谁在喊。

队友们自顾不暇，季雨时单手拔出自己的匕首，狠狠地朝“舌头”刺去！

那怪物已经受了伤，似乎记住了上次的失手，这次竟一边惨叫一边将“舌头”缩紧，季雨时几乎能感受到自己整条手臂的骨骼都被缠得“咯咯”作响！

马上要被拖进通风口了！正在此时，季雨时听到一声怒吼。

“季雨时！”

只见宋晴岚不顾身前丧尸扑面，竟径自调转枪口，神眼对着天花板一阵猛扫，通风口中的“舌头”惨叫，季雨时手上蓦地一松，骤然坠地！

季雨时这一落地，人还侧躺着就出声喊道：“别动！”

这千钧一发的时刻，他发紫的手已经摸到了钻石鸟，对着宋晴岚背后连开几枪！这种默契……

近在咫尺的丧尸被爆头，尸血爆了宋晴岚一脸。

“不客气。”宋晴岚说，“谢谢你。”

季雨时有点无奈，一个人把两个人的台词都说了可还行？

宋晴顾不上去擦尸血，沉着脸从口袋里拿出了唯一一个红色能量弹匣。

队员们扫射着尸潮，季雨时被周明轩从地上扶起。

数以千计、密密麻麻的丧尸将他们包围了，一眼望去，尸海无际。

宋晴岚举着神眠，换弹匣的动作几乎就在眨眼间。

“咔嚓”，这样震耳欲聋的枪声和嘈杂声中，季雨时似乎听见了上膛的声音。

“知道神眠的全名叫什么吗？”宋晴岚突然问。

他浑身上下充满了匪气，这一刻，季雨时从他脸上看见了浓烈的杀意与狂傲。

队友们似乎有所感应，逐渐往他身侧聚拢。

不等季雨时回答，宋晴岚便道：“诸神沉睡。”

“轰！”

惊天动地的轰炸声传来，基地这一层剧烈摇晃，震波传入耳中，震得所有人耳膜剧痛，产生了尖锐的耳鸣。

天花板上坠落钢板石块，将不远处的丧尸砸得稀烂。

“捂住耳朵！”

那轰炸还在继续，连续三发能量炮，众人看见前方通往楼下的丧尸潮被硬生生轰平了！

侧后方，建筑破了个大洞，一辆空间车出现在那里，一部分丧尸转换目标，在一地的钢筋石块中朝空间车狂奔。

有熟悉的高大身影站在空间车上，逆着光，手中举着通体漆黑的神眠，红色的能量弹匣光芒渐渐黯淡下去。

其余的熟悉身影也一个一个站上了空间车，段文、周明轩、汤其、汤乐、李纯，包括季雨时，加上为首那人，一共七人。

为首那人赫然正是宋晴岚，只听他说话的语气十分严厉：“出来时本以为是A级任务，装备带得不多，本来就珍贵。宋晴岚，三发能量炮，你不该在这里就想用。”

两支小队遥遥相望，一支干净利落，一支狼狈不堪。

宋晴岚满身浴血，手中神眠的红色能量弹匣没来得及使用，兀自发着光。

他身后的众人皆已筋疲力尽，差点陷入绝望中。

另一头，空间车上的那个宋晴岚饶有兴致地看着他们这副模样，然后开口道："还没到终点呢，来自 6 号小队的援助，不谢。"

光线迷离，尘埃喧嚣。几乎是话音刚落的瞬间，眼前的一幕就发生了变化。

那如神明般从天而降的七人，和那辆骤然出现的空间车，都像水面上的波纹般逐渐消失了。建筑被破开的大洞开始复原，众人身旁被轰炸得稀烂的丧尸尸体仿佛也正在重组。

那一瞬间，所有人都立即明白了一件事，趁现在——快往楼下跑！

24.

一层，两层。只有短短的两层，生的希望明明就近在咫尺，然而在这绝境中，难得劈开的一条生路却变得那么难以企及。

靠未来的自己换来的喘息机会，仿佛仅在一呼一吸之间。

时间似乎变得很慢，重新复活的丧尸、渐渐复原的建筑、不知从何处降落的巨型白额高脚蛛……此时，周围的一切变化都被他们高度紧绷的感官和飙升的肾上腺素拉成了慢镜头。

季雨时发紫的手撑过一条栏杆，他跟着前方的队友一跃，身体腾空，再猛地落下！

"嘭"的一声，他双脚一落地，侧面就伸出七八双惨白的手，季雨时抬头，看见数张瞳孔灰白的麻木的脸，扭曲着张大嘴向他扑来。

身后的队友"砰砰砰"地一顿狂扫，前方骤然出现一处空隙。

"这边有一道闸门！"汤其大喊，手中的枪猛烈开火，一只巨蛛受伤，趔趄着撞倒了一堆丧尸！

"快！"周明轩咒骂着，与宋晴岚殿后。

半开的闸门仅容人弯腰而入。

所有人都冲进闸门后，段文迅速去按液压开关，急道："坏的！该死！"

闸门关不上，丧尸们正疯狂地往里钻。但好歹比开阔处没地方躲避要好得多，众人边打边退，目标便是下一层。

"啪"的一声响，前路被堵，一个不明物体从天而降挡住了他们的去路。

不是丧尸，不是白额高脚蛛，那物黏糊糊的身体表面布满黏液，正在地上痛苦地蜷缩着，好像是一个人。

“纯儿！”段文首先把他认了出来，冲上前去扶他。

“他怎么样？”

“带上他！我们得走！”

丧尸从无法关上的闸门处鱼贯而入，这一层楼四面八方也在不断冒出新的丧尸，越来越多。

“嘭！嘭！”

闸门巨响，丧尸骤然减少些许，是那白额高脚蛛正在狂撞闸门，闸门两侧的墙体出现裂缝，眼看就要被巨蛛撞垮了！

季雨时与段文一起跪在地上去扶李纯。李纯浑身布满黏液，口鼻被掩，无法呼吸，是要窒息的表现。

这黏液极有黏性且滑腻不堪，段文连续试了好几次都无法下手，急得双眼发红：“怎么办！”

情况危急，季雨时扔下枪，用双手去扒开李纯的嘴，道：“控制住他！”

段文看见季雨时一手发紫，腰侧因伤口迸裂而渗出血迹，然而这一刻他却镇定无比。只见他抓住黏液凝成的黏膜，手背几乎迸出青筋，在李纯的嘴巴处抠出了一个小孔！

突然有空气灌入喉咙，再进入肺部，李纯整个人不由自主地僵直，紧接着开始凶猛地倒气。

仅仅这么几秒钟的时间，“哐哐”的响声震耳，巨蛛已经冲破了闸门，与尸潮冲进来了！

前有巨蛛，四面又有丧尸。

这一刻，众人好像陷入了新的绝境，皆停滞了一秒。

即便有时间锚的存在，人死后可以不断复活，但他们终究是血肉之躯。电影里英雄大杀四方、无可阻挡的场面并没有出现在他们这里，他们有且只有自己。

他们身上携带的爆破炸弹已用得差不多，方才“6 队”的援助仿佛就是在提醒，他们多么迫切地需要装备。

下一秒，宋晴岚忽然道：“B 队来了。”

所有人都听见了公共频道里另一个自己的声音。

“撑住！”

“撑下去！”

“十分钟，老子来了！”

“轰——”有空间车的声音在通信器里响起。

B队气势汹汹，披荆斩棘，一路朝他们这个方向来了！

所有人精神为之一振：“杀！”

将崩溃的心态付之一炬，众人心中重新燃起了希望之火，即便已是强弩之末，也要杀出一条血路！

巨蛛冲至眼前，被宋晴岚一发能量炮干翻在地，汁液四溅。

这一发开得十分有底气，宋晴岚没有了任何顾忌，喊道：“走！”

越来越多的巨蛛出现，大大小小，像是捣了蜘蛛窝。

宋晴岚听见季雨时冲他大喊：“下面，九点钟方向，能最快通往控制中心！”

基地过于庞大，建筑内部的通道也错综复杂。

所谓的下两层再绕一个半圆，换作寻常人，早在如此激烈的战斗与混乱情况中迷失了方向，但季雨时不会。凭着超强的方向感与记忆力，他完美地分辨出了目的地。

“收到。”宋晴岚扛着神眠，冲着季雨时说的方向发射了第二发能量炮。

楼板巨震，这次，他把楼板轰了个大洞！

鹰爪钩弹出，汤乐、汤其首先顺着绳索而下，周明轩扫射丧尸殿后，季雨时与段文迅速将李纯用绳索固定，紧随其后。

耳旁风声呼啸，极速滑行中，不断冲来的丧尸正从破洞处往下坠落。除了麻木疯狂的丧尸，那巨蛛追到破洞口竟纷纷刹车，止步不前，停止了捕食，仿佛这下面是什么禁地。

下面这一层的走廊明亮静谧，空无一物。

楼层太高，顶上通风管道纵横交错，与整栋建筑的通风管道融为一体，自成一套系统。

小队众人顺着滑索停在距离上一层十几米的粗大通风管道上，这里距下方也还有二三十米，就算有丧尸也不可能爬得上来。他们纷纷解开锁扣，每个人脸上都有一种劫后余生的庆幸神色。

宋晴岚的目光快速在他们身上扫过，确定每个人都还四肢健全。

汤其与汤乐检查四周，段文与周明轩正在替李纯清理，把那些黏液从李纯身上抠掉。

季雨时坐在一旁喘息，他身上的白色T恤早已看不出本来的颜色了，脸上呈现出不自然的红色。短袖下，他一条胳膊呈紫红色，与另一条呈鲜明的对比。

这一路下来，季雨时竟然是队里受伤最重的，更何况他身上本来就还带着伤。

“你怎么样？”宋晴岚蹲下身问。

从他眼中看见关心，季雨时也不客气了：“帮我，拿止疼药出来，伤口，崩开了。”

季雨时说话气息不匀，因为强忍着疼痛，嘴唇发白。然而，他的语气、用词却少了以往的生疏，让人好像第一次与他拉近了距离。

宋晴岚问：“药在哪儿？”

季雨时侧身示意：“口袋里。”

他那条发紫的手臂在发抖，另一只手也捂着腹部，看样子确实腾不出手来。

宋晴岚按照他的示意，手伸进了他黑色作战裤的口袋。

在队友们面前，这略显亲昵的举动已经不太奇怪了，现在没人有心情再调侃他们。可是在这样的时刻，这样生死就在一息之间的时刻，宋晴岚心中却陡然对季雨时产生了一种敬佩，说不清道不明。

小小的止疼药瓶被拿出来。

季雨时抬起头，说：“喂给我。”

看得出来季雨时并没有想过这样要求合不合适，因为他手上还满是李纯身上的黏液，没当场吐出来就不错了。让他用这双手从瓶子里拿药出来吃，是万万不能的。

宋晴岚依言取了一颗药塞到他嘴里。

季雨时含糊道：“谢谢。”

手指碰到滚烫的嘴唇，宋晴岚问：“你在发烧？”

说着，他就去够季雨时的额头。触手滚烫，季雨时果然在发烧。

季雨时不太在意，这里没有水，也许是为了让止疼药的药效发挥得更快一点，他就这样把苦涩的药片嚼碎了，皱着眉头道：“可能是感染了，出去以后再说。”

两人交谈不到一分钟的时间，李纯已经醒了。

段文喊道：“宋队！”

李纯已经能自己坐起来了，脸上的黏液被清理干净，只有身上还湿漉漉的，整个人惊魂未定，哆嗦着说不出话。

众人围住李纯。

“纯儿，牛！大难不死，必有后福！”

“你怎么又掉下来了？看到你被卷走，老子差点当场给你开追悼会！”

“给哥说说你的英勇战绩！”

李纯“哇”的一声哭了，哭得很丑：“我被吃了，然后，然后我不想死，就用刀到处乱戳……好像就被吐出来了……呜啊啊啊。”

那这些黏液……

众人：呕。

“能把你吃了再吐出来，那家伙得有多大，到底是个什么玩意儿？”

周明轩抬头看了看，那些巨蛛还在洞口盘旋，好像舍不得猎物，又畏惧着什么。

这时，众人脚下的管道突然剧烈晃动起来。

先前在上面时，他们就听到过通风口里发出这样的声音，这说明那个东西来了！

“壁虎，老鼠，蟑螂，蛇。”季雨时站起来了，脸上冷汗淋漓，却无暇顾及，手臂上青紫骇人，“这些东西都喜欢钻通风口，就是不知道到底只是其中一样……还是混合体。”

混、混合体？众人震惊，这是在基地里万物皆可变异的意思？

季雨时说得很快：“如果我没搞错的话，控制中心再往下就是金乌二号的能源供取点，越靠近这里，异象就越多。金乌一号仅提供基础能源，金乌二号上线后能源加倍，消耗也加倍，他们不得不从宇宙虚无中获取更多的能量，所以生物受到的辐射与产生的变异也远超从前。”

人类变为有血有肉却没有思考能力、只知道进食的丧尸，动物则各有变化，这个名为PU-31的殖民地已经彻底崩坏了。

该时代的天穹系统没有指挥中心，靠冰冷的系统劫持他们这一群守护者，其任务核心要义众人已经十分清楚了。

关闭一个能量传输器，让能量得到一瞬间的释放，此范围内的所有东西都会被卷入虚无。关闭所有的能量传输器，PU-31则会失去所有能源，无法得以维持，最终被吸入其紧邻的宇宙夹缝里，彻底消失。

平行宇宙的夹缝成就了PU-31，也即将毁灭PU-31。

季雨时话音刚落，管道再次剧烈摇晃起来，震动已到脚下。

众人神色一凛，道："快走！"

"砰"的一声，不远处一个通风管道破开，长约三四米的"舌头"弹出来，甩着黏液朝他们袭来！

枪声中，"舌头"又缩了回去。

鹰爪钩绳索仅二十米，如果要从这里下去，还差了好几米的距离，远远不够。

宋晴岚朝四周望去，喊道："前面有维修梯！"

果然，几十米远的前方，圆形基地的墙壁上留下了一道维修梯。

管道巨震，那物去而复返，"舌头"又从近在咫尺的地方弹出来袭击众人！

这回大家都看得很清楚，那"舌头"果然难以分辨是何物种，背面长了一些吸盘，正面却全是舌苔，舌尖处有一个小小的分叉，不知道它到底是壁虎还是蛇。

所有人都拿出来百米冲刺的速度狂奔，直奔维修梯前，一路顺着绳索滑下，手心被磨破了皮也没人在意。

可能是许久没有吃到新鲜活物了，那"舌头"经历过李纯的逃脱之后分外暴躁，竟摇晃起了通风管。"轰"的一声，长约三四十米的管道倒塌下去，狠狠砸在了地面上。

宋晴岚最后一个上维修梯，只来得及看到地面上摔破的管道里出现一团肉乎乎的物体，黏糊又恶心。

这声巨响后，原本头顶破洞中不再往下坠落的丧尸也重新出现了。这些丧尸原本找不到方向到处乱晃，被响声吸引后，就像下饺子一样从天花板的破洞处往下掉。

这下地面可热闹了，那"舌头"猛地一甩，想将那些碍事的丧尸甩开。但丧尸不知道疼痛也不知道麻木，有不少都因为坠落在管道上没有粉身碎骨，即使只剩个上半身，也拼命地朝在动弹的"舌头"爬去。

"舌头"被围攻，不知死活的丧尸围着它撕咬，让它不得不缩回了管道里。

巨型白额高脚蛛按捺不住了，它们顺着墙壁往下爬，也想来分一杯羹。

巨蛛怕"舌头"，"舌头"怕丧尸，眼下三管齐下，竟顾不得相不相克了。

对活人来说，这就是地狱！

“季雨时！”

身后宋晴岚的怒吼犹在耳侧，季雨时回头，只见巨大的口器出现在他背后，由上往下，正要一口吞掉他的脑袋。

“让开！”

蛛背上赫然出现一人，竟也是宋晴岚！

那人面容冷峻，眼神中带着说不出的冷冽，在这千钧一发之际，猛地往蜘蛛的口器里塞进一个爆破弹。

刹那间明白了他要做什么，季雨时就地一滚让开了，那人也从蛛背上滑了下来。

爆炸声震耳欲聋，蜘蛛被炸得四分五裂，体液溅射到四面八方！

比先前密集数倍的枪声响起，天花板的破洞处垂下几个熟悉的身影，一个接一个，在半空中占据了绝佳的视野，开着枪将下方的丧尸、巨蛛一顿猛扫。

这一行共六人，是 B 队来了！火力瞬间变成两倍，情势逆转！

两个宋晴岚一模一样，竟完全不需要交流，同时转头大喊：“去控制台！”

季雨时抬腿就往控制台跑，一边开枪，一边看见了另一个自己。

他们奔跑在硝烟弥漫中，像在照镜子。

季雨时看见对面的自己脸色突变，喊道：“后面！”

伴随着这声提醒，对方将手中的枪扔了过来！

小巧的钻石鸟通体银白色，它在空中呈一道抛物线飞来，落入了季雨时手中。

季雨时未经思考，左手接住另一个自己扔过来的枪，陡然回头，只见重新从管道里弹出来的“舌头”竟一分为二，像蛇一样朝他袭来！

季雨时左右手各持一把钻石鸟，一心二用，他是一个完美的双枪使用者，两枪连发，眼也不眨地将两条“舌头”击得断成了两截。

紧接着，他继续前进，将枪扔了回去。

另一个季雨时同样镇静，接到枪后也继续向前奔跑。

一个屈膝弯腰，自地面仰身滑过挡路的管道。

一个踩着管道腾空，落在一个丧尸肩上，双膝一拧，用绝佳的柔术将那丧尸当场折颈。

无须言语，身穿黑色作战服和身穿白色 T 恤的季雨时，如同一对孪生子。

十三个人的天穹七队，在这一刻战斗力达到了巅峰。

25.

半小时后，众人终于到达控制台。

控制台共一百七十六个，与金乌一号基地一模一样。

季雨时倏地皱起眉头，这比他想象中的难度高很多。

每两个控制台与两个能量传输器互相对应，在 PU-31 两端源源不断地传送能量，在提供能量源的同时维持它不被夹缝吸走。

试想，若是某一处能量传输器同时关闭过多，PU-31 将失去平衡，天旋地转，万物颠覆，山崩海啸都是小事。

所以，根据 PU-31 实时模型上的坐标，不管是在金乌一号还是在金乌二号，季雨时都必须以准确的顺序关闭控制台，以保持它的平衡。

他知道，任务完成后，PU-31 将不复存在。

所以，在任务彻底完成前，他们之中必须有人留下来执行最后的操作，规划出一条避开所有“黑墙”、回到最初的跃迁点的路线，乘坐胶囊舱回到自己的时代。

季雨时早就明白了未来的他们为什么会不断地选择 A、B 两队的点来进行延长，不仅仅是因为 3、4 号小队是人手最多且最有希望破局的点，更是因为，两条平行时间线的产生，保证了一定会有人留下来完成最后的操作，也保证了他们会尽可能地全员回归。

选择他们这个点，必然是无数个未来的他们在无数次循环后得出的结果。

那么，直击心灵的问题出现了——两条平行线上的“我”，其实都是真正的“我”，都有真正的主体意识，究竟该让谁留下来完成这个任务呢？

控制台一尺之遥，战况激烈。

队友们浴血奋战，无人想过要退缩。

B 队之于 A 队，是自己和自己在并肩作战。

“砰”的一声，季雨时抬起发紫的右臂干掉一个丧尸，漆黑的睫毛下，眼中情绪不明，他开口道：“你们有没有讨论过这个问题？”

另一个季雨时道：“没有。”

季雨时对此毫不意外，因为他也没想过要把这个选择题过早地交给队友们来选择。自己和自己较劲，那太残忍了。

“两种完成任务的可能。”他问，“你怕不怕全都错了？”

“怕。”另一个季雨时平静地说，“你呢？”

轰炸声打断了两人的对话，宋晴岚最后一发能量炮爆炸开来，震波震得所有人伏倒在地。

巨蛛尸首横飞，通风管道尽数爆裂开来，惊天动地的巨响中，藏匿于管道中的异种终于坠落在地，露出了原貌。

那是一个不知由多少物种组成的肉团，伴随着黏液在地上蠕动，无数“舌头”一样的触须在地上四处打探，像是极为惧怕光线，慌不择路。

肉团黏腻不堪，完全没有独立行走的能力，因此才藏匿于管道中仅靠蠕动滑行。它蠕动着，背面渐渐出现了人类的四肢、脸庞，仿佛都还活着，各有动作——它吸收了基地里尚未变异的活人，将他们与自己融为了一体。

李纯看到这一幕，结合自己身上残留的黏液，当场吐了个天昏地暗。

另一个李纯虽然不明所以，但是看见自己这样，哪能想不出点联系，也跪在地上呕吐了起来。

其他人同时开枪对这肉团扫射，不一会儿就把它扫成了烂肉。

两三只重伤的巨蛛从天而降，在枪火中拖着这团烂肉跑了。

剩余的丧尸不多了，众人累得大喘气，时不时开一枪，不让它们靠近，已经完全不想动弹了。

“季顾问，计算得怎么样了？”

两个宋晴岚跨进了控制室，说话不分先后，竟出奇地一致。

黑衣服的季雨时说：“在金乌一号我已经按顺序关闭了一部分能量传输器，只需要留出回到跃迁点的路线，所有人平安到达即可。”

白衣服的季雨时脸色苍白一些，作为同一个人，他看起来要羸弱不少，开口道：“没错。我会按顺序关闭能量传输器，直到最后。”

“你要留下来？”左边的宋晴岚看着他，右边的那个也皱起了眉头。

两个宋晴岚，在场没人能分得清。

当然，众人都是一样。

浑身黏液的李纯与没有黏液的李纯；一言不发的小眼睛周明轩，一坐一立；脸上血迹多一点的段文和没有那么多血迹的段文；手臂受伤的汤其与腿部受伤的汤其；还有孤零零的，仿佛明白了什么，正委屈地站在两个汤其中间的唯一一个汤乐。

“关闭最后一个能量传输器的同时，任务便完成了，到时候设备会重新启动，我们得全员平安地坐在胶囊舱里，立即跃迁回我们原本的时间坐标，否则就会功亏一篑。”身穿黑色作战服的季雨时道，“所以必须有人留下来。”

白衣服的季雨时表情非常平静，无缝衔接另一个自己的话：“按照计划，留在这里的我们被黑暗吞噬后也会回到锚点，而锚点那时候已经有了一个我们，两个我们将合为一个。”

周明轩犹豫道：“但是，被黑暗吞噬后回到锚点的人，在时间上比我们现在回跃迁点的人要早几个小时……”

没错，团灭后回到锚点的时间永远都是早上四点四十一分。但现在已经是下午四点了，回到跃迁点的时间与锚点时间完全对不上，甚至要晚将近十二个小时。

穿白T恤的季雨时道：“正常的时间线里，同样的个体不可能有两个，我们合二为一后记忆可能会叠加，也可能不会。”

穿黑色作战服的季雨时接着道：“也就是说任务完成的瞬间，我们有可能会遭受一波记忆塞入大脑的冲击，但不管我们谁是所谓的‘平行时间线’，都终将合为一个。”

穿白T恤的季雨时又说：“因此，两个我们无论谁留下来都一样，只不过，我认为没受伤的我更有利于回到跃迁点。”

两个季雨时刚才并肩作战的模样太过耀眼，在众人眼中，他们现在是唯一的焦点。而在这次任务中的激烈磨合，已经让众人对季雨时的话深信不疑。

很快，浑身黏液的李纯开口了：“那我留下。”

接着，更为疲累的段文、腿部受伤的汤其也说了同样的话。

汤乐只有一个了，所以他得跟着大部队走，他说：“我没有二重身……我得走，是不是？”

汤其在他头上揉了一把，说：“是。”

最后，还剩宋晴岚。

“我留下。”高大的男人取下神眠中早已变得黯淡的红色能量弹匣，换上了新的蓝色弹匣。

他看了对面的自己一眼，说：“我打怪打累了，那段路程就换你来跑了。”

"没问题。"另一个宋晴岚抬起眼皮，看了看决定要离开的队友，沉声道，"别那么伤感，都是自己和自己做选择，回到锚点以后还不都是一回事？这和你告别今天早上没睡醒的自己没什么区别。"

莫名的哀伤气氛被冲散，众人仿佛清醒了过来。

作为队长，宋晴岚永远有让队友理清思路、满血复活的能力。

"外面有从金乌一号开来的空间车，我们会尽快回到跃迁点。"黑衣服的季雨时缓缓道，"我们和你们通过公共频道联系。你们注意安全，这基地不知道还有没有其他变异品种。"

"好。"另一个季雨时答应了。

话不多说，众人都想尽快结束这噩梦般的 PU-31 之旅。

宋晴岚一声令下，七人很快离去。

剩下一屋子的人，好像都是那个更为"弱"一点的自己。

A、B 两队的会合之初，已经预示了他们马上就要告别。

这就是终点了吗？他们想。明明已经无法再继续下去了，终于到了这快要解脱的一刻，他们却产生了强烈的不现实感，真的……已经到终点了吗？

面对现场堆积的残肢断臂、尸首腐肉，在铺天盖地的血腥味中，任何人都没有放松警惕。

这一路，从第一个循环开始，他们奋战到现在，真的可以结束了？

战火喧嚣的基地一下子变得很安静，偶尔有巨型蜘蛛爬过，但因为太过安静，它们感觉不到震动，又从破损的墙壁上爬走了。

李纯与段文愣在原地，不知如何是好，汤其正由周明轩帮忙扶到一旁坐下。

一个丧尸从血污中爬了过来，被周明轩用匕首干掉了。

控制台前，季雨时按计算好的顺序开始关闭能量传输器。

一百七十六个控制台，八十八对能量传输器，每关掉一个，外面就会出现一个紊乱的能量场，将虚无带入这个世界，组成所谓的"黑墙"。

PU-31 在逐步消失，留下的唯一路线便是他们逃生的路。

他们知道，现在外面正有一辆空间车，在丧尸聚集、黑墙濒临的世界狂飙。

季雨时听见背后有人低声道："季顾问，你又撒谎。"

季雨时顿了顿，回头问道："你为什么这么说？"

尸血染红了宋晴岚的脸，但他那双深邃的眸子十分明亮。

他难得地对季雨时笑了笑，季雨时一时分辨不出留下来的到底是哪一个宋晴岚。

很快他就知道了，因为对方说："你刚才给大家洗脑的样子，和你被劫持时说我是你哥的样子一模一样。"

季雨时顿时无话可说，这是和他一起走过这条时间线的 A 队的宋晴岚啊。

宋晴岚单手杵着神眠，整个人完全放松下来了，露出几分作战时不得窥见的懒散，让人记起他不过也是个普通人，也会有累的时候。

他说："平行时间线的我们会不会合为一个，你其实并不确定，对吗？就像刚才那个由各种人体拼接而成的肉团——那其实不仅是变异，还是平行宇宙中多个相同个体出现在同一世界后坍塌拼凑在一起的后果。"

没错。如果在锚点的他们与完成任务后回到跃迁点的他们没有成功合二为一，很有可能会出现与那肉团一样的事故——两个自己在一具躯体上重合，造成畸形或者死亡的后果。

作为一个经验丰富的队长，宋晴岚知道的关于时间与宇宙的那一套理论知识不见得比季雨时少。

"那是最坏的结果，不一定会发生。"宋晴岚像是在说无关紧要的事，"但很有可能任务完成的那一刻，就是我们即将消失的那一刻。"

季雨时垂下发紫的右臂，安静地站着，问："那你为什么留下来？"

宋晴岚道："因为，我觉得你肯定有两手准备。"

季雨时心跳微微乱了一下，是震惊。这些话只有另一个季雨时知道，那本来就是他自己，也就不奇怪了。可现在被别人猜中心思的感觉很奇妙，他此前几乎没有过这样的经历。

宋晴岚道："关于黑墙，我记得它第一次出现的时刻是我们刚到达公园管理处的时候，大概是五点半。但无论是在金乌一号还是金乌二号，我们都没有在那个时间段关闭过能量传输器。我大胆猜测，天穹设定的锚点其实不止一个，我们被黑暗吞没后就会进入新的循环，到达另一个锚点，直到我们在早上五点半关闭第一个能量传输器。"

"就像一个更大的循环套进这个小的循环……只是我们不知道，也不能确定。"顿了顿，宋晴岚又说，"所以，跳出眼前这个循环的其实只有他们。我们必须有人留在这里完成这个新的循环，让刚刚到达跃迁点、走向公园管理处的‘我们’看见黑墙的到来，这才是一个完整的圆，此后的‘我们’遇到的一切才有可能发生。”

季雨时久久无言。

到某个既定的时刻，去完成某个既定的事件，让以后的一切有可能发生，宋晴岚猜到了。

“衔尾蛇”模式下，他们制造黑暗，又成为去追逐黑暗的人。

在某种意义上，可能这才是真正的破局。

这便是任务目标的另一种解答：他们，将成为名副其实的黑暗追逐者。

“两手解题思路，两种去完成任务的准备。”宋晴岚说，“如果你估计错了，其实任务没有你想的那么复杂，我们现在留下来做的这些事都是多余的，那我们死去以后，另一个自己也能顺利回到跃迁点，回到我们的时代。

“如果你没估计错，那么一会儿我们被黑暗吞没后就会进入新的大循环，早上五点半去关闭第一个能量传输器，去完成那个既定事件——那才是真正的完成任务。我们同样会回到最初的锚点，就像我们从来没离开过那片树林一样，还是完完整整的我们。”

季雨时怔住。

宋晴岚扬了扬嘴角，毫不在意地说：“但是你忘了，就算错了，我们也是自己选择留下的，为自己牺牲不叫牺牲，这些事你没必要一个人扛着。”

季雨时只是一个普通人，就算他有超强的记忆力、观察力，他也无法保证让处于平行时间线上的所有人都平安地回到同一个世界去，所以他只能选择这样的方式。

可这些他无法说出口的话，宋晴岚怎么全猜到了？

既然如此，那另一个宋晴岚也一定猜到了。

季雨时回忆起对方走前说的那些话，无一不和现在宋晴岚的态度吻合。

宋晴岚扔给他一个东西，说：“你当真以为他们几个什么都不知道，上课的时候都像你一样就知道打游戏呢？”

队友们都看着这边，对季雨时招了招手，表示让他安心，他们没事。

季雨时接过宋晴岚扔来的东西一看，竟然是他的黑白屏游戏掌机。

他错愕道：“这个？”

“另一个你给的。”宋晴岚道，“如果真的有新的循环，时间还有那么久，你确定不需要用它来转移一下注意力？”

季雨时摩挲着游戏机。

只听宋晴岚问：“是家里人送的？”

季雨时应了声。

宋晴岚沉默了一两秒，然后说：“我们来打个赌吧。”

季雨时问：“赌什么？”

宋晴岚说：“我赌你选的第二种方式才能完成任务，甚至比你想的结果还要好。如果我赢了，你就留在天穹七队。”

宋晴岚的模样很认真，眼神也很深沉，大概任何一个爱惜人才、求贤若渴的队长都有这样的眼神吧。

季雨时又问：“如果你输了呢？”

宋晴岚已经找到了最后一个控制台。

正在这时，公共频道里传来另一个宋晴岚的声音，众人都听得清清楚楚：“我们已经全员进入胶囊舱，准备好了。”

“如果我输了……”宋晴岚轻声道，像是自言自语。

但最终，他什么也没说，直接拉下了阀门。

最后两个位于金乌二号基地、与跃迁点对应的能量传输器被关闭，控制台前血腥的战场、金乌二号庞大的基地，连同剩下的小队众人一起，与 PU-31 消失在了黑暗中。

季雨时对这个世界的最后印象，便是手中带着体温的游戏机，与眼前宋晴岚宽阔的背影……

第三篇　中转站

26.

【欢迎，季雨时，欢迎回到天穹。】

天穹熟悉的欢迎语出现。

机械臂递来了营养液，让生命体缓冲眩晕、恶心等由时空穿越带来的后遗症。

这是……又重启循环了？

季雨时接过营养液一口气灌下去，余光看见了自己黑色的衣袖，这是天穹守护者统一的黑色作战服，他穿的不再是那件染满尸血的白T恤了。

不，这次没有重来。

季雨时的意识逐渐回笼，他知道，他们选的第二种方式成功了。

在金乌二号基地关闭能量传输器后，任务果然不算真正完成。他们触发了一个新的锚点，进入了另一个大循环，去一个叫光源大厦的地方制造了早上五点半第一堵在公园管理处出现的黑墙、第二堵在润金大厦出现的黑墙……他们看着自己制造的黑墙将小循环里面的自己不断追逐着前进，一次又一次地重生，直到驱使他们达到目的。

“衔尾蛇”在无数个他们的努力下终于成了一个完整的圆。

到此，他们才真正地完成了任务。

完成任务后，他们堕入了黑暗中。重新醒来时，他们已经回到了被天穹系统劫持、设备开始啸叫的那一刻，并且成功与回到跃迁点的小分队合二为一。

像宋晴岚所说的那样，结果比预想的还要好，两条平行时间线中的他们并没有因为出现在同一个时间点而拼接成一个怪物。

在PU-31的一切就像是一个噩梦，丧尸、异种、末世……除了拥有了一段可怕的记忆，他们都还是原来的自己，就像他们从没离开过胶囊舱，也从来没去过PU-31一样。

这是一次完美的时空劫持。

但是，现在是怎么回事？他们不是该去执行A级任务吗？

季雨时打开胶囊舱舱门，入目是一片刺眼的白色。

等他适应了这强烈的光线，才发现这里是个类似于指挥中心的地方。

“文哥！我们完成任务了！”李纯几乎喜极而泣，正激动地搂住段文的脖子，“我们不会再回到那里了！”

“对！再也不回那里了！”段文转过头来，喊道，“季顾问！”

大家都有些激动，看到季雨时从胶囊舱里出来，简直恨不得把他往空中抛起来欢呼。

但那不太好，即便已经并肩作战、生死相依过，季雨时给他们的感觉还是不一样的。

在异世界，季雨时的贡献有目共睹，他所做的远超一名观察员的本职工作，他是一名战斗力出众的守护者。

他的冷静、坚韧与他本人的外形形成了强烈对比，却又奇妙地融合，让他举手投足间都透着一股不可接近的……怎么说呢，高级感？反正不是他们这群糙汉可以相提并论的。

比如，现在到了安全的地方，季雨时也没有完全放松。

他正四下打量这里，入眼是明亮的光线、超大的控制台、全息投影，空无一人……

“宋队。”季雨时忽然开口，“这里不是我们的指挥中心。”

宋晴岚发现了，因为天穹的欢迎语已经说明了这一点。

听到季雨时的话，宋晴岚习惯性地看了通信器，然后说：“你说得对。时间格式在这里的显示不正确，无法确定现在的时间坐标。”

听到这话，每个人都紧张起来，穿越去 PU-31 给众人都留下了心理阴影，这里搞不好又是一个类似于 PU-31 的地方。

季雨时也抬起手腕看通信器。

【××××.××.××】

通信器上没有坐标。

对于时空旅行者来说，时间是他们唯一能确认自己当前所在的坐标。

没有坐标是一件很严重的事，穿越者会很容易迷失在时空里，再也回不去了。

“见鬼了。”段文拉开一扇门看了看，惊叹一声，然后汇报，“宋队，我们好像不在实地上。”

李纯与汤乐也分别打开几扇门看了下。

“外面一片漆黑，下面像是空的！”

“周围什么也没有！”

宋晴岚走过去一起查看，眉头紧锁。

“这是哪里？”

“我们不是破除循环了吗？”

“不是吧，千辛万苦的，又来？”

汤其突然说：“宋队，你们看！”

所有人都回到了控制台前，只见全息屏幕上出现了一行字。

【恭喜！来自星元一四五六年的守护者，你们已经完成了第一个超S级任务，即将解锁下一个。】

所有人心中一凉，这是什么意思？

“你是谁？”宋晴岚对着投影直接发问。

早在他们的时代，天穹系统就已经开启了智能语音系统，果然，一听到问话，它就被激活了。

“我是天穹。”系统的语音很温和，是个女声。

宋晴岚快气笑了：“哪个时代的天穹？”

系统：“广泛意义上，我是所有时代的天穹。”

所有时代的天穹？众人不解。

宋晴岚顿了一两秒，像是想到了什么，再次开口问：“也就是说，‘衔尾蛇’的任务是你发布的，我们会来这里也和你有关？”

系统：“是的。”

宋晴岚冷冷地问：“这是哪里？”

系统：“这里是我的时空中转站，您可以在这里休息、训练，以及用餐。我有丰富的物资储备，建议您休整完毕再进行下一个任务。”

还有下一个任务？周明轩听到这里直接炸了：“我们要怎么样才可以回去？”

系统：“检测到您仅解锁一个任务，请解锁更多任务，以获得更详细的信息。”

“什么！”

“太坑爹了吧？”

“这算什么玩意儿？”

“没完没了了！”

众人出奇地愤怒。

汤乐对他哥说：“我再也不立Flag（伏笔）了，出发前我还和季顾问说‘明天就回去了’。”

汤其有些无语。

沉默着的季雨时突然开口问："为什么选择我们？"

所有人安静下来，季雨时问出了一个关键性的问题。他超凡的记忆力与观察力，已经让他不知不觉间成了这支小队的另一个核心。

系统闪了几下，然后才重启语音："经过我一亿七千万余次的测算，您的小队的胜率高于所有时空守护者小队胜率的平均值。"

这是个好消息，众人听上去却一点也不高兴！

宋晴岚问："下一个任务是什么？"

系统："建议您休整完毕，再解锁下一个任务。"

说完，全息投影变黑，系统竟兀自消失了。

这是一场彻头彻尾的时空劫持。

每个人都以为，只要完成了"衔尾蛇"任务，他们就会回到胶囊舱被截获的那一刻，成功跃迁到一四六〇年的西京市。然后，他们会与自己的天穹指挥中心取得联系，按照原计划完成那个A级任务，返回自己的时代，那么一切都会回到正轨。

可事实却不是这样，想要知道什么时候能够回去，他们就得解锁更多的任务，否则他们将被困在这个时空中转站里。

大家都身心俱疲，目前的情形给每个人都当头泼了一桶冷水，他们全蒙了。

季雨时的脸被荧光照亮，他思考片刻，转身走开。

汤乐问："季顾问！你去哪里？"

季雨时停下脚步，看了看他们，奇怪道："我要找吃的，你们不饿吗？"

众人齐齐无语，所以高智商的人都是怪物吗？季顾问是不是太淡定了？

在大循环里的时候，季雨时一直保持着在金乌二号的状态，腹部中弹，手臂青紫，还发着烧。现在一切归零，他身上的伤口已经不见了，重新恢复成出发前的模样。

但是，因为在精神上长久以来没得到休息，季雨时整个人看上去很疲惫，他也从不介意示弱。

"我太累了。"他轻声道，"现在只想吃点东西，然后好好睡一觉。"

时空中转站里什么都有，甚至还有冷冻好的牛排与新鲜蔬菜，也不知道这个流氓系统是从哪里截获的。

季雨时说得对，反正也走不了，不如先休整状态。

众人饱餐一顿，稍微抚平了内心的创伤，各自找到房间休息。

季雨时刚洗完澡准备躺下，房门就被敲响了。

来的是宋晴岚，他没有要进来的意思，直接站在门口说："季顾问，你有没有听过'天穹的自我意识'？"

宋晴岚也洗完了澡，换上了一件干净的灰色T恤。

他个子极高，有一米九出头，肌肉匀称，线条流畅，很是出挑。

季雨时还是第一次看见宋晴岚穿常服的样子，却觉得他那股带着匪气的压迫感丝毫未减。

季雨时说："听说过一点。"

奇怪的是，此刻宋晴岚来到他的房间门口，另一个自己在PU-31的记忆竟突然浮现了。

如队友们所说，B队——也就是4号小队的自己，是和宋晴岚一起在润金大厦与队友们走散的，原来两条平行时间线里的人真的会有非常接近的境遇。

季雨时记得，在去书店的路途中，他们慌不择路地躲避丧尸，躲进了一间逼仄的小房子里。

有多逼仄呢？两个人得面贴面才能站稳的那种，和另一条时间线的他们躲进绿色小亭子差不多。

那时他们的距离也和现在的距离差不多，只要两人再走近一步，就能复刻当时的情节。

季雨时记得黑暗中宋晴岚对他讲话的语气很镇定："季顾问，你踩到我了。"

门外丧尸抓挠，他们近得踩到了对方的脚，这不是一件有礼貌的事，季雨时认为还是让开比较好。但他还没动脚，就又听见宋晴岚低沉的嗓音在耳旁响起："别！我趁现在让你踩一踩，你下次才能记点好的，别老记仇。"

季雨时便没动了，"哦"了一声。

"话是这么说。"宋晴岚咬牙道，"你踩得可真用力。"

此时，眼前的宋晴岚黑眸深邃，没发现季雨时的走神，继续说："现在能证明是真的了。所谓的'所有时代意义上的天穹'，就是它有了自我意识的表现。

我刚刚试了联系我们的指挥中心，被它拦截了，敢情那意思是，我们不解锁它给的任务，就回不到原来的时代。”

季雨时皱眉道：“我必须回去，我不能留在别的时代，我还有很多事要做。”

所有人的想法都是一样的。

宋晴岚也是这个意思，说：“所以，下一个任务我们不得不去做。”

季雨时点点头。

宋晴岚看着他，说起了另一件事：“对了，在金乌二号打的那个赌算是我赢了吧？”

打的那个赌？是指他们以第二种方式完成任务的话，他就要正式加入天穹七队吗？季雨时想拒绝。

出个A级任务竟然回不去了，这支队伍大概风水不好，他也太倒霉了。

“回去再给我答案。”宋晴岚说，“这几天别老去回味恐怖画面，好好休息。”

他从背后拿出一瓶红酒、一只高脚杯，又说：“实在睡不着，就喝点这个，别让周明轩看见了，他能跟你拼命。”

“晚安，季顾问。”宋晴岚说完就走了。

“噗——”

车子剧烈晃动，不甚明亮的车厢里，密集的枪声中，他正用军刀割开绑在自己手腕上的尼龙绳。

突然，腹部一震，能量子弹嵌入皮肉的感觉那样缓慢又清晰，两秒后，疼痛才由腹部开始蔓延，铺天盖地而来……他痛得弯下腰，空间车猛地撞上了街道两旁的建筑。

小女孩捡着洋娃娃，从车厢里站了起来，她转过头，睁着灰白色的眼睛。

季雨时猛地从睡梦中惊醒，冷汗淋漓。他下意识地将手伸进了衣服下摆，触摸到自己腹部光滑的皮肤……没有伤口。

这里是安静的指挥中心，他在干净舒适的房间里，他安全了。

季雨时从单人床上坐起来，床垫因为他的重量下陷。

从记忆与幻想编织的噩梦中陡然惊醒后，季雨时的睡意消失得无影无踪，身体却很疲惫，大脑连带着太阳穴都在疼，他必须得休息。

他找出自己的药盒，就着房间里的水吞了一颗药，然后又在床上辗转反侧好几个小时，目光落在了床头，那里有一瓶醒过的红酒，一只透亮的高脚杯。

季雨时平时是不怎么喝酒的，但他此刻在思考，宋晴岚送来的这两样东西真的有用吗？

季雨时打开红酒，给自己倒了半杯。

不一会儿，不胜酒力的人酒意上头，睡意便回归了。

季雨时昏昏沉沉地躺回柔软的床铺上，眼皮轻轻合上，这一次……他没再做梦。

那个世界可怕的一切，都已经结束了。

第四篇 卡俄斯

27.

季雨时沉重的眼皮艰难地掀开一条缝隙，光线落入眼中，瞳孔被刺激得微微紧缩。

绚烂的极光不断出现，美得惊心。绿色的、蓝色的、紫色的荧光，它们从暗黑的天空中呈波浪形闪过，消逝在天际尽头。

四周安静极了，安静得季雨时几乎可以听见自己的心跳与呼吸。

这是哪里？对了，他们开始了新的任务。

季雨时的记忆停留在出发前，从 PU-31 出来后，他们在天穹系统的时空中转站好好休息了几天，养精蓄锐，每个人都恢复到了自己最好的状态，经过商量后便接受了新的跃迁任务。

直到进入胶囊舱，都还一切正常，可是后来发生了什么？

季雨时的身体冻僵了，漆黑的睫毛上结了一层白霜。

他用尽了所有的力气，却只是抬了抬眼皮，然后看见了不远处停着他的胶囊舱。

银白色的舱体破了个大洞，透明面板已经碎成了蜘蛛网。安全扣四散着，舱内暴露出来的线路乱七八糟，时不时爆出细微的火花。

跃迁过程中，他们出事故了。

“滋”声响起，机械臂被硬生生压出了弯折的弧度，似乎探测到了守护者的生命值。

它举着营养液，想要朝生命体送来，可惜太远了。它反复伸举着营养液，在这里发出了唯一的声响。

季雨时打量着这里，觉得他像是在一个大型垃圾场。

无数机械残骸与废弃的零件堆积成了一座高山，散发着机油味与腐败的恶臭。残骸或许堆积已久，缝隙里长出了像藤蔓一样的植物，缠绕着机械体生长，开出了发着荧光的透明花朵。

这是哪里？

季雨时收回视线，发现自己以一个怪异的姿势躺在垃圾堆里，身上的疼痛远超过往任何一次，可他却发不出声音来。

在季雨时看不到的地方，有“哐哐”的声响远远地回荡着。

那声音越来越近，像是有人踩着满山机械残骸，一步一步地朝他这里来了。

眼前的夜空被挡住，季雨时上方突然出现了一片阴影，有人正居高临下地俯视着他。酒糟鼻、蓝眼睛，对方肥胖的脸上长着红色络腮胡，一头红棕色头发乱糟糟的，与他打了个照面。

大胡子呼吸时的热气喷洒在季雨时脸上，带着酒味，十分难闻。

季雨时动弹不得，想要说话，却只能眨眨眼睛。

大胡子看了他几秒，然后伸出手，粗粝的手指捏住他的下巴再次左右看了看，似乎在确认他是否活着，然后嘴里“叽里咕噜”地讲了几句话，嗓音粗犷，说的却是季雨时听不懂的语言。

紧接着，大胡子走开了，垃圾被踩得“哐哐”乱响，踢得到处都是。

过了一分钟，大胡子又回来了。这次他手里多了一根粗粗的铁链，他用这根铁链径自把季雨时捆起来，扣上了铁锁扣。

然后，大胡子就抓着锁链的一头，将季雨时往另一个方向拖去。

季雨时几乎咬紧了后槽牙，也没能使出半分力气，发出一点声音。

全身剧痛，铁链让他本来就因疼痛而分外敏感的身体雪上加霜，坚硬的锁链、身下的机械零件，无一不在加重这种疼痛。

他冷汗淋漓，预感到接下来可能不会发生什么好事——这人不像是在救他。

刚拖了没多远，大胡子似乎发现了什么，扔下铁链，大步倒了回去。

季雨时勉力去看，只看见对方巨人般的身躯挡住了他的胶囊舱。

“哐——”又是一声响，大胡子扯断了机械臂，将它扔进了垃圾堆里。

等他转过身来，手里就像捏着药瓶一样捏住了属于季雨时的营养液。

大胡子看起来很高兴，他打量着营养液，嘴里又“叽里咕噜”说了什么，然后把营养液装进了脏兮兮的口袋里。

季雨时被大胡子继续拖着走。

离垃圾山最高的那一堆垃圾越远，视野便越开阔。

剧痛中，季雨时不断观察，确认这里是个巨大的垃圾场，恐怕有好几个足球场那么大。除了他破损的胶囊舱，这里甚至还有卫星、火箭、空间站等东西，那些昂贵的高级材料与废弃品一起被扔在了这里。

天空似乎也并不是他认知范围内的天空，它暗沉无比，离地面很近，也许只有几百米的高度，像是将大地包裹着的一团混沌。而极光般的美丽光线，仿佛只是哪里投射来的虚无影像。

在季雨时的视野范围内，除了垃圾山与恣意生长的藤蔓，什么都没有。

那些藤蔓生命力旺盛，从每一处缝隙里顽强地长出来，吸取废墟的养分。

远远看去，整个垃圾场都开满了它透明的荧光花朵，像是节假日装饰圣诞树所使用的灯串，产生了颇具颓丧感的美感。

季雨时被扔上了一块宽敞的、黏着不明污渍的自制两轮推车，然后，他看见大胡子又往推车上扔上了些别的东西。脏毛毯、椅子、一些铜质餐具，几桶流出液体的、可能已经破损过期的罐头。

最后一件物品被扔了进来，季雨时心中闷哼一声，胸口被砸得生疼。

那物件通体漆黑冰冷，仅瞄到一眼，季雨时心中就猛地一沉。

是神眠！宋晴岚的配枪。

季雨时被扔在推车上，极力想保持清醒，可一直仰面看着那毫无变化的天空加重了他的疲惫，连推车的颠簸都在给他催眠。

直到被扔下车，他也没有完全醒过来。

黑色作战服上结的白霜化成了水汽，寒意贴着皮肤往骨头里钻。

季雨时在梦中哆嗦着，察觉自己躺在一片又硬又冷的地上，却没有一丝力气蜷缩身体给自己取暖。

在这样困难的睡眠中，他其实睡得并不安稳。

他在哪里？队友怎么样了？宋晴岚的枪为什么在那里？大胡子想要做什么？这些问题不断在季雨时脑海中盘旋，它们拧成了一股绷紧的绳，时刻警惕着，提醒他不要真正地沉睡过去。

不知道睡了多久，季雨时听到有人低声和他说话，但他听觉迟钝，听不真切。

然后，他僵硬的上半身被人扶了起来，有什么东西将他裹住了。

他迷迷糊糊地翕张着眼，看见裹住他的是大胡子一同扔上车的那条脏毯子，羊毛材质，有烟头烫出的洞和疑似陈年汗液的污渍，不知道有多少细菌在里面，卫生状况堪忧。

即便全身每个细胞都想逃离这条脏毯子，季雨时也无法拒绝，更不能拒绝，只能任由它给自己一点温暖。他的手脚渐渐恢复了一点知觉，但他依旧没能睡得安稳。

又过了很久，他终于能稍稍动动脑袋了。

脏毯子源源不断地传来温度，来自人类的体温，说明他正被人隔着毯子暖着。这感觉很不好，季雨时想挣扎。

恍惚间，他看见眼前是一张他认识且印象深刻的脸。

那张脸看上去好像和以前有点不同，但季雨时一时又找不出来哪里不同。

分不清到底是做梦还是现实，总之，看到这张脸，季雨时忽然就放下了脑海中紧绷着的弦，不管不顾地扔下了所有的警惕。

然后，困意铺天盖地而来，季雨时彻底陷入了沉睡中。

再次醒来，身体的知觉逐渐恢复，四肢百骸里的疼痛也无形中消弭，除了背部火辣辣地疼——这是被人拖着走产生摩擦的后果。

季雨时觉得自己已经轻松了许多，他算不上十分清醒，但还是睁开了眼睛。

入目是光洁的地面与天花板，还有类似ABS合金造就的墙壁与圆形气阀门。通过墙壁上的圆形小窗，他能看见外面依旧暗沉着的、没什么变化的天空。

这里像是放大版的胶囊舱内部，准确地说，这里可能是太空舱里的一个小房间。

“醒了？”有人道。

季雨时这才发现宋晴岚就坐在他旁边，对方一条长腿曲起，头与背都靠在墙壁上，是个百无聊赖的姿势。

原来刚才不是做梦，季雨时总算知道自己为什么会觉得宋晴岚不一样了。

虽然对方性格跋扈又不拘小节，但还是很注重仪表的，也属于能让人眼前一亮的类型。可此时，这个男人平日里可以用“俊美”来形容的脸上胡子拉碴，看上去有些邋遢，硬要往好处看，就是多了几分沧桑的男人味。

对季雨时来说，他乘坐胶囊舱后与队友们分开不过才一会儿工夫，但从宋晴岚下巴上那层胡茬来判断，他们分开的时间绝对不止一会儿。

季雨时躺在房间里的长方形小床上，身上还裹着那条脏毯子。

两人现在隔着一点距离，可是刚才自己的身体变暖是因为什么，季雨时是肯定不会记错的。

他张开嘴，吐出几个字：“刚才，谢谢……”

不开口还好，一开口他才知道自己的声音多难听，就像是很久没说过话了一样，干涩沙哑，听着刺耳。

“不客气。”宋晴岚的语气和以往没什么分别，眉毛微扬，“再不给你取点暖，你就要冻死了。”

他停顿了一下，又说：“毯子是有点脏，你别介意。”

季雨时脸上露出迷茫的神色，宋晴岚怎么知道他有洁癖？

宋晴岚嘴角弯了弯，心里却在想，季雨时这个人的洁癖是不是太严重了？刚才明明困得都睁不开眼睛了，还不想盖这条毯子，竟然在睡梦中闭着眼睛都叹了口气。那口气叹的，简直是在和自己妥协啊，看得出他是真情实感地嫌弃这条毯子。

略过这个话题，季雨时有很多疑惑：“我们在哪里？你又是什么时候来的？”

他还记得拖他回来的大胡子，还有那座垃圾山，以及开在废墟里的透明荧光花朵。

宋晴岚回答：“我也不知道是在哪里。”

说起这个，宋晴岚懒散的神色渐渐变得有些严肃，然后，他把他知道的事娓娓道来：“我只记得我们进了胶囊舱，中途好像失去了意识，等我醒来就已经到了这里。”

不知道哪里出了错，宋晴岚醒来时，人也躺在那座巨大的垃圾山里。

“可能是跃迁过程中舱体突然破裂，使得温度急速下降，人体表面急速结霜造成的感官刺激过大。”宋晴岚顿了顿，继续道，“我到这里的时候情况和你差不多，不能动弹，在垃圾场躺了很久，然后硬生生被一个大个子拖了回来——就是拖你回来那个。”

他又说：“醒来以后，我就一直被那个大个子关在这个小房间里。经过一段时间的观察，我发现这里好像是不分昼夜的，也没看到过太阳。那个人搜走了我身上所有的东西，没有通信器，我也就不知道到底被关了多久。硬要估计的话，我来这里至少已经有五六天了。”

季雨时皱起好看的眉毛，问：“有那么久了？”

宋晴岚点点头：“的确有很久了，这还只是我的保守估计，说不定时间更长。”

难怪宋晴岚会是这副模样，可是对季雨时来说，时间的概念短得只能用小时记。时间在他们两个人身上仿佛出现了误差，但并未造成误差结果。

他们来到了同一个时间点，只不过先后顺序不同。

季雨时又问：“其他人呢？”

宋晴岚说：“除了那个红头发的大个子，这里没有其他人，我也没有看见我们的队友。”

没有其他人？季雨时想，那队友们是不是也出现了时间上的误差，会不会比他们更晚来到这里？

见他默默思考，宋晴岚也和他想到了一处去，说：“我一度以为只有我的跃迁出现了偏差，我要在这里和大胡子白头到老了。还好，他把你捡了回来，看来七队其他人也很可能会来这里。”

在时空的长河里被分流出去，不知年月，不知地点，独身一人被关在陌生的房间里，不见天日，这世上甚至不会有人知道自己的行踪，换作普通人恐怕早已经心理崩溃。但是，季雨时从宋晴岚的语气中，从宋晴岚的表情里，都没看出半分脆弱与担惊受怕的痕迹。

宋晴岚不知道是不是在开玩笑，又说：“我还得谢谢他把你捡回来，这么一来就算我们回不去，我也不至于无聊得闷死。”

季雨时淡淡道：“难怪你怕我冻死了。”

“那是，至少有人能和我说说话。”宋晴岚嘴角带了点笑意，“你不知道，大个子和我们语言不通，全靠我厚着脸皮大喊大叫，想尽办法才让他看懂了我的意思。他赏了这么一条毯子，我就把你裹了起来。”

季雨时心想，原来毯子是这么来的。

宋晴岚看出点什么，揶揄道：“是不是暖和多了？”

“是的，谢谢你。”季雨时已经放弃挣扎了，他睡过以后浑身都软绵绵的，破罐子破摔，毯子再脏也不想动了。

两米外的气阀门忽然被敲响了，气阀门上的玻璃后出现了一团红胡子，然后胡子往下移了移，露出酒糟鼻与蓝眼睛，是那个把他们捡回来的大胡子。

大胡子看到季雨时醒了，很快打开了气阀门下面的一个长方形小格子，蓝眼睛透过小格子朝他们看来，嘴里又“叽里咕噜”说了一大串话，听上去像是疑问句。

宋晴岚好像都快习惯了，冷冷地看着气阀门。季雨时也不明白这到底是什么意思，他也听不懂。

大胡子自顾自地说了一两分钟，换了好几种语气、好几种不同的发音，仿佛耐心耗尽，突然“嘭”的一声，他很生气地砸了气阀门一拳，然后通过小格子扔了一个东西进来。

罐头骨碌碌滚在地上，小格子被关上，大胡子气呼呼地走了。

季雨时疑惑，有种被当作宠物对待的感觉，问："他在给我们投食？"

"他大概还想和我们交流。"宋晴岚道，"每隔一段时间他就会来一次，前几次对我也是这样说个不停，后来可能知道我听不懂，就只扔吃的。这回你来了，他又说上了。"

宋晴岚站起来，走到门前捡起那罐头。商标是英文，来处不敢细想，反正看起来是午餐肉就对了。

总体来说这一顿还不错，就是那大胡子估计数学没学好，现在要投喂两个人，竟也只给了一罐吃的。

长久的睡眠以后没有进食，季雨时肚子有些饿，不得不拖着酸软的身体坐起来，和宋晴岚分食了这一个罐头。

"还是前段时间在中转站好，想吃什么都有。"宋晴岚吃得很少，可能是对这罐头的味道有些不满意，最后干脆把剩下的罐头都让给了季雨时，"我们得想办法出去，不能一直被关在这里。"

"你有什么建议？"季雨时垂着头进食，就算饿得狠了，他的吃相也很斯文。

宋晴岚看着他说："不着急，我们现在有两个人了，等你吃完再说。"

28.

季雨时吃完罐头，体力恢复了不少。

吃完后，他第一件事就是先去小房间里附带的卫生间漱口。

说实话，如果不是实在没有选择的话，他不会吃罐头类食物，他是个挑食的人。但宋晴岚比他更挑剔，在两人中总有人得保持好体力的情况下，他还是强迫自己吃完了。

漱完口，那个比他更挑剔的宋晴岚已经站在了气阀门旁边，问他："季顾问，这些字你以前见过吗？"

这个小房间收拾得很干净，桌面上、柜子里都空无一物，为了防止他们逃走，大胡子什么工具也没有留下。

气阀门是内外都可以开关的款式，通过密码触控面板解锁开门。

宋晴岚来的这些天，已经尝试过多次输入密码，皆无果。

季雨时走过去辨认。

他没见过这些字体，同样是采用键盘模式的密码触控面板，却没有数字键。每一个应该是数字键的键面上都写着奇形怪状的符号，并且各有不同，看起来应该是代表各个数字。如果将其与阿拉伯数字 1-9 来对应的话，剩余的键便是解锁键、锁定键等。

宋晴岚说："这几天闲着没事，我把它们当成阿拉伯数字，试过很多种排列组合。但是，一来不知道密码到底是多少位，二来它们的含义不一定和我们想的一样，一直打不开。"

一通瞎按，差不多是在做无用功。智商再高的人，也无法从天书一样的符号中破解该密码。

这种时候，两人便都很想念身上老是背着各种高科技配件的段文了，要是段文在，或许还能使用设备直接强行破译密码。

"可能是那个大胡子的语言。"季雨时说。

"大胡子？"宋晴岚反应过来，然后说，"你是说那个大个子？他就像个野人，要是再关下去，我也快和他差不多了。"

宋晴岚的胡楂青青的一层，生长速度确实挺快的，要是过上个一年半载，怕是真的可以和大胡子媲美。

男人的生理构造与雄性激素决定了毛发的生长，宋晴岚本不以为意。可是两人并排站在门口时，从他的角度俯视，恰巧能看见季雨时光洁的下巴和脸上细腻的皮肤……他心道，季雨时怕是不长胡子的类型。

宋晴岚接着说："这个大胡子的语言和发音我从来没听过。季顾问，你有没有一点相关的印象？"

季雨时摇头："没有。"

星元时代，科技高速发展，人的一生中可能会接触到全世界各种形形色色的知识和信息，有的被人注意到，有的则在无意间忽略了。

可是季雨时说过，只要是他曾经看过的、听过的、感受过的，他都不可能忘记，因为他没有遗忘的能力。

所以，宋晴岚才这样问。

"根据星元一四二〇年的地球语言图谱，目前我们全球范围内大概存在七千种语言，有很多都是濒危语系。"季雨时边回忆大胡子说过的那些听不懂的话边说，“所以，如果我没有听过的话，其实很正常。”

说着，他疑惑道：“但是，能制造出太空舱，说明那个时空的科技发展必定在一个大环境趋势中，不可能独立自成。阿拉伯数字已经普及很多年了，他们为什么要用这种并不通用的方式？”

这也是宋晴岚不解的地方。

通过气阀门上的玻璃窗，季雨时能看见外面是一条长长的走道。

和他们待的这个小房间一样，走道里也是白色的墙壁与地板，光线明亮。

走道很是安静，在尽头转了一个弯，通往了别的方向。

地面上的痕迹引起了季雨时的注意，斑驳的摩擦印从转弯处一直延伸到他们这个小房间前，像是拖拽痕迹。

季雨时问：“他是用铁链把我拖进来的？”

季雨时问是问得平静，但鉴于他超强的记仇能力，恐怕已经在心里给大胡子打了一个红叉。

宋晴岚应了声，也看了看外面，安慰他：“我看大胡子拖人回来应该不止一两次，这些痕迹不是拖一两次能形成的，也不知道都是哪些倒霉蛋。”

那是不是说明，在他们来之前还有别人也来过这里？如果有人来过，那些人又去哪里了？

季雨时若有所思。

两人回到休息台前，突然，一声惊天动地的巨响传来。

仿佛凭空响了一个炸雷，又像是重物从天空坠落，响声震得这太空舱都开始颤动。

墙壁上的圆形小窗外，天空亮了一瞬，很快又沉了下来。

宋晴岚看着外面，说：“又来了。”

季雨时问：“什么又来了？”

“这种响声经常出现，但没有规律。”宋晴岚对这响声也习惯了，他把自己的猜想告诉季雨时，“虽然我暂时搞不清楚这是哪里，但每次这种响声出现后不久，大胡子都会推着推车出去，然后拉一堆东西回来。你看。”

季雨时靠过去，两人一起看向圆形小窗外。

过了一会儿，大胡子果然推着小车出现了。

地面是僵硬的冻土，气温很低。大胡子喘气时呼出了白雾，他裹紧身上看不出颜色的一件棉衣，佝偻着前进。

大胡子有两米多高，身材魁梧，天空在他背后低得似乎触手可及。

他推着小车，行走在这个无法形容的世界，不知道为什么，从宋晴岚和季雨时的角度看过去，大胡子的身影显示出一种深刻的孤独。

只见他走了没多远，在路旁停了停。

那里开了一朵透明的荧光花，比垃圾山里开的都要大。大胡子把它摘了下来，卡在了车把上，然后继续前进。

很快，大胡子推着车的身影就消失在了看不清的虚无里。

“垃圾山……”季雨时喃喃自语，然后回头，“他推着车，是要去那座垃圾山？”

窗外，各色极光从天空呈波浪形划过。蓝绿色的、紫色的极光闪过季雨时清透的瞳孔，将他的脸照亮，连睫毛都能数得清清楚楚。

宋晴岚收回视线，说：“是，可能是又要去捡东西了，我们都是被他从那里捡回来的。”

短暂的安静后，没有停止思考的季雨时开口道：“宋队，可能是磁场。”

他很聪明，脑子转得很快，继续说：“那些堆积成山的金属设备，还有那些罐头，很有可能都是被某种特殊磁场吸到了这里，我们的胶囊舱也是同理。每次那种响声出现的时候，就代表有外来物被吸到了这里。”

“你说得没错。”宋晴岚表示赞同，然后说出这些天来自己产生的一个猜测，“我怀疑，这座太空舱还有那个大胡子，都是被这种神秘磁场吸到这里来的。”

竟然能吸走处于跃迁过程中的胶囊舱，这里到底是个什么地方？两人一时都找不到答案。

“我们得出去。”宋晴岚说，“所以等他下一次再过来的时候，我们得抓住机会。”

大胡子很高兴。他这次收获颇丰，不仅捡到了一口崭新的锅，一整盒的画册，还捡到了几箱拉罐啤酒。

推着满满一车物品，他回到太空舱里，难得哼起了小调，然后一边看新画册一边喝光了一箱啤酒。

宿醉后醒来，大胡子有些头疼，很久以后才想起来小房间里还关着两个穿越者。

他还不想把这些穿越者饿死，于是他挑挑拣拣，看到了上次和那个漂亮的穿越者一起捡到的午餐肉罐头，便又拿了一罐，准备扔到小房间里去投喂。

可是，他刚打开小格子，就看见那个高的穿越者坐在门口，冷冷地看着他。

这个高的穿越者已经来了好些时间了，刚捡到他的时候，大胡子就觉得他身上透着一股危险气息。

这个穿越者硬邦邦的肌肉、利落的身体线条，还有眼神中的果决，都表明了他不是一个好惹的对象。所以，即便是趁这个穿越者在虚弱状态下就把他关了起来，大胡子也觉得他是一头残暴的狮子，只要逮到机会，随时都会反扑。

因此，前段时间大胡子每天只给他投食一次，并且都只给他不太美味的素食品，分量也少得可怜。

大胡子想让这个穿越者一直保持虚弱状态，可是过了好几天了，这个穿越者也没有被饿老实，现在还敢盯着他呢。

大胡子气呼呼地骂了一通，然后将手上的午餐肉罐头从小格子里扔了进去。

高的穿越者突然站起来，大胡子警觉，却看见他用手指了指旁边。

地上笔直地躺着一个人，一动不动，毯子从头盖到了头脚，只有死人才这么盖。

大胡子的蓝眼睛瞪圆了。

那个高的穿越者面无表情，捡起午餐肉罐头，“嘭”的一声把它拉开，然后独享起来——为了吃的，高的穿越者可能已经把跟他穿着一样衣服的同伴杀掉了。

大胡子太生气了，使劲砸了一下气阀门，然后转头就走。

他沉重的身躯在走道里跌跌撞撞，脚步声沉闷而急促，带着无法言说的怒气。

大胡子回到自己常待的地方转了一圈，目光落在捡来的那把枪上。

通体漆黑的枪身隐隐散发着冷酷的光，能量弹匣也还是满的，是把高级货。

大胡子操起枪，快速往小房间走，然后输入密码，打开气阀门。

高的那个穿越者手里还拿着罐头，坐在一边神情冷漠地看着他。

大胡子手里有枪，但是他最讨厌处理尸体，也讨厌处理血迹。

他“叽里咕噜”骂了一通，打算马上把这个穿越者押出去毙了，可是地上躺着的尸体让他烦躁不堪。

他边骂边蹲下身，掀开那毯子想要看一看，顺便把尸体拖出去，谁料毯子下面的人突然睁开了眼睛。

季雨时那双漆黑的眸子十分沉静，就那样一眨不眨地看着大胡子，仿佛对他的行为有所预料。

大胡子脸色一变，知道上了当，可刹那间季雨时已一把抓住他的手腕翻身而起，极为利落地翻上了大胡子的背部要擒他！

大胡子的反应虽不算快，但是力气极大。

他猛地一甩后背，季雨时只觉得怪力袭来，整个人被甩开砸在了墙壁上。

“安发拉哈根和！”大胡子怒吼一声，手持神眠扣动扳机，打算一枪把这个狡诈的穿越者轰死。

后背剧痛，季雨时被摔得晕头转向，疼得眼泛泪光。

面对枪口，他竟躲也不躲，还提醒：“你选错武器了。”

大胡子可听不懂，他大骂着扣下扳机，然后脸上露出错愕的神色，这枪竟毫无反应！

说时迟那时快，大胡子背后疾风闪过，是宋晴岚！

大胡子反手就把神眠往后挥，宋晴岚弯腰躲过，下一秒已经出现在大胡子面前。

这彻底激怒了大胡子，他大吼着，疯狂地把枪抡过去，宋晴岚却猛地一记重拳迎面而来，打得大胡子眼冒金星。神眠掉落，大胡子用手捂着鼻子趔趄。

紧接着，宋晴岚从后方用手臂死死地勾住了他的脖子！

宋晴岚手臂如铁钳，大胡子被勒得直翻白眼。他剧烈挣扎，整个人不断后退，将宋晴岚狠狠地撞上了后方墙壁！

“宋队！”季雨时爬起来。

大胡子比宋晴岚还要高上十几厘米，体型如同一头彪悍的熊，什么格斗技巧在他的重量级体型前都不堪一击，宋晴岚被反复撞在墙上，一下！两下！

宋晴岚咬着牙，完全没有要松手的意思，甚至没发出一点声音。

墙壁被撞得轰然作响，大胡子空有一身蛮力，竟硬生生被宋晴岚制住，动弹不得，转眼间跪倒在地。

在这种绝对力量的压制下，换作旁人，恐怕已经被宋晴岚勒死了，但大胡子还死死地抠着宋晴岚的手臂，没有放弃！这简直是一个大型野兽搏斗现场，比的是谁的耐力更持久。

“嘭”的一声，大胡子骤然放手，一下子倒了。

是站起来的季雨时，他冷着脸，用神眠的枪托毫不手软地将大胡子敲晕了。

“呼……差点被撞死。”宋晴岚骤然放松，将人扔在地上，已经疼出一头细汗，“这人去玩相扑摔跤，保证一比一个冠军。”

这大胡子，确定不是什么棕熊变的？

季雨时把神眠扔给宋晴岚，急促地喘着气，道：“我们走。”

现在不是吐槽的时候。季雨时伸出手，宋晴岚一把握住，借力站起来。

两人匆匆出了小房间，顺手关上气阀门，把大胡子关了起来。

他们走过那条痕迹斑驳的过道，再转了个弯，眼前便出现了一个宽敞的控制室。

之前两人分析的没错，这里确实是一个太空舱，但设备、布局都与他们认知里的模样有所不同，分辨不出来是什么年代的。

控制室被各种物品堆得满满当当，破铜烂铁、食物、酒水，它们占据了大半个控制室的位置，加上沙发、古早年间就已经淘汰的电视机、破旧的书籍，甚至还有一台桌式足球设备，这里就像个有人居住多年的起居室。

走出控制室，又绕过好些走道，经过许多扇气阀门，太空舱的出口才出现在他们面前。

一打开门，舱外的寒风就扑面而来，像刀子一样往人的脸上割。

宋晴岚“啪”地关上门，然后打开太空舱旁边的储物区，找到存放在这里的防护服。

这些防护服看起来都脏兮兮的，或许也并不如何保暖，但宋晴岚还是扯了两件下来。

看到季雨时犹疑不定的目光，宋晴岚好笑道：“别嫌弃了，在这里也没法给你买新的，我代表组织上保证，回去以后你想买几件买几件！”

季雨时无话可说。

宋晴岚不由分说地把一件不那么脏的防护服往这人身上一盖，然后自己披上另一件，说：“快走！”

两人打开气阀门走了出去。

第一次踩上这里的土地，迈出腿以后只觉得分外沉重。

季雨时猜测是因为那种磁场，这里的重力或许与他们的世界也有所不同。

气温比想象中还要低，两人走了好长时间，才走出一两百米。这里的能见度也很低，回头看去，身后那个白色太空舱已经成了一道静静蛰伏的虚影。

天空的极光一次次闪过，似乎永不停歇。除了他们的脚步声与呼吸声，这里再没有其他声响，更没有见到其他任何一个人，或者任何动物。等连身后的太空舱都看不见了，他们就几乎失去了方向。

因为四周的景物都是一样的，没有任何参照物。

好在地上还有大胡子推过车留下的车轮印，这至少代表他们在往垃圾山的方向走，那是他们来的地方。

大概又行走了半个小时，季雨时快要迈不动腿的时候，他们才终于看见了那座高高的垃圾山。

垃圾山满山都长着开荧光小花朵的藤蔓，星星点点的荧光照亮着这里，让它们成了废墟中的美丽点缀。但是，这里并没有任何路。

“继续前进。”宋晴岚做了决定，又问，“你要不要歇一歇？”

低温下，说话时带出的白雾让季雨时的脸有些迷蒙，他喘着气，摇摇头说：“不用。”

季雨时是个很要强的人，但也从来不介意主动示弱，如果真的到了不能坚持的时候，他一定会说出来。宋晴岚已经明白了这一点，便没再提，只是再次前进时稍微放缓了步伐。

他没想过，他和季雨时有一天会有这样的境遇。

出发前他以为不会与他有什么关联的一个人，因为这些那些匪夷所思的变故，竟让他们多次在异世界生死相依，不得不说是一种奇妙的缘分。

“你看！”季雨时忽然喊道。

两人一同抬头，奇幻如梦境的一幕出现了。

天空中出现了一个巨大的银白色球体，球体表面能清晰地看见大大小小的环形山，甚至陨石坑。它突然出现，仿佛在距离他们很近很近的位置，大得几乎将他们所在的地方全然覆盖。

这是一个类似月亮的星球虚影，仅仅十几秒的时间，这个星球虚影就如同那些极光一样，消失了。

这里的一切都无法用常理解释，这一幕太过震撼，两人久久没有说话。

“我们走吧。”季雨时恢复了镇定，眼中光彩还在。

他们低下头，继续前进。

两人花了很长的时间，磕磕绊绊，终于走出了巨大的垃圾山。

抬头望去，前方也是一片雾蒙蒙的，看不真切，甚至比来时的路更黑了。

宋晴岚扛着神眠，将枪的另一头递了过去，说：“拉着枪，我们不能走散了。”

季雨时依言拉住了枪，然后说：“等一下。”

季雨时弯下腰，学着大胡子的样子，从脚边摘了两朵荧光花。

这些花朵长得很漂亮，花瓣透明发光，能看到花瓣下的脉络，只要拿在手中便能照亮彼此的脸。

宋晴岚立刻懂了，这样算是照明。他接过来一朵，随便插进了防护服的口袋里。

他们以枪为绳，一人握住一头，连接着彼此，确保不会走散。

然后，他们一起步入了前方的虚无。

29.

前方越来越黑，两人又走了一段路，就连路边零散的垃圾零件、开着荧光花的藤蔓也看不到了。两人行走在昏暗里，只能通过两手之间的神眠与方才摘下的花朵上那浅浅的荧光来感受对方的存在。

在这种仿佛没有尽头的昏暗里，实在容易令人产生“我是不是还活着”的疑惑。四面八方都没有标志物，更没有其他活物的踪迹，仿佛这世界只剩下了他们两个人。

走了大约一个小时，他们前一秒还身处黑暗中，后一秒迈开腿，落地时眼前却豁然开朗。

就这一步，他们竟然瞬间跨入了另一方天地。明亮的光线刺激得两人伸手挡住眼睛，等适应了这种亮度，两人看清眼前的景象，皆是一怔。

他们竟然一脚迈入了一片热带雨林，青草、水洼以及泥土的气息扑面而来，猝不及防地灌进了他们的肺腑，清新扑鼻。

茂密的植被充满了整个视野，高达几十米的树木长在湖中，根系错综盘旋，如同一张巨大的脉络网，从水面便能看得一清二楚。

水中没有游鱼，也没有任何微生物的痕迹，清澈得不可思议。

状似芭蕉的植物点缀其中，厚实的叶片十分湿润，那绿意仿佛快要滴下来。

水草长满湖中央、岸边，树木间粗大的藤蔓缠绕，随处可见各色花朵。

可更令人说不出话的是，若是顺着那些树木抬头，就会发现它们高得没有尽头，因为头顶的世界如同倒影，将地面的景象完美复刻了。

这里没有天空，他们头顶是一片倒垂着的、与地面一模一样的雨林，同样绿意盎然，同样植被繁茂。

季雨时怀疑这其实是某种幻觉。

他们又走了一段路，季雨时伸出手去，真真实实地触摸到了植物的叶片，触觉微凉，他皱起眉，道："这都是真的。"

这里的温度、湿度都很高，两人已经脱去防护服并收了起来。

宋晴岚对环境的敏锐度远超常人，在这里却没有察觉到危险信号。

他站在一片叫不出名字的紫白色花朵后，黑色作战服完美贴合他的身体线条，因为个高腿长，他就像是在拍某种大片的模特。

他皱眉道："季顾问，你有没有注意到，这里太安静了。"

没有雨林的喧嚣，没有动物的叫声，没有水流与风声。除了生机勃勃的植物，这里仿佛连一只飞蛾都没有。

"是很奇怪。"季雨时点点头，又看了看远处，问，"宋队，我们还要继续往前走吗？"

不往前走就只能倒回去了，来的方向是什么情况，两人都很清楚。

"如果想搞清楚这里是怎么回事的话，我觉得只能往前走。"宋晴岚手持神眠，问，"你怎么看？"

"我也这么想。"季雨时松开手中的叶片。

宋晴岚提醒："但是如果继续走下去，可能会遇到危险。我们只有两个人。"

季雨时说："那就只能倒回去与大胡子为伴了。"

宋晴岚弯了弯嘴角，用枪拨开面前挡路的植物，说："行，那我们继续走。"

季雨时身上没有武器，这里又一切都未可知。所以，这次宋晴岚很自然地走在了前方开路，季雨时也没有异议。

这雨林闷热潮湿，仿佛刚刚下过雨，树梢与草面都还挂着水滴。不过才走了几分钟，两人的头发和身上就都打湿了。

季雨时肤色冷白，水滴顺着他的发梢往脸上、脖子里滑落，在一片绿意的衬托下，他的眉眼都显得格外生动。

宋晴岚却总觉得这样下去季雨时又要生病了。

走到一株密集的圆叶植物下，宋晴岚仗着个子高，轻而易举就折下来一片水盆大小的树叶，说："拿去，挡一挡。"

季雨时接过来，打伞似的拿着，说了声"谢谢"。

能挡一下何乐而不为，他调侃宋晴岚："宋队这么体贴，我差点以为我是个女的了。"

宋晴岚两手要拿枪，还要负责开路，实在没空给自己"打伞"，随口回道："我可没这么说。"

他们走入了雨林深处，这里的树木长得更为巨大，很多树干得要四五人才能环抱住，因此树木间的间隙也大了起来。

这些树木身上长了不少寄生植物，它们挂着的果实像火龙果一样饱满诱人，却没人敢贸然尝试。

越往深处走，雨林中的植物便越为庞大，远远超出了正常范围内的认知。

他们经过了一片巨大的真菌群，浅蓝色的、红色的、白色的、黄色的各种巨大的蘑菇，像一间间小房子一样长在雨林里。

季雨时站在一朵蘑菇的伞盖下，边观察边说："这些蘑菇应该都不是一个品种。我见过最大的蘑菇是伞盖直径约五十厘米的牛肝菌，或者菌系在底下蔓延可达两千英亩的奥氏蜜环菌。真菌沿着树根生长，会不断分泌消化酶腐蚀树根，可是这里这么多蘑菇都长到这种程度，却没有影响树木生长……"

"没想到你连蘑菇都懂。"宋晴岚问，"季顾问，你还有没有不知道的事？"

漫长的路途太过无聊，两人继续往前走。

季雨时说："其实我只是在博物馆看过资料。"

宋晴岚又问："还有专门为蘑菇建的博物馆？"

"只是其中一个科普展览项目。"季雨时道，"当时我才五岁，觉得那些都很有意思。"

有超忆症的人，很少会觉得某件记下来的事情很有趣。这是这么久以来，宋晴岚第一次从季雨时口中听到轻松的记忆。

宋晴岚转头问："从那么小开始，你就已经能记得所有的事了？"

"不是，这种病并不是天生的。"季雨时告诉他，"我是很久以后，偶然有一天，突然发现自己能想起所有发生过的事，包括我所有有过的经历，还有所有的细节，我都能记得一清二楚，然后就再也忘不掉了。"

不是天生的？宋晴岚猜那中间一定发生过什么事。

季雨时说到这里便没有再说下去，两人也没熟悉到谈心的程度，这个话题就这样结束了。

他们走过巨大的真菌群，然后再经过了一条小溪，在溪边，他们终于有了一点发现。

这里扔着一些工具、包裹，溪边还有一只生锈的水壶，看起来曾经有人在这里停留过。

季雨时打开那些包裹查看，发现里面也是一些生活用品，包括霉变腐坏的电池、进水失灵的通信器等，都不可以使用了。

他还在包裹里找到了一个指南针，在他们的年代，这些东西看款式都属于十几年前的用品，但这个指南针保存得还不错，表盘里的N/S英文字母都还清晰可辨，可惜指针乱转，完全派不上用场。

"季顾问。"宋晴岚也发现了什么，站在一丛灌木后，神色不太妙。

季雨时将指南针收起来，绕到灌木后一看，也沉下了神情。

灌木丛后有三具尸体，倒在一起，被大雨时从溪边冲上岸的泥土掩盖了大半具身躯。这些人看上去已经死了很久，除了头发还在，身体已经白骨化了。

让两人感到不适的是，这些尸体身上的衣服基本还算完好——阻燃阻潮的高强度高分子材料做成的衣服，颜色、款式、左胸数字标识的位置，都与他们身上的黑色作战服一模一样。

宋晴岚蹲下身，用手拨开一具尸体身上的泥土，那个守护者胸口的数字便显现出来了，是"12"。

这三具尸体都是来自天穹的守护者。

"十五年前，天穹有一支编号12的守护者小队接受了一个S级任务。"宋晴岚道，“但是从他们出发后第一百八十秒开始，他们一行八人就都失联了。此后好几年里，指挥中心都没有再收到过他们的消息，天穹系统多次在各个时空排查，也没找到他们的踪迹。”

季雨时说：“这就是他们？”

“应该是。”宋晴岚眉头拧起，“我刚进入守护者队伍的时候听过这个案例，按照专家们的分析，他们是迷失在某个时空里，躲了起来。”

不管是守护者还是记录者，对人员选拔的要求都非常高。不仅要求他们有足够的能力，还要求他们有足够坚强、坚定的心理防线。人类终究是有弱点的，试想，回到过去的人相当于有了预知的能力，而前往未来的人则可能拥有全新的生活……

自天穹成立以来，因为各种人性私欲，不是没发生过有人迷失在别的时空里而不愿回到本来时空的事。

这种时候，天穹就会派出另一支队伍出发纠错，他们被称为稽查者。一旦出发，他们就会彻底清扫那些逃兵，将人抓回本来的时空处决。

而十五年前的这支天穹十二队，就是唯一一支没有被稽查者抓住的队伍。

宋晴岚说：“所有人都认为他们是为了私欲做了时空的逃兵，没想到他们竟然在这里。”

时空的逃兵……季雨时盯着这三具尸体，不知道在想什么。

这件事在天穹内部是个机密，仅各队队长知晓，宋晴岚便又说：“你可能没听过这件事……嘶，我都替他们冤得慌。看来和我们想的一样，这里的确有个奇怪的磁场，会把跃迁途中的穿越者给吸过来。”

季雨时说：“如果我们回不去，也会被当成逃兵。”

宋晴岚不置可否。

季雨时说得没错，除了他们是被所谓的“天穹自我意识”劫持到中转站以外，他们现在的情况和天穹十二队何其相似。如果他们回不去，对于第三指挥中心来说，出发后就失联的天穹七队也是做了时空的逃兵。

但宋晴岚不是一个悲观的人，天穹七队也是这样，他们不会屈服于眼前的困境。

“死因是什么？”季雨时问，“能看出来吗？”

“骨骼上看不出外伤……”宋晴岚翻看着尸体，说，“衣服也没有破损，不像是因为外力死亡的。如果是因为饥饿的话，三个人也不会死在同一个地方，从姿势来看，可能是中毒。”

两人都想起了刚才看见过的类似火龙果的果实和那些大蘑菇。

将这些前辈掩埋了，两人便继续往前走。这一次，他们走了很久。

这雨林的时间仿佛是静止的，和他们来的地方一样，这里不分昼夜，让人很难感觉到时间的流逝。然而，人体的能量消耗并没有静止，很快他们就感觉到了饥饿与疲劳。

他们沿着小溪向前，进入了雨林更深处，又见到了巨大的蘑菇、粗壮的大树。

有了前车之鉴，在极度饥饿的情况下，他们途经那些色彩鲜艳的果实，还是忍住了内心强烈地想要试一试的欲望。

经过一片圆叶植物，季雨时停住了脚步，喊道：“宋队。”

那其中一株圆叶植物的根茎上赫然有个折断痕迹，奶白色液体自断口处滴落，这正是之前被宋晴岚折过的那一片叶子。

宋晴岚也认出来了：“这……我们在绕圈子？”

其实季雨时一路都在思考这个问题，他抿了抿嘴，还是说出了内心的想法：“我觉得应该没有。”

宋晴岚也觉得没有，他和季雨时的方向感都很好，不至于绕路走，但这太诡异了，简直和鬼打墙差不多。

思考两三秒，宋晴岚做了决定：“想知道有没有绕圈子很简单，我们得继续走。”

然后，与来时一样突然，他们在行走的过程中迈开步子，前一秒还身在雨林，下一秒就一脚踏进了虚无中，四周又变得昏暗了。

气温下降，两人身上来自雨林的湿意还在，即使披上了一路上都没舍得丢弃的防护服，他们也没暖和起来，只好就这样硬着头皮继续前进。

季雨时冻得牙关打战，这次没了荧光花照明，他只得在这种寒冷中握紧神眠的一头，努力加快自己的步伐。

宋晴岚回头看了他几次，却什么也没有说。

天上极光闪现，一片安静中，他们齐齐顿住了脚步。出现在他们面前的又是一座垃圾山，不，这就是他们走过的那座垃圾山。

再前进，在手脚都要冻僵的时候，他们看见了那个眼熟的太空舱。

宋晴岚推门，两人走了进去。

大胡子正坐在小沙发上，用毛巾捂着被宋晴岚揍过的还在血流的鼻子。

看见他们两个进来，大胡子气得立刻从沙发上弹了起来，吼道："安发拉哈根和！"

宋晴岚冷笑一声，抬起神眠对着大胡子，学着对方的发音说了一句："安发拉哈根和。"

他是搞不懂这是什么意思，但他知道这肯定不是什么好话。

大胡子愣住，不知道是因为宋晴岚说了这句话，还是因为惧怕枪口，两米多的傻大个当场表演起了发呆。

季雨时冷得嘴唇都发白了，太空舱里暖和很多，他脱下身上的防护服，然后走到大胡子收集的那一堆杂物前。

大胡子回过神来，生怕季雨时拿走他的东西，急得乱叫。

季雨时却拿起了一个铁质复古闹钟，然后说："宋队，距离我们出太空舱，只过了不到两个小时。"

30.

不到两个小时？就算因为环境过于艰苦拉长了人体对时间的感知，他们在那个雨林里也不该才待了两个小时。

季雨时说："我们离开这里的时候我看过钟表，距离现在的确不到两个小时。"他很快想到了这里的怪异磁场和那个指针乱跳的指南针，补充道，"会不会是钟表的走速有问题？"

宋晴岚侧对着他，鼻梁高挺，嘴唇削薄，神眠还对着大胡子没有放下，开口道："应该不会，我出拳虽然没留力气，但他的鼻子不至于挨揍一两天后还在流血。"

可能是明白了两人正在讨论时间的问题，大胡子"叽里咕噜"又说了一通，看上去有点急，可惜没人听得懂他说的话。

去过怪事一箩筐的PU-31，体验过锚点，宋晴岚与季雨时对时间的感知已经跳脱了常理，遇到这种情况，他们并没有十分慌张。

季雨时放下那个闹钟，道："我有个想法。"他大胆假设，"很有可能这里的时间与雨林的时间流速不一样。如果是这样的话……那么我们被吸入这里就不是偶然，而是和任务有关。"

他们这次解锁的新任务，任务目标是——时间修复者。

在天穹的时空中转站，小队已经针对任务目标讨论过，也与天穹语音系统进行过交互。但即便所谓的天穹自我意识觉醒，它也终究只是个系统，自有一套思维方式，能给的信息有限，因此众人并未得到更多有用的信息。

宋晴岚注意到季雨时脸色不佳，浑身也湿漉漉的，便说："一会儿再来分析，季顾问，我们现在可是翻身做主了。"

面对暴躁得像熊一样的大胡子，宋晴岚微微弯起了嘴角，明知道大胡子听不懂，他还是故意把意思表达得很明显："我们可以先洗个热水澡，把衣服弄得干净暖和，再慢慢地吃光这个大胡子的存货，舒舒服服地来讨论怎么从这里出去。"

大胡子瞪着蓝眼睛警觉道："咕噜卡嘎唧唧发拉和？"

宋晴岚动了动枪口，要大胡子移动。

大胡子吹胡子："拉乌卡古达！"

宋晴岚不理他："我确定你懂我意思。"

天穹七队这位向来就不怎么守规矩的队长，就这样匪气十足地把大胡子用枪押到角落里。然后他找来了铁链，像大胡子拖他们的时候一样，把大胡子捆起来拴在了管道上。

大胡子气得快晕过去，差点没把铁链扯断了！

宋晴岚的安排没错，他们现在的确需要进食和休整。

太空舱的构造比胶囊舱大几十上百倍，自带维生系统，季雨时走过几条走廊，又穿过几扇气阀门，看到了一扇紧闭的外舱门。

那扇外舱门似乎很久没有被开启过了。

季雨时走到浴室，将湿漉漉的黑色作战服脱下，放进了热风清洁机清洗。

然后，他站在花洒下面，用热水将自己从头到脚冲洗。

热气蒸腾在玻璃上，热水带走了从雨林带出来的、让人极为不舒服的浓重湿气，带走了来自垃圾山的、脏毯子里的各种可疑细菌，流过身体每一处，直至脚踝。

洗过澡，季雨时草草擦干了自己，重新穿上已经清洗干净并烤干的黑色作战服。一出浴室门，他就看见宋晴岚靠着走道的墙壁，低头全神贯注地盯着手中那部小小的游戏机。

这是季雨时的游戏机，季雨时来到这里以后，游戏机就被大胡子连同通信器等物品都收走了，显然宋晴岚不知怎么要了回来。

上次在PU-31，宋晴岚虽说把游戏机给了季雨时，但是他们在大循环里也自身难保，因此说好的让季雨时“转移注意力”也没能做到。

宋晴岚身上寒意深重，耳垂后面甚至还有一片在雨林里黏上的细小草叶，看样子他是在等季雨时先洗完。

季雨时走过去，游戏中最后一个方块坠落，游戏界面恰巧出现了“Game Over”的字样。

这里只有一个浴室，隔间却有很多，季雨时问：“宋队，怎么不进去？”

要是换作小队其他人，宋晴岚当然不会在外面等，脱光衣服洗个澡而已，都是糙汉，谁比谁害羞。

“现在去。”宋晴岚没有回答季雨时的问题，只把游戏机还给他，“排行榜上的高分纪录都是你的？”

宋晴岚不敢相信那真的是人玩出来的分数。

季雨时接过游戏机，说：“有一些是我不在家的时候别人玩的。”

季旻越特别想超过他的分数，总是不见黄河不死心。

他不在的时候？那就是家里人或者朋友了，所以高智商的人都和高智商的人待在一起？

宋晴岚挑眉道：“那你们都很厉害。”

宋晴岚进了浴室，重新选了个隔间，把自己从头到脚好好洗了一遍。

这个过程中，他忽然想明白季雨时为什么不愿意留在天穹七队了，季雨时并不是还在记仇，很有可能是因为家人朋友。

江城与宁城虽然相隔不算太远，但还是有一个多小时车程，守护者的工作与训练都很繁忙，实在不利于通勤。

成为一个守护者，对季雨时的生活会有很大的影响。

如果季雨时还有对象，那么他不太愿意调来江城就更能理解了。

别说宋晴岚了，连队里三十出头的段文都还是只单身狗，也不能怪李纯撩妹撩到最后总是成了渣男。试想，另一半常常一出任务就长达一两个月不见人影，根本没有妹子受得了。

这次的任务更是超乎预料，他们是真的很倒霉。

俗话说，宁拆一座庙，不毁一段缘。宋晴岚想，他们回去以后要是季雨时确实不愿意留下，他还是不要勉强比较好。

等宋晴岚洗完澡出去，季雨时已经在吃罐头了。

令宋晴岚惊讶的是，大胡子已经被季雨时放了，这会儿正像座小山一样坐在季雨时对面，吹胡子瞪眼睛外加比画着说些什么。而季雨时盘腿坐在沙发上，嘴里咬着一次性勺子，平日无比清明的眸子里露出一丝迷茫。

“在干什么？”宋晴岚问。

听到他的声音，两人都抬起了头。

大胡子见他出来了，马上蹒跚着站起来，似乎想找个东西再次和他决斗。

而季雨时则稍微怔了下——宋晴岚已经把胡楂都刮干净了。

看了这么长时间的沧桑版宋晴岚，他把胡子一刮，那原本的英俊模样就干干净净地露了出来。

季雨时发现自己产生了一种几乎从未有过的错觉，他好像忘记对方原本也是个耀眼的人了。

宋晴岚的枪是随身带着的，大胡子刚找到一个平底锅，宋晴岚就抬起神眠，眯了眯眼睛。

大胡子猛地把锅扔了出去，暴躁地坐下，含糊地说了几句听不懂的话。

季雨时与大胡子中间摆着一本画册，还有一支笔。画册上画了些东西，还写了几个奇怪的符号，看上去像是大胡子的文字。

这两人是在交流？

宋晴岚便也盘腿坐下，把神眠放在腿上，看似随意地拿了一罐罐头，其实时刻提防着这傻大个抢枪。

季雨时吃的是个水果罐头，他吃得很慢，说：“大胡子有话想和我们说，应该是关于这里的事。”

宋晴岚拿过画册看了看。不得不说，大胡子的画技简直太糟糕了，画册上是一团难以辨别的可疑物体，旁边还写了一串鬼画符的符号。

见他们看自己画的东西，大胡子明确地指着那些符号发音，然后指了指自己，蓝眼睛眨了眨，又说了几个听不懂的单词。

当然，这种交流的对象主要是季雨时。

大胡子的发音晦涩难懂，也很难学，季雨时吞了一块甜得发腻的黄桃，然后重复了一遍。

大胡子激动得差点拍腿，猛点头，又连比带画地说了一大堆，季雨时又露出了那种迷茫的神色。

宋晴岚看得好笑，说："我来。"

难得季雨时也有搞不定的时候，宋晴岚拿起笔，粗暴地在画册上的空白处画了座垃圾山，然后寥寥几笔在垃圾山旁边勾勒出一个卡通版的太空舱。

季雨时有点惊讶："你画得不错。"

宋晴岚道："那是，本人曾经蝉联幼儿园简笔画三年冠军。"

季雨时说："看出来了。"

宋晴岚在垃圾山上用虚线画了个差不多的太空舱，再画了个箭头表示太空舱从垃圾山上移动过来，让大胡子看。

大胡子再次猛点头，勉强给了宋晴岚一点好脸色，指着自己讲了一堆。

季雨时问："他的意思是，他和这个太空舱也是被吸过来的？"

"差不多。"宋晴岚一边吃罐头，一边在垃圾山的后面涂了一团黑色，最后在那团黑色后面画了个雨林。

大胡子应该看懂了，点了点头，所以他肯定也去过那个雨林。

季雨时已经吃完了水果罐头，他从宋晴岚手中接过笔，在太空舱上画了一个钟表，又在雨林上方画了好几个钟表，这是在询问时间的不同步。

"咕拉卡。"大胡子用手在那个雨林图案上画了个叉。

"他叫我们不要去。"宋晴岚言简意赅地道，"说是死路。"

说完，宋晴岚随手拿过一个罐头，粗暴地打开，递给季雨时："季顾问，再吃一点。"

大胡子的存货还有许多，最近这几次他应该捡了不少。宋晴岚自己吃的是个鱼罐头，但他这么随手一拿，就拿了一罐和上次吃过的一样的午餐肉罐头递给季雨时，还已经打开了。

季雨时心想，所以宋晴岚到底是有多挑食，这是要先把不喜欢的消灭了？

宋晴岚说："情况不明不白，要是真的与任务有关，我们得尽量保持体力。"

季雨时只觉得他这辈子都不想吃罐头里的荤食了。

因为午餐肉难以下咽，他吃得很慢，又用笔在太空舱上添加了一扇外舱门。

那是刚才去浴室的时候他注意到的，他原本想询问一下从那个方向走有什么，谁料他刚一画完，盯着他们手中的罐头露出愤懑神色的大胡子就立马变了表情，非常激动地说了很多话。

"咕拉卡！咕拉卡！"

大胡子的样子很严肃，两人一下子就明白了，也是让他们不要去那里的意思。

"去吗？"季雨时问。

"不去看看不会知道那里有什么。"宋晴岚想了想，道，"但是这次我可以一个人去。"

"要去一起去。"季雨时道。

"行。"宋晴岚同意了，"能发现更多的线索最好。"

他们休息了片刻，大胡子在一旁生闷气。两人都看出来了，大胡子也不是非常想劝他们，毕竟他们太能吃了，大胡子的罐头堆都少了个冒出来的尖。

从大胡子捡回来的那一堆东西里，他们又找到了自己其他的随身物品，比如通信器、军刀、药盒等物品。

为了避免发生意外，他们还找到了一些大胡子捡回来的干净衣物，带上了手电筒和一些食物。

大胡子不太愿意给他们输密码，输完以后又开始"叽里咕噜"地疯狂输出，可能是在骂人。

那扇久未开启的外舱门打开了，与到达垃圾山前的那一段路程不一样，这里没有任何缓冲，外舱门一开，直接就是一片昏暗。

大胡子看起来傻，行为却算得上谨慎，怕他关上舱门他们回不来，宋晴岚指了指门，又指了指自己的枪。

确定大胡子听懂了，两人才打开手电筒走出了舱门。

一跨出舱门，昏暗便消失了，迎接他们的竟然是灿烂到刺眼的阳光。

天空蔚蓝，万里无云，他们站在一座繁华城市的十字路口。

红绿灯正在闪烁，刹那间，他们仿佛回到了现实世界。

安静整洁的柏油路面，路面车道分割线的漆面好像还是新的。宽阔的八车道十字路口一个人也没有，更没有一辆正在行驶或等候红绿灯的车辆。

与那雨林一样，这里也安静极了，没有任何属于城市的喧嚣与人声，这是一座空城。

两人关闭了手电筒，季雨时说："宋队，你看旁边那条路，路面的标志是反的。"

宋晴岚也发现了。

他们站在十字路口，能看见两条车道的停止线后都有英文"STOP"的标志，但左边那个字母是反过来的。不仅如此，道路两旁的所有景物都极为对称，停放着的车辆一模一样，商铺一模一样，抬头望去，整座城市的建筑都是左右对称的，呈镜像状。

这和雨林的情况太像了，难怪大胡子会是那种反应。

他们都明白这样走下去的结果是什么，那就是无论他们走多久，无论他们怎么以为自己能走出这座城市，最后都会回到原点。

"暂时不去了，在这种镜像环境里很容易迷路。"宋晴岚道，"我们先回去，再看看其他方向是否可行。"

"好。"季雨时也有此意。

为了方便此后做时间流速的对比，宋晴岚出发前就在通信器上设置了计时。

他抬起手腕看了看，说："从我们到达这里，不到三分钟，我们这次倒是放弃得很快。这叫什么？及时止损？"

宋晴岚的语气里有着无可奈何的自嘲，他们从来到这里开始就没怎么移动过脚步。

两人回头没走几步，眼前蓦地光线一暗，城市与阳光都消失了，他们果然瞬间回到了太空舱。

一进太空舱，就有震耳欲聋的音乐声传来。他们穿过走廊，一路上忍受着耳膜震动的痛苦，很快回到了控制室。

控制室里有两个人，正一人拿着一瓶啤酒，随着音乐摇头晃脑地蹦迪。一个是红光满面的大胡子，另一个则穿着熟悉的黑色作战服。

看这样子，时间可不止过了三分钟。

宋晴岚走过去“啪”的一下关了音响，太阳穴都在跳。

蹦迪的那两人动作与音乐一起静止，齐齐回头。

李纯石化两秒，然后哭唧唧地扑上来，喊道：“宋队！季顾问！”

“等等。”宋晴岚用食指戳着他的额头，眼神中满满都是嫌弃，“来多久了？”

李纯委屈地说：“都六天了！这回又是个什么鬼任务啊！”

31.

这一次的任务。

【任务模式：卡俄斯。】

【任务规则：无。】

【任务目标：时间修复者。】

被“拥有自我意识”的天穹劫持后，他们已经完成了一个被评为超S级的“衔尾蛇”任务，那种任务实在是让人身心俱疲。

因此，这一次出发前，宋晴岚从等待解锁的任务中选择了一个A级任务，能用来解锁更多关于他们什么时候能回去的提示就足够了。

原以为这个任务与“衔尾蛇”相比肯定很简单，毕竟A级与超S级不是一个量级，简单到系统甚至都没有给他们说明任务规则。谁知道这个该死的系统再一次把他们打了个措手不及。

季雨时基本上已经确定了，他们被吸入这个地方并不是偶然。

不管是上下镜像的雨林，还是左右镜像的城市，时间的流速都远超常理认知。与这些奇怪的现象相对应的便是他们的任务目标——时间修复者。

对季雨时和宋晴岚来说，他们离开这个太空舱不过才三分钟，但对李纯来说就不一样了。

按照李纯的说法，他是六天前到达这个地方的。和他们一样，他的胶囊舱也坠落在了垃圾山，迷迷糊糊中，他看到了一个鼻孔流血并塞着纸巾的大胡子。

大胡子观察了他身上穿着的制服，确认了他还活着以后，就慢吞吞地拿走了胶囊舱里的营养液，然后用一根铁链将他捆住，连同捡到的物资一同捡回了太空舱。

“我差点以为我要被他肢解烹饪了！”李纯说，“那时候我动不了，连遗书都想好了。你们想想，我多倒霉啊，出任务的半路上被个系统劫持了就算了，任务还做完一个又一个，又不加奖金！这也罢了，毕竟进天穹的时候我发过誓，要做一名大无畏的守护者。可我要是真的死在这个鸟不生蛋的地方，那真是死都不瞑目，上回那妹子还等着我去问她要联系方式呢！”

宋晴岚睨他一眼，淡淡道：“废话了半天，最后一句才是重点。”

李纯顿了下，说：“那只是附加重点。其实我也不是很怕死，在 PU-31 的时候多多少少也死了好多回吧，我就是害怕我一个人死在这里，连你们最后一面都见不到。”

李纯这个话痨一来，这太空舱里就有了些烟火气。异世界里冷清怪异的氛围被冲淡，连带着大胡子都没再操起平底锅要和宋晴岚一决高下了。

大胡子看到他们回来，“哇啦哇啦”对他们说了几句话，指了指李纯表示自己救了他，然后又“咕噜噜”喝完手中的啤酒，就地倒下呼呼大睡，令人想到一个词——心宽体胖。

在宋晴岚与季雨时走后的三分钟——也就是太空舱的六天里，李纯与大胡子已经进行了深刻的交流。地面上、墙壁上都贴满了两人交流后的作品，原本还算有趣的画册被画得面目全非。

季雨时听着宋晴岚与李纯的对话，然后顺着那些“交流作品”看过去，有些能看明白，有些看不明白。

“其他人呢？”宋晴岚问。

“不知道。”队长一回来，李纯也不敢继续放纵了，老实道，“通信器在这里用不了，我也不知道文哥他们去哪儿了，说不定也还在来这里的路上。”

和季雨时一样，李纯也是从进入胶囊舱准备跃迁的那一刻坠落到这里的，对他来说与队友们分开也不过一会儿工夫。

看来，不仅那雨林、城市的镜像世界有时间流速的问题，这整个世界都与外界有时间差。

季雨时对着墙上的一张纸问：“这是画的大胡子？”

那张纸上画了个太空舱，舱旁画了九个人，其中一个人特别高大。太空舱倒是按照宋晴岚的卡通版画的，那个高大的人丑得一看就出自大胡子的手笔。

“大胡子？”李纯接受了这个简单的称呼，点点头说，“对，这是他画的自己。他们来的时候应该是有九个人，现在只剩他一个人了。我看这制服还有太空舱，他们该不会和我们一样是穿越者吧？”

宋晴岚道：“有可能，他们也是被吸过来的。”

李纯想起了什么，走过去说：“季顾问，他在这里写了字，但是我看不懂，你能看懂吗？”

李纯找出来另外一张纸，这张纸上大胡子画得更详细一些，画里的人身上还穿了制服，制服上画了几个符号。这些像符号一样的东西就是大胡子写的文字，没人能看懂，李纯却问对人了。

季雨时一看到这些符号就立刻记起了小房间里的密码键盘，这画里的制服上的符号与那密码键盘上的一样。

季雨时说：“如果密码键盘上的符号是数字，那么我把这其中两个符号按照 1-9 的数字键盘位置来对应，应该是 18。”

宋晴岚明白了：“按照你的对应分析，用排除法的话，那前两个符号就肯定不是数字了。”

“应该不是。”季雨时看向那张画着太空舱的画，说，“不过既然它们出现在制服上，就算不是数字，肯定也代表了地区、项目等含义。搞清楚它们的意思，我们就能知道大胡子到底是从哪里来的。”

季雨时说到这里，顿了顿才接着说：“九个人……就只剩他一个人了？”

太空舱里几乎没有其他人生活过的痕迹，控制室里堆满了杂物，不是短时间内可以达到的壮观程度，必须是长时间的累积。而大胡子那乱糟糟的头发和长长的胡子，也说明他来到这里已经很久很久了。

所以，大胡子到底一个人在这里生活了多久？

小房间门口那些多次拖拽过后留下的铁链痕迹，也说明了大胡子拖回来的人不止一个。那么，那些人又去了哪里？为什么这个地方只有大胡子一个人？

宋晴岚边思考边说：“会不会像天穹十二队那样，那些人也进了雨林，或许还进了那座城市，或者别的什么地方。”

李纯好奇道：“天穹十二队？还有什么雨林城市？”

“一会儿再和你说这件事。”宋晴岚没有被他打断思绪，继续道，“季顾问，如果那些人真的进去了，那两个地方的时间流速都不同，他们要是在其中迷失的话，是不是很有可能回不来了？”

季雨时的头脑从来都很清晰，即便是“衔尾蛇”那样高难度的任务，他也能很快找到众人没有发现的盲点，此时也是一样。

“很简单，我们可以算一下。”季雨时说，“我们在雨林时没有佩戴通信器，按照我对时间的感知，暂时计算为两天。”

“等等。”宋晴岚有异议，“有两天？”

他怎么觉得最多也就一天左右，和季雨时在雨林时除了饿与累，他并没有觉得很难熬。

“有的。”季雨时眉眼微垂，“因为某个问题，我对时间的感知很少出错，所以我们在雨林的时间差不多就是两天。”

宋晴岚懂了，又是超忆症。

有超忆症的人不像普通人那样会对上一秒、上一分钟的事渐渐淡忘，对他们来说，度过的每一秒钟都还清晰地刻在脑子里，包括那一秒钟里的所有认知与感受，只要去回忆，就如同正在进行时一样深刻，因此他们对时间的感知才很少会出错。

季雨时没过多纠结于宋晴岚的疑惑，而是继续道：“可是我们回来时发现，从离开这里去雨林，然后再回到这里，时间实际上只过了不到两个小时，为方便对比，可以暂时计算为两个小时。这里可以得出一个结果，按小时来计算时间流速的话，雨林的时间比太空舱的要快二十四倍。”

宋晴岚与李纯安静地听着。

“但是我们从外舱门出去后进入的那座城市，则和雨林是完全相反的。”季雨时说，“可以说那里的时间慢得难以想象。我们就按三分钟与六天来对比，依旧按小时计算流速，这样算起来，那座城市的时间流速比太空舱的要慢两千八百八十倍。”

季雨时心算能力与他的记忆力一样出众，他甚至不需要草稿纸也不需要计算器，继续说：“打个简单的比方，如果我们不是先去的雨林，而是直接打开外舱门进入了城市，肯定会试着在里面寻找出路。在那座城市里就算只待一天，也相当于在太空舱里待了近八年。试想，要是我们在城市里待上好几天后再回到这里，会出现什么样的情况？”

听到这个消息，李纯嘴巴大张：“什么？如果是那样，等你们回来我不就老死了？”

“差不多。”季雨时说，“对我们来说时间只过了几天，而对你们来说其实已经过了几十年。如果以太空舱的时间流速做常量，那么雨林和城市就是出现变量的地方。”

“那么有一个问题。”宋晴岚思索道，“之前的那批人，不管是大胡子的队友还是天穹十二队，会不会现在还有人在那座城市里？毕竟对他们来说时间就过了一小会儿，有可能他们都还活着。”

大家都沉默了，这种可能性很大。时间流速上的可怕差异，让人想一想就头皮发麻，难怪大胡子会对他们要出外舱门的事情反应那么大。

宋队与季顾问已经平安回来，李纯却还是一阵后怕，急匆匆问道：“那我们确定就是在这里完成任务了？时间修复者，这个时间要怎么修复？这确定只是个 A 级任务？”

“如果你不把大胡子灌醉，或许我们现在可以继续和他交流，问清楚在我们来之前这里到底来过多少人。”宋晴岚双手交叉抱着手臂，“这就怪了，怎么他和你相处得这么好？”

他可是被大胡子足足关了五六天，还饿了五六天。

此题无解。

“要怎么修复……我也还不知道。”季雨时看了看满地满墙的画和符号，说，“我先了解一下你们这几天都交流过什么，等大胡子醒来以后，我或许可以学习他的语言。”

宋晴岚问：“你可以学习他的语言？”

季雨时说：“嗯，我熟悉但不精通的语言算起来有七种，我学习速度不算慢，可以试一试。”

宋晴岚与李纯突然沉默。

季雨时回头奇怪道：“怎么了？”

李纯真心实意地问：“季顾问，你知道普通玩家和开挂玩家有什么区别吗？”

三人分头行动。

宋晴岚再去垃圾山一趟，从那些零件、机械里寻找一些用得上的线索，顺便观察一下周围聚集的那些虚无昏暗的异象距离太空舱有多远。

由于那些画太难懂，李纯便留下来帮助季雨时理清一些他已经知道的含义。

等大胡子醒来，他们会努力获取大胡子已经掌控的情报。

“这是画的我们？”季雨时翻到一张涂得乱七八糟的纸。

纸上画着两个人，一个高挑一个瘦削，两人手里都拿着罐头，胸口都写着一个“7”字。

李纯忙不迭点头：“对！他和我比画后画出来的，就是通过这个，我才知道你们在这里。”

季雨时觉得好笑，看来大胡子对他们吃他的罐头这件事怨念很深啊。

不过，他很快又皱起了眉，指着画上问：“这又是什么？”

画上的他和宋晴岚之间画了一个加号。

“啊！”李纯立刻把纸揉巴揉巴扔了，“这是大胡子他误会了，他以为你们关系很好！”

硬要说的话，他们现在是队友，关系也还可以吧。

季雨时不解：“你为什么这么紧张？”

“还好宋队不在！季顾问你不知道，宋队对这个有 PTSD（创伤后应激障碍）！”李纯的八婆加话痨属性再次出现，“被他看到我跳进黄河也洗不清。”

季雨时眨了眨眼睛，坐下来问：“哦，怎么个 PTSD 法？”

32.

“还不是因为九队那个讨厌的——”李纯说到这里来了个急刹车，匆匆止住话头，“季顾问你别误会，我不是那个意思，我仅针对九队的‘个人’。”

季雨时表情没什么变化，只开口道：“哦，没关系，更难听的话我在调过来之前就听过了。”

什么没战斗力，什么绣花枕头，什么坚决不接受他这个新队友，可多了去了。

李纯欲哭无泪：“我真的不是那个意思，季顾问你别把我记在小本本上。”

所以他为什么要多嘴和季顾问聊天？现在真是跳进黄河也洗不清了，天知道他可是真的很崇拜季顾问的。

季雨时说：“我知道。”上次在 PU-31 的阳台上，李纯就对他说过一次了。

他重复了一下李纯上次说的话：“老于出事以后，宋队一直很自责，不希望我来，所以才故意那么说。”

“对对对。”李纯求生欲满满，季顾问把他的话记得可真清楚。

季雨时翻看着大胡子画的图，漫不经心地催促：“继续啊。”

“哦。”李纯点点头，斟词酌句地讲，“那个，我说的那个很讨厌的人就是九队的队长林新阑啦。”

天穹九队？季雨时记得他们刚到PU-31，第一次在通信器上看见任务提要的时候，段文还怀疑过那是九队搞的恶作剧。

李纯接着说：“听说他和宋队是差不多时间进天穹的，他们做学员的时候就经常一起被评为最有潜力学员。宋队执行力强，林新阑是最能配合宋队的人，他们号称双Lan组合，默契度真是满分——就像你和宋队现在这样。宋队一直以为他们一起搭档做任务是因为彼此信任，也希望结业后两人能在一个队里。后来，宋队才知道林新阑接近他、和他关系好并不是因为什么友情，而是因为和他这种能力很强的人在一起做任务能获得更高的积分，方便林新阑爬得更高。”

原来是这样，曾经完全信任的人只是利用自己而已，这种事放在谁身上都不好受。

李纯继续道：“总之后来他们两个人打了一架，然后就老死不相往来了。现在九队就老是暗中和我们较劲，这次你要来，他们还等着看好戏呢。”

李纯越说越气：“要是我们能回去，这些任务报告足够打他们的脸了。而且要是没有季顾问你，我们可能还在PU-31无限循环……我敢说换了九队，只会比我们更惨，他们不仅没有你，还全都是菜鸟。”

“我们肯定能回去。”季雨时清冷的脸上没有自负的神色，他只是很自然地接下这顶高帽，“一人计短，两人计长，何况我们现在已经有三个人了，线索只会越来越多。”

李纯点头，不好意思地说：“其实我觉得我帮不上什么忙，我只是一条什么都不知道的咸鱼。”

季雨时道：“怎么会？至少你和大胡子就交流得很好，他已经对你放下了防备心。”

李纯“嘿嘿”一笑，单纯的孩子总是容易让人放下防备心。李纯进队近一年，在队里做的都是后勤工作，他一直很想努力做出点成绩帮上忙，季雨时的话无疑给了他很大的鼓励。

过了一会儿，李纯小声道：“要是我们回去了，季顾问你真的不考虑正式加入七队？”

在中转站的时候，大家都看出来宋晴岚对季雨时有挽留的意思，但季雨时的态度并不明确。所有人都认为是队长把人得罪透了，季顾问还那么记仇。

季雨时还没想好这个问题，答案大概率是No。

李纯劝道："考虑考虑嘛，你看，我们都是生死之交了，而且宋队和你还是半个老乡。"

季雨时疑惑道："半个老乡？"

"宋队的母上大人是宁城人。"李纯说，"宋队小时候还在宁城上过幼儿园呢。"

在大胡子的鼾声中，季雨时差不多把这六天里李纯和大胡子交流的东西都看了一遍。对于大胡子奇怪的语言系统，季雨时还完全没有头绪，不过，反复看过大胡子画里的制服上代表"18"的符号，他已经隐隐有了一个猜测。

突然，外面传来一声巨响，太空舱剧烈震动，把大胡子都给震醒了。

李纯从来时到现在还没听过这种声音，震惊地问发生了什么事。

季雨时告诉他："是又有外来物被吸过来了。"

每当有东西被这里的磁场吸进来时，都会降落在垃圾山上。

果然，大胡子醒来迷迷糊糊地看了他们一眼，魁梧的身躯轰然站起，一边"咕噜噜"说着什么，一边去找自己的推车——他又要去捡垃圾了。

这回季雨时决定和他一起去，李纯也跟上了。

学着大胡子的样子，他们也在控制室里翻出了御寒的棉衣，裹在身上才走出门去。

太空舱外黑漆漆的，只能隐隐约约看见脚下被冻得僵硬的土壤。

天空依旧低垂，极光一道接一道缓缓闪过，美丽而又安静。

李纯走得一脚深、一脚浅，开口道："季顾问，会不会是文哥和汤乐他们也被吸过来了？就像我们来这里的时候一样！这样我们的人就能慢慢聚齐了！"

"有可能。"季雨时说，"宋队就在那附近，如果是段文他们来了，宋队会更快发现他们。"

这样一来，他们便可以摆脱天穹七队每个人来时都被大胡子用铁链拖走的命运。

大胡子推着车，忽然蹲下了身，从路边的藤蔓上摘了几朵荧光花用来照明。

他先是自己别了一朵花在车把上，又分了一朵给李纯，然后是季雨时。

他酒意浓重，就像个巨型流浪汉，身上臭烘烘的，与这分花的行为形成了反差萌。

季雨时觉得他或许并不是个讨厌的人，至少，他刚刚降落到这里的时候应该不是。

有熟悉路线的大胡子带路，三人很快就走到了垃圾山，远远地就看见一个高挑挺拔的身影在一堆新鲜出现的垃圾里翻找着什么。

很遗憾，这次被吸过来的不是胶囊舱，因此他们没有捡到其他队友。

宋晴岚看到他们来了，捡起一个罐头扔给季雨时："季顾问，看看这个。"

季雨时接住那罐头一看，罐体上写着"克蒙豆"。

然后，季雨时把罐头翻过来，果不其然看到了一行字：PU-31 金乌二号上线后首批有机蔬菜，精品奉献。

原来如此。

33.

"你们还记不记得我们在金乌二号的全息投影上看到过的，那一条位于PU-31 星球旁边的黑色缝隙？"季雨时问。

太空舱里，三人围成一个圈席地而坐。

大胡子听不懂他们在说什么，自顾自地把刚才捡回来的物资分门别类地整理，他已经非常习惯这种生活了。

李纯回忆了起来，点点头。其实他一直没弄懂那条缝隙为什么会有那么强大的能量供 PU-31 源源不断地获取，但是关于时间、宇宙的力量，怕是地球上最顶尖的科学家也无法研究透彻它们的奥秘。

弄不懂的，他便也不用去弄懂了。

宋晴岚接上季雨时的话："就是那条平行宇宙的缝隙？"

"是的。"季雨时说，"关于那条缝隙，我们都知道 PU-31 就在它旁边，且所有的能量都源自它。我们也知道关闭 PU-31 所有的能量传输器以后，PU-31 将会失去动能，影响平衡，然后被传输器中失控的能量所吞噬——也就是我们所说的黑墙。"

季雨时手中还拿着那罐克蒙豆，所有人都对它恶心的味道以及丑陋的植株印象深刻。也就是看到克蒙豆出现，季雨时闭塞的思路才打开了一条通道，由此一处通，处处通。

季雨时道："在 PU-31 完全被吞噬之前，有一部分东西被吸入了缝隙里，比如这罐克蒙豆。"

李纯惊讶道："季顾问，你的意思是，我们现在待的地方就是那条缝隙？"

季雨时说："对。"

李纯不解："啊？怎么会这样？"

宋晴岚脑子也转得很快，他思索着说出季雨时想说的话："难怪这个任务的模式叫'卡俄斯'。"

卡俄斯，希腊神话中最初诞生的神，从字面意义来理解，则是一条无边无际、充满黑暗的裂缝，后来又被描述为"一团乱糟糟的、没有秩序的事物"，有"混沌"之意。

从他们接受这个任务再到坠落在这个地方，所看到的、经历的无一不与"卡俄斯"本身的释义吻合。

低垂得仿佛将世界包裹着的昏暗天空、太空舱四周弥漫的虚无，还有时间流速远超常理的雨林、城市，以及这里混乱无比的磁场，都在说明——秩序与规则在这个地方并不存在。

"这或许是个突破点。"出于天生对危机的嗅觉，宋晴岚眯了眯眼睛，道，"但是我有一点想不明白，我选择的是普通任务，为什么这么巧就又和上一个任务产生了连接？"

从中转站出发前，有很多任务等待七队选择，对此，系统的提示是：完成新任务以解锁更多"什么时候能回家"的相关信息。

做决定的人是宋晴岚，考虑到大家的心理状态，他只选择了一个被评为 A 级的普通任务。

季雨时也想到了这个问题，他顿了顿，似乎是经过了一番考虑才问："你还记不记得从中转站出发后，胶囊舱是怎么坠落的？"

宋晴岚脸色微变。

李纯有点蒙了，说："我好像想不起来了……我只记得我进了胶囊舱，再睁开眼睛就在这里了。"

季雨时又问："那我们到达中转站以后，除了刚到达的那一天，后面几天我们都干了些什么，你们还能记起来吗？"

"吃饭、睡觉……" 李纯很快就脱口而出，然后，他脸上出现了讶然的神色，"不对，除了吃饭睡觉，其他还做过些什么我好像都记不起来了！"

"我也记不起来。"季雨时慢慢地说，"如果说你们想不起来有可能是因为生活轨迹重复、无趣，大脑自动排除了无关信息，可是我不会。刚才看到克蒙豆以后，我对我们现在的处境产生了怀疑，不自觉地开始回忆这段时间的生活。我发现我不仅想不起来进入胶囊舱后我是怎么坠落到这里的，也想不起来我在中转站的后几天都做了什么。我的记忆告诉我，我在中转站休息过了，我吃了饱饭、也睡过饱觉，可我具体吃的是什么，睡前我都干了什么，我只要试图去想，就会发现毫无印象。"

季雨时说过，他没有遗忘的能力，这表示就算是简单的一顿饭，他吃饭吃了多久、咀嚼的过程是怎样的、菜色都有什么，他都能回忆得一清二楚。

李纯激动地道："对对对，我也是！"

"我和你们一样。"宋晴岚答道，然后，他看着季雨时说，"季顾问，我觉得你接下来说的话要颠覆我们的认知了。"

话是这样说，但宋晴岚身上看不出任何紧张、无措的情绪。他仿佛对季雨时接下来说的话已经有了准备，并且饶有兴趣。

不知道为什么，季雨时心里产生了一种被信任的感觉。同时，他原本也有点不知所措的心态微妙地平衡了，好像不管经历再离奇，结果都不过四个字：事在人为。

"你们有没有想过，为什么那个中转站长得和我们记忆中的第三指挥中心非常相像？"季雨时说，"按照系统的说法，它是广泛意义上所有时代的天穹，那么它为什么偏偏按照我们那个时代的模式修建了中转站？还有那些物资储备，中转站既然处于时空中的某处，那它为什么恰巧会有我们想要的一切呢？"

宋晴岚想到了那瓶红酒，他记得，当时他心中有这样一个念头，然后打开储物柜就真的找到了一瓶红酒。

的确太过巧合了，李纯听着这些分析，手臂不自觉地起了一层鸡皮疙瘩。而季雨时接下来的话，更是让李纯瞬间汗毛倒竖。

"我认为，根本没有什么时空中转站。"季雨时很平静地说，"所谓的中转站，不过是在我们的大脑极度疲惫的情况下被塞入的一段记忆。在数次循环里，我们一直保持着精神高度紧张的状态，人体的承受能力已经到了极限，这个‘拥有自我意识的天穹’需要我们继续完成任务，就干脆给我们制造了所谓的中转站来进行休息。作为一个系统，它无法事无巨细地捏造好几天的记忆，因此，除了放松警惕进入休息状态的第一天，我们根本记不起来后面几天都发生过什么。”

宋晴岚道：“所以不是我选择的任务和上一个任务有关联，而是我们已经在这个任务里了，不管我以为我自己有多少个选择，简单也好，困难也好，其实选择的结果都只有一个。”

季雨时点头：“对。”

怎么就“对”了？李纯蚊香眼。每一次当季雨时分析而宋晴岚立刻能跟上他的思路的时候，李纯都会怀疑自己的智商。

但李纯对于当一条勤学好问的咸鱼已经习惯极了，他举手，破罐子破摔道：“那个，季顾问，我有个问题。”

季雨时脸上没有不耐的神色，温和道：“你说。”

李纯感动于对方体谅他跟不上节奏，赶紧问：“如果像你说的，根本就没有中转站，那我们到底是怎么来这里的？”

说到这里，李纯忍不住打了个寒战，在 PU-31 的各种记忆对他来说都太可怕了，被丧尸咬、被怪物吞，简直是他的一百种死法集锦，他紧张道：“难道、难道我们又在什么循环里？”

“不是，我们已经完成‘衔尾蛇’任务了。”季雨时说，“对于我们是怎么来到这里的，合理的解释就是，在我们完成任务，与另一个我们合二为一后，时间回到了我们执行最初的 A 级任务的跃迁途中，然后在黑墙完全吞噬掉 PU-31 的同时，我们就被传送进了夹缝里。”

李纯有点明白了，要是让他自己想，他一辈子也不可能搞懂这些事情的来龙去脉。

“为了毁灭失控的 PU-31，天穹创造了时间锚，我们完成任务以后，它又把我们送回了胶囊舱出错的那一刻，再把我们传送到这里来。所有的事情同时发生，又同时结束了。这场时空劫持，远比我们想象的深刻得多。”宋晴岚手握着神眠，不自觉地摩挲枪身，眼神渐渐冷了下来，“所以它到底什么时候才会结束？

还是说，它根本没打算结束？”

李纯急迫地问：“那文哥、老周、汤其、汤乐他们现在还在胶囊舱里面？”

宋晴岚说：“是，如果这种传送是按照我们胶囊舱排列的顺序来，那么下一个来的可能是周明轩。”

一旁的大胡子已经收拾完了，正一屁股坐在沙发上，手里拿着一罐啤酒“咕噜咕噜”地灌。

宋晴岚看了他一眼，想到了什么，又说：“既然这里是平行宇宙的夹缝，那么大胡子可能不是来自我们的地球。”

这么一来，大胡子难以理解的语言和文字就说得通了。

季雨时找到大胡子画的那张画，指着制服上的符号说：“这里我也有了点头绪，我认为大胡子是来自一个编号为 PU-18 的地方，他们可能是执行某项任务的时候被吸进来的。”

在这个宇宙，地球衰败后衍生了许多类似于 PU-31 的殖民地，从编号可见，像 PU-31 这样的地方至少有 31 个。

宋晴岚将神眠收了起来。

不怕谜题难解，只怕没有头绪。

几个人进行了简单的分析并取得一点进展后，宋晴岚整个人呈现出一种随遇而安的姿态，好像没有什么事情能真的将他压垮。

“卡俄斯……平行宇宙的缝隙……”宋晴岚思索着，浓眉微微拧起，“如果不关闭这条缝隙，可能还会有更多来自不同年代、不同平行宇宙的人被吸进来。”

季雨时和宋晴岚不约而同地都想到了在雨林中发现的三具尸体。因为这条缝隙，那些天穹十二队的前辈在穿越途中被吸了进来，最终埋骨于此。如果把这条缝隙比喻成时间的漏洞，那么他们的任务“时间修复者”是要做什么就很明确了。

两人对视一眼，都想到了这一点。

他们之间的默契实在很奇妙，好像只要他们两个人一起行动，就做什么事情都能事半功倍。

明明是三个人坐在一起，李纯却突然觉得自己有点多余。

34.

吃饭、睡觉、想办法，太空舱里的生活节奏一下子变慢了。

四人一起努力，李纯用剩余的画册裁剪卡片，宋晴岚则负责画画，季雨时以看图识字的方式开始学习大胡子的语言。

季雨时的确非常有语言天赋，所有的符号对应的含义以及发音，他都只用记一遍，简直是个人形复读机。

效率如此之高，大胡子表现得很激动，季雨时每次只计划学习两个小时，但大胡子总是会故意把时间拉长，每当这个时候，季雨时都觉得大胡子就像他读高中时爱拖堂的班主任。

剩余的时间，季雨时与宋晴岚会进行分析。

他们在雨林、太空舱、城市这几个已知地点的时间流速中计算，试图寻找一个平衡值。季雨时有许多种不同的算法，他使用自己的通信器投影，写出来的算式越来越多、越来越长，很快宋晴岚就跟不上了。

裂缝中无时日，除了机械化的闹钟还在走，他们很难分辨出什么时候才是休息时间。

偶尔，宋晴岚会发现季雨时算着算着就睡着了。

季雨时对于回到他们原本时代的渴望迫切而强烈。

在“中转站”，天穹系统曾经对为什么选择他们进行过答复：他们小队的胜率高于所有时空守护者小队胜率的平均值。

宋晴岚心知肚明，这种高胜率肯定与季雨时的加入有很大的关系。

两天后的下午，周明轩果然坠落在了垃圾山。

听到惊天动地的巨响后，大胡子准备好铁链及推车，要去捡垃圾了。

宋晴岚与他一起，在大胡子打算拿铁链捆住周明轩时制止了他：“别，我自己来，谁经过你这一拖都得脱层皮。”

大胡子听不懂，但能感觉到宋晴岚的意思，吹着胡子说：“蒙卡拉呜里奇！”

说完，他竟转身就走了。

宋晴岚不知道这傻大个发什么脾气，但对方性格古怪，他便也没有在意。

他将周明轩扛起来放进推车里，路上，周明轩迷迷糊糊睁开了眼睛。

周明轩到底身体素质不差，低温下虽然不能动，但是还能说话：“宋队……

怎么这么黑？”

说完，他就又陷入了昏迷中。

极光闪过，荧光花开在道路两旁，宋晴岚蓦地产生了一个想法。

回到太空舱里，李纯激动地拥上来帮忙安顿了周明轩，大个子不见踪影。

季雨时还在写公式，身旁放着一罐咖啡。

“宋队。”季雨时抬头看向宋晴岚，显得有些疲惫，问，“怎么了？”

宋晴岚在他旁边坐下，说：“我们的任务是时间修复者，简单来说就是修复时间的漏洞。有没有可能，这个任务其实与时间的流速没有关系？”

两人并排而坐，季雨时露出疑惑的表情，问：“与时间的流速没有关系？”

宋晴岚弯了弯嘴角，道：“我是想说，季顾问，我们是不是把天穹想得太高深了？或许它根本没有我们想象中那么聪明。”

宋晴岚认为，所谓的“时间修复者”与“衔尾蛇”任务中的“黑暗追逐者”一样，其实任务指向都非常简单明了。

“系统终究是系统，就算它有自我意识，也不会在任务上和我们打哑谜。”宋晴岚说，“它最多就是在发布任务的时候不知道变通，只会用机器的方式，语言简洁得反人类。”

季雨时拿起一旁的咖啡喝了一口，下意识抿干净嘴唇上残留的咖啡。

宋晴岚又说：“刚才找到老周的时候，我忽然想到一个问题，为什么太空舱周围相对来说很昏暗，也没有镜像现象，而其他地方则相反呢？”

以太空舱为圆心，周围都是昏暗的，且没有上下左右任何一种镜像投影。而雨林、城市则是明亮的，有镜像投影。太空舱附近时间流速正常，而其他地方则相反。

这个问题打开了季雨时的新思路，他轻轻“啊”了一声：“我怎么没想到？”

看得出来季雨时有些懊恼，他眉头蹙起，连再次放到嘴边的咖啡都忘了喝。

季雨时思考了一会儿，自言自语：“为什么……太空舱附近是正常的？”

突然，他想到了一个可能性，眼睛一亮，又说：“是不是因为那一片黑暗？”

说着，他抬手关掉通信器的公式图，用手重新在空中比画起来。就像他理解“衔尾蛇”的圆环时一样，这是在帮助别人理解，也是在帮助自己理清思路。

新的思路迅速在他的大脑里舒展开来，他说：“根据我们的经历，还有你这几天的观察结果，我们能确定太空舱附近都被一种完全黑暗的物质包裹，当我们要去往时间流速不同的地方时，一定会经过那片黑暗。而太空舱附近长有雨林和城市里没有的荧光花，荧光花会发出特有的光线照亮环境，所以太空舱附近的时间流速是正常的。那么，这种差异一定和我们经过的那一片黑暗有关。”

宋晴岚静静地等着他说下去，不想出声打断他的思路。

季雨时在投影上画了一个圆代表太空舱，又画了一圈黑色的物质在它周围，忽然露出一点笑意，说：“我觉得爱因斯坦的棺材板要压不住了。”

他转过头来，继续道：“宋队，广义相对论里认为大质量的物体会使时空发生弯曲，比如暗物质就是大质量的物体，只不过暗物质不和电磁波发生作用，也不发光，所以我们不管是用肉眼还是仪器都无法观测到它。当然这和我们现在的情况不同，但是，我们或许可以借用这样的理论。”

季雨时快速在空中画图并解释着：“你看，太空舱附近很黑，我们走到那个区域时会觉得很沉重，是因为那里包裹了许多这样的物质，如果这种黑色的不明物质真的是最终导致时空弯曲出现异常的元凶的话——”

根据广义相对论来思考这样的世界，爱因斯坦的棺材板估计真的会压不住。

“我们得驱散它。”宋晴岚理解了季雨时的意思，也不介意他的描述天马行空，“像太空舱附近一样，让那片黑暗里充满特殊的光线。”

而光线的来源则是不起眼的荧光花。

“漏洞百出。”季雨时说，“但是可以一试。”

距离太空舱最近的试验场地就是外舱门外的城市，踏出外舱门，他们首先看见的就是一片黑暗。大家说干就干，不等周明轩醒来就出门去采摘花朵。

好好的异世界解密之旅变成了摘花行动，所有人都觉得有些戏剧化。但试试也不会少块肉，不一会儿，他们就将搜集而来的荧光花带回了太空舱。

大胡子已经回来了，看到他们又打算开外舱门，十分生气，“哇啦哇啦”叫起来。

季雨时已经能与他进行一些简单的对话了，和他简单沟通完，大胡子才勉强忍住了脾气，跟在他们后面看。

李纯主动充当了劳力，等大胡子一打开门，他就一捧接一捧地把荧光花扔了出去。

微弱的光芒积少成多，很快就照亮了那仅一步之遥的黑暗路程，呈现出城市左右镜像的情景。

不过，可能还是光线太弱了，并没有完全把这里照亮，看不出效果。

李纯道："怎么办？我们已经把附近的花都摘光了，就算加上垃圾山的也不够啊。"

大胡子可能搞懂了他们这是在做一个实验，不停地对季雨时比画着。

季雨时便翻译道："大胡子的意思是如果我们需要更多花的话，可以种。"

"种？"宋晴岚站在舱门前，未能理解。

"天啊，那得种多少、等多久才可以？"李纯惊了，"等我们搞定都人老珠黄了吧？"

"大胡子说，这种花一周就能开。"季雨时说出自己的想法，"但那是在太空舱附近的一周，如果我们把它们带去雨林呢？"

雨林的时间比这里快近二十四倍，也就是说，他们只需要花不到一天的时间就能有收获。

"行。"宋晴岚不假思索地答应了，"我和纯儿先去采集植株，等老周醒了我们就一起去种。"

在时空的裂缝里种花——这是一种人类迷惑行为，然而大家都觉得这世上没有什么不可能了。

宋晴岚出门时扛着神眠，看上去不像个新上任的花农，倒像是要去打怪。

季雨时则留下来与大胡子进行语言交流，他得弄清楚大胡子为什么会来到这里，因为他直觉大胡子身上还有许多等他们去发现的线索。

大胡子打开一罐新的啤酒，仰头灌了一半，胡子上留下了泡沫。

这一次，他们要交流的是大胡子在这里见过多少人，那些人又去了哪里。

"叩叩"。

两人顿住。

"叩叩"。

敲门声还在响。

他们同时朝小房间看去，周明轩还没有醒来，因此不可能是他，但这敲门声的确是从太空舱外传来的。

大胡子眨了眨蓝眼睛，瞧见季雨时从他的沙发坐垫下摸出了一把通体银色的手枪，傻了。

季雨时早就发现了自己的钻石鸟，大胡子藏东西根本逃不过他的眼睛。

季雨时比了个保持安静的手势，非常利落地给钻石鸟上了膛，明明是看起来就很柔弱的一个人，一拿起枪来竟让人有些移不开眼睛。

两人随着敲门声走动，最终来到了外舱门前。

季雨时警备着，大胡子则一把拉开了外舱门。

门外站着一个年轻人，看起来与季雨时年岁相当。

他身穿黑色作战服，胸口写了个“12”的标志，微微一愣，问：“你们是谁？”

季雨时也愣住了。

这时，身后也传来脚步声，李纯急匆匆地喊道：“季顾问！完蛋了！”

那语气惶恐不安，惊慌到了极点。

季雨时不得不将这个陌生人留给魁梧的大胡子，自己快速回到控制室。

然后，他看见了一个缩小版的、看上去只有七八岁的、脸特别臭的宋晴岚。

季雨时活了二十五年，第一次明白了那句常常被人们拿来形容心情的俗语：一个头两个大。

35.

从来都很淡定的季雨时此时也不淡定了，他一头雾水地问：“怎么会这样？”

李纯慌得不行：“我也不知道！我一回头宋队就变小了！”

缩小版的宋晴岚身上还穿着成年版宋晴岚的黑色作战服，袖子、裤腿以及鞋子都长了不少，看起来有些滑稽。

尤其是他看起来不过七八岁，却还扛着自己的神眠，有种小孩子拿玩具枪的搞笑感。

宋晴岚小时候长得算得上清秀软萌，除了一张臭脸和咄咄逼人的神情，简直让人有些认不出来他就是宋晴岚。

出事以后，李纯急匆匆地带他回到太空舱，路上他一个字也没说。

这时候，他终于无法不说话了，开口解释：“采集植株的时候滑了一跤，就变小了。”

季雨时无言。

李纯：“呃……”

“娃娃音很好笑？”宋晴岚冷着脸道，“要笑就现在一次性笑个够，过期不候。”

时间在宋晴岚身上出现了倒流现象，可是他小孩子的身躯里还装着大人的灵魂，他的谈吐、智商以及性格都完全没有变化，因此他一开口就既让人觉得好笑又让人觉得头皮发麻、不敢笑。

连李纯都笑不出来，一脸凝重。

这时，走道里忽然传来打斗声，大胡子那听不懂的咒骂声也不绝于耳。

三人匆忙往后走去，只见大胡子和那个陌生的年轻人打了起来。

大胡子长得像熊一样，凭着一股蛮力将年轻人压倒在地，双手掐住对方的脖子，愤怒地骂道：“安发拉哈根和！”

年轻人被掐得满脸涨红，拼命反抗：“救、救命……”

“这谁？”李纯惊道，“哪儿来的人？”

季雨时说：“救人！”

宋晴岚人小力微，只能站在一旁。

季雨时与李纯一道，费了九牛二虎之力才把一身蛮力的大胡子拉开。

大胡子猛烈挣扎，看上去简直想把这个年轻人撕了。

年轻人则大口呼吸，跪坐在地上咳了起来，断断续续道：“你们……也是天、天穹的人？”

在场的人除了大胡子，都穿着天穹守护者统一的黑色作战服，不同的是，只有年轻人胸口的标识是“12”，但这并不妨碍他们弄清楚对方的身份。

“是。”季雨时问道，“你是天穹十二队的守护者？”

年轻人点点头，好不容易从地上站了起来，看着大胡子问：“这个人又是谁？他为什么要杀我？”

宋晴岚想说这大胡子的行为本来就反复无常，但碍于自己的娃娃音，只沉默着没说话。

大胡子还是很激动，躁动不安，一边指着这个年轻人，一边对季雨时说着什么。

那个年轻人又看到了宋晴岚，疑惑道：“还有一个小孩？”

宋晴岚不语。

“怎么你们也坠落在这里了？”年轻人奇怪地看着这些生面孔，问，“你们看到我其他队友了吗？”

李纯不知道要怎么回答，只好说：“那个，前辈，我们来的年代不一样。”

“前辈”这个称呼有些突兀。

年轻人稍微理解了一下这句话的意思，然后回答：“我来自一四四一年，你们呢？”

气氛有一瞬间的凝滞，他们在雨林里看到的天穹十二队，果然是十五年前失联的那一支。

季雨时清冷的嗓音响起：“我们来自一四五六年。”

年轻人叫谢思安，来自一四四一年的天穹十二队，和七位队友一起去执行一个A级任务，跃迁途中他们的胶囊舱出了问题坠落在这里。他们发现了垃圾山与太空舱，在太空舱进行休整以后，分头往几个方向行动，谢思安和另一名队友一起进入了城市。

按照他的说法，进入城市一天后他们就迷了路，和他一起的那名队友声称看见有人类出没，与他走散了。通信器失灵，他不得不一个人在镜像城市里寻找出路，大概又走了一天左右，他发现了堆在人行道外的荧光花。

谢思安就是这样找到回太空舱的路的，对他来说，他其实只和队友分开了两天左右的时间。

谢思安无法接受现实，嘴唇都白了，难以置信地道：“你们的意思是，其实时间已经过去了十五年？”

李纯点点头：“是的。我们算过了，太空舱的时间流速是那座城市的两千八百八十倍。也就是说，城市里的一天差不多等于这里的八年，所以你认为的两天其实是十五年。”

谢思安端着罐头的手开始颤抖。

这个消息很残忍，但李纯不得不告诉他：“不仅是那里的流速不同，这里还有一个时间流速比太空舱快二十四倍的地方，太空舱的十五年就是那里的三百六十年。我的队友在那里……看到了另外几位前辈的遗骸。”

谢思安猛地抬头：“不可能！怎么可能会这样？”

宋晴岚坐在沙发上，静静地看着他们说话，小脸上表情深沉，是成年版的他惯常有的思考神情。他现在也是时间的受害者，无话可说。

季雨时与大胡子在一旁说了一阵，通过手势、简单的语言交流清楚了是怎么回事，拿着一张画纸走了过来。

大胡子有了代言人就不怕他们听不懂了，干脆也一屁股坐到了沙发上。

他人高马大，体重少说有三百斤，一坐上沙发，弹簧就“吱呀”一声被压了下去，把小小的宋晴岚稍稍弹了起来。

对于宋晴岚变小的事，大胡子表现出了浓厚的兴趣，他胡子上黏着罐头残渣，瞪着蓝眼睛，伸手想去碰碰宋晴岚。

宋晴岚眼神都没给他一个，直接操起神眠，枪口戳开了试图捏自己脸的脏手。

“如果你不相信的话，可以看看这个。”季雨时纤细高挑的身影从他们面前经过，他走到谢思安前方，问道，“你还记不记得，你们来的时候和一个红头发的白种人打过一架？”

谢思安一怔，反问：“你怎么知道？”

季雨时递出了大胡子画的那些画，说：“不是我知道，是当事人就在这里。”

画纸上画着八名天穹守护者，每个人胸口都写了一个“12”。他们一个接一个地排列着，为首的那个人拿了枪，看起来正在威胁一个个子很高的人。

“我们到这里的时候胶囊舱损坏了。”谢思安看着这幅画道，“很快，我们发现了这个太空舱。队里的机械手想借用这个太空舱进行改装，重新跃迁，但那个红发老外不肯。几天后，机械手、副队，还有另外一名队友……对那个老外进行了威胁，对方死也不肯交出密匙，我们只好不了了之。”

所谓的威胁大概就是强抢了，谢思安说得非常难以启齿：“我没有参与，却也没有制止。”

李纯张大了嘴巴，他无法想象在那种情况下人性都变成了什么样。

“这也是你们后来分开走的原因？”季雨时问，“因为不耻对方的行为，所以不愿意一起走了？”

“那三个人和我们闹翻了。”谢思安默认了，“我和后勤一起出了外舱门，队长、左右翼则去了垃圾山方向，大家约好了二十四小时后会合。”

后来的结果大家都很清楚，这一分别就是永远。

谢思安问：“你说当事人就在这里？”

季雨时点头："没错。"

说到这里，季雨时的语气陡然变得冷淡了些："你们对那个人的威胁，等同于抢劫。他被你们打断了一根肩胛骨，在你们分头离开后，独自一人在这里居住了十五年。"

李纯与宋晴岚都回过味来，那个当事人……就是大胡子。

谢思安蓦地抬头看向大胡子："是、是你？"

大胡子喉咙里重重地哼了一声，语气鄙夷地道："安发拉哈根和。"

十五年，足够将一个高个子的红发老外变成一座毛发旺盛、挺着啤酒肚的小山了。

没有什么比一个人外貌的改变更能让人清晰明了地感觉到时间的流逝，对时间的感知仅为两天的谢思安神色几变，愧疚、羞耻、震惊与怅然都那么明显。

难怪大胡子每次捡人回去都会采用铁链拖曳的方式，难怪他会把身强力壮的穿越者先关起来饿上几天……这样的事在这里可能已经不知道发生过多少次了，大胡子能持续地将穿越者捡回去并试图与其交流，已经是常人难以做到的事情了。

或许有图谋不轨的人被大胡子干掉了，或许有人短暂地留下来后，听不懂大胡子的劝阻，进入了时间流速不同的世界，再没出来过。

这条裂缝就像一个真正的中转站，把来自各个时代、各个宇宙的人分门别类地送走。

暂时解决完一个问题，季雨时转过头来，隔着几个人的距离看向了宋晴岚，这……才是最令他头大的问题。

也难为宋晴岚还沉得住气，竟然乖乖地坐在沙发上，等着他们把问题解决掉。

季雨时头疼，宋队要是变不回去可怎么办？

"宋队，我们去你滑一跤的地方看看。"季雨时走到宋晴岚面前，得俯身才能和他说话，"要是真的变不回来，你就得去雨林住个十几二十年了。"

李纯听见这话首先不同意，两步并作一步走过来，急道："什么！季顾问你别吓我，那不得把人逼疯？"

宋晴岚小脸木然。

季雨时朝宋晴岚眨眨眼睛，道："开玩笑的，肯定是你滑一跤的地方时间流速也有问题。'卡俄斯'，对吗？混乱又无序，只要我们找到了方法，什么问题都可以解决，总不会比打丧尸、躲黑墙更难。”

李纯留下来照顾周明轩，外加防止大胡子恶从胆边生把谢思安干掉。

季雨时则和宋晴岚一起去他滑一跤的地方看看。

“求求了，季顾问你别也变小了！”李纯双手合十，“千万小心！”

宋晴岚开口：“那你再和我去看看？”

李纯立马转身：“我去看看老周醒了没，他可真能睡！一天天的还能不能好了？文哥他们也还不来，一会儿我打电话给天穹系统问问，它安排的这是什么破班车！投诉！”

走出太空舱以后，宋晴岚才回过味来，季顾问刚才……在哄他？这滋味，难以形容，毕竟他又不是什么真的小孩。

季雨时身高将近一米八，对于七八岁的小朋友来说是很高的了。两人的步伐难以一致，宋晴岚发现，季雨时好像有意放慢了行走的脚步在等他跟上，并且时不时就不着痕迹地看看他怎么样。

不知怎的，宋晴岚突然接受了这种变成弱者的现实，出声道：“季顾问。”

他童声清脆，却故作老成，与之前那低沉又有磁性的男中音比，季雨时太不习惯了。

季雨时还清楚地记得，宋晴岚的声音通过公共频道第一次传入他脑海带来的感觉。现在声音大不相同了，偏偏人还是同一个。

遥远的记忆中曾经有个更细嫩的嗓音，那幼年体热情黏人，跟在他屁股后面一迭声地叫他的名字。

季雨时想，所以他算不算是无意间见识了某宋姓队长的各种形态。

季雨时应了声：“嗯？”

冷不防，他的掌心被塞进了一个软绵绵的温热事物。季雨时低头，看到小宋晴岚拉住了自己的手，原来那温热的事物就是小朋友的小手掌。

宋晴岚仰着头，一张稚气的脸上表情自然，还是那副闲适模样，开口道：“烦，鞋大了，走不快还老硌脚，需要季顾问你拉一把了。”

季雨时无言。

壳子换了，里子没换，好有违和感。

宋晴岚变小以后，那双46码大的短靴在他脚上简直是个累赘。可冻土寒冷，这里又找不到其他的鞋子来替换，他总不能光脚行走，那样分分钟就会冻伤。

季雨时回握住那只小手，名副其实地牵着小朋友。

“我们商量一下。”只听宋晴岚又脆生生地说，“回去以后，能不能忘了这段？至少别讲给别人听。”

季雨时想笑了，说：“我试试。”

极光从空中闪过，路旁的藤蔓荧光点点。

季雨时忽然停住脚步，松开了手，然后蹲下来看着宋晴岚，水色的眸子里像倒映着银河。

“袖子是不是也太长了？宋队，你讲出来我也不会笑你。”

宋晴岚身上的棉衣只是披着的，棉衣底下是水袖一样的作战服，让他看起来就像个唱戏的。

季雨时不太会照顾人，但他见过别人照顾小孩。

宋晴岚含糊道：“其实还好，没有特别长。”

季雨时垂着眼皮，睫毛长而密，在白皙的皮肤上投下阴影。

他替宋晴岚把长了一截的黑色作战服袖子挽起来，又低头给宋晴岚挽好了裤腿，说：“我受伤的时候你也帮了我不少，你不用觉得不好意思。”

做完这些，季雨时站起来，身高差距令他从这个角度看起来有些傲然。

他说：“宋队，我不是光记仇的。”

36.

不光记仇，那就是还记得好的了？总之不管是好的坏的，季雨时全都能记得。

“那谢谢了。”宋晴岚重新把小手塞进了季雨时掌心，“我们走吧。”

季雨时的手指纤细修长，温度偏低，就像他这个人给人的感觉一样，偏冷淡，似乎怎么都捂不热。但与他相处久了就会知道，季雨时好比山中清冽的泉水，干干净净，心思一看便知，其实非常好相处。

两人顺着刚才去采集植株时留下的车轱辘印朝前走。这一次，季雨时的步伐放得更慢了，再加上磁场与引力异常，每一次迈步都变得越发沉重。

不一会儿，季雨时便感觉到手里牵着的小手掌心汗湿了。他也感觉到宋晴岚走得很困难——小孩子的体力和大人的相比十分有限，是他忽略了这一点。

他低头问："宋队，要不要我抱你？"

宋晴岚艰难地迈步，大靴子在脚上晃悠，小脸上热出了红晕，拒绝道："用得着吗？我自己能走。"

季雨时奇怪道："那刚才你们回来得那么快，不是李纯抱你的？"

宋晴岚无言以对。

季雨时弯腰要抱，谁料宋晴岚猛地弹开了。

只见宋晴岚指着前面，难得没了成年状态时的沉稳，童声高亢："说不用就不用，马上就要到了！季顾问，你拉着我走就挺好的！"

宋晴岚说的倒是没错，很快他们就走到了当时采集植株的地方。

小推车还停在那里，里面装了满满一车开了荧光花的藤蔓，就等着运到雨林去。地上还扔着一些没来得及装车的荧光花，可能是李纯来不及收拾的缘故。

除此以外，这里就什么也没有了。

季雨时问："宋队，你就是在这个小坡上滑了一跤？"

"对。"见季雨时要走过去，宋晴岚拉住他的袖子，皱着眉说，"不要过去。"

知道对方是担心他也出现这样的情况，季雨时便指着前方问："那里是不是有类似于雨林和城市的镜像世界？"

推车前方便是一个小坡，小坡外一片昏暗，但不算太黑，和他们去雨林时经过的那段路程差不多。

这个地方宋晴岚不是第一次过来，但他在太空舱附近查看情况时，在这里什么也没发现，因此他也不知道为什么会出现这样的状况。

宋晴岚人小小的一只，语气却很沉稳："没有。我滑下去以后什么也没看见，但站起来的时候就这样了。"

是什么东西让时间在宋晴岚身上产生了作用？即便聪明如季雨时，也觉得这团困惑越来越大了。在这个任务模式为"卡俄斯"的地方，在这个夹缝里，一切好像都不可以用常用的方法来理解。

"我还能不能变回去？"宋晴岚问。

季雨时回头，看到对方稚气的脸蛋上并无胆怯，只是有了一股隐隐的烦躁。

宋晴岚调整情绪的方式很成熟，即使他为此感到焦虑。

任何一个身处困境却想要有作为的人都会为此焦虑，想想在上个任务里，宋晴岚可是战斗力峰值般的存在。即便他无法像季雨时一样拥有强大的逻辑思维与过目不忘的能力，但他的领悟与执行能力都能最大程度地辅助季雨时，他与季雨时可以进行完美的配合。

“搞不好真的要去雨林住个十几年了。”宋晴岚道，“还得劳烦你们等等我，实在无聊的话就去城市待几个小时，咱们到时候再相见。”

时间飞逝的城市，一切正常的太空舱，度日如年的雨林。

季雨时倏地抓住了关键性的一点，开口道：“宋队，我们的方向好像错了。”

宋晴岚拽着不断往下滑的棉衣领口，问：“什么方向？”

“不，应该是我的方向错了。”季雨时说，“关于为什么只有太空舱附近是正常的时间流速，我们的任务是不是和时间流速无关，你之前给我的提示很好，是我自己找错了方向，好比乌鸦悖论。”

乌鸦悖论：假设“所有的乌鸦都是黑色的”，且观察成千上万只乌鸦并发现它们都是黑色的，那么对于“所有的乌鸦都是黑色的”这个说法的信任度就会提高。由此，“所有的乌鸦都是黑色的”在逻辑上与“不是黑色的东西不是乌鸦”相等，每当观察到一个不是黑色的东西时，对于“所有的乌鸦都是黑色的”这个说法就越发深信不疑。

这属于逻辑思维上与直观感受上的巨大差异。

小推车里装满的藤蔓与堆积在一起越发明亮的荧光花照亮了他们的脸，季雨时道：“我们以为，太空舱附近是亮的，而经过那片黑暗后，时间流速就发生了异常，并且有了镜像世界，这一切都是因为黑暗里没有特殊光源，在这里我们自己就走了歧路。其实很简单，真正有问题的正是这些特殊光源。”

宋晴岚说：“这些花？”

“对。”季雨时道，“我们现在所在的地方，与其说是平行宇宙的夹缝，不如说是时间的夹缝，同时它也是时间的漏洞。”

“时间本来平稳而又完美无缺地运行着，只是触不到、摸不着的一个概念而已。但是突然有一天，人类发现了它的运作规律，有了穿越者，他们从A点穿越到B点，在这完美的运作中留下了痕迹。那痕迹生了根，开出了一朵一朵的小花。”季雨时说着，捡起一朵荧光花，拈在手中观察它透明花瓣上的脉络。

宋晴岚有一种强烈的预感，他们的任务马上就要完成了。

季雨时接着说：“当然，花可能只是这些痕迹的一种形态。这些痕迹越来越多，慢慢地把时间撑开了缝隙，变成了它的漏洞，然后扰乱了它的秩序。这些痕迹在缝隙里与时间本身所表现出的虚无发生了折射反应，折射出不同世界的模样，或上下颠倒、或左右颠倒，形成了混乱、镜像的世界。”

“所以我们的目的根本不是要种这些花，而是要铲除它。”宋晴岚听懂了，帅气清秀的小脸上露出点鄙夷的神色，“这系统，发布任务还真的只是字面上的意思。”

时间修复者——铲除这些痕迹，关闭这条裂缝，那么漏洞就不复存在了。

季雨时扔开那朵花，又说：“刚才你滑下小坡的时候摔进了昏暗处，而这些发光的荧光花角度正好，将时间折射在你身上，出现了时间倒流的现象。所以短距离里，只有你发生了变化而李纯没有。不过，如果我没分析错误，等我们修复好这个漏洞，那么这条裂缝将会消失，时间完好如初，所有被折射过的、留下过痕迹的一切都将恢复原状，那时候你就会变回来了。我们也会仿佛从没在这里出现过，将回到我们原来应该在的位置。”

比如，他们会再次回到处于跃迁途中的胶囊舱。这个任务还真的很简单。

宋晴岚挑眉道：“那我这样算不算因祸得福？”

季雨时说：“对我们来说是，就是不知道对他们来说是不是了。”

他们？宋晴岚问：“你是指大胡子与那个谢思安？”

季雨时摇摇头，语气发凉：“应该是所有来过这里的人。”

季雨时仗着身高腿长，不由分说地把小朋友抱起来，放进了清理干净的手推车里。在这个过程中，宋晴岚的短靴掉落了一只，季雨时将短靴捡起来塞给他，说：“小朋友，鞋子穿好。”

宋晴岚：变小的人很生气。

季雨时忽然想起了 6 号小队的那个宋晴岚。

在金乌二号基地，那个宋晴岚扛着神眠，如天降之神般出现。

他踩在空间车上，神采飞扬，红色能量弹匣闪烁，三发能量炮把丧尸、巨蛛都安排得明明白白。明知出手即是结局，他却还是带领队友一往无前。

现在，这个宋晴岚正无助地坐在手推车里抱着自己的鞋。

季雨时推动车子往回走，问他：“变小了是什么感觉？”

宋晴岚小小的背影上仿佛写着“倔强”二字，他说：“就是比起变小，我更愿意去打丧尸，打白额高脚蛛我也认了。”

季雨时说：“宋队这样的小朋友，老师看了也很头痛。”

“那倒是，我小时候的确不怎么听话。”宋晴岚承认得很快，又回头看了眼季雨时，小脸上浮现出纳闷的神色，“有那么明显？”

季顾问怎么知道?

他们正说着，炸裂的巨响传来，如在耳边，是垃圾山那边又有东西被吸过来了。

两人干脆调转方向往垃圾山去，这次一下子捡了两名姗姗来迟的队友——汤其与汤乐。

正在苦恼如何把人拉回去，李纯便带着周明轩来了，喊道:“宋队！季顾问！”

周明轩醒来后精神还算充沛，看到推车里的宋晴岚，小眼睛都瞪大了，惊讶道：“真、真的变小了？”

宋晴岚还没说话，周明轩就在他脸上拧了一把：“诶！有点可爱啊！”

宋晴岚心想，他先跳下去踹周明轩一脚来不来得及？

周明轩一手扛着汤乐，一手还用通信器拍照，笑道:“保存了！万一变不回去，从今天起我们就翻开了宋队的成长史，哈哈哈哈哈！”

季雨时都不忍心提醒他，保存了也没有用，反正都是会消失的。

汤乐头朝下，胃部被周明轩的肩膀顶着，想吐，睁开眼睛差点吓清醒了。

只有汤其还昏迷着，对队长的变化完全不知情，不难想象等他醒来会是什么反应。

这简直是宋晴岚的大型处刑现场，看他的表情，很可能已经在心里骂了一百句脏话。

天穹七队六人齐聚，还差一个段文。

大胡子看到太空舱里一下子来了这么多人，立马把罐头都搂到怀里，一个也不让人碰。尤其是谢思安，休想从他这里拿到哪怕一罐克蒙豆。

众人听了季雨时的分析，各有所悟。

谢思安问：“季顾问，按照你的分析，这条裂缝被修复以后，所有人都会回到我们被吸进来之前的时间，那么我的队友们是不是也能回来？”

这个问题季雨时与宋晴岚已经讨论过了，于是他点点头说：“理论上说，应该是的。”

谢思安在天穹十二队担任的也是观察员的位置，他对于事件发生的敏锐程度也很高，又问：“那不就会产生很多悖论？”

李纯现在一听到他们说这个悖论、那个悖论就很头疼，只想等着听结果，并不想参与提问的过程了。

好在周明轩替他问了：“什么悖论？”

谢思安说：“比如，‘A’被吸进来以后，他所在的时代继续向前发展，发生的一切都与他无关。而时间的裂缝修复后，一切恢复原样，‘A’会回到他的时代，已经发生过的一切就会被改写。那么，在时空中已经真实发生过的那一切去哪里了？这就是悖论。”

汤其与汤乐都醒了，汤乐靠在他哥肩膀上，双生子长得一模一样，引得大胡子老是看向他们，试图分辨谁是谁。

汤乐说：“这题我会，无限覆盖。”

就像“衔尾蛇”任务的圆环上以一个点无限延长去覆盖其他的点一样，他们对这样的事情都快驾轻就熟了。

谢思安来自十五年前，那时候的天穹系统与时空管理局所掌握的知识相对现在来说比较狭隘，那还是个刚打开思维的年代，因此他对汤乐的说法有些不解。

“所有与‘A’相关的一切，都会被他的回归覆盖，他所在的时代目前已经发生过的一切都会被改写。”

童声传来，众人回头，看到宋晴岚在吃一个水果罐头。

大胡子一头问号，他明明都藏起来了啊！

“举个简单的例子，例如，‘A’消失后被当作失踪处理，他的家人得到了抚恤金并因此治好了重病，可是因为他的回归，家人失去了这样的机会，命运被改写，去世了。”宋晴岚人小，手劲却大，一边说一边又开了一个午餐肉罐头递给季雨时。

季雨时无言。

宋晴岚坐在沙发上，一条腿曲起，另一条腿则因为踩不着地而悬空着，他继续道：“还有另一种可能，因为‘A’的回归，产生了一条新的时间线，旧的那条时间线里家人仍然拥有原本的结局，这两条时间线并行。”

意思是平行世界，谢思安立刻明白了。这样的话，“A”到底算不算回到真正属于自己的世界了呢？他思索起来。

季雨时低头看着罐头，把它还给了宋晴岚，说：“宋队，听说小朋友要多吃肉才会长高。”

宋晴岚说：“我已经吃得差不多了。”

大胡子看着他们把一个罐头推来推去，开口道：“索唔拉拉唔。”

大家都以为大胡子又在骂人，不满他们吃掉他的罐头，谁知大胡子又拿了一罐递给季雨时，还说个不停，竟然是让他们一人吃一个的意思。

宋晴岚有些好奇，一手托着腮，悠闲地发问：“季顾问，他在说什么？”

“其实我也没听懂，这可是濒危语种。”季雨时放下手中的午餐肉罐头，并没有要吃的意思，换了个话题继续，“时间紧迫，他的语言系统也很复杂，所以有很多词我都还不会说。我在想，应该怎么和大胡子解释他接下来要面临的事情。”

季雨时已经非常厉害了，李纯和大胡子厮混的时间最久，到现在也就搞懂了一句——“安发拉哈根和”，等同于他们的世界里各种简短的侮辱性词汇。

季雨时说：“他们的 PU-18 先于 PU-31 毁灭，十几年前，他们这一队人启动太空舱，是想去往另一个新的殖民地。如果一切复原的话，他们会回到那个年代，可是他们原本要去的那个地方还存在与否都未可知。”

只听谢思安说：“也许要去哪里不太重要，重要的是，还能再有一次与队友重逢的机会。”

见众人都看着他，谢思安感触良多：“不管是好的还是坏的，至少他们拥有了活下去的机会。”

时间是一切存在的唯一证明，重新拥有时间，就能重新存在于这个世界。

“轰——”巨响传来，圆形小窗外白光闪过，太空舱轻微晃动。

等太空舱的晃动结束，宋晴岚开口，稚嫩的嗓音不经意间带上了他本人惯用的语气：“听这动静，很有老段的气势。大家都吃饱喝足休息好，任务正式由种花改为除草。给天穹打的这份高级工，说不准可以马上开工了。”

37.

段文最后一个降落在裂缝中，在等待他醒来并恢复体力的时间里，众人已经商议好，准备分头合作，从太空舱周围开始清除那些穿越留下的痕迹——荧光花。

季雨时花了一段时间和大胡子说这件事，但是他不确定对方有没有听懂。

大胡子来到这里的时间比众人想的都要久，竟长达七十年，但以大胡子本人对时间的认知来说，他其实只在这里待了十几年。

季雨时了解到，在大胡子的记忆里，他才是第一个进入城市的人，他在城市里经历过的一切，与谢思安经历过的相比有过之而无不及。

大胡子在城市里迷路，花了六七天的时间才走出来，等他回到太空舱时，最后一名老去的队友也寿终正寝了。

听到季雨时连说带画地解释，大胡子才知道他很有可能会重新获得一次从未来过这里的机会，激动得一把搂过了季雨时，口中说着大家都听不懂的话。

大胡子身上有长期不洗澡造成的臭味与酒味，特别爱干净的季雨时被山一样的大胡子搂得快要不能呼吸，却没有推开他。

等大胡子放开季雨时以后，季雨时看到小小的宋晴岚站在一旁。

儿童体的宋晴岚正习惯性地双臂在胸前交叠，看着他们。

那双属于小朋友的明亮眼睛里带了笑意，他问："季顾问，以后你想起大胡子的时候，会想到什么？"

把他们捡回去时使用的铁链、小房间里的搏斗，还是这个粗鲁的拥抱？

季雨时也勾起了嘴角，道："怕是首先会想起这味道。"

大胡子："穆里汗！"

季雨时回了一句："塔拉。"

这是"谢谢"与"不客气"的礼貌用语吗？反正宋晴岚听不懂。

大胡子用肥大的手掌在季雨时头顶揉了揉，弄乱了季雨时的黑发，然后很高兴地走开了，看他的样子是要马上去准备锄草工具。

队友们此时都不在控制室，除了一个谢思安。

谢思安是前辈，可太过年轻，几乎算得上和他们是同龄人了。但是，年代、思维上的差异，以及天穹七队热烈的氛围，都让他这个因与队友们意见不同而走散的天穹十二队成员难以融入。

"说起来，季顾问，我一看到你就想起了一位故人。"大胡子不再管理罐头，谢思安终于得到了进食的机会，一边吃一边说，"你和他太像了。"

季雨时转过头，五官俊秀，气质清冷。

"倒不是说长得特别像，而是你们的智商、思维和逻辑能力，都很强悍。"

谢思安说，“那位教授叫盛云，年纪轻轻就参与过天穹系统的研发，前途无可限量。天穹的守护者行动还在筹备阶段时，我有幸上过一学期他的课，他是一个非常博学、谦虚的人。”

宋晴岚道：“我倒是没听说过，这位教授现在在哪里任职？”

“他没有在哪里任职。”谢思安摇摇头，说，“因为……他已经自杀了。你们没听说过也是正常的，对你们来说那都是十七年前的事了。听说他在天穹的研发过程中有非常杰出的贡献，不得不说他的去世真是天穹系统一个巨大的遗憾。”

季雨时没有说话。

谢思安说：“盛教授也有一个儿子，当年还很小，现在应该也和你们差不多大了，听说也非常聪明。可惜当年他是第一个看到父亲自杀现场的人，好像得了什么心理创伤，不知道现在怎么样了。”

季雨时说：“是吗？那确实挺遗憾的。”

季雨时似乎对这件事兴趣不大，他本来就不是一个好奇心很强、喜欢听八卦的人。

不知怎的，宋晴岚却仿佛从他自然平淡的表情里察觉到了不对劲的地方。他那表情让宋晴岚产生了一种直觉，季雨时肯定听说过这件事，可他为什么装作不知？

“回去以后不知道会发生什么啊，希望一切能恢复原样。”谢思安吃完了罐头，有了些力气，又问，“你们的时代还有天穹十二队吗？他们的排名怎么样？”

宋晴岚说：“有，排名还不错。”

谢思安似乎对他们的接班人还算满意，接着问：“那你们现在最强的小队是几队？”

“以前是三队。”宋晴岚说，“如果运气足够好的话，说不定将来最强的就是天穹七队了。”

谢思安笑道：“运气好？”

宋晴岚抬头看着季雨时，正经道：“主要看季顾问舍不舍得和家人朋友分开了。”

季雨时疑惑：“嗯？”

宋晴岚说：“你上次不是说过，不接视频电话对方都会生气？是对象吧？”

“不是。”季雨时了然，宋晴岚这是还在等他要不要加入七队的答案，他想了想，说，“但是对我来说，它们的感受确实很重要。”

如果真的要走，他就只能给主子们换个环境，不知道它们会不会适应。

“他们？”看来季雨时朋友不少，没那么容易放弃原本的生活了，宋晴岚还真有点失落。

天穹七队人员齐备，段文面对忽然变小的队长，很有义气地没有嘲笑他。

他们由大胡子分发工具，加上谢思安和大胡子，分成三组行动。

近得触手可及的天空闪着极光，季雨时与宋晴岚、段文三人还未走到垃圾山，就再次看见了那个银白色星球的虚影。

它缓缓出现，自眼前升起，大得不可思议，球体表面的坑坑洼洼被荧光照亮，让一切都如梦似幻。

段文三十几岁的人了，忍不住也感叹了一番：“好浪漫。”

宋晴岚小手拽着简易铁锹，问：“怎么，你想谈恋爱？”

段文低头看着宋晴岚，感叹：“宋队，你现在和我说成年人的话题，我觉得好不合适。”

宋晴岚无言。

段文又说：“这画面任谁看了都想谈恋爱，想一想，带个妹子来这里看极光，看超级月亮，没火花都该摩擦出火花了。季顾问，你说是不是？”

季雨时是第二次看到这个美丽的画面了，他曾经说过，同样的场景让他看一次和无数次，对他来说其实没什么分别，可他还是抬着头看得很认真。

巨大的银白色星体，蓝色的、绿色的波浪形极光，地面的透明荧光花……在现实世界，这样唯美的场面根本不可能出现。

“我不知道。”季雨时还仰着头，回答了段文，“我还不想谈恋爱。”

等那星体彻底消失后，他们已经到了目的地，这一块的藤蔓都得铲除。

低温下的土壤被冻得非常硬，一锹下去，手掌都被震麻了才能撬动土壤，好在这藤蔓的根系长得并不深，他们只要花足够的力气就能将藤蔓完全剥离。

不一会儿，大家身上就出了一层薄汗。

季雨时细白的手指从土壤中扯出一根藤蔓，将它扔在地上，待会儿这些藤蔓会被集中销毁。

宋晴岚则蹲在地上，看起来小小的一团，被身体情况所困，他正在和一根大藤蔓较劲。

一不留神，手中的藤蔓断裂，宋晴岚摔了个屁股墩。

段文没看到这一幕，八卦之魂不减，又在跟季雨时说之前的话题：“季顾问你也太不积极了，像纯儿就满脑子都想谈恋爱。”

可以，这很渣男。

季雨时没把心里的评价说出口，而是回答：“也不是不积极，是工作太忙了，没有时间。”

宋晴岚身体蓦地一轻，是季雨时把他扶了起来，还说：“我来。”

宋晴岚还背着神眠，武器不离身，这似乎是他最后的倔强。

他沉声道：“我可以。”

季雨时说：“嗯，我知道你可以。”

说是这么说，季雨时还是一把抓住那根藤蔓，拉扯着它一路破开土壤，很快就把它彻底拔了出来。而宋晴岚竟然也没反对，就是沉着一张小脸，面对季雨时的敷衍。

段文寻思，他就错过了这么几天，这两人关系好像更好了？

随着这一小块的藤蔓被铲除并集中堆放，地面的光线消失了，黑暗与光明此消彼长，地面几乎是以肉眼可见的速度被一团昏暗笼罩。

正在这时，三人的通信器发出“嘀”的声响，提示重新连接成功。

皮下通信器开始工作，三人都听见了断断续续的杂音，应该是两边同时铲除了一部分光线后，通信器重连了。

“宋队！”

“！ @# ￥%”

第一个声音是汤乐的，第二个则像音频快放一样，听不清。

汤其、汤乐还有谢思安是一组。

汤乐：“宋队！我哥的时间被加速了！”

汤其：“！ # ￥%……&”

汤乐：“铲除一部分藤蔓后，光在他身上进行了折射，他现在的动作快得我们都看不清，说的话我们也听不懂，至少被加了五倍速！你们一定要注意！”

开始了！宋晴岚很快明白了这一点，严肃地道：“我们铲除的荧光花越多，时间就越混乱，必须得加快动作了！”

即便他身体变小了，此刻众人竟还是下意识把他当作队里的主心骨。

在他的安排下，所有人很快将所在区域的藤蔓处理完，段文浇上了从太空舱里搜集来的燃料，大火瞬间将这些藤蔓点燃，不一会儿就烧成了灰烬。

大家约好在垃圾山会合——那里是藤蔓的重灾区，且机械零件太多，必须先清理一部分才可以彻底将藤蔓清除。

谁也不知道在混乱的时间里会发生什么事情，三人赶路，宋晴岚也顾不了那么多了，脚在短靴里磨破了皮也一声不吭。

“砰——”枪声在空旷的地面回荡。

三人皆是一怔，谁在开枪？可他们已经到了垃圾山区域，这里荧光花遍地，通信器再一次断了连接。

大胡子、周明轩、李纯已经在垃圾山清理了一部分荧光花，看到他们到来，急道：“宋队！你们听见枪响了吗？”

宋晴岚说：“听到了，不是你们，那一定是汤乐他们那里出了问题。”

周明轩忽然喊道：“你们看！”

奇异的一幕发生了，众人抬头，只见头顶上方的昏暗与极光都消失不见，取而代之的是一片蔚蓝色的大海。

大海无边无际，倒垂在天空中，水面清澈。它是那么近，近得海风吹过时海面泛起的涟漪都让众人看得一清二楚。

倏地，一头白鲸冒出海面，短暂地在海面停留后又重新潜入了大海中。它动作时溅起了水花，冰凉的海水如雨点般落在了众人脸上。

这一幕太过震撼，比先前的银白色星体更加壮观。

众人失言，此刻的心情无法用任何语言来表达。

“时空出现了新的折射。”季雨时道，“肯定和我们销毁了一部分光线有关。”

“那我们还要继续吗？”李纯问，“会不会折射着折射着，有些人就不见了？”

要知道，这种折射并不是视觉上的，很可能还包括了时空上的。

也就是说，他们所在的区域此时不仅发生了视觉上的改变，也发生了时间流速上的改变，只不过他们身在其中，不知道而已。

众人不自觉地去看宋晴岚。

宋晴岚稚气脸庞上的表情依旧坚定，他皱着眉吐出命令："继续。"

他一声令下，无人去顾及那声枪响。

他们知道，如同上一个"衔尾蛇"任务一样，只要完成了，一切便能复原。两个任务都惊人地相似，开弓没有回头箭，他们得不断向前、向前。

季雨时抬头对大胡子说了句什么。

大胡子单手敲了敲自己的左胸，一声怒喝，然后当着众人的面"哐"的一声掀翻了一块空间站废铁。他虽然有伤，但此时也顾不了那么多了，忍着伤痛的他力大如牛，简直是一辆行走的挖掘机。

大家立刻继续行动，六个人很快便将垃圾山的藤蔓收集了五分之一并销毁。

几声密集的枪响"砰砰砰"地传来，周明轩手疾眼快，将季雨时一把拉过。

子弹在空中掀起了气流轨迹，一、二、三、四，共四颗，它们以极慢的速度穿过了前方的机械，溅起火花，再坠落在地。

所有人立即反应过来，是他们这个区域的时间流速变慢了！

他们回头看去，只见海面区域外的昏暗中多了七八个陌生面孔，他们身上穿着不知哪个年代的服装，分明是来自不同时代的穿越者。

一定是众人清理过特殊光线的区域以后，那些折射空间都不见了，这些人都被从折射空间里释放了出来。

可是，他们为什么要对陌生人开枪？

"砰"的一声，又是一发子弹穿进这个区域，它从正常时间流速的空间开始射出，穿进时间缓慢无数倍的区域，注定永远都打不中目标。

周明轩抬起镭射枪开了一发，谁知他们的动作同样可以被对方识别，对方早辨别了子弹的轨道，轻松躲开了。

得，谁也打不中谁。

那群人猛地朝区域内冲了进来。

李纯皱眉道："搞什么？这群人是非要杀了我们不可？"

正在这时，又一堆藤蔓被烧成了灰烬。

刹那间，倒垂的海面消失，取而代之的是侧面忽然高耸而出的雪山。山峰棱角分明，最高的那一座轰然耸出，正好将那群冲进来的人撞飞到了看不见的地方。

听到那些惨叫，处于山坳里的众人纷纷无言，这是不是叫自作孽不可活？

宋晴岚发现了一条漏网之鱼，方才冲进来的一人躺在地上，浑身是血。

宋晴岚走过去，细胳膊抬起自己的神眠，顶着对方的额头，问：“你们想干什么？”

对方已经重伤，断气前用带着口音的英文道：“胶囊舱……”

他话都没说完，头一歪，睁着眼睛死去了。

胶囊舱？

雪地寒冷，寒风呼啸，不时有雪花飘落在众人肩头。

这人的话无头无尾，他们来不及顾及，时间变幻莫测，他们不得不以加倍的速度清理藤蔓。

面对一个巨大的卫星零件，众人犯了愁，它和一堆机械堆在一起，下面不知道有没有压着荧光花，可这种巨物谁能挪动？

这时，宋晴岚已经脱去了裹在外面的棉衣，小小的一个人站在卫星零件前，说：“我可以爬进缝隙里。”

周明轩出声道：“宋队！”

众人都看着他，有种欺负小孩的错觉。

宋晴岚脱去了短靴，露出被磨破了皮的脚背，浑不在意地道：“少废话，我不去谁去？”

说完，他扔开一块废铁般的舱门，就那样爬进了缝隙里。

即便担心，大家也只能继续抓紧时间劳作。

季雨时手掌被机械零件割出血痕，不时抬头看向宋晴岚钻进去的地方。

他也脱掉了棉衣，累得出了一层薄汗，在他第三次抬头时，终于看见了宋晴岚钻出来的身影。

这人身上缠着不少藤蔓，小脸黑黢黢的，就像是刚挖了煤，唯有眉眼显露出几分成年时的英气。

段文比季雨时抢先一步，将小队长拉了出来。

宋晴岚由着他清理自己身上的藤蔓，说：“但愿没有别的缝了……诶，别，轻点，我还小！”

段文连连答应：“知道了知道了。”

季雨时无言。

大胡子一个人就抱起了所有新清理出来的藤蔓，满满的荧光花衬得他就像一棵巨型圣诞树。

他将这堆新的藤蔓点燃焚烧，四周忽地一暗，昏暗中，不知道有谁在问：“这儿只有最后一批了，汤乐他们怎么还没过来？”

话音刚落，还剩下一小圈光线的垃圾山不远处，突然出现了十几具骷髅。

不，确切地来说，是十几具正朝他们走来的人形骨架。它们身上的血肉正在迅速生长，从器官到肌肉，再到皮肤、头发、眼睛，渐渐地变成了活生生的人类模样……他们是正在复活的人类。

其中有三个复活的年轻人穿着黑色作战服，胸前写着个“12”的标志，说明他们是天穹十二队的前辈。

季雨时知道了，雨林的折射消失了，这些人都来自雨林。

大胡子点燃的藤蔓烧尽了，侧面的雪山蓦地消失，这一片小小的区域再次被折射出了城市的场景。前后左右，除了脚下的土壤和垃圾，这里形成了全方位的镜像投影。

一时间，众人如同进入了万花筒。

“轰隆隆——”雷声过后，无人的镜像城市里亮起了闪电，暴雨倾盆。

所有人被淋了个透。

大胡子忽然大喊一声：“莫古拉坎哒穷唔齐木和！”

那些人里有大胡子的队友，来自 PU-18 的人们抱头痛哭。

天穹十二队的三位前辈走了过来，为首的那人问：“你们来自天穹？”

另一个人道：“怎么还有小孩？”

宋晴岚无言。

雷声阵阵。

“对。”季雨时全身不断滑落雨水，黑发向后梳起，露出了光洁的额头。

他并没有多加解释，而是道：“我们是来救你们的。”

异世界相遇，对方在雨林不知道生活了多久才死去，复活后自然难以相信任何人。众人都提高了警惕，方才那些对七队开枪的人就是很好的例子。

可是，同样来自天穹，他们并不想自相残杀。

季雨时想起了什么，拿出在雨林里捡到的指南针，说：“我在你们身上捡到了这个，现在物归原主。”

为首的那人接过指南针，看了看，又递给队友，队友确定地道："齐队，这是谢思安的！"

雨水顺着齐队的下颌线滑落，他眼神冰冷，问："那个叛徒……在哪儿？"

此时，阵阵雷声中，有人在大喊："宋队！"

众人回头，只见汤乐押着谢思安走了过来，背上还背着血淋淋的一个人，正是昏迷的汤其。

和他们一起来的还有二三十个陌生面孔，都是从不同折射点被释放出来的穿越者，他们身着不同制服，面色各异。

谢思安脸色苍白，额角带血。看到活过来的这些队友，大雨中，谢思安看上去像个鬼魂一样，亲和力不复存在。

这条裂缝，无意间成了穿越者聚集点。

汤乐把谢思安押到众人面前，然后一脚把他踹倒在地，愤愤地道："这浑蛋阴我们！他根本没想修复这条裂缝！"

李纯与周明轩从他背上接下汤其，季雨时蹲下身查看，只见汤其仍处于被加快流速的时间折射中，快得连眼皮的颤动、呼吸的频率都看不清。

谢思安趴在地上笑了，那笑容很诡异，带着点疯狂。他刚爬起来就被一个坚硬冰冷的东西抵住了额头，他的队长——齐队，正居高临下地看着他。

谢思安不惧反笑："你们是不是以为，铲除这最后一批荧光花就成功了？我告诉你们，你们不会成功的，最后一株荧光花被我好好地养了起来。想知道它在哪里的话，就让那个大胡子用胶囊舱来和我交换！"

胶囊舱？宋晴岚眯起了眼睛，他好像明白刚才那些对他们开枪的人是从哪里来的了，这个谢思安……心机不可小觑。

季雨时站起来，冷冷地问："什么胶囊舱？"

"季顾问你那么聪明，又能和大胡子无障碍沟通。"谢思安道，"怎么，你的好朋友都没告诉你，太空舱里藏着一个完好的胶囊舱吗？"

38.

大胡子的太空舱很大，众人来的时间不算长，并不是每一个房间都进去过，因此都不知道还有一个胶囊舱。

见这边出了事，大胡子与他的队友一起走了过来。

这支来自 PU-18 的队伍也很年轻，大胡子与他们说着话，他们则好奇地打量跪在中间的这个人，好像是在解释自己一个人都遭遇了什么。

季雨时面向大胡子，问了一句话。

大胡子微怔，然后点点头，说了一段话。

季雨时告诉队友们："太空舱里的确有一个胶囊舱，是之前别的小队留下的，经过修复可以使用。"

李纯奇怪了，忍不住问谢思安："可是只要裂缝被关闭，所有人都将回到原来的位置，还要胶囊舱干什么？"

谢思安跪在地上，死死地盯着面前的众人，并不作答。

齐队说："因为他根本不想回到原来的位置。"

天穹十二队在执行任务的过程中被吸入了裂缝里，被困在这里，找不到出路。

这过程中，他们发现了独自居住在太空舱的大胡子，并在大胡子的帮助下搜集了所有损坏的胶囊舱中还能使用的部分，成功修复了一个完好的胶囊舱。

人这么多，胶囊舱却只有一个，于是大家商量好在此等待，直到修复好足够的胶囊舱才一起启动程序回去。

可是，这一等就是几个月。

贫瘠的土地、不分昼夜的世界、匮乏的物资，很快让大家无法继续等待下去，决定重新寻找出路。

有一天，几名队友对大胡子进行了抢劫——不知怎的，他们误以为大胡子会抢走胶囊舱独自离去，展开了一场恶斗。

齐队与另外两名队友回来时，才知道这是谢思安因为语言不通，"误会"了大胡子的意思。在这样令人绝望的环境中，人性善恶难辨，齐队选择了相信谢思安。

后来，为了避免类似的事情再次发生，齐队和几名队友再去探路时带上了谢思安。他们一齐进入了雨林，不知待了多少时日，在一条小溪边休整进食后出现了食物中毒症状，只有谢思安一人平安无事。是他，在队友的食物里添加了毒蘑菇的汁液，害死了他们。

而谢思安从雨林出来后的事，大家都差不多能接上了。

暴雨如注，雷声阵阵。

大胡子站在一旁，"咕噜咕噜"说着，季雨时同步翻译他的话："搏斗中大胡子受了伤，但没有交出舱门密匙，谢思安与其他人只好再次去寻找出路。但那些人到底是迷失了，还是死于和齐队你们差不多的原因，就只有谢思安本人才知道了。”

季雨时顿了顿，继续说：“大胡子不告诉我们胶囊舱的存在，是担心历史重演。而谢思安也没想到，他从城市里一出来，竟然就过了十五年。”

“所以他一开始就在骗我们。”李纯愤愤道，“他刚从雨林出来的时候，就把自己和抢劫大胡子的事情撇清关系，是想和我们一起清清白白地回去呢。”

谢思安的计划落了空，他怎么也没想到，这群人因为有天穹的任务在身，很快就知道了这里是一条时间的裂缝，把困境当作一个谜题在破解。

得知季雨时分析整理出了脱困的方法时，他惊喜的表情、多情的感触，其实都隐藏着慌乱。

他一定在害怕，如果所有的队友真的都能复活，他们真的能回到被吸进来之前的位置，那么他一定是死路一条。

周明轩骂了句脏话，然后说：“这叫不是不报，时候未到。”

雨水顺着宋晴岚的小脸往下流，他睫毛湿润，眼神很亮，朝谢思安开口道：“所以，刚才你故意告诉那些刚复活的人我们在抢夺胶囊舱，是想坐收渔翁之利还是想拖延时间？”

宋晴岚不等谢思安回答，也不需要谢思安回答，又说：“你现在想要胶囊舱，是想趁裂缝还没关闭逃去别的时代吧。可是你就不怕我们回去以后，稽查者早晚都会找到你？”

狭隘的心思被戳破，谢思安觉得耻辱，但还是咬着牙说：“亡命天涯总比回去就死好。再说了，就算我现在后悔……来得及吗？”

如果早知道会有现在的转变，他怎么也会遏制住心中的恶念，可是事实就是如此无常。所有人都拥有重来一次的机会，可他没有了。

宋晴岚说：“来不及了。”

谢思安坚持道：“那就拿胶囊舱来交换，只要我一进入胶囊舱，就告诉你们荧光花的位置，否则你们也别想回去。”

众人哗然，垃圾山还剩下一小圈光线，他们眼看就要成功了。难道，真的要让谢思安先一步逃走吗？

齐队的枪口没有移开，在雨水的冲洗下，他扣动扳机的手指关节发白，说：

“给他。”

众人还没发声，汤乐就愤恨地道：“不可以！”

汤其被谢思安暗算，要不是被加了倍速还速度足够快地推了汤乐一把，现在汤乐也该遭殃了。

除了宋晴岚，大家都没发现季雨时皱着眉，正在快速思考。

季雨时将自从谢思安出现后的画面一帧一帧地在脑海中播放，他的记忆完整无缺，只要他看过的、听过的、感受过的，哪怕只有一丝一毫的踪迹，也逃不过他的搜寻。

谢思安会把那株荧光花藏在哪里？

谢思安进入太空舱，和大胡子打架；谢思安坐在地板上和他们说话；谢思安捧着罐头，坐在沙发上和他们说话……

“克蒙豆……”季雨时说出这几个字的瞬间，谢思安脸色猛地一变。

李纯惊道：“我知道了，他把花藏在克蒙豆罐头里了？”

在太空舱，所有人都不约而同地对克蒙豆表示嫌弃，就算是吃比它味道更难吃的素食罐头，也绝对好过碰它，克蒙豆罐头简直是垃圾般的存在。

季雨时看着谢思安，摇头道：“不，不是克蒙豆罐头。”

谢思安也回看着季雨时，表情阴冷，一言不发。

季雨时猜到的，谢思安也猜到了，这是两个观察员的博弈。

季雨时语气没什么起伏，说的话却让人不寒而栗：“齐队，你可以开枪了。”

其他人都被季雨时的话震惊，唯独天穹七队的人没有，他们的季顾问永远能绕过重重迷雾看透事情的本质。

齐队有些犹豫，季雨时却斩钉截铁地说：“荧光花在谢思安的身体里。”

周明轩立刻上前，猛地扒开了谢思安的黑色作战服。

这具年轻的躯体不算孱弱，却透出病态的白色，一道约十厘米的新鲜伤口出现在小腹，伤口被缝了线，里面埋藏着一株幼小的植物。谢思安把这属于时光的痕迹留在自己的身体中滋养着，只要不被发现，它就能一直存活。

对自己能下这样的狠手，谢思安想要逃走的决心已经到了偏执的地步。

“你……怎么知道的？”谢思安一下子瘫坐在地，脸色灰败。

“是你告诉我的。”季雨时说，“你回太空舱时被大胡子压在身上掐住喉咙，被他放开喘过气后首先拍打衣服，因为你嫌弃他的体味。你坐在地板上和我们

第一次说话，也是远离大胡子的地毯，因为你也嫌弃地毯上面的味道。中途我和宋队出去了一趟，回来时你就已经洗过澡了。每当大胡子经过，你就会屏住呼吸。奇怪的是，我们在控制室谈话，当宋队问我以后想起大胡子会先想到什么，我回答说是他的味道时，你明明露出了赞同的表情，却不管不顾地坐在了大胡子的沙发上，身上还搭了他的毯子。”

谢思安要绝望了，季雨时究竟是记忆力太好，还是比他想象的更聪明？

季雨时接着说：“最重要的是，你在城市里饿了两天，只吃了一个我给的素食罐头，可是当大胡子准许你吃午餐肉罐头时，你却没吃完，甚至，你只吃了三分之一。”

谢思安冷冷地笑了，是认输，也是认命，他说：“你就没想过我是和你一样，很讨厌午餐肉的味道？”

一旁的宋晴岚突然反应过来——季顾问讨厌午餐肉？

季雨时摇摇头，说：“因为那个时候你已经把植株放进身体里了，你既虚弱得站不住，也吃不下任何东西，身体太疼了，对吗？”

谢思安不说话了。

一片沉默中，齐队沉着嗓子开口：“谢思安，我以时间见证者之名，以时间守护者之名，判你叛逃之罪。”

在场的穿越者约有五六十名，大家都来自不同的世界、不同的时代，语言不通的、共通的，正互相翻译当前的情景。作为恪守己任的时间见证者，他们看着谢思安的表情充满了鄙夷。

“砰——”

枪声响起，谢思安随之倒地。他的额头出现一个血洞，他双目圆睁，眼里再没了神采。

所有人都知道，这不是谢思安的终点，裂缝修补完毕后，谢思安将复活回到胶囊舱，并被队友逮捕回到天穹。届时，他将在他的时代，再次被控告谋杀罪名。

暴雨乍停，几十名穿越者同心协力，很快将最后一批荧光花收集起来，连同谢思安体内取出来的那株一起焚烧。

万花筒一样的城市倒影消失了。

“你们看！”有人大喊。

众人抬头，只见空中那绚丽的极光也随着城市的消失而消失了，这是时间裂缝的终结吗？

荧光花最后一束火光尚未熄灭，空中忽然传来无数嘈杂的巨响。

紧接着，一艘属于中古世纪的巨大渡轮从地底凭空出现，桅杆当场刺穿了几名穿越者的躯体。它随着并不存在的浪潮以难以想象的速度朝众人驶来！

“快跑！”

在各种语言的叫喊声中，穿越者们出于人类求生的本能四散奔逃。

季雨时下意识拉住小宋队的手，渡轮却刹那间凭空消失在他们眼前。悬崖峭壁随之出现，紧接着，沙漠草原又取而代之，星球、极地、火山炼狱，万物变幻莫测。

短短几秒间，数个世界的百年光影更迭。世界混乱，时空交织，四周再无一处是路。

无人再跑，穿越者们站在原地，处于时空漩涡的中央，从未有哪一刻觉得自己如此渺小。

季雨时看到人群中最高的那个红胡子男人已恢复为年轻的模样，身材瘦削，面容干净，对他挥了挥手。

他看见汤其缓缓睁开了眼睛，伤口以肉眼可见的速度愈合。

他也看见，垃圾山彻底消失，更多的穿越者走了出来。

火光越来越小，终于，最后的藤蔓燃烧为灰烬，消失在了视野中。

在他们彻底坠入黑暗之前，季雨时感觉到手中那稚嫩的手掌正迅速成长，蜕变为一只骨节分明、坚韧有力的大手，那手指关节处稍显粗糙，是长期训练留下的枪茧……

季雨时再有意识的时候，人已经回到了胶囊舱里。

【警告！警告！您已偏离目的坐标！您已偏离目的坐标！】

胶囊舱里警报声刺耳，红灯不断闪烁。伴随着舱体的巨震，季雨时看见他眼前的透明面板上有无数画面快速闪过。尖锐的耳鸣声响起，一时间，他觉得自己失聪了。

又……要开始了吗？

短暂的安静后，红光与警报声都消失了，胶囊舱平稳下来，有另一道提示出现了。

【检测到非法跃迁！已成功拦截！】

【当前任务终止，您已处于返程阶段。】

季雨时瞳孔微微放大，竟有些不敢相信这一句提示。

成功拦截？是哪里的天穹将他们拦截了？是第三指挥中心终于发现了他们的异常，赶在另一场劫持开始前将他们的任务终止，让他们终于可以返程了吗？

“衔尾蛇”“卡俄斯”让他们噩梦连连，深陷泥沼的一切现在都停止了？

很快，胶囊舱静止，季雨时面前出现了系统提示，是当前时间坐标。

【1456.06.15 14：51：40】

机械臂很快递来了营养液，等待生命体饮用，却迟迟没等到。它呆头呆脑地将营养液动了动，试图引起生命体的注意。

【欢迎，季雨时，欢迎您回到天穹。】

舱门打开，一时间，季雨时竟觉得外面的光线有些刺眼。

有人撑开了他的眼睛，正拿着手电筒照射他的瞳孔，急切地喊道：“这里！观察员出现了休克状态！需要马上急救！”

这个声音的主人季雨时认得，正是他们出发前给他检查身体状态的那位询检师。

陷入昏迷前，季雨时想，他们回来了。

第五篇 我是谁

39.

季雨时醒来已经是一两天后了。

正值中午，阳光从窗外洒进了病房里，照得大理石地板与洁白的墙壁都成了闪耀的金黄色。窗外天空蔚蓝，万里无云，这只是夏日里一个再寻常不过的晴天。

多久没有见过这样的天空了？季雨时心有感触，一时间竟计算不出来。

病房里冷气充足，季雨时身上甚至盖了一条薄毯，右手背扎了针，液体通过针管缓慢地进入他的血管。

这一次跃迁的后遗症太强烈了，季雨时出现了短时间的休克，还好他的身体经历过多次跃迁，在急救后很快就缓了过来。但此时他躺在柔软的床铺上，发现自己倦得连一根手指都不想抬。

【1456.06.15 14：51：40】

季雨时清楚地记得回来时看到的时间坐标。他们出发的时间是星元一四五六年五月十七日，没想到从出发到被拦截后的返程，竟然花了快一个月的时间。这一个月的失联，对于江城分部的人来说，对于他的家人来说，应该都很难熬。

护士来查过一次房，还给季雨时带来了餐食。

晾到温度适宜的粥、清爽可口的小菜，每一样都让季雨时食指大动。除了在“时空中转站”吃过的有印象的那一顿饭，他已经很久没吃过热腾腾的食物了。而且，那一顿饭还只是幻觉。

空荡荡的胃被粥温和地抚慰，麻痹的味觉被小菜唤醒。就着这阳光，就着窗外那蓝天，季雨时慢慢地进食，然后彻底放松下来。

“叩叩。”病房门被敲响。

季雨时道：“进来。”

门打开一条缝，探头探脑的人是李纯，他惊喜道：“季顾问！你醒了！”

李纯早已恢复得生龙活虎，脱去黑色作战服的他显得年纪更小了，他毫不见外地往病床旁的椅子上一坐，说：“我就估计你差不多这时候醒，刚一问护士，果然！”

季雨时问：“大家都没事吧？”

李纯说：“没事！我们都比你醒得早一点，不过也没有早很多！”

李纯就在隔壁病房，他告诉季雨时，大家回来后都出现了不同程度的后遗症，被统一送进了天穹医疗中心。这一层除了他们两个，还有其他队友，护士不允许他们同时串门，他就赶在其他人前面过来了。

李纯感叹道："真不现实！"

他伸出胳膊，给季雨时看他胳膊上的青紫印记，说："我刚醒的时候，狠狠掐了自己几把才敢相信现在的一切不是幻觉，真像做了一场噩梦。"

季雨时想说，如果真的是幻觉，那么痛觉、伤痕当然也包含在其中，但是他忍了忍。

其实季雨时也有点不敢相信他们就这样顺利回来了，可一切又在情理之中。经过他的观察，那个所谓的"拥有自我意识的天穹系统"，应该没有能力将幻觉做到这么人性化的地步。

最重要的是，属于他们这个时代的天穹与指挥中心，其实比他们概念中的强大得多，找到他们并成功拦截下一次跃迁是早晚的事。要是再晚一点，连季雨时都要觉得指挥中心无能了。

"什么'衔尾蛇'，什么'卡俄斯'。"李纯说，"要不是刚刚和文哥、老段他们一对，大家的记忆和口供都一致，我都以为是我疯了。上面可能也担心咱们出现这样的情况，还派人来做了心理评估。"

季雨时白皙修长的手指将勺子放下，勺子碰撞碗壁后发出清脆的声响，他问："心理评估？"

"对。"李纯说，"我们比你先醒，都已经做过了。我听护士妹子说，我们集体消失了快一个月，把所有人都吓得够呛，差点就要成为部里的传说了。现在我们就是在等各自的评估报告出来，看合不合格，它什么时候出来决定我们什么时候能回家。"

季雨时点点头，按照流程的确是这样的。

李纯忽然调转了话题，问："季顾问，等能走了，你要回宁城去？"

"对。"季雨时应道，又补充了一句，"如果不需要我协助你们去完成西京市那个 A 级任务的话。"

他来到江城，原本就是为了协助七队完成任务的。

"那应该不用了。"李纯说，"那个任务已经有人完成了。"

李纯不愧话痨又八卦，他一醒来还没多久，就把他们走后的事情打听得明明白白。

第三指挥中心检测到天穹七队并未到达正确的时间坐标，且处于离线状态，于是很快就安排了稽查部门寻找他们的下落。

而天穹七队原先要完成的那个A级任务，也交由天穹九队去完成了。

守护者小队排名竞争激烈，李纯气道：“搞不好他们还希望我们不回来，等着接我们的班。”

七队和九队两支队伍较劲的原因，季雨时也知道了个七七八八。某宋姓队长竟还被人针对过。

抱怨完，李纯又期期艾艾地问：“那……老于怕是要彻底退休的，我们队里还是缺人。如果下一个任务需要帮忙，季顾问你还来吗？”

季雨时说：“看情况。”

人类就是这样，相处过就会产生感情，季雨时发现自己竟然不能像以前一样面无表情地拒绝了。

李纯又问：“看什么样的情况啊？”

季雨时无言。

李纯摸了摸后脑勺，说：“那个，我们刚回来，说这个是有点早哈。”

季雨时的精神状态看上去不是太好，即便他已经证明了在战斗力上他不是菜鸟，但他拧不开瓶盖的脆弱形象还是深入人心。李纯唠叨了一阵，很快就识趣地回病房去了，想让季雨时好好休息。

可是李纯刚走没多久，其他人又陆陆续续地来了。汤其、汤乐、周明轩、段文，都来串了门，因为过于热闹，中途他们甚至一度被护士赶回房间去。

总的来说，他们的中心思想只有一个：希望季雨时能够留下来。

季雨时有些无奈，内心却也有些震动。

经历过那么危险可怕的任务，经历过那样残酷的时空劫持，谁都会产生心理阴影。别说是心理承受能力差的，就算是普通人，恐怕也会对再次乘坐胶囊舱进行跃迁产生抗拒感。

可是天穹七队不一样。当然，他们这才刚回到现实，让他们马上又出任务是不可能的，可他们竟然已经在考虑下一次任务的事了。这心理承受能力，评估报告不给过都不行。

吓不怕、打不死，天穹七队的韧性比小强还厉害。

队友们走后，专家如约而至，给季雨时做了一场长达三小时的心理评估。

评估结束前，专家问了三个问题。

“季雨时，在此次跃迁出错的过程中，你对指挥中心、对天穹系统的信任度，是否产生过动摇？”

季雨时说：“没有。”

专家问：“为什么？”

季雨时回答：“因为如果以‘维度’来形容的话，我认为‘拥有自我意识的天穹’远远超出了我们的维度，所以这只是一场谁也无法预料到的意外。另一方面，我也相信天穹与指挥中心可以找到我们，要担心的只是时间问题。”

专家又问：“那么，在跃迁出错以后，你是否产生过要将错就错、以此跃迁去其他时代的念头？”

提出这个问题以后，白皮肤的专家扶了扶自己的眼镜，认真地看着季雨时。

季雨时垂下眼皮，小巧的测谎仪正贴在他的手腕上，检测着他的脉搏。

他再次开口，连语气都没变：“没有，我从未产生过那样的念头。因为我知道组织信守承诺，迟早会给我那样的机会。”

测谎仪亮起了绿灯，专家收拾好设备，很快就走了。

第二天上午九点，天穹七队的评估报告都下来了。全员合格，他们可以走了。

回去以后，每人都需要写一份详细的任务报告，除此以外，分部还决定给他们每个人放三个月的长假用于调整状态，等他们休完假回到天穹时，会让他们再做一次心理评估。

段文把大家的私人物品都领了回来，季雨时拿到了自己的衣物、手机。

季雨时换好衣服，一拉开病房门，就看见宋晴岚靠在他门外的墙壁上，朝他打招呼：“季顾问。”

入耳的是熟悉的低沉嗓音，眼前是重新变回成年男人的宋晴岚，他高挑的身形外加一双大长腿，十分有存在感，连他微微俯首的模样，都让人产生了几分想要后退的感觉。

几天不见，再加上在裂缝中和季雨时最后相处的也是宋晴岚的童年体，此刻成年版的宋晴岚，让季雨时像与他第一次见面时一样，觉得他侵略感十足。

宋晴岚似乎正等得百无聊赖，季雨时一出来，他就道：“你每次都这么慢。”

这一幕似曾相识，季雨时记得，他们从雨林回到太空舱后轮流洗澡时，宋晴岚也是这样在外面等他的。

季雨时表情不变，漂亮的眸子看着宋晴岚，问：“宋队，你是又来抛橄榄枝了吗？”

“那倒不是。”宋晴岚口气随意，“心急吃不了热豆腐，我抛了，季顾问也不一定接。”

他离开墙壁站好，然后弯了弯嘴角，道：“其实我醒得最早，早就想来看你了，哪能被他们一个个的抢先挣好感。就是我命不太好，一醒就稽查、询问、评估三连，上边就见不得我休息。”

宋晴岚是队长，面临的情况当然和他们不一样。因此，串门的人员中没有宋晴岚，季雨时也没有问，他知道对方肯定没那么容易脱身。

季雨时说：“那我回去以后，一定在任务报告中多写点你的好话。”

“不用等任务报告。”宋晴岚语气轻松，“正好现在齐部长请我们吃饭，你就可以美言几句了。”

齐……部长？季雨时皱起眉头，问：“江城分部有几位部长？”

宋晴岚道：“只有一位，怎么了？”

季雨时眼中的情绪变了，继续问：“那汪部长呢？”

40.

听到季雨时这么问，宋晴岚虽不明所以，却也收敛了轻松的语调：“什么汪部长？”

天穹江城分部的汪部长，女，五十三岁，气质温婉，做事算得上雷厉风行，一生气就容易摔杯子。

季雨时清晰地记得她的一颦一笑，包括她身上的香水味。

可是，宋晴岚为什么说江城分部的部长姓齐，且只有一位？

季雨时心中产生了不好的预感，种种想法在脑海中交织。

是哪里出了问题？是他们还在被劫持的过程中并没有真的回来，天穹又往他们脑中塞入幻觉，让他们进入了新的任务中？还是他的记忆出了错，又产生了类似记忆重叠、混乱的现象？

他刹那间神色紧绷，脸色不自觉地苍白了几分，双眼中紧张、迟疑的情绪交替，宋晴岚还是第一次见到他这样。

宋晴岚心中“咯噔”一声，想起了季雨时的心理评估报告。

即使是再心性坚定、性格坚强的人，经历过那些匪夷所思的世界都会产生不同程度的心理创伤。天穹七队的每个人都或多或少地出现了一点后遗症，有些他们能意识到，有些则潜伏在他们的潜意识里，但都处于可控状态。因此，分部才决定要给他们放三个月的长假。

但季雨时不一样，专家给他的评估结果是：完美。

宋晴岚是队长，开会时他在现场，专家对这个结果的反应并不乐观。因为季雨时就像一个背诵过答案的学生，怎么答都是高分，但这并不代表他真的会了。

经过在任务中的相处，两人已有了许多默契，宋晴岚上前一步，扶住季雨时的肩膀，不由得放低声音问：“季顾问，你想到了什么？”

季雨时嘴唇紧抿，勉强开口道：“我想……先清醒一下。”

说着，季雨时从口袋里拿出了他的药盒。

那药吃多了没什么好处，但季雨时的脸色实在很差。

宋晴岚立即转身，回到病房倒了一杯水出来，出来前已经用手背试过水温，说：“温的。”

季雨时取出一颗药放入口中，然后接过宋晴岚手中的水。他喝一口水，仰头，修长脖颈上喉结一滚，就将药片顺利服了下去，动作急切。

他身形瘦削纤细，肤色白皙，此时穿着白衬衣、黑西裤，挺拔干净，这正是他刚来江城时穿的那套衣服。

第一次见面时，宋晴岚觉得季雨时像雪地湖泊旁的寒松，此时他却在这份清冷的感觉中品到了一丝微不可察的脆弱。

季雨时经常用药物来维持清醒吗？还是说……只是偶尔？

医疗中心这一层人不算多，走廊中来往的人很少。季雨时吃完药，闭着眼睛静静地站了十几秒。

药当然不可能这么快起效，但能给人一点心理安慰。

他再睁开眼睛时，眸中恢复了一些清明，见宋晴岚还关切地站在他身侧，便说：“宋队，你还记不记得安排我们出任务的人、借调我来江城的人是谁？”

正在这时，忽然有人喊道：“宋队！季顾问！”

队友们嘻嘻哈哈打闹着走来，个个都收拾好了东西。

周明轩问：“你们在这儿干吗呢？等我们？”

汤其揽着弟弟的脖子，也笑道：“宋队你不是和齐部长他们一起走的吗？专程过来等我们？”

宋晴岚自然地道：“专程过来等你们？脸可真大，我是过来等季顾问的。”

众人调侃：“哼！差别待遇！”

一群人高马大的年轻人，一出任务便没了严肃紧张的氛围，成了兵痞子，要是放在外面，保管路人看见他们就绕道走。

大家七嘴八舌地吐槽，不过都是开玩笑，可见每个人心情都很好。

“季顾问一个外地人，没车，我得负责接送。”宋晴岚理所当然地说，“再说，今晚不仅是齐部长请客吃饭，也是顺道给季顾问办个欢送会。”

吃完饭，季雨时就要回宁城了，下午的票。

众人纷纷想起季雨时马上就要离开天穹七队这件事，闹哄哄地进了电梯。

季雨时站在角落里，李纯贱兮兮地凑过去，问：“季顾问，你回去之后会想我们的哦？”

“嗐。”段文道，“季顾问脸皮薄，你们看他现在郁郁寡欢的，分明就是离愁太深嘛。”

季雨时无言。

除了李纯，七队个个都有车，李纯向来是蹭段文的车坐，他们都在一楼出了电梯，要去指挥中心取车。

宋晴岚之前出去了几趟，所以车子停在地下停车场。

众人离去后，季雨时跟着宋晴岚，一路到了负一层。

地下车库不算逼仄，走到一处时，头顶的灯光忽然闪了闪，是有一盏灯坏了。

季雨时蓦地愣了一两秒。润金大厦的地下通道里，那些悬挂着的灯管、朝他们伸来的惨白双手，还有不绝于耳的枪响，都在此时不合时宜地出现在了他的脑海里，不受控制。

可仅仅一两秒，那些画面就散去了，是宋晴岚打断了他的思绪。

“这里。”宋晴岚打开车门，说，“上车。”

这是一辆浅银灰色的跑车，线条流畅，车漆反射着锃亮的光，车子静静地蛰伏在车位上。

宋晴岚换了便服，眼中笑意吟吟，往车旁那么一站，跟车模似的。

季雨时上了车，给自己系好安全带，说："你这是中饱私囊了，还是说你本来就是富二代？"

宋晴岚私底下不是什么低调的人，家境、能力都组成了他跋扈性格的一部分。他发动车子，在声浪中将车子开起来，毫不介意地道："那必定是中饱私囊了。你看，我们这里待遇这么好，季顾问你有没有一点点动心？私吞的钱我可以分你一半。"

褪去那一层守护者队长的皮，年轻的男人和普通人也没什么不同，除了条件优越了那么一些。

宋晴岚手腕上戴着一块表盘简约的手表，季雨时家里恰巧就有人有这么一块，价格可是一点都不简约。那双出任务时轻松驾驭霰弹枪的大手骨节分明，此时正松松地握着方向盘。

季雨时回答他的调侃："那就不要了，我怕坐牢。"

宋晴岚早料到了这个回答，也不开玩笑了，反而说："队长的年薪不错，我也做了点投资。"

车子开出了医疗中心，开出了天穹。路上经过道闸，宋晴岚刷了脸，侧头看到季雨时正在阳光里眯着眼睛，有些慵懒的样子。

上午的阳光不算毒辣，季雨时任它斜斜地晒着，目光跟着车速掠过江城的繁华街景。

他很安静，大约是药物已经起了作用，他神情比刚才在病房外要好了很多，也清醒了很多。

那群碍事的人不在，宋晴岚想要询问刚才季雨时要谈的事，却再次被手机铃声打断了，是季雨时的。

季雨时刚拿到手机，还没来得及和家里报平安，估计是家里得到了通知。

他看了眼来电显示，紧绷着的眉梢眼角又松了一松，接通道："喂？"

是谁？宋晴岚目视前方。

季旻越一听到季雨时的声音就重重地呼了口气，说："总算回来了，我还以为你真的丢了，差点在老爸面前以死谢罪，还是他杀我。"

"血腥。"季雨时的语气也是轻松的。

季旻越又说："小季同学，你别嫌血腥，老季为了你估计真干得出来。这么多年了，除了打我那一回，他就再没提过我不该帮你进天穹的事，这个月我都快被他骂死了。你再不回来，我真的会血染宁城。老妈看我可怜帮帮我吧，他就更加生气了。”

季雨时说：“你平常就该让着他点，别老和他争宠。”

让着点？争宠？宋晴岚疑惑。

宋晴岚是个不爱听别人隐私的人，只想认真开车。车开起来还好，可是偏偏此时行驶到了一个大十字路口，遇到了一个长达一百二十秒的红灯。宋晴岚单手撑着太阳穴，手指在方向盘上跟着红灯数字倒数，一下一下地敲。

季旻越已经简略说了一大堆家里的琐事，堪堪忍住继续的欲望，问：“几点的票？”

季雨时说：“两点。”

季旻越算了算，说：“那等你真正到家也该四点多了，你今天在家歇歇，明天回来？我怕你要是今天回来，他们会数落你。”

季雨时应道：“好。”

“成。”季旻越说，“那就这么定了。我今晚要去一趟学校，有个晚会，顺便把猫给你送回来。”

季雨时想猫了，他走的时候当然没有真的把猫带去宁城分部让同事投喂，而是提前送到了季旻越那里。走了一个月，他那些主子不知道有没有想他，他猜应该是有的。

世界上没有什么比撸猫更让人放松的事了，光是说一说，季雨时的嘴角都带了点弧度。

他问他哥：“那你晚上几点过来？”

绿灯了，宋晴岚重新把车开出去，左转，汇入新的车流。

季旻越说：“七点之前吧。”

季雨时问：“洗澡了吗？”

“知道你今天回来，昨天你嫂子就带去洗了。洁癖精。”

季雨时满意道：“好，那我等着你。”

挂断电话，季雨时觉得车里寂静得有点奇怪。

劫后余生，和家人打电话打得太久了，他有点抱歉：“不好意思，宋队，在车里打电话。”

宋晴岚俊美的侧脸有点僵硬。

季雨时明明没有对象，听上去却像是在约人过夜，现在这个社会这样做的单身男女不在少数。一个人的能力和私生活是两回事，宋晴岚清楚，他欣赏季雨时，不代表他就能对季雨时的生活指手画脚。

可是，他突然有点烦躁是怎么回事？

他惜才，不希望季雨时是这样的感情观，也希望季雨时有点事业心。

等到了目的地，宋晴岚把车停了，接上之前的话题：“季顾问。”

谁料他一转头，季雨时恰巧在看他。水润的杏仁眼，眼尾略微上挑，好像很专注，在宋晴岚转头的瞬间，季雨时就把目光投向了别处，自然得像什么也没发生一样。

宋晴岚心中闪过一些想法，总不能是因为要走了，季顾问忽然改变主意，对加入天穹七队这个提议有了兴趣，又不好意思开口吧。

宋晴岚掌心黏腻，出了一点薄汗，如果真是那样就再好不过了。

宋晴岚不想强迫人，他可以等季雨时考虑好，当下便只恢复以往的语调讲起正事：“在医疗中心，你问我记不记得借调你来的人是谁，是什么意思？”

41.

季雨时吃过药、接过电话以后，那种急促、混乱、慌张的感觉已经离他远去，让他脸色好了许多。

他们来得早，队友们都还没到，因此有了一些交谈的时间。

季雨时说：“我那样问你，是因为在我的记忆里，江城分部的部长姓汪，是一位非常有气质的女性领导。派我们出任务的是她，借调我、接待我的也是她。在我的印象中，就没有一位部长姓齐。”

宋晴岚一怔：“怎么会？”他下意识地发问，却并不是不相信季雨时的记忆，正是因为他太相信季雨时了，才觉得惊讶，“姓汪的女性领导？”

季雨时继续说：“你回忆一下，我们在天穹基地第一次见面的时候，我身边站的人是谁？”

宋晴岚很快就答了出来：“是齐部长。是他向我介绍的你，你还说三年前听他上过课，并且说出了他那天穿了什么衣服，顺便讲了讲我的早退。”

季雨时摇了摇头："不是的，那也是汪部长。我记得她的套装裙、她的珍珠耳环，还有她摔碎的马克杯。"

夏日下午，阳光灿烂。

不知是不是因为车里的冷气开得太足，两人都察觉到了一点凉意。可是，经过异世界的磨炼，他们现在尚算镇定——至少，不会突然有丧尸跑出来吃掉他们的脑子。

一直纠结于同一个问题没有意义，季雨时问："宋队，不如你给我讲讲这位齐部长？"

宋晴岚说："其实你在裂缝里就见过，他就是那位被困在雨林里的天穹十二队的齐队长。"

季雨时惊了。暴雨中，那位齐队长的枪口对准叛徒的一幕犹在眼前。

"谢思安，我以时间见证者之名，以时间守护者之名，判你叛逃之罪。"

竟然是他？季雨时半天没有说出话，大脑飞速思考，紧绷的神经慢慢落到实处，很快就明白了是怎么回事："是他……"

时间线发生了变化，从他们救出天穹十二队开始，就逐步将已经发生过的现实覆盖了。天穹十二队回到了十五年前，齐队因为能力出众，一步一步得到提拔，然后成了江城分部的部长。

所以，在这条被覆盖的时间线里，江城分部没有了汪部长。

可是为什么，宋晴岚的记忆发生了改变，而季雨时的却没有？

"在裂缝里见到他们的时候，我也吓了一跳。"宋晴岚说。"我进江城分部这几年来，他对我们天穹七队一直很严格，私底下却没什么架子，我完全不知道年轻时的齐部长竟然有这样一段经历。站在齐部长的角度，他们十五年前被吸入裂缝里时，有一支来自未来的天穹七队将他们救了出来。这十五年里，齐部长并没有出手干预，而是旁观着这支注定要拯救他们的队伍成形。直到有一天，老于受了伤，你也从宁城借调过来，他便知道我们即将完成他们被救赎的'历史'。"

季雨时睫毛颤了颤，神情有些茫然。

"这几天齐部长找我聊了聊，我才知道，劫持我们的天穹系统其实很难追踪。正因为这段历史，齐部长才让人找到漏洞，艰难地拦截到了我们，否则我们可能还处于另一场劫持中。"

宋晴岚说：“这就好比一环套一环，没有我们就没有齐部长，没有齐部长，我们也回不到现实。就像我们在‘衔尾蛇’任务里说的一样，在某个既定的时刻去完成某个既定的事件，一切才能顺理成章地发生。”

时间的运作精密无比，凭季雨时的思维与逻辑能力，当然也能理解这一点。

但是，过去就这么轻而易举地被改变了吗？有的人在改变中出现了，有的人在改变中消失了。出现的人理所当然，而消失的人却没有人记得他们的存在，这不得不说是一种悲哀。

宋晴岚发现了季雨时的沉默。

两人在车里又坐了几分钟，宋晴岚接了个电话，段文在那头问：“宋队，你们到哪儿了？怎么不见人？”

队友们都已经上去了。

宋晴岚简略地回答：“马上过去。”

挂断电话，宋晴岚发现季雨时已经收敛了情绪，先一步打开车门道：“我们走吧。”

齐部长请大家吃饭的地方是一家私房菜馆，一进门便是一道镂空雕花的木屏风，屏风后流水肥鱼，花草清香，设计者的风雅品位恰到好处。

四周一片安静，一路有人引路，冷气中飘着淡淡的香气，不见油烟。

等到了雅间，众人的谈笑声隐隐约约传来，侍者打开门道：“您请。”

宋晴岚道了谢，侧身先让季雨时进去。

餐桌旁都是熟面孔，天穹七队的队员都在。

周明轩见他们进来就打趣：“宋队，你们先走怎么还后到？是不是太久没开车生疏了？”

宋晴岚哪能不知道他的心思，说：“明天就借你。”

李纯举手：“我也想开！”

宋晴岚睨他一眼：“儿童乐园的碰碰车，哥请你开。”

众人哄笑。

宋晴岚与季雨时落座，随意问道：“齐部长呢？”

段文说：“刚在外面遇到个熟人，去打招呼了。”

上次出发前小队聚餐，季雨时就没来，这次与大家坐在一起，情况早与当初不同了。

他发现自己不仅不拘谨，甚至还有点自在。热闹中，连他心里的郁结也消散了不少。

汤乐就坐在他旁边，压低声音道：“季顾问，刚才我和我哥的车就停在你们后边儿，本想等你们一起上楼，但是你和宋队在车上待了半天，干吗呢？”

季雨时竟无言以对，这件事要怎么说？他要在这种场合告诉大家时间线被覆盖了吗？

汤乐刚问完，脑袋就被汤其用筷子敲了一下，赶紧吐吐舌头缩回去了。

明明长得一个模样，汤其偏要稳重许多，说：“关你屁事？反正不是搞什么特殊待遇。”

汤乐又说：“那不好说，你看季顾问一来，宋队人都变了！他的车什么时候让我们蹭过？”

宋晴岚听了这话，没好气地道：“一个两个又脏又臭，老周三天不洗的袜子就能立起来放。”

“我？”周明轩在私底下也不客气了，“说得你像没有过一样。特种部队在野外训练，谁有时间洗袜子？你们……尤其是季顾问，季顾问我告诉你，你别看宋晴岚现在人模狗样，实际上他在部队里为了少洗点衣服，连内裤都不穿，也不嫌拉链卡着肉。”

宋晴岚失笑，一脚蹬上周明轩的椅子：“去你的！那是为了凉快！”

季雨时就不像是会开这些玩笑的人，然而，出乎众人意料的是，他竟朝宋晴岚的裤子看了一眼，淡淡道：“应该是挺凉快的。”

话音刚落，雅间的门便被推开了，季雨时抬头看去。

进来的男人约五十岁，人到中年了还能看出年轻时的风姿，肩膀宽阔，肌肉在T恤下轻微鼓起，一看就是常年锻炼，半点都没有想象中迂腐领导的味道。

他两鬓斑白，精神矍铄，看得出是个狠角色，此刻笑着和众人打招呼：“都来齐了？”

那个瞬间，季雨时的记忆发生了翻天覆地的改变。

三年前在江城的学习课堂上，讲课的人换成了眼前的齐部长，他讲课简洁利落，轻松带领着全场学员进行思考；季雨时的借调令上，领导的签名出现了变化，黑色的笔迹变成了龙飞凤舞的两个字——齐朗；季雨时来江城分局后，带他去天穹基地的人也变成了眼前的齐部长，他们在窗前讲话，然后宋晴岚推门而入……

原先的记忆还在，新的记忆却由此产生。

季雨时还在怔忡，中年男声已经传来："小季，你今天就要回宁城了，这一顿饭不仅是我私人对大家的感谢宴，更是你的欢送宴。"

季雨时回过神来，只见大家都举起了杯子。

他的杯子里也斟满了饮料，他便端起来，说："谢谢齐部长。"

大家落座。

季雨时一坐下，从齐部长进门起就在观察他的宋晴岚侧过头想跟他说什么，季雨时先一步轻声道："别担心，我已经想起来了。"

作为一个从无数个守护者任务里摸爬滚打出来的领导，齐部长不是喜欢打官腔的类型，这顿饭也说明了他的性情。

正如宋晴岚在车里说的那样，齐部长简要地说明了十五年前在夹缝中与天穹七队的相逢。

时间真的是个非常奇妙的存在，齐部长感叹："这些年我见证着你们七队慢慢组成，也见证着指挥中心举荐小季过来。我不知道你们在任务过程中会发生什么事，但是我能确定结果。这么多年了，在雨林里走投无路地死去、在暴雨中枪毙叛徒的情景仍旧是我的噩梦，直到这一次，你们成功回来，我昨晚才终于睡了个好觉。最重要的是，我和一些老队友这些年一直等待着今天亲自和你们说声感谢。他们虽然来不了，但我做代表，必须敬大家一杯。"

十五年来一直保守秘密，必定不太容易。如今该完成的历史已经彻底完成，秘密不再是秘密，齐部长喝完这一杯，连眼角的皱纹都松开了不少。

放下杯子，季雨时问："谢思安呢？"

大家都很好奇这个问题。

听到这个名字，齐部长沉重地一笔带过："经稽查部门审判，终身监禁。"

话题回到季雨时身上，齐部长说："小季，你的能力非常突出，我非常想让你正式加入守护者队伍，已经和你们林部长通了电话，但林部长不放人。我觉得，还是你本人的意见比较重要，怎么样，你要不要考虑考虑？"

队员、队长，一个个的轮番上阵，现在部长都来了。

齐部长话音一落，众人立马齐刷刷地看了过来，面带期望，季雨时颇觉无语。

这不是什么欢送宴，是鸿门宴吧？

最终，季雨时道："谢谢齐部长，我会好好考虑的。"

饭后，众人告别，小队众人将季雨时围在中央，七嘴八舌地说着不管季雨时考虑得如何，以后来江城了，都由他们负责接待。

离开守护者小队，此前注射的皮下通信器会自动被代谢掉，任务外也没有了通信器。于是，汤乐打头问季雨时要了手机号码，然后众人纷纷要求一视同仁，便都留了季雨时的号码。

季雨时还是第一次在手机上一次性存这么多号码。

等他存好了号码，在一旁等待的宋晴岚便道："好了，再晚季顾问就赶不上车了。"

从江城去宁城有专门的城际悬浮列车，时速可达五六百公里，车程只需要一个多小时，江城分部已经给季雨时买好了票。

季雨时收好手机，听到宋晴岚说："季顾问，我送你。"

他一转头，见对方正习惯性地抱着双臂，是个不容拒绝的姿势。

季雨时本来也没有要拒绝的意思，便点点头，说："那麻烦宋队了。"

一群人挥着手，目送他们离开。

夏日的午后，烈日炎炎，耳侧蝉鸣声声。

朝夕相处的、来自宁城的季雨时，终将回到自己的城市去，他不属于这里。

季雨时没有回头看，他不想记得大家伤感的脸，径自打开车门上了车。

宋晴岚也上了车，一路无言地开到了江城东站。

"谢谢。"季雨时道，"那我走了。"

他正要开车门，宋晴岚忽然叫住了他："季雨时。"

季雨时白皙的手轻轻一颤，他回过头去，只见宋晴岚眼神深深，正欲言又止地看着他。

他开口问："怎么了？"

宋晴岚拿出手机，将刚才记住的手机号拨通，特别直接地说："他们的号码你都存了，顺便把我的也存一存。"

42.

季雨时上了悬浮列车，找到自己的商务座。

这里足够宽敞，车厢里也没什么人，他将装衣物的随身袋随便扔在地板上，然后拿出了手机。

做完这个动作，他才反应过来，他什么时候也这样不拘小节了？原来天穹七队的习惯会传染。

手机上有一通未接来电，是宋晴岚刚才打的。

对季雨时来说，其实存不存电话号码都无所谓，反正他只要看过一次就记得这个号码属于谁。对他来说，屏幕上显示的来电者是数字还是人名都没有区别。

但是，本着一视同仁的心态，季雨时还是点开那个号码，点击新建联系人，输入了“宋晴岚”三个字。

打字的时候，他不着边际地想，岚，指的是山里的薄雾，而晴岚，难道是指晴天的薄雾？

三个字打完了，光标在最后一个字后面闪烁。这个名字，或许以后没有什么机会在他的手机屏幕上出现。季雨时看了几秒，突然将这三个字删除，然后打下了“宋队”两个字。

仿佛要立刻反驳他的想法一样，他刚存好号码关掉屏幕，手机便振动了起来，是有人发信息过来了。

宋队：“季顾问，你说的那位汪部长，全名叫什么？”

季雨时回复：“汪晓骞。”

宋晴岚没再发信息过来了。

季雨时回到宁城已经是下午四点了。

出发去江城前，他将自己的车停在了宁城北站的停车场，可是等他走到记忆中的停车位前一看，那里却停着一辆陌生的车。

黑色越野车，二十二寸大轮毂，全车上下没有一点多余的装饰，车身积了一层薄灰，看起来已经在这里停了很久没有挪动过。

疑惑只是很短暂地在心中停留，紧接着，新的记忆在季雨时脑海中出现——一年前换车时，他在这辆车与另一辆车之间犹豫，最终选了这一辆。

这与他原本的记忆相反，因为那次犹豫的结果，他觉得这辆车过于庞大所以放弃了。

季雨时没有过多思虑，成功用自己的指纹给车解了锁，然后一路平稳地开回了家中楼下。

回家后，季雨时没顾得上去查看家里有什么不同，径自去了浴室。

冷水不断从头顶浇过，在夏日倒不至于冻得人牙关打战。

祖父悖论、诺维科夫的自洽性原则，一套套逻辑精密的理论塞入了季雨时脑中，令他混乱，令他分不清楚现实与记忆的差别。哪些和以前不一样了，哪些又还是老样子，记忆在跟随改变同步生成，与从前巨细无遗的记忆混合在一起，有些超出他的负荷。

洗完澡，季雨时手撑在洗手台的陶瓷盆上，浑身都是冰凉的水汽，水珠顺着头发滴落在下巴、锁骨，然后是手背。

他打开镜柜，从镜子后面找到一瓶药。出发前，他用药盒装了一部分药，现在家里剩下的药不多了。

他倒出一颗药在手心，放到嘴里，然后俯下身就着水龙头的水将它咽了下去。除了“衔尾蛇”任务中最开始记忆混乱的时刻，他已经很久没这样在短时间内两次服药了。

镜子里面的自己算不上好看，甚至称得上狼狈。他默默地看了自己一会儿，然后转身，找到浴巾将自己草草擦干——再过不久，季旻越就要来了。

季旻越果然很快，说是七点之前会来，实际上不到六点就来了。

“你瘦了。”季旻越一进门就吐槽，“出个任务一去就是一个月，上边到底是把你们弄去干吗了？”

在天穹工作的每个人都签了保密协议，能透露的信息有限，因此家人只知道他们要出任务，并不知道他们具体是执行些什么任务。这回季雨时被借调去宁城，原计划一周之内就能回家，但实际上去了一个月，家人都十分担心，却别无他法。

因此，关于时空劫持、丧尸、裂缝等骇人听闻的经历，家人更是一无所知，他们也不会说。

季旻越左手拿了一只猫包，右手还拿了一些猫咪的日用品。

他一边说一边进门，将猫包和东西放在地板上。

一个人拿不了三只猫的东西，季雨时问：“怎么不叫我下去帮忙？”

“喵——”猫包里传来陌生的猫叫声。

“用得着吗？”季旻越说，“说要帮忙，你也不搭把手把门给关上，猫跑了怎么办？”

季旻越关门回来，看见季雨时表情奇怪，像被雷劈了一样站在那里，便笑道：“你主子就算长胖了一点点，你也不用这么震惊吧。”

猫咪很容易产生应激反应，所以季雨时的猫包都是不透明的。他拉开猫包，看见冲他甜腻叫唤的是一只圆脸橘猫，他根本不认识。

可很快，就像他看见齐部长、看见那辆越野车时一样，记忆如潮水般汹涌而至。

季雨时知道了，现在的他并没有三只自来熟的黑猫。两年前的一个深夜，他经过垃圾堆时，发现了一只浑身长满跳蚤、惨兮兮地叫着的小奶猫。它看起来只有十几天大，被人扔在垃圾堆里。

季雨时将它捡了回来，起的名字十分没有创意——就像他的大黑、二黑、小黑一样，敷衍得令人发指，它叫小橘。

小橘身体肥胖了不少，跳出猫包的动作却很轻盈。

“喵呜。”它见了正牌铲屎官便立刻撒起了娇，柔软的身体围着季雨时的小腿打转、磨蹭，尾巴扫来扫去，想把季雨时勾住，显得有些激动。

季雨时弯腰，把它抱了起来，小橘一落入季雨时怀中就发出了满足的呼噜声。

“真的沉了好多。”季雨时问季旻越，“怎么吃的？”

季旻越与季雨时长得不像，比季雨时还要矮上两三厘米，小时候比季雨时还瘦，因此两人打架他总是挨揍。但是，两三年的婚姻生活让他越发敦实，如果不说的话，或许旁人会以为他才是小橘的主人，毕竟物似主人型。

季旻越瘫在弟弟的沙发上，说：“天天抢狗食，能不沉吗？”

双份记忆并行，新的那一份就像电影一样在季雨时脑海中播放，他记起来季旻越养了一只柯基。

和季雨时原始记忆中的一样，季旻越也在附近的大学任课，晚上要参加校庆晚会。小橘前一天刚被嫂子带去洗过澡，浑身香喷喷的，季雨时一边撸猫，一边和季旻越聊天。

季雨时表现得很寻常，除了出任务后瘦了些，精神状态和以往都没什么不同。

季旻越问：“那位对你特别有偏见的宋队长，和你相处下来怎么样？在工作中没欺负你吧？”

“欺负”两个字加了重音，季雨时的睚眦必报，没人比季旻越更清楚，这世界上能欺负季雨时的人恐怕还没出生。

因为季雨时拒绝去江城支援，林部长曾给季教授打过电话求助，对季雨时拒绝的原因多少透露了一些。

因此，某宋姓队长的恶名传遍宁城分部不说，还传遍了季家，怕是怎么也洗不白了。

季雨时说：“还好，传言传来传去就变了，其实以他的能力，确实有骄傲的资本。”

那就是人还不错了，否则像季雨时这样记仇的人，不会为对方辩解哪怕一个字。

聊了一会儿天，季旻越见弟弟一切安好，便准备走了，临走前嘱咐道：“明晚回家吃饭，老季估计会和你聊几句，长篇大论的，你做好心理准备。”

猫跳出季雨时的怀抱，软软的脚垫悄无声息，在屋子里走了一圈又倒回来，冲着季雨时“喵喵叫”，是要水喝的意思。

季雨时站起来，到厨房去拿水，这才发现了家里有什么不同。

他打碎过的玻璃杯还好端端地放在桌面上，餐桌上扔着几本他早就看过的书，墙上原先挂着一张黑白照片的地方换成了季家十年前的全家福，家里的猫爬架还剩一个，墙边的猫粮碗也形单影只……

记忆随着他的目光蜂拥而至，让他头疼欲裂，将一碗水猛地打翻在地。他跪坐在地板上，轻微喘气。

猫紧张地围着他打转，用脸去蹭他的手，似乎在问他怎么了。

他猛地想起了一件事，快速打开了手机投影，在网页搜索页面上输入了“盛云”两个字。

搜索结果跳出：“盛云，男，著名物理科学家，生于星元一四〇五年八月二日，一四三九年四月六日于家中逝世……”

看到这里，季雨时立即关闭了页面。

没有改变，他傻了，那件事，远远早于一切发生改变的十五年前。

季雨时给自己点了份外卖。还好，他常点的那家店并没有因为一切发生改变而消失。

点完吃的，他又在家中找到了上一次季旻越带过来的红酒，如在“中转站”一样喝了半杯。

深夜，窗外淅淅沥沥下起了雨。季雨时起来关窗，发现灯火通明的繁华街道上竟然一辆车也没有。

他愣怔片刻，忽地发现，眼前熟悉的城市变了模样，左侧与右侧完全对称，处于某种镜像的折射中。

远处的十字路口，斑马线上出现了一个人，手中拢着一个发光的物体。

季雨时视力绝佳，看清了那分明是一朵发光的荧光花，而那个人也像察觉到他的目光一样抬起头来。

季雨时惊得倒退几步，条件反射般用力把窗户关好。

他迈开步子要回到床上去，却不经意看见了门后有一摊血，那血迹中，赫然有一截穿着黑色短靴的小腿。

他蓦地发起抖来。

这时，一只温暖的大手捂住了他的眼睛，熟悉的嗓音在他耳旁说：“别看。”

…………

季雨时从噩梦中惊醒，一身冷汗。

胸口沉重得厉害，一团毛茸茸、软绵绵的东西压着他，是光明正大地趴在他胸口睡觉的猫。

季雨时把猫抱开，小橘发出娇气的“喵”声，许是不满，干脆跳下床去了。

他打开手机，想看看现在几点，却发现有一条未读信息。

宋队：“到家了没有？”

这一条信息发送于七八个小时前，正是季雨时坐的悬浮列车刚到宁城的时候，他竟没顾得上看手机。

这条信息让季雨时悬在空中的一颗心霎时落地，思绪被拉回了现实，他回复：“到了。”

雨声越来越响，季雨时这才发现自己是真的没关窗户。

他爬起来去关好窗户，回到床上才意识到不妥，现在是凌晨，他却在给宋晴岚回信息。

可令他惊讶的是，宋晴岚竟然也没睡，又发了条信息过来。

宋队：“这么晚还不睡。”

季雨时差不多可以想象到宋晴岚微微挑起眉毛、表示惊讶的样子。

他回复：“折腾醒了。”

这次宋晴岚过了好一会儿才回复。

宋队：“你忙。”

季雨时知道这就算是聊天告一段落的意思，他放下手机，重新下床从没来得及整理的随身袋里找出了他的游戏机。

雨声中，他玩俄罗斯方块玩到二十万分的时候，手机又振动了。

季雨时看到新的信息，面上露出了茫然的神色。

宋队：“注意身体。”

43.

注意身体？难道宋晴岚知道他晚上睡不好？还是因为他之前示弱的时候弱得太过分，让宋晴岚当真以为他十分虚弱？

季雨时正在奇怪宋晴岚这话的含义，宋晴岚却直接打了电话过来。

季雨时接了，不知怎的，电话接通后，两个人都沉默了一瞬。

季雨时是不知道该说什么，而宋晴岚却像是在等什么。

确认季雨时这里一片安静后，宋晴岚先开了口，语气不太好：“季顾问，你的任务报告写得怎么样了？”

季雨时疑惑：“任务报告？”

宋晴岚僵硬地“嗯”了一声，直接问道：“你现在说话方不方便？关于‘衔尾蛇’任务的一些细节我记不太清了，现在需要问你。”

季雨时一人一猫在家，没有什么不方便的。奇怪的是，宋晴岚的态度不像询问，倒像是不容置喙。听上去要是季雨时敢拒绝的话，他就会教训人，简直比任何时候都更像一位严厉的队长。

季雨时问：“现在？”

这可是凌晨。

宋晴岚说：“嗯，现在。”

虽然奇怪于宋晴岚为什么这么赶着写报告，但是季雨时反正也睡不着，便应了：“可以。”

宋晴岚还真开始问了。

别说宋晴岚，连季雨时都觉得这一次的任务报告很难写。

所谓的“所有时代意义上的天穹”已经很难解释了，但那至少已经有天穹的专家在着手分析了。而丧尸与能量源的出现都不在他们的专业范围内，也会有专家根据任务报告进行分解研究。

天穹七队面临的第一个难题是，他们将首次在报告里描述“时间锚”的概念。

如先前所说，时间锚是一项一开始研发就被明令禁止的技术。它以某个时间坐标为锚点，插入另一个必要条件，在检测到该必要条件被触发时，让时间回到原点的锚点。

它会引发严重的时间悖论，例如，让某人在某个时间段内永生或者让某历史事件永远不会发生。它产生了基于当前时间线的时间气泡，超出时间线之外，会影响正常时间线的进行。

这项被禁止的技术是怎么被研发的？它存在了多久？又会引起哪些连锁反应？这些问题都需要靠季雨时的记忆力来重现，他们得把每一个循环都事无巨细地写清楚。

第一个难题便罢了，他们面临的第二个难题，便是平行宇宙中那无数的殖民地。

他们对 PU-31 的了解很有限，对 PU-18 更是除了遇见大胡子那群人以外一无所知，而地球毁灭的原因才是当局想要了解的重中之重。

这两个难题一比较，后一个关于时间裂缝的难题反倒容易得多了。

大家都心知肚明，这三个月的假期说起来是让他们调整状态，其实是给了大家充足的时间来写这份厚厚的报告。

宋晴岚与季雨时尚且焦头烂额，李纯等学渣怕更是要哭出声了。要是再让他们知道队里的两个学霸大半夜的不睡觉，正在互相抄作业，他们怕是要开始怀疑人生。

两人一边在电话里沟通，一边打开全息投影做笔记。

连季雨时都记了不少东西，理顺了要如何开始写这份报告，那么这份有史以来最冗长的任务报告要完成也就不难了。

中途，宋晴岚停下来奇奇怪怪地问过他一次：“我们讲这么久，会不会影响别人？”

季雨时说不会。

这个电话打了好几个小时，等他们讨论得差不多的时候，天都亮了。

窗外，黎明到来，看着云朵逐渐亮起来的金边，季雨时终于察觉到了一丝困意。

小橘重新回到床上，肉垫在床单上踩出一个又一个浅浅凹下去的脚印。然后，它倒下去，露出雪白的肚皮撒娇。

季雨时听着宋晴岚讲话，伸手轻轻地挠它的肚皮下方，他奇怪地记得小橘喜欢他这样做。

也许是疲劳与困意让人变得更容易倾诉，季雨时忽然开口：“宋队，我身边有很多事都不一样了。”

一旦开了头，剩下的话便容易得多，他继续说：“你说，我们是不是还在时间锚里，从来没有真正走出过那个世界？或者说，我们是不是在一个新的副本里，其实根本没有被拦截成功？”

聊了这么久，宋晴岚的声音和刚接通电话的时候有点不同了，带着一股属于清晨的喑哑。

他问：“你为什么这么想？”

其实话一出口，季雨时就有些后悔了。他们都知道，天穹再怎么有自我意识，也不可能构建出一个天衣无缝的世界，他甚至无法证明他所以为的“原始记忆”是真的。

如果是真的，那么大家都被改写的时间线覆盖了记忆，却只剩他一个人还记得，这算不算是一种不幸？

季雨时改了口，转而问道：“宋队，你有没有听说过‘缸中之脑’？”

季雨时学过的东西太多了，他看过的书之多，涉猎的方向之广，让他提出什么问题都有可能。

宋晴岚有些跟不上他的思维，一时无法回答。

季雨时好像也不需要他的回答，问完后几乎没什么停顿，结束了话题：“我困了，你不困吗？都讨论得差不多了，不如今天先就这样，如果你还有什么问题或者想法，可以随时再给我打电话。”

宋晴岚还没说话，季雨时就说了“再见”，然后挂断了电话。

季雨时躺回柔软的床铺上，盯着天花板。

另一头，宋晴岚听着忙音，揉了揉自己的太阳穴。

他无权对季雨时的私生活指手画脚，他们除了工作也没什么好聊的。但即便是聊工作，与人打电话到天亮这种事，他也还是第一次做。

宋晴岚敲击虚拟键盘，在全息网页上搜索“缸中之脑”。

这是一个名为希拉里·普特南的哲学家提出的假想。假如一个人被施行手术取出了大脑，并且这颗大脑被人放进了能维持大脑存活的缸中。缸外的人通过计算机对这颗大脑进行操纵，输入五感、记忆，甚至任意代码，让这颗大脑认为自己仍然活着，在操纵下感受操纵者想让他感觉的一切。那么，一个人要如何去分辨自己是活在现实中，还是活在幻想里？

这个假想类似于“庄周梦蝶”，更深层次的探讨其实是——我们到底是不是真实存在的？

宋晴岚点燃一根烟，深深吸了几口，然后掐灭了烟头。

他拿起手机，几乎又要给季雨时打电话过去了，可是他不能。

一夜没睡，宋晴岚下楼时眼里有红血丝，宋父在喝早茶，问：“去哪儿？”

宋晴岚走得很快，说：“我走了一个月，回来还没见过外公。”

“要去宁城？”

“是。”

落地窗外，宋晴岚长腿三两步就跨过草坪，进入车库开车走了。

季雨时睡到下午，开着他的黑色越野车回季家吃饭。

那栋熟悉的别墅越来越近，庭院中的风信子、紫藤花都和他的记忆中没什么不同。

门廊前放了一只手工雕刻的兔子，刀法稚嫩，是他小时候刻的。

往里走，玻璃窗上贴了窗花，是今年春节苏阿姨的作品，大年初一那天他们一起贴上去的。

进门去，家中一切如旧。

苏阿姨系着围裙走出来，看样子是因为他回来又准备亲自下厨。

刚一见面，她就心疼得不行：“团团，怎么真的瘦了？他们江城天穹都不给饭吃的哦？”

熟悉的关切让季雨时心中一软，喊道：“阿姨。”

两人抱了抱，苏阿姨拍着小儿子的背说：“老师在楼上，一个月不见你，这时候反倒拿起了架子，乖，去哄哄。”

季教授果然在书房里等着，见季雨时回来，却不像苏阿姨与季旻越母子二人所说的那样说什么长篇大论。

如同以往一样，他关掉面前的全息投影，扶了扶老花镜，第一句话却是：“我听林部长说，回来的时候你还休克了？”

师生二人背着那对母子做一些在他们眼中很危险的事，向来都是你知我知。但这次，季教授怕是也不能想象到季雨时究竟经历了多危险的事情。当然，季雨时也不会说。

“没有那么严重。”季雨时神色沉静，“就是强度大了点，身体不适应，小队里的队友都出现了这样的反应。”

“这我倒也听说了。”季教授点点头，并没有询问任务的内容，只道，“上面说话算话，这次任务的分数会给你叠加……我得到消息，你们这次的任务可能会重新评级，只会比A级任务更高。”

季雨时知道老师的意思。他原先的八十九个B级任务，加上上一个计划中的A级任务，已经能凑够九十九分，距离他的目标本来就是一步之遥。可是这个A级任务重新评级以后，分数将远远超过他的目标，也就是说，他想做的事马上就能做了。

季教授说：“回到那一天，了了你的心结，就退出天穹吧。”

季雨时沉默着。

“老师。”过了一会儿，他认真地问，“如果一个人在未来的世界不小心改变了历史，然后再回到现在，会怎么样？”

季教授疑惑道：“不通过回到过去的方式，在未来如何能改变历史？”

可是它实实在在地发生了。

“例如，从不同时间段出发的人被困在同一时间点，他们无意间对彼此的时间线造成了影响，产生了在未来的世界不小心改变历史的后果，然后他们回到了现在。”季雨时说，“我知道这不符合逻辑，可是我们先假设它成立——如果它真的成立了，会怎么样？”

“这太矛盾了。”季教授思考了一阵，摘下老花镜，捏着眉心说，“‘历史’既然改变了，就没有所谓的‘现在’，更没有所谓的‘未来’。如果它一定要成立，只可能是产生蝴蝶效应后的平行世界，否则完全不能逻辑自洽。”

安静的书房中，季教授又说：“团团，‘不改变历史，不谈论现在，不迷恋未来’，这三条天穹定律当初还是我看着你父亲撰写的，这世界上没有人比你更清楚它们的含义。我希望你能尽快解开心结，不要变成时间的囚徒。”

晚饭后，从季家出来，季雨时收到了宋晴岚的信息。

宋队：“我查到了一份关于‘汪晓骞’的资料。”

季雨时睫毛猛地一颤，几乎是立马给宋晴岚打了电话过去：“宋队？是什么资料？”

汪部长还没有消失吗？那太好了。

宋晴岚说：“资料不齐，我暂时还不能确定她是不是你说的那位汪部长。另外，看资料的过程中，我好像也察觉到你说的哪里不一样了。”

宋晴岚也察觉到了？季雨时捏紧了手机，问：“那我可不可以看一看？”

宋晴岚问他家在哪儿，季雨时下意识地报了住址，然后才觉得奇怪：“宋队，你为什么问这个？”

宋晴岚好像笑了一下，说：“我在去宁城的路上。”

44.

季雨时问：“你怎么突然来宁城了？”

“不算突然吧。”宋晴岚说，“走了一个月，过去看看我外公。”

季雨时问宋晴岚什么能到，还说：“我现在正好在外面，可以去车站接你。”

那份关于“汪晓骞”的资料现在对季雨时来说很重要，他没想那么多，已经顾不得对方方不方便了。实际上，宋晴岚开跑车走超高速，从早上挂断电话到现在，早已经到了宁城。到了宁城以后，他才后知后觉他和季雨时都熬了一个通宵，季雨时说不定还在休息。

想到这一点，宋晴岚才忍住了想马上去找季雨时的冲动，先去了外公家里。

资料他也刚收到，只看了一遍，便给季雨时发了信息。他没想到季雨时会直接打电话过来，电话接通后，未免表现得太过急切，他便随口扯了个谎，说自己还在路上。

这会儿被季雨时一问，他看了看时间，圆谎道："我八点左右到。"

季雨时发动车子，说："那你在休息室等我，我马上过去。"

挂断电话以后，人还在外公家里的宋晴岚草草收拾一番，开车就往宁城北站赶。

他一路上风驰电掣，堪堪赶在八点之前停好了车，往北站休息室走。

车站里人来人往，休息室里人也不少。宋晴岚扫视了一圈，没有发现季雨时的身影，确认自己比季雨时先到以后，他才松了一口气。忽地，他心中又是重重地一沉，暗自骂了声自己。

他什么时候也干起了这种自欺欺人的蠢事？有必要吗？这番体验宋晴岚在人生的前二十六年里从未有过，他更不曾因谁情绪低落而焦躁得非要亲眼看看对方才放心。

季雨时的精神状态不对，宋晴岚察觉到了。

他不知道是不是有超忆症的人都会忧思过重，但季雨时提出的"汪部长"这个人与他产生的记忆偏差，还有他见过齐部长以后的冷静态度，以及电话中"缸中之脑"的言论，其实都非常负面，完全不像是一个脱险后回到现实世界的人该有的状态。

不知怎的，季雨时打开药盒、吞下药片的情景总在他脑中挥之不去。在公园管理处、书店里、病房外……季雨时记忆上的混乱，都是通过那些药片来遏制和厘清的。

他脆弱的面庞、微微颤抖的睫毛，还有刚被吸入裂缝时在太空舱里无意识的呢喃，都与他逻辑分明、聪慧理智的表象形成了反差。

有个词叫"过刚易折"，无论季雨时有多完美的心理评估报告，人的精神一旦坚持到了再也坚持不了的时候，可能就会完全崩溃掉。

按理说，借调结束后，季雨时回到了宁城，除了完成任务报告之外，他与天穹七队的人不会再有什么交集。

季雨时精神状态的好与不好，自然会有别人关心，且从他的表现来看也不缺人关心。

但是，宋晴岚不受控制地想，为什么季雨时看起来总是很孤独呢？

“宋队。”

宋晴岚坐了没几分钟，就听到一道清冷的嗓音在他面前响起，他抬头就看见了季雨时的脸。

分开不到两天，季雨时自然没什么变化。他身上是一件简单的白色短袖T恤，和宋晴岚在PU-31给他找的那件类似，却硬是被他穿出了一股气质，光是往这公共场合一站，他就吸引了旁人的目光。

然而，让宋晴岚注意到的其实是对方眼下那两道淡淡的青色。

宋晴岚站起来，自然地道：“你来得好快。”

他要是再开慢一点，就会在季雨时之后到了。

季雨时说：“给你打电话的时候我在路上，就直接过来了。”

两人并肩往外走，宁城的夏夜十分喧嚣，热浪伴随着蝉鸣袭来。

一辆黑色的大型越野车停在车位上，宋晴岚见了，颇觉意外，看不出来季雨时人清清爽爽的，开的车却霸气侧漏。

宋晴岚解锁手机，打开资料递给季雨时看，说：“你先看看，我来开车。”

这样当然最好，季雨时没有异议，说：“好。”

车子汇入车流中，一路上霓虹灯闪烁，季雨时看资料的侧脸显得很安静。

汪晓骞，女，五十二岁，曾任首都大学量子物理系教授。资料中显示她是首都人，写了她的一些论文、观点以及教学成果。但是像宋晴岚说的一样，资料不齐，除了这些简单的信息，既没有照片，也没有任何与天穹有关的工作信息。

季雨时在网上搜索了首都大学，教职工一栏里已经没有了汪晓骞的资料。

“我手上有一些关系网。”宋晴岚说，“通过你提供的名字，我查询到了不少同名同姓的女性，排除了一些年龄过大、学历专业不同的人选，最后得到了这么一位。如果像你说的那样，汪晓骞是江城分部的部长，那么这位曾教授量子物理的教授便是最接近的人选。”

季雨时点了点头，在这个年代，隐私权被看得很重，因此所有资料库都有加密，能查到这么多已经很不容易了。他没想到的是，宋晴岚明明对他所说的这位“汪部长”没有印象，竟然还是花了这么大的力气去查。

“稍后他们会发更详细的资料过来。”宋晴岚又说，“到时候你可以确定一下是不是她。”

说着，宋晴岚不经意地看了季雨时一眼，微微一怔。

季雨时的脖子上有一道鲜明的红痕，这种印子，宋晴岚不是没见过。

假期里李纯若是去厮混个几天再归队，身上保管少不了这种痕迹。

他本来想要忽略的，但就看了那么一眼，也许是季雨时的皮肤过于白皙，红痕在上面显得太刺眼，老是惹人注意。

宋晴岚咬了下后槽牙，道：“季顾问，你脖子上，注意一点。”

季雨时疑惑地打开副驾驶座上方的挡板，用小镜子看了看，说：“昨晚忘了关窗户。”

难怪今天他总是觉得脖子痒，原来是昨晚被蚊子咬了。

宋晴岚沉默了好一会儿。

季雨时不太擅长去揣测别人的心思，也不太擅长处理人际关系，宋晴岚能在私底下帮他查资料对他来说已经很感动了。

季雨时想起了什么，问道：“电话里你说你也察觉到了一些不一样，是哪里不一样？”

宋晴岚说：“上次在‘衔尾蛇’任务里，我是因为大街上冲出来的那个女人才意识到那是一个循环。”

经过一个路口，宋晴岚调转方向盘，动作熟稔。他嚣张、骄傲、有强烈的存在感，他才是更适合这辆车的人。

“原先我是什么也不记得的，最多有一种既视感罢了。等我意识到事情已经发生过一次之后，上一个循环的记忆才忽然浮现在我脑海中。这一点我很熟悉，我告诉过你，从前我和老周在部队参加时间见证者计划的时候，进行过记忆强化训练，这个点类似于记忆中的关键密匙，其实是一种潜意识的暗示。所以我们和汤乐他们不同，或多或少能记得循环中都发生过什么。”

说完这些，宋晴岚的眉头没有松开，英气的脸显得更紧绷了，他又说：“在看汪晓骞的资料以前，我对她的名字什么印象都没有，但是看到她曾经提出过的一些观点，我忽然对这个名字有了些模糊的印象，我记得我好像和谁争论过那些观点，还被对方说服了。但是在我现在的记忆里，我却清楚地记得和我争论的那个人是齐部长。”

季雨时愣住，问：“双份记忆？”

宋晴岚也出现了双份记忆？

“一份记忆相对模糊，另一份记忆则十分清楚。”宋晴岚说，“但是我不认为我们还处于某种幻觉中，我们现在所待的是实实在在的现实，只不过，可能不是我们原来那个现实。”

季雨时刚从季家出来，季教授所说的话还压在他心头。

听到宋晴岚这么说，他不由得问道：“你也觉得我们来到了平行世界？”

宋晴岚不动声色，没有针对这个“也”字发表意见。

他依旧平稳地开着车，说：“如果这里是平行世界，那么一定还有另一个我们，他们去哪里了？”

这句话直击季雨时的心脏，让他刹那间哑口无言。就是这个问题堵死了季雨时的思路，再加上记忆混乱，被江城分部拦截回到现实后短短几天，季雨时的状态便已变得非常糟糕，甚至比在“衔尾蛇”任务中还要糟糕。

他已经不堪重负了。

宋晴岚又说：“你提出的‘缸中之脑’理论，让我反复思考了这个问题。我在想，到底是我们来到了平行世界，还是这里才是我们原本的世界，而我们只是保存了另一个世界的记忆？或者说，是我们出现了时空穿越的后遗症，所谓的双份记忆其实是我们疯了？”

我是蝴蝶，还是庄子？人要如何分清什么才是最真实的现实？

“最后我得出了结论。”宋晴岚说，“想要得知这些问题的答案其实很简单。”

车子不知道什么时候已经开到了季雨时家门口，季雨时原以为宋晴岚会把车径自开去外公家，然后他再开车回家，这样也算是“送”过宋晴岚了。

看样子宋晴岚没有理解他的意思，搞不好他还得再开出去一次才行。

不过，季雨时现在没有时间在意这个问题，因为宋晴岚对他说：“解题的关键在于你。这一次我不讨论要交给上面的任务报告，我想要你把你从来到江城起，到我们完成的‘衔尾蛇’‘卡俄斯’任务，再到我们被拦截后来到这里的记忆都说给我听。从另一份记忆的角度抽丝剥茧，一定能找出真相。”

路灯照亮了季雨时平静的脸，只有他自己知道他的心已经剧烈跳动起来了，他语气冷静地道：“我的另一份记忆？要是我出错了呢？”

“重叠的记忆中谁都可能出错，但你不会。是平行世界也好，是穿越的后遗症也好，季顾问，你的记忆就是我们分清楚现实与虚幻的钥匙。”宋晴岚说，“我相信你。”

在现实中，而非在任务里，这句话说出来显得太直白，车子里忽然安静了几秒。

宋晴岚轻咳一声，然后说：“你上楼吧，我打个车去外公家就行。”

他还得先回车站取车。

季雨时却问：“宋队，你可不可以明天再回去？”

宋晴岚差点呛到：“嗯？”

季雨时这是在邀请他上楼去自己家里留宿？他们的关系还没好到能像多年好友一样在彼此家中留宿吧？

或许是察觉了宋晴岚的迟疑，季雨时突然反应过来，觉得有点不合适，又说：“我的意思是——”

“好。”宋晴岚长腿一迈，人已经下了车，“事不宜迟，有必要的话我们晚上就给老周他们打视频电话，顺便看看他们怎么样了。”

说着，他抬头朝楼上看了看，眼睛微眯，问：“你家里都有谁？”

季雨时松了口气，说：“只有一只猫。”

45.

猫？季雨时还养猫？不过这不是重点，宋晴岚可不想碰见其他人，他向季雨时确定：“那就好，不会有人过来找你了吧？”

季雨时疑惑道：“谁会来找我？”

宋晴岚道：“那天——”他突然顿住，觉得直接挑明对方的私生活不太合适，便换了个说法，“那天你在车上打电话约着晚上见面的朋友。”

原先宋晴岚以为季雨时很在意自己的生活圈子，所以才对是否加入天穹七队有所顾忌。他本不打算再强人所难，全凭季雨时自己抉择，若是对方不想加入天穹七队也就算了。可是自从知道了季雨时对私生活的态度，他便知道，那种关系是非常不健康的，例如九队的那个林新阑，私生活就十分混乱。

但是季雨时不同，在宋晴岚这里，不管季雨时本人是否在意那种关系健不健康，他都无法赞同这样的生活方式。

季雨时瞳孔微张，一时没有反应过来，什么意思？

宋晴岚冷声说：“不管怎么样，今晚，我都不建议那个人过来。”他看了季雨时一眼，又说，“今晚我们应该会比较忙。”

等等，季雨时好像突然明白了什么，惊讶道：“宋队，你以为我在网上随便约人？”

季雨时震惊了，他回忆他和宋晴岚认识以来的种种交流，意识到了一些有可能让人产生误解的对话，可是这到底是宋队太会脑补，还是他表现得有问题？

宋晴岚听着这个问题，觉得有点奇怪，什么叫“你觉得”？

季雨时收起震惊的表情，抬起手挡着嘴唇，似乎有些生气，又像是在忍笑，说：“嗯，我有正经工作，但是我人不正经。”

看到宋晴岚嘴唇紧抿、神情僵硬，季雨时终于相信某宋姓队长三观很正，还疾恶如仇。

“其实我的约会对象应该有三个，但在这里变得只有一个了，还是个没见过的。”季雨时放下手，狡黠道，“我本来有些不高兴，舍不得原来的那三个，可是双份记忆一叠加，我和这个新的对象是怎么认识的、我们感情有多深，我一下子就想了起来，发现我还是很喜欢它的。它长得壮、颜值高，昨晚压得我都快喘不过气了，还老是要我抱。”

“你不用告诉我这些。”正直的青年宋队长皱起眉，转身就走。

季雨时在原地站了两秒，宋晴岚却调转脚步，转身走了回来。

宋晴岚足有一米九，身高腿长，本来已经极具压迫感。当他英气俊美的面庞带了点煞气，脸色沉沉地朝季雨时走来时，让季雨时真觉得他像个教导主任来纠错了一样，不由自主地后退了一步。

宋晴岚要干什么？安静的停车场里此时只有他们两人，季雨时一退，后背就碰到了越野车的车门。

路灯把他们的影子拉得老长，宋晴岚站在季雨时面前，仍是咬着牙的，但堪堪控制住了情绪。

他垂头看着季雨时的脸，然后说：“你能不能，更加爱惜自己一点？”

吃药也是，谈恋爱也是。

季雨时错愕，还没说话，宋晴岚就抬起了手。

季雨时耳后轻轻一声响，是宋晴岚的拳头在车顶砸了一下，跟发泄似的，却没怎么用力。

像是有鼓在季雨时心中轻轻一敲，除了家人，从来没有朋友这样关心过他。

宋晴岚站远了些，用这一拳结束了话题，不耐烦地道："走了。"

季雨时有些感动，听见自己说："好。"

两人一同上了楼，在电梯里遇到了邻居太太，邻居太太和季雨时打招呼："小季，出差回来了？"

季雨时大学毕业前就从季家搬了出来，买了这一套房子独居。他虽然不擅长交际，但邻居的小孩经常过来逗猫玩，因此他和邻居就算得上熟稔了。

季雨时礼貌地说"是"。

邻居太太得仰着头才看得到宋晴岚的脸，笑眯眯地问："这位是你的朋友吗？长得真是又高又帅啊。"

宋晴岚看向她，可能是心情不佳，都没怎么低头，一副倨傲的样子，淡淡道："谢了。"

季雨时心道，还真不谦虚。

邻居太太捂着嘴道："哎呀，声音也很好听呢。"

宋晴岚这下是真的有点满意了，说："您真会说话，难怪气质特别有亲和力，这小区里都是像您这样审美过人的邻居吗？"

邻居太太说："那可不是？你看我们这里的绿化、灯光，都是业主们商讨出来的方案呢。什么样的地方住什么样的人，你再看小季，一走出去谁不知道他是我们这里的业主代表？诶，让我猜猜，你是小季的同事或者上司吧？"

宋晴岚勾了勾嘴角，道："还真是。"

季雨时心想：还没正式成为同事呢。

走出电梯，季雨时在家门口扫描了虹膜。白色大门打开，"喵呜"一声，一个橘色的柔软物体从高处跳下来，冲他撒娇。

竟然真的有一只猫，宋晴岚刚进门，那只猫就面向他弓起了背，嘴里发出"呜呜"的诡谲叫声，他好笑道："这是不让摸的意思？"

季雨时上前一步把猫抱起来，撸了两把表示安抚，说："我这里平时没什么人来，它没怎么见过生人。"

宋晴岚遗憾，这世上好像就没有喜欢他的猫。

趁季雨时把猫抱去别的房间，宋晴岚打量起这套房子。他以为，季雨时的房子也会像他这个人一样冷淡疏离，没有人情味。或者，就像季雨时在战斗时表现出的那样，连房子也充满凌厉、果决的感觉。

然而事实上，这套房子充满了烟火气。

深褐色的实木地板，几盏不知道从什么年代淘回来的吊灯，还有如同传闻中一样堆满墙壁的纸质书，再买下去可能真的会堆得连个落脚的地方都没有。米色的布艺沙发上堆着毯子，地上扔着抱枕和季雨时十分爱惜的游戏机，像是在某种情况下被挤下来的，一片凌乱。

结合前一晚季雨时发送的信息，这情景很容易让人产生不合时宜的联想，宋晴岚很快移开了视线。除此之外，这房子里几乎没有其他人生活的痕迹。

宋晴岚不愿意在那沙发上坐下，又不想傻站着，就在房子里走了几步，然后看到了墙上挂着的相框。

这年代，已经很少有照片这种东西了。可是就如同季雨时堆满房子的书一样，这些颇具年代感的东西很自然地出现在了这里——其实，这也很好地诠释了季雨时记录者的身份。

听说记录者执行完任务后会得到奖励，能通过合法的手段进行支付，在不影响历史的前提下购买喜爱的物品。这和没有任何奖励的守护者不一样，常常引来守护者的羡慕。

照片上有四个人，看起来是一家四口。季雨时大约十五六岁的模样，远没有现在的清冷感，昳丽的眉目间透着稚气，很是乖巧。若是他年纪再小一点，说不定会被误认为是小女孩，要是在“卡俄斯”任务中变小的人是季雨时……

“宋队。”季雨时的声音响起，“你要喝点什么？”

宋晴岚循声走去。

这房子格局巧妙，处处都是通的，像是为了方便猫的出入而设计的。

季雨时已经关好了猫，还换了一身棉麻质地的家居服，正站在厨房里洗杯子，因为低着头，一截柔软白皙的后颈显得长而优雅。

“咖啡，谢谢。”宋晴岚道。

季雨时放好杯子，又找出咖啡机，“哗啦啦”地往里面倒咖啡豆，动作很熟练。

宋晴岚坐上高脚凳，一条长腿轻松着地，说：“没有家政机器人就算了，厨房里连机械臂都没有，咖啡机也是半自动款式，一切都靠自己做。季顾问，你过得真的很复古。”

季雨时想起了一件事，说：“我们在PU-31出任务挑选武器的时候，你也这么说，为什么？”

那时候他们还不熟，季雨时挑了钻石鸟，宋晴岚就是这么评价的。

宋晴岚说：“一是传闻说你家里的书都堆得放不下了，二是……那天我去找你训练，正好撞见你开小差。天穹的专业课上，你不仅不认真听课，还玩起了俄罗斯方块。”

所以当时宋晴岚说他很复古，其实有点嘲讽他花架子的意思咯？

宋晴岚警觉道：“你不会记在小本本上吧。”

季雨时无语，才没空翻旧账，而是问：“你去找我训练了？”

“嗯。”宋晴岚回忆起那时的事，也觉得挺有意思，“那时候我还不了解你，也不知道你需要转移注意力，以为你不思进取，真的是在混任务。”

原来误会是这么来的。

季雨时做了两杯咖啡。

宋晴岚随手端起一杯，将它往另一只杯子中倒了些许，说：“季顾问，已经晚上了，你少喝点。我们需要你休息好，有清晰的头脑。”

季雨时眼下的淡青色明显，宋晴岚也没好到哪里去。

宋晴岚喝了一口咖啡，不知道是不是心理作用，手磨咖啡果然更为浓香馥郁，他说：“按我的最高纪录，我试过三天不睡觉，现在这不过是小意思。”

季雨时淡淡道：“我四天。”

宋晴岚惊讶：“啊？”

季雨时曾试过四天不睡觉？

季雨时却不再说下去，也端起咖啡喝了一口，问：“你要吃东西吗？”

宋晴岚道：“不用，我在列车上用过晚饭了，就是味道不怎么好。”

外公家高薪聘请的厨师听了这话怕是要哭了。

季雨时点点头：“那我们现在可以开始讨论了。”

以季雨时的另一份记忆为基础，他详细说明了汪部长借调他去江城的过程，然后他如何在汪部长派出的A级任务中被劫持到了“衔尾蛇”任务中，再然后是完成“卡俄斯”任务，他们被齐部长拦截。

除了最开始借调他的人与宋晴岚记忆中的有出入，他们记忆中最主要的不同表现在“卡俄斯”任务里：按宋晴岚说法，他们在“卡俄斯”任务里遇到的齐队，就是他记忆中的齐部长。

就是从这里开始，季雨时的记忆叠加了，让他分不清他们到底是在平行世界，还是在真切的现实里。

宋晴岚思索着，开口道：“先从你的‘原始记忆’开始分析。你说我们进入了雨林，在小溪旁边见到了天穹十二队的骸骨，然后我告诉你，天穹十二队已经失踪了十五年。”

另一份记忆里，他们也在小溪旁边发现了天穹十二队的骸骨，但宋晴岚没有提到过“天穹十二队失踪十五年”这件事，只是惊讶于为什么会有前辈埋骨于此。

季雨时有些头疼，说：“是。”

宋晴岚道：“然后，在销毁雨林和镜像世界以后，齐队出现了。我们的记忆在这里出现了分歧，你知道他是‘失踪十五年’的齐队，而对我来说，他是年轻的齐部长。”

叠加的记忆里确实如此。季雨时抿着嘴，平时很容易分析的问题，此时却像糨糊一样缠在他脑海中。

宋晴岚像能感知他所有的想法一样，准确地提出：“不管在我的记忆里有没有‘天穹十二队失踪十五年’这件事，至少我们都可以确定一点，那就是我所认为的‘年轻的齐部长’，经过证实后确实是天穹十二队的成员，对吗？”

季雨时像乖小孩一样点了点头，很老实。

宋晴岚打开全息投影，接着说：“重要的是，还有一个谢思安，我们不能忽略他的存在。”

季雨时看着宋晴岚伸出手指，像他过去做的那样，在投影上画了个一点。

宋晴岚说：“谢思安就是我们分清楚时间的钥匙。他没有在雨林，因为他背叛队友后无意间进入了城市，出来后遇到了我们。通过我们的时间和他的时间可以推算出，我们和他的的确确有十五年的时间差，对吗？”

季雨时回答：“是，可以这么说。”

两人的角色似乎刹那间互换了。这种感觉很奇妙，季雨时头一次体会到了被人带着理清思路的感觉。

宋晴岚或许不如他有那么多天马行空的大胆猜测，或许不如他因为难以遗忘而拥有那些被迫留存的知识储备，但宋晴岚在逻辑方面也是上佳的，且心态远远超过任何人。

季雨时丝毫不怀疑，就算他们分析出的结果是他们出现了时空穿越的后遗症，真的疯了，宋晴岚也能气定神闲带着他去天穹医疗中心接受治疗。

宋晴岚眯着眼睛道："那么——"他一边写一边说，"假设天穹十二队消失的时间点为'A'，而我们进入'卡俄斯'任务的点为'B'，不管我们是被汪部长还是齐部长派出来执行任务的，'A'点到'B'点之间都有十五年的时间。也就是说，至少在一个现实里，'天穹十二队失踪十五年'这件事真实存在。这样的话，问题就出现了，'天穹十二队失踪十五年'，齐部长作为队长在这十五年里是不存在的，那么，这十五年里是谁在执权？"

正在这时，宋晴岚的手机突然响了起来，他收到了一份加密文件。

手机还开着投影，季雨时移开视线，问："方便看吗？"

万一是个人隐私就不太好了。

宋晴岚没有什么不敢给人看的，何况这个时候发送文件给他的人只有一个。

他自然地道："本来就是给你看的。"

宋晴岚解了锁，打开资料。全息投影中，两人都看见了资料内容。

资料里有一个五十岁出头的中年女性的照片，她戴着一对珍珠耳环，气质温婉，正双目含笑地看着镜头。

电光石火间，宋晴岚眉头紧蹙，不自觉地回答了自己的提问。

他脱口而出："是汪部长。"

46.

的确是汪部长，照片上的中年女性，就是这十五年来在江城分部执权的人。

季雨时确信、确定这一点，因为他同时拥有两份记忆。

而宋晴岚，正如他先前在车里所说的那样，他在"衔尾蛇"任务中就是看见那个突然冲出来的女人才打开了记忆中的关键点，得到暗示后想起了上一个循环的事。

看到汪部长照片的一瞬间，记忆立马涌入宋晴岚脑中，先前模糊的印象变得清晰。就像慢放的电影一样，记忆一帧一帧地往宋晴岚脑中叠加。那种强势入侵的感觉，让宋晴岚头疼得像要爆炸一样。

从他几年前进入天穹开始，另一份新的记忆产生，近千个日子的经历在他脑中浮现，将他记忆中的人和事全部替换刷新，与之对立的、已经存在的记忆却没有因此消失。

“宋队！”遥远的声音传来。

“宋队！”那声音逐渐拉近，近到就在宋晴岚面前。

宋晴岚回神，发现自己正在轻而急促地喘息，手肘放在台面上，手指撑住太阳穴，额头已经出了一层薄汗。

他于混乱中抬头，看到季雨时蹙起的眉头与写着关心的眼睛。

“你怎么样？”季雨时焦急地问，“怎么突然不说话了？”

原来，季雨时平时所承受的痛苦是这样的？比首次执行穿越任务的后遗症还要严重，因为这是真正的记忆超载。

宋晴岚头像被针扎一样疼，缓缓道：“关于汪部长……我一下子记起来了。”

季雨时一愣，道：“想起来了！是看到照片后想起来的？”

疼痛让宋晴岚有些暴躁，他说：“对！一看到照片，我就什么都想起来了。”

就像季雨时看见齐部长后一样。

厨房里安静了一会儿。

见过太多的不可思议，此时对于宋晴岚忽然产生的新记忆，两人竟没有大惊小怪，只是身上都稍微有了点凉意。

如果季雨时也像他们一样不记得汪部长，宋晴岚就不会特地找来资料，那么他们将永远不会发现这个世界的不同。可是偏偏季雨时记得，不管是因为超忆症也好，别的什么也好，季雨时像一个 Bug 一样，成了世界的分界点。

试想，如果没有季雨时，他们现在会怎么样？他们到底在哪里？这到底是怎么回事？

宋晴岚想起来后，顾不得那么多，也没空说废话。

他努力在头疼中说出自己的想法：“所以在另一个现实中，那十五年在江城分部执权的都是汪部长，派我们出任务的也是汪部长，这点毋庸置疑了。我认为，现在可以先不用在意我们到底处于哪一个现实，这不是首要的问题。”

季雨时茅塞顿开，瞬间明白了宋晴岚的意思，顺着他的话说下去：“因为不管在哪个现实，我们都不该出现双份记忆！”

如果说产生蝴蝶效应后时间线被覆盖，那么记忆也该被覆盖。因此，无论他们在哪一个现实，都该只保留一份记忆才对，可他们却记得两份。

搞清楚这一点，或许就能解答如果他们真的已经来到了平行世界，却为什么没遇见另一个自己的问题。

一个自己，两份记忆，这其中必定有着千丝万缕的关系。

汪晓骞的资料还没关闭，宋晴岚滑动页面，说："季顾问，你看这个。"

这份更加完整的资料上写了汪晓骞的离职原因——轻微精神分裂症。

季雨时讶异，聪明睿智的汪部长怎么会生这样的病？

不等他思考，资料上关于汪部长工作时的研究项目也引起了他的注意：论时间线中气泡世界的产生。

气泡世界，在时间锚的概念中，那一个个循环就是所谓的时间气泡。它超出时间线之外，自成一个世界，如果投入使用，会引发严重的时间悖论。

时间锚的研究被明令禁止，汪部长的这份研究却曾经进行过。

季雨时的目光重新落在"精神分裂"几个字上，一个念头突地从他脑海中闪过，平行世界、气泡、精神分裂……这一团迷雾，好像有了那么一丝拨开的可能。

在不敢确定的惊疑中，他听见宋晴岚道："你说，汪部长会不会也有双份记忆？"

季雨时皱眉道："我不知道……"

宋晴岚揉了揉太阳穴，低声道："我们可能得去找一找她，你觉得呢？"

宋晴岚打了几通电话，联系了好些人，终于确定了汪部长人在哪里。那是一座位于江城的疗养院，意思就是，他们得回一趟江城。

做好了初步的计划，已经是深夜了。

季雨时给宋晴岚找来了一套新的洗漱用品，要安排客人留宿了。

这房子离学校近，季旻越之前偶尔会来留宿，所以家里是有客房的。

宋晴岚进了浴室，看到干净的浴室柜上只放了一支牙刷，一个漱口杯，连毛巾等物品也是一个人的。他不禁在想，难道季雨时从不留宿交往对象？

这个新的对象不知道怎么样，但季雨时为人冷淡又爱记仇，好像是能干出翻脸不认人的事的。

宋晴岚用冷水洗了脸，明明缺乏睡眠，却因为那杯咖啡还很清醒。方才记忆叠加的后遗症还在，他的头还疼着。

“叩叩”，浴室门被敲响。

宋晴岚用毛巾擦了脸，打开浴室门，问：“怎么了？”

季雨时面露难色，道：“抱歉……”他无奈地说着一个滑稽的事实，“我的客房没有了。”

宋晴岚疑惑道：“没有了？”

季雨时原本记忆中的客房里面竟然已经被搬得空空的，什么东西也没有。

两人站在空房间门口，都有些无语。

“打开门以后我才记起来，我曾经想把书整理一下，都放到这个房间，把这个房间当书房使用。”季雨时说，“我没想到在这个现实中，我已经搬空这个房间了。回来以后我还没开过这扇门。”

宋晴岚忽然有了不好的预感。

下一秒，季雨时问：“宋队，你可以睡沙发吗？”

那个凌乱的沙发？宋晴岚脸黑了一半。

季雨时勉强退了一步，大发慈悲道：“不然，如果你不介意的话，睡我的床也可以，我睡沙发。”

人是他邀请来的，让人睡沙发确实不是很地道。

睡床？那也没好到哪里去，宋晴岚的确很介意。

可是来都来了，总不可能现在走，宋晴岚妥协道：“算了，我睡沙发。”

季雨时说好，然后说：“那，晚安。”

宋晴岚：“晚安。”

气氛有点怪，他们认识这么久，好像还是第一次这样彬彬有礼地说话。季雨时根本没想过他们在任务结束后还会有交集，并且会在这样的环境中共处。

宋晴岚问：“你今晚能好好睡觉吧？”

季雨时不解：“嗯？”

宋晴岚垂头看他，忽地笑了下，说：“我好像没帮上什么忙，这次强行分析一通，分析的还都是你已经明白了的，最多算是帮你整理了思路，实际上没什么用。唯一算得上有用的，就是我也记起了汪部长，这至少能证明你没有疯。”

季雨时微怔，不知道怎么回答。

宋晴岚最后说：“今晚好好休息，不要想些乱七八糟的东西，明天一早我先回外公家一趟，然后我们再出发去江城。”

一个多小时后，房间里没有了声音，季雨时睡着了。

宋晴岚躺在沙发上，睁着眼睛看着天花板。

他睡不着，这个世界远比他想的要复杂，他甚至在思考，他们现在会不会是在天穹系统设置的另一个副本中，这种可能性让人害怕。

黑暗中，有什么东西轻轻跳上了沙发。

宋晴岚坐起来，发现那是季雨时的猫，它不知道什么时候从季雨时关它的猫咪房子里跑了出来。

这只橘猫对宋晴岚有敌意，先前还张牙舞爪地叫，此刻却只是静静地盯着他看。它一声不吭，似乎正在观察宋晴岚，下一秒就要扑上来把他撕碎。

宋晴岚与它对视，也微微眯着眼睛，他察觉到了不对劲。他个子极高，往往颇具威慑力，连家里的狗见了他这副样子都会夹起尾巴，这猫却一眨不眨地盯着他，眼睛悠悠地发着光。

这时，窗外高楼楼顶的灯光恰巧照进房子，宋晴岚发现客厅大门的门缝中有一道黑影。

多年来锻炼出的对危险的敏锐嗅觉，让宋晴岚立即光脚踩地，悄无声息地走在地板上。他靠近门板，然后看向门上的猫眼。

走廊的安全指示灯发出莹莹绿光，只见他们在电梯里遇到过的那个邻居太太正穿着睡衣守在季雨时家门口，像那只猫一样，面无表情地盯着这套房子看。

47.

凌晨，楼道里并没有别人，就连城市的喧嚣也弱了许多。

邻居太太一动不动，盯着这扇门，既不说话，也没有动作，完全不像是有事要来敲门。但是这么晚了，谁会这样不声不响地站在邻居家门口呢？难道不睡觉的吗？

在这样昏暗的光线中，宋晴岚站在门后足足观察了对方五分钟，怀疑对方是在梦游。

一个手无寸铁的女人并不具备多大的危险性，确认对方没有进一步的动作后，宋晴岚检查了门锁，然后转身回到了沙发旁。

那只猫还在沙发扶手上，歪着头看他。

宋晴岚伸手摸了下猫的脑袋，它竟然没有躲，也没有发出声音。

气氛实在是有些不寻常，宋晴岚收回手，思考了一下，才迈开腿往季雨时的卧室走，他得确认一下季雨时的情况。

卧室的门把手被转动，有温暖的光线充斥在这一方天地里。

宋晴岚记得传闻中的季雨时不仅爱书如命，还很怕黑，因此从来没在宁城分部值过夜班。所以，季雨时平时都是开着灯睡觉的？

果然，床头亮着一盏夜灯。季雨时整个人侧躺在柔软的床铺上，半张白皙的脸埋进枕头里，神情在暖色调的灯光下呈现出一种放松的状态，看起来睡得很熟。房间里冷气开得很足，季雨时身上盖着一床很薄的毯子，随着他的呼吸微微起伏。

睡着的季雨时显得很柔弱，就像在“卡俄斯”任务中一样。

那一次季雨时被冻僵，宋晴岚用毯子裹了他好几个小时。

这时，一个毛茸茸的东西从脚边掠过。

那只橘猫长得肥却体态轻盈，再拜肉垫所赐，宋晴岚都没察觉到它的来临。只见它进了房间，轻车熟路地跳上了季雨时的床，在季雨时脖颈旁找了个位置蜷成一团。

看起来一切都恢复了正常。

宋晴岚没进卧室，只在门口站了十几秒就轻轻拉上了门，重新回到了客厅。

经过这个插曲，宋晴岚原本仅有的一点睡意消失得无影无踪。

他刷了一会儿手机，发现李纯发了一条新动态。

李纯：“女朋友说我不对，我就一定不对，绝对没有为什么。”

这条动态还配了个“狗头”的表情包，渣男的骗人语录花样还挺多。

宋晴岚脑海中刚闪过这个想法，却立刻反应过来——李纯什么时候有女朋友了？

上回出任务前，李纯说没来得及要那个女孩子的手机号码，还为此好一番遗憾。

宋晴岚给满脑子不正经想法的李纯发了一条信息，让他醒来立即联系自己。

想了想，宋晴岚又给小队的其他人都发了信息，内容都是：“醒来后速联。”

这群浑蛋在假期里一个比一个能赖床，宋晴岚估计他们不会醒得多早。

正好他和季雨时还没有头绪，联系也无非是询问一下他们的情况。

一大早，季雨时便醒了。

枕头旁边有小橘待过的痕迹，看来昨晚它又偷偷进了卧室，而他竟然一点也没有察觉。

季雨时已经很久很久没有睡得这么沉过了，明明临睡前才讨论过让人心生惶恐的话题，他却一个梦也没有做。是因为房子里多了一个人吗？可是，这种情况连从前季旻越来时也极少发生。

出乎季雨时意料的是，他一走出房间就闻到了早餐和咖啡的香气。

厨房里，宋晴岚正在煎鸡蛋。他长得太高了，还算宽敞的厨房在他进去之后硬是显得小了一半。

季雨时惊讶道："你——"

"我先不去我外公家了。"宋晴岚见他醒了，立刻道，"我订了最近一班列车的票，我们吃过早餐就直接去江城。"

宋晴岚已经洗漱过了，看得出没怎么睡好，但精神尚佳，似乎永远都有用不完的精力。

季雨时其实不是要问他为什么还没走，是想问他怎么还会做饭。

宋晴岚将鸡蛋倒入盘子里，看起来动作熟练。鸡蛋煎得边缘泛着金黄的色泽，一看就火候刚好。

只见宋晴岚单手拿起了第二个蛋，行云流水地在锅边一敲，鸡蛋就滑入了平底锅，"滋滋"冒着热气，他那姿势简直算得上优雅。一个这么具有存在感与侵略性的男人，与烹饪竟毫不违和。

"哦。"季雨时没忍心提醒他，这鸡蛋怕是过期了。

季雨时独居，本来就不怎么做饭，这些鸡蛋都是他去江城之前留下的。且不管它们在冰箱里放了多久，就说从他们出任务到现在，就已经过了足足一个月了。

锅里的蛋液看着似乎还正常，只要煎熟了，应该就没关系了吧？看着盘子里宋晴岚煎好的蛋，季雨时发现自己有点想吃。

两个成年人的免疫力和肠道菌群应该足够应付这些鸡蛋，只要少吃点，应该没关系。

季雨时说服了自己，然后……他看见宋晴岚又一口气煎了五个蛋。

季雨时无言。

开玩笑，宋晴岚一米九三的身高，九十多公斤的体重，其实五个蛋都不够他塞牙缝。要不是季雨时的冰箱里实在是什么也没有了，他还能再来点。

“这次放三个月长假，我本来打算有空在宁城逛一逛的。”宋晴岚和他聊天，“没想到这么快又要回去了。”

季雨时说：“其实宁城没什么好逛的，城市都差不多。”

宋晴岚摇头道：“不一样，我在这里上过几年幼儿园呢，这里有我的童年回忆。”

季雨时道：“嗯，三年幼儿园简笔画冠军？”

看来季雨时真的是什么都记得，连他吹的牛也不放过。

宋晴岚对这调侃不置可否，开玩笑道：“不仅有简笔画冠军的回忆，还有‘初恋’。我记得当时幼儿园里有个特别好看的小女孩，我们玩得挺好的，后来我回江城她还哭了……”

说到这里，他回头看了眼季雨时，好笑道：“你那是什么表情？我小时候就不能有点魅力？”

季雨时似乎根本不信他的话，漂亮的眼睛睁得圆圆的。

宋晴岚话一出口，才想起来自己不是没在季雨时面前变小过。他穿着大人的衣服、跌跌撞撞地跟在队友身后的画面实在太美，想到这里，他一时有点尴尬，只好轻咳一声，挽尊道：“嗯，其实那个小女孩算是我玩得很好的朋友，是我的第一个朋友。我还记得她的名字呢，好像叫……晗晗，有机会我去找找她。”

季雨时无情地道：“那你恐怕是找不到了。”

说话间，蛋已经煎完了。宋晴岚毫不介意这打击，本来也只是贫嘴而已。

他坐下来，将煎蛋拨给季雨时两个，问：“季顾问，你那位健谈的邻居是不是有梦游症？”

“邻居太太吗？她有梦游症？”季雨时把蛋往宋晴岚的盘子里拨了回去，反问，“什么意思？”

宋晴岚把昨晚的事情说了一遍，听着挺瘆人的。季雨时也有些意外，他从来没发现过邻居的梦游症。那些失眠的夜里，他也没有想过要通过门上的猫眼去看看外面是什么情况。

这件事暂且略过不提，宋晴岚早上已经去看过了，邻居太太不见了。

季雨时问："所以你那么晚了还没睡？"

"嗯，我有点认床。"宋晴岚用叉子轻轻敲了敲盘子边缘，似笑非笑地道，"蛋也不喜欢吃？"

季雨时不说话。

宋晴岚意有所指地道："午餐肉不喜欢，蛋也不喜欢，季顾问你可真不好养，看来是没人告诉过你不喜欢就要说出来。"

季雨时还是没说话，简直令人怀疑是不是真的没人和他说过这话。

宋晴岚又补了一句："我不挑食，什么都可以解决掉。"

要是早知道季雨时不喜欢吃午餐肉，在大胡子的太空舱里宋晴岚就不至于强迫他吃那么多了。

季雨时只是没有说出个人喜恶的习惯，午餐肉他不喜欢，但是蛋他还是喜欢的，他迟疑道："喜欢……我以为是你不喜欢午餐肉。"

宋晴岚很快答道："我也喜欢。"

话音一落，两人都沉默了一瞬。不过是大清早讨论食物而已，怎么弄得像他们开始了互相之间的深度了解一样尴尬。

奇怪的是，他们明明经历过了无数次生与死，与对方的思维、想法都能完美默契地同步，回到现实生活中却又发现自己对对方一无所知。除了队长和临时队员这一层关系，他们现实中的关系好像都还没达到朋友这一层。

讲起来，季雨时和宋晴岚其实不算很熟。

季雨时没有什么朋友，也不知道怎么开始主动维护一段关系，但是他能感觉到宋晴岚的靠近。

疑似过期的鸡蛋很美味，宋晴岚做的咖啡也很不错。

在安静的咀嚼声中，季雨时忽然明白了一件事——所以在太空舱里，那些午餐肉罐头都是宋晴岚让给他吃的？难怪那时候大胡子会误会。

季雨时悄悄垂下了眼皮，捏着叉子柄的手指无意识地蜷缩了一下。

这些靠武力战胜一切的守护者，友谊都来得这么直接真诚的吗？

在季雨时家里用过自制的早餐，抱着应该不会拉肚子的侥幸，季雨时和宋晴岚一起出门，下了楼，在楼道口却遇到了季旻越。

季旻越戴着眼镜，牵着家里的柯基。像以前一样，他好像只是牵着狗散散步，顺便来这里看看季雨时。

三个人碰面，季旻越却只是站在那里，背对着楼道外的阳光，让人看不清他的表情。

“哥？”季雨时打了个招呼，然后告诉宋晴岚，“这是我哥。”

季旻越没动，季雨时走过去，看清了季旻越的脸。

原来季旻越是在盯着他看，见到他也不好奇他身边的人是谁，只说了一句：“老季叫你回家。”

以为家里人担心他，季雨时告诉季旻越：“我和宋队现在得去一趟江城。”

季旻越重复了一遍：“老季叫你回家。”

季雨时察觉到了一丝说不上来的不舒服，问：“季旻越你怎么了？”

季旻越又重复了：“老季叫你回家。”

从见面到现在，季旻越一连说了三遍一样的话，声音很僵硬，带着些机械感。他说话时眼珠也盯着季雨时，竟连眼皮也不眨，完全不是平时那个亲切的大哥。

季雨时被人拉得后退一步，只见宋晴岚对他说：“你看这狗。”

柯基犬站在季旻越旁边，作为一只狗，这么热的天气它竟没有吐出舌头散热。它和主人一样，就那样看着他们，一动也不动。

“不是梦游。”宋晴岚说，“你的邻居不对劲，你的大哥也不对劲，季顾问你有没有注意到，今早你的猫一声都没叫？”

两人吃早餐时，猫跳上了桌子。季雨时以为它是对煎蛋感兴趣，此时一回忆，猫的确只是趴在那里看着他们，如同监视。

还有，临走前他给自动喂食器添了猫粮，猫却反常地坐得远远的，真的一声都没叫。

“我们得走了！”宋晴岚说完，两人快速朝停车位走去。

季旻越牵着狗，默默地跟在他们身后，一直到宋晴岚发动车子，他都还在无声地看着他们。

越野车一个利落地倒车，稍一停顿，季旻越就“啪”的一声扑上了车窗玻璃。

熟悉的面孔近在咫尺，季旻越机械地道：“老季叫你回家。”

季雨时有一种想要打开车门跟着季旻越走的冲动。

宋晴岚叫醒了他：“季雨时！”

季雨时这才发现自己的手已经放到了车门上，他一个激灵，清醒过来，收回了手，宋晴岚已经毫不迟疑地将车开了出去。

距离小区出口越来越近，季雨时从后视镜里看见了惊悚的一幕。

季旻越、柯基犬、邻居太太和她的小孩，还有小区的管理员，都站在后方。他们面无表情地站在那里，静静地看着这辆车子开远。

车子开出了小区，并入清晨的车流中。

城市里车水马龙，阳光普照，一切如常，似乎他们刚才在小区里见到的反常现象都只是幻觉，可季雨时知道不是。

这是怎么回事？季旻越是他的家人，邻居太太与小孩和他也算得上熟悉，而那位小区管理员曾经帮他找过猫……这些都是和他有过联系的人。

“早上我给外公家打电话，没打通。”宋晴岚说，“我这边家里的也试过了，无人接听。我原以为只是巧合，现在看来肯定是哪里出了问题。我猜这些反常不只和你有关，我那边可能也是一样的。”

像是猜到了季雨时在想什么，正在开车的宋晴岚给出了参考信息。

可是为什么会这样？两人都有些不知所措。

“现在还要不要去找汪部长？”宋晴岚问，“你有什么想法？”

季雨时没有犹豫：“去。”

宋晴岚早料到会有这答案，将车子开得又快又稳。

路上，因为昨晚发送的信息，宋晴岚接到了段文的电话。

“宋队。”段文将声音压得很低，语气听起来有些不寻常，“你现在方不方便说话？”

宋晴岚说：“我和季顾问在一起。”

车载通信器里，段文似乎吃了一惊，这两人怎么又在一起了？但是知道季雨时也在，段文就放开了声音，迅速又紧张地说：“我觉得我好像疯了。”

“宋队你还记不记得我家后院草坪上的树？是我二十五岁生日那天种的。”因为太过激动，段文粗鄙地忘了措辞，“老子那天许了愿，三十五岁一定要结婚，等结婚了这棵树上就正好给小孩挂个秋千。昨天下午秋千做到一半，我突然想起来了……我哪里来的小孩？”

段文的声音有些发抖："可我就是有了，是个女儿，很可爱。老婆就是我们江城分部调研组的，我们都认识五年了。可是我分明记得我追求过她，但她没答应，不久以后还请我参加了婚礼……怎么会这样？我现在的记忆里，那场婚礼就是我和她的。我是不是疯了？是不是因为时空劫持？我怎么会有这么严重的后遗症？"

车里的两人都变了脸色。情理之外，意料之中。

宋晴岚沉声安慰："别慌，我们也有差不多的症状。"

段文愣了下，道："这……这又不是有福同享，我怎么能不慌？"

"文哥。"季雨时开口了，"我和宋队在猜测，这种情况很有可能是双份记忆叠加在一起造成的。"

季雨时嗓音清冷，每次分析的时候都能让听的人很快冷静下来。虽然他和宋晴岚现在也还没有什么头绪，但季雨时还是很快就用简单的描述让段文明白了情况。

段文问："那我现在该怎么做？"

"我这里有一份资料，稍后传给你，看看你能想起来什么。"宋晴岚指的是汪部长的资料，他继续说，"你和他们几个联系，互相了解一下情况，我和季顾问在去江城的路上。"

挂断电话，季雨时把资料给段文发了过去。

路上有些堵车，他们到达宁城北站的时候时间有些拮据。好在两人都身高腿长，停车后只要一刻不停地往进站口去就来得及。

车站人来人往，来自各地的旅客汇集于此，永远处于忙碌中。

穿过停车场、广场及大厅，宋晴岚注意到，每隔一段距离就会有一些陌生人在人群中停下来看着他们。季雨时在脑海中快速检索这些人脸，他记起来，只要是停下来看着他们的人，多多少少与他们在某处见过。

有一种说法叫"六人定律"，该说法认为，两个陌生人之间最多每隔六个人就会发现一个认识的人。意思是，无论是这个世界上的谁，在人际关系上和另一个陌生人之间所相隔的人不会超过六个。

在同一座城市里的擦肩而过，在不同地方的惊鸿一瞥，世界说大不大，说小不小，就算还远远达不到六人定律那么夸张，他们也一定在冥冥之中有所联系。

季雨时跟着宋晴岚，穿梭于人流中。忽然，有人拉住了季雨时的衣服。

季雨时回头一看，是大厅的清洁工。过往数次他经过这个大厅，都遇到过这位清洁工，有一次，他还帮这位清洁工捡过地上的垃圾。

这时，清洁工抓住了他，却一句话也没说，浑浊的眸子里什么情绪也没有，像是只是为了制止他的前进。

季雨时仅停下来一瞬，清洁工身后就走来了五六个人。他们从人流中走来，眼也不眨地盯着季雨时看，和季旻越、邻居太太表现出来的状态一模一样。

他们无声逼近，竟有一种要把季雨时团团包围的意思，而过往的行人仿佛对这一切视而不见。

面对这样的一圈人，看到人类的脸上出现这样真实的麻木表情，让人如同置身于真实的噩梦之中。

“季雨时！”宋晴岚很快发现了季雨时没有跟上，倒回来一把抓住他的手。

短短十几秒，季雨时的掌心就出了一层冷汗，他猛然惊醒：“宋队！”

人越来越多了，从最初的五六个变成了十几个，形成人墙，挡住了他们前往江城的路。

宋晴岚表情凝重，道：“快走！”

季雨时跟着宋晴岚走出包围圈，两人疾步而行。

宋晴岚毫不客气地推开包围的人，他力气大，那些人被撞得不得不让开一条路，却还是亦步亦趋地跟在他们身后。

在检票口验证了身份卡，两人终于进入了月台。

他们动作足够麻利，而那些人没有购票则无法搭乘悬浮列车，只能站在月台外的玻璃窗后。

被这样一群人在背后看着，好像连列车的速度都变慢了。而月台上，候车的乘客言笑晏晏，各自聊天，与身后不寻常的场景形成了鲜明的对比。

在这种现实与不现实之间，车子终于来了。

宋晴岚与季雨时登上了车，因为角度关系，那些人再也看不见他们了。

在列车发动后的风声中，随着视野的变远，季雨时看见那些人像突然活过来了一样，一个个的表情由麻木转为生动，仿佛恢复了生命力，四散走开了。

48.

“你刚才怎么了？”宋晴岚问。

“我不知道。”季雨时收回视线，心“怦怦”跳着，他不明白自己刚才为什么会下意识地跟着那些人走。如果不是和宋晴岚在一起，他很有可能就不会上这趟车了。

两人在座位上坐下，列车载着他们往前驶去，将车站那诡异的一幕甩得很远。

宋晴岚买票买得急，只买到了普通车厢的票。车厢里的人们聊着天，各自放着行李，似乎没人注意到两个惊魂未定的年轻人。偶尔有人投来目光，也只是因为他们过分惹眼的外表而已。

从凌晨站在季雨时家门口的邻居，到早上出现的季旻越，再到刚才车站形成的人墙，好像一夜之间这世界的某个部分就被他们触碰到了，而且，极有可能是最为关键的部分。

季雨时又感觉到了不舒服的视线，他转头看去，只见左前方的座位上，一位戴眼镜的男乘客正盯着他。他与对方对视了几秒，对方却没有任何要移开视线的意思。

一片喧闹中，季雨时还没彻底放松的心再次紧张起来，竟然车上也有。

他开始回忆自己在哪里见过这名男乘客，却怎么也想不起来，在他的记忆里，对方这张面孔是一片空白。

宋晴岚低声道：“别想了，他应该是在看我。”

季雨时回头，面上露出些茫然神色，不难看到眼神中的一丝仓皇。从遇到季旻越起，宋晴岚就发现了季雨时有些不对劲，精神状态不太好。

这种反常别说是季雨时，就连心志坚定如宋晴岚，也对他们身处的现实产生了怀疑。

原以为他们从汪部长这里找到了关键线索，没想到又遇到了这样的情况。很明显，这反常的情况在向他们说明，这不仅仅是因为平行世界或者重叠记忆那么简单。

季雨时手抓着座位扶手，不自觉地用力到指节泛白，听到宋晴岚这么一说才松开来，疑惑道：“看你？”

宋晴岚坐在季雨时右边，他个子太高，目标太明确了。

他调整坐姿，往下弯了弯身子，让前方的椅背挡住了那个人的视线。

果然，对方立刻回过头去，像什么也没发生过一样做起了自己的事。

“我在想，这些看我们的人一定和我们有某些关联，不是你，就是我。这里是你生活的城市，所以和你有关联的人要多一些。”宋晴岚说，“这个人可能在哪里见过我，但我记不起来了。”

宋晴岚看起来倒是没怎么受影响，讲话的语气都和以前一样。他们被丧尸困在润金大厦、被裂缝困在太空舱的时候，宋晴岚也是这样。他好像永远都不会为困境妥协，更不会因此动摇突破困境的决心。

殊不知，他只是不想让周围的人更加无措罢了。

宋晴岚突然伸出手臂，说：“你掐我一下。”

季雨时奇怪道：“为什么？”

宋晴岚说：“你掐我一下，我看看疼不疼，疼的话就不是在做梦。”

季雨时告诉他：“宋队，其实这根本没什么科学依据——”

宋晴岚挑了挑眉毛，不客气地自己拧了自己一把，发出一声闷哼：“疼。”

可能是觉得幼稚，连他自己都有些无语，正色道：“真疼。好了，你管它有没有科学依据，总之现在我们不是在做梦，反正信我就对了。”

乘务机器人推着服务车经过，宋晴岚要了两杯温水。

多喝热水是有道理的，季雨时缓过来不少，智商开始上线：“从我们回来以后，这是我第一次遇到这样的情况，你呢？”

宋晴岚说：“我也是第一次遇到。”

季雨时蹙眉，想了想，说：“你说邻居太太是凌晨就站在我家门口了，可是我们回来时遇到她，她还一切正常。还有，我哥昨天也和我见过面，也没有什么反常。到底是为什么——”他蓦地怔住，黑白分明的眼睛看向宋晴岚，“宋队，我好像知道了。”

宋晴岚可能猜到了季雨时要说什么，但没有打断。不知怎的，他有些期待季雨时进行头脑风暴的模样，那个冷静理智的季雨时，常常能一眼就抓住问题的关键所在。

“应该是和汪部长有关。”季雨时说，“本来只是我一个人对这件事有记忆，对这个现实不会有影响。可是后来你找到了她的资料，紧接着也找到了另一个现实的记忆。”

宋晴岚静静听着。

季雨时继续道：“昨天晚上我们商量要去找汪部长，因为我们查到了她的具体位置——如果汪部长也有双份记忆的话，那她作为我们的一个共同变量，对于我们来说，就是两个现实共同存在的证明。我们越朝她靠近，就越靠近两个现实中最为矛盾的一个点。”

宋晴岚问：“也就是说，从我们决定要找到汪部长那时候起，就引起了这些……反应？”

宋晴岚不知道怎么形容这种诡异的反应，但季雨时明白他的意思就行。

车里冷气很足，吹得季雨时有点冷，他捧着手中的杯子，汲取一点温暖，点头：“对。”

宋晴岚皱了皱眉，又问：“为什么会出现这样的反应？”

季雨时说：“我还不知道，但是我隐隐约约有了一个想法。你知道双缝实验吗？”

宋晴岚点点头：“听说过。”

“在双缝实验里，单个电子穿过有两条缝隙的隔板，会在屏幕上显现出多条干涉条纹，就像单个电子可以同时穿过两条缝隙一样，有人认为这种现象是多世界理论存在的证明。假设单个电子穿过的是左边的缝隙，而在另一个世界里，电子穿过的是右边的缝隙，这两个世界能感觉到彼此的投影，电子同时穿过双缝产生了自我干涉，就形成了多条干涉条纹。”季雨时说，“这是关于平行世界的一种猜想。”

自从时间穿越技术被掌握以来，平行世界论已经被证实，所以这个问题季雨时只是简略地说一下，便进入了重点。

“我想说的是双缝实验中最为诡异的一点。为了弄清楚电子通过双缝后产生的多条干涉条纹到底是怎么产生的，人们使用了设备观察电子通过缝隙的过程。可是当这个实验被人们用设备观察时，出现在屏幕上的多条干涉条纹却不见了，电子穿过两条缝隙以后，只在屏幕上留下了两条平行的条纹。奇怪的是当设备被关闭后，原先的多条干涉条纹便再次出现了，就像电子有了思想，知道人们是否在观察它一样，它可以通过是否被观察来改变自己的运动状态。也就是说，人类的观察行为竟然影响了电子运动，改变了实验结果。”

这么多理论知识需要消化，宋晴岚思考了一会儿，说：“所以，你想说我们现在的处境和我们是否对这个世界进行‘观察’有关？”

“我只是初步猜测，用双缝实验打个比方，并不一定是这个原理。”季雨时低头喝水，睫毛长而密，“比如，我们寻找汪部长的行为，会不会就是一种‘观察’？就像电子被观察一样，这种行为影响了这个现实的运行，让他们产生了自我干涉。”

“我好像有一点明白了。”宋晴岚都不敢说自己很明白了，他永远也搞不懂季雨时脑子里到底有多少知识储备，“与我们在这个现实里有联系的人可能都会受到这种干涉影响，因此当他们看见我们，发现我们在进行‘观察’的时候，就会在某种力量的影响下反过来对我们进行干扰。”

这或许就是他们突然遇到反常现象的原因。

现在他们刚决定去找汪部长就遇到了这样的事情，这还只是一个开始，如果他们继续下去，见到汪部长，彻底了解这个世界的矛盾点所在，会怎么样？

两人久久地没有说话。他们所在的世界，就算是蝴蝶效应产生后出现的平行世界，这些人也是实实在在的人类，而不是没有思想、没有灵魂的丧尸。

随着他们距离汪部长越来越近，那些干扰肯定会加强，到时候他们应该怎么办？

季雨时的手机响了，他低头一看，屏幕上显示的名字是“老师”。

季旻越早上出现后，一直说的是“老季叫你回家”，这个电话会是什么情况？

宋晴岚没有窥探别人的隐私，只问：“要不要接？”

季雨时迟疑了一下，放下杯子，接通电话后把手机放到了耳旁。

“团团。”意料中机械呆板的声音没有出现，季教授的语气和昨晚吃饭时一样和蔼可亲。

季雨时松了一口气，喊道：“老师。”

季教授并没有提叫他回家的事，也没有提季旻越，只是在电话那头告诉他：“昨晚我和你说的那件事，结果下来了，你们的任务评级是S级。”

这么快？季雨时觉得不可思议。他们的任务报告都还没提交上去，评级结果就下来了吗？

身边的宋晴岚发现了他呼吸的凝滞，以眼神询问他怎么回事。

季雨时却听季教授在电话里继续道：“一个S级任务的评分叠加上去，你连剩下的积分也不用积了。今天下午他们会给你做身体的体能测验，如果你恢复得还不错的话，明天就可以直接回到那一天了。”

季雨时迟疑道："今天……下午？"

季教授的电话被另一个人拿了去，那嗓音季雨时很是熟悉，是宁城分部的林部长。

"小季啊，恭喜恭喜。"林部长说，"怎么样，我建议你去江城分部协助完成任务没错嘛，你完成了任务，挣够了积分，心理测验也过关了，你用实力证明了自己。我向上级部门提出的申请他们已经批准了，你等了十几年的这一天，终于来了！今天下午我在部里等你！"

季雨时挂断电话后有些出神。

宋晴岚问："怎么了？"

季雨时转头看着他，好像才回过神来一样，摇了摇头，说："没事。"

宋晴岚好奇道："你的老师怎么会打电话给你？"

季雨时说："一点课业上的事。"

悬浮列车外，天空蔚蓝，风景如画。在列车时速五百多公里的高速运行下，外面的参照物形成了一道快速后退的模糊线条。

车窗上倒映出季雨时恰到好处的脸部轮廓，修长的脖子，还有漂亮的、清冷的眼睛。他似乎在看外面，又似乎没有。

过了一会儿，他回过头对仍在思考的宋晴岚道："我想去洗手间。"

列车已经响过一次播报提示了，即将到达宁城与江城之间的一个小站，车辆停留时肯定会有不少人来来往往，说不定他们又会遇到一些和自己有所关联的人。

"现在？"宋晴岚认为现在时机不太好。

季雨时咬了下嘴唇，说："其实，早上的鸡蛋好像过期了，我现在有点不舒服。"

宋晴岚无言。

季雨时站起来往洗手间走，临走前还说了句："但是你做得很美味。"

宋晴岚自觉有点受打击，这可是他第一次做东西给除家人以外的人吃。不新鲜的鸡蛋什么的，他怎么没发现？可是大清早的，因为某个搞笑的问题，他也没好意思敲开季雨时的房门去询问一下哪些食材可以使用，就擅自做了。

做得美味吗？宋晴岚看着窗外，发现自己的嘴角竟有个弧度，挺傻的。

他整理好表情，掌心有点发热。

一分钟过去，列车缓缓停下，季雨时还没回来。乘客们来来往往，宋晴岚看了看表，又过了三分钟，季雨时好像去得有点久了。

直到发车播报声响起的一刻，宋晴岚才猛地回味过来——季雨时撒谎的表情，他不是第一次见，怎么刚刚就上了当？

他站起来快速走到洗手间，里面果然空无一人！

列车门正在关闭，宋晴岚情急之下去拉玻璃，手被车门狠狠夹了一下，车厢里顿时响起了刺耳的警报。车门防夹机制开启，宋晴岚顾不得车上的警报和人们的抱怨，快速下了车，在月台上寻找季雨时的身影。

作为一个多次穿越回到过去执行任务的记录者，即使不靠模拟面孔来将自己伪装成另一个人，只要季雨时想，就能把自己的存在感降到最低。

然而，宋晴岚一眼就发现了那个瘦削的背影。

季雨时正大步穿过人群，往出站口的方向走去。

“让让！”

“让让，谢谢！”

宋晴岚加快了脚步往前追。

人群中，有三三两两的人面无表情地停下了脚步，看向了宋晴岚。而季雨时走得顺畅，仿佛知道他暂停了行动，这一路竟连一个阻挠他的人也没有。

进入大厅时，季雨时的背影稍微顿了顿，他知道宋晴岚跟了上来，却没有回头。只见季雨时脚步不停，继续往前走，路过一个空座位时，还顺手把座位上的一个空水瓶扔到了地上。

宋晴岚面冷如霜，仗着个子高，走得非常快。

他推搡着不断涌来的陌生面孔，艰难前进，已经距离季雨时很近了。

突然，宋晴岚前面一阵骚乱。有人踩到了季雨时扔下的那个空水瓶，当场摔倒，又撞到了一旁拖着行李箱、行色匆匆的旅客。那个行李箱有滑轮，在撞击中一路滑走，又卡到了正在清扫垃圾的机器，绊倒了清洁工。

季雨时背后仿佛长了眼睛，他在超强记忆力下对环境的精密计算让秩序转眼间乱了，一派人仰马翻。

他走得很快，走到一个拐角处，却猛地被人摁到了墙上。

这是和上次在书店差不多的姿势，连手被控制的角度都差不多。那双大手钳制住他的手腕，将其反剪在身后。这些守护者的手段让路人看了，还以为是在抓捕罪犯。

“季顾问。”身后的宋晴岚几乎是咬着牙的，厉声道，“你在干什么？”

只听季雨时不慌不忙，轻声说：“你先放开我，我手疼。”

宋晴岚暗道：又来，能不能换个招数？

宋晴岚才手疼，他的手背与掌心被车门夹得青紫，凸起一块。可此时他无心理会，只想知道季雨时为什么要这么做。

宋晴岚没有如季雨时的愿把他完全放开，只是稍稍松开了手，撑在墙壁上，防止季雨时逃走，压着火气道：“你可不可以解释一下这到底是怎么回事？是你忽然又想到了什么不能说又必须做的事，还是因为你有了别的思路？”

除了恼怒，宋晴岚直到这时也没有怀疑季雨时，这是一种难得的信任。

季雨时转过头来，宋晴岚黑眸紧紧盯着他的脸，心中“咯噔”一声。

季雨时此时的表情是宋晴岚从来没见过的，他没开玩笑说宋晴岚在“教育”他，也没回答宋晴岚的问题，只是问：“宋队，你觉得我们在哪个现实有区别吗？”

刚才还在一起寻找线索，讨论听不懂的双缝实验，怎么忽然就放弃了？

宋晴岚不明白，但直觉和季雨时接的那个电话有关，坚定地道：“当然有区别！”

季雨时抬头，与他对视：“如果在这个现实就能得到想要的一切，那为什么还要费力去别的现实呢？”

两人距离很近，近得宋晴岚能看清季雨时瞳孔的颜色。

季雨时冷冷地、平静地看着他，对他说：“既然哪个现实都只有一个‘我’，那么‘我’到底是谁就不重要了。”

有那么一瞬间，宋晴岚竟觉得季雨时说得很有道理，可是他很快就反应了过来，没有跟着季雨时的思路跑，思路清晰地道：“你这是严重的唯心主义。我们到底在哪一个现实，对我们来说当然很重要，不是我们怎么想就够了。因为在我们原本的现实中，还有很多关心我们、爱我们的人，失去我们只会让他们难过伤心，我们得回到真正属于我们的世界，因为那才是我们真实的人生。”

然而，季雨时却说：“我没有那样的现实。”

49.

季雨时的反应很平淡，这句话从他口中说出来几乎没有什么犹豫，好像他已经在心里想过千千万万次一样，一点负担也没有。

这太反常了，简直不像平时的季雨时。

宋晴岚心中升起一丝焦躁，急道："你怎么会没有？你有父母、有同事、有朋友，你还有哥哥——我们不是在楼道口碰到他了？"

两人对峙间，季雨时如同被什么困住了一般，全身上下每一处都紧绷着，连呼吸都细不可闻。听到问话，他的睫毛轻轻颤动了一下，表情没怎么变，但显然有点动摇了。

见他有了反应，宋晴岚又说："再不然，你还有约会对象，如果你不见了，她们会怎么样？"

随便找人约会过夜什么的，实在不是一件好事。宋晴岚说到这里又觉得不妥，这个例子举得不好。

他顿了顿，尽量往正题上靠："每个人都有真正属于自己的现实，每个人都有属于自己的人生。你想一想，难道你在真正的现实里就没有一件最想完成的事？比如你没来得及实现的梦想、毕生的追求，如果你现在就放弃了，那么你为之努力的那些岁月算什么——"

话说到这里戛然而止，宋晴岚怔在当场，因为季雨时的睫毛再次轻轻颤动，一滴眼泪以极快的速度从眼眶滑落。

宋晴岚从没见过有人的眼泪能掉得这么快，这么干脆。震惊之余，他的心脏蓦地紧缩，竟很有同理心地狠狠疼了一把。

宋晴岚现在才回味过来，什么叫"没有那样的现实"？难道季雨时的生活并不像想象中那样幸福？

这种极度悲观的话语从季雨时口中说出，说明它并不只是一种情感的宣泄，很有可能就是事实。

明明被莫名扔下、该恼怒委屈的人是他才对，可是宋晴岚得知了这样的事，却觉得手足无措，甚至生平第一次组织不好语言，有些慌了。

他抬起手，又放下，暗自懊恼，怎么就没人教过他如何安慰人？

季雨时其实没有哭，那滴眼泪是生理性的，像松叶尖被风吹落的一捧雪，落入雪地就消失不见，仅仅掉落了一滴就没有了。

比起哭泣，这更像是一种本能。

季雨时在光线下显得十分透亮的眸子就那么看着宋晴岚，那眼眶湿润，他却显得比任何时候都要冷淡，说：“我在这里，就能拥有我想要的一切。”

宋晴岚强调：“可是你不属于这里！”

季雨时只是重复道：“我到底在哪个现实，并不重要。”

这是魔怔了。

“季雨时！”不知道为什么，宋晴岚感受到了季雨时的悲伤，但现在不是刨根问底的时候，他只沉声道，“很重要！你是谁很重要！就算你没有我说的那样的现实，可你还有我们。我、纯儿、段文……七队还有六个人都在等着你，你不能被一通电话就扰乱了心神，这都是假的——”

“一通电话”，这几个字落入季雨时耳中，刹那间，他瞳孔微张，然后整个人以肉眼可见的速度渐渐放松下来。

“假的。”他说。

脑中紧绷的弦断掉了，季雨时的神智逐渐回笼，他仿佛失去了所有的力气，一头栽倒在了宋晴岚的肩膀上，缓缓道：“宋队，是那个电话……”

冷不防被当作依靠，宋晴岚僵住了。

季雨时小口喘着气，清醒过来后已经出了一身冷汗。他在后怕，若是宋晴岚不追上他，他恐怕会真的陷入那种致命的吸引里。

季雨时在宋晴岚肩膀上埋着头，又快又简略地说：“那个电话有问题，它抓住了我心里最想要的东西。我挂断电话后，脑子里只有一个想法，那就是别的都不重要了，唯一重要的，就是去得到它。”

危机解除，果然是那通电话。

“果然。”宋晴岚松了一口气，抬起手在他后背上拍了拍，“你清醒过来就好，我们得马上告诉老段他们，让他们提高警惕。”

季雨时“嗯”了一声。

宋晴岚问：“你上一刻还在讨论什么双缝实验，下一刻就转身走人，比李纯还渣。季顾问，电话里有什么东西那么吸引你？”

其实宋晴岚很想知道，季雨时都经历过什么，又过着怎样的生活，为什么连“我没有那样的现实”这样悲观的话都说出来了。可是，他们的关系好像又还没好到无话不说的地步。

季雨时闷声回答：“是我毕生的追求。”

宋晴岚觉得有点好笑，继续问：“那是什么？”

话音刚落，他就被季雨时推开了。

“谢谢。”缓过来以后的季雨时翻脸无情，已经恢复了平日的冷静，“可能是约会对象什么的吧。我不回去的话，她们不是会伤心死？”

刚才宋晴岚所说的“你还有约会对象，如果你不见了，她们会怎么样”，季雨时听着都觉得辣耳朵。他没想到宋晴岚对这个误会这么执着，当真以为他不负责任、私生活混乱了。感情观受到了侮辱，季雨时爱记仇又懒得和不信任他的人较劲，就故意用这话堵宋晴岚。

宋晴岚蹙起眉头：“你……”

“我很爱惜自己。”季雨时冷漠地吐槽完就把话题拉回了正途，“那个电话里，林部长亲口告诉我，我们的任务评级出来了，分数很高。”

宋晴岚干脆把手交叉叠在胸口，倨傲地道：“假的，任务评级不可能这么快出来。”

季雨时点头：“我也知道不会这么快。”

两人朝车站里走去，这下他们得重新买票了。

周围的旅客行色匆匆，偶尔有陌生人抬头看着他们。

一场闹剧后，宋晴岚不动声色地把身边刚抓回来的人盯紧了点，现在他们已经知道，这个现实绝对比他们想象的还要复杂。搞不好一不留神，季雨时就又被什么吸引走了。

宋晴岚问：“你被蛊惑是因为任务评级？”

“是。”季雨时边走边解释，似乎犹豫了一下才继续道，“任务评级后，积分叠加，我就可以得到应有的奖励了。”

宋晴岚不解，究竟是什么奖励这么诱人，诱人到让季雨时都意志不坚定，连真假都不管，像魔怔了一样扔下队友就跑。

天穹有积分机制。在天穹，积分的叠加不仅意味着更高的评级、更高的荣耀，也意味着能用积分换取更高级的任务，接触到天穹的核心，对于他们未来的职业发展、人生规划都极为重要。

一个个人评级达到超一星的守护者，可晋升为稽查者，手握检阅任意时空的权力。而一个个人评级达到超一星的记录者……天穹历史上还没出现过。

记录者的工作虽然相对安全，但非常乏味，也缺少机动性。面对历史和苦难的重复过程，他们却只能无动于衷，做一个真正的旁观者，这尤其考验一个人的承受力与耐力，因此连晋升到一星的人都不算多。

出任务前，宋晴岚就知道季雨时马上要由二星晋升为一星了，虽然还不是超一星，但也是会有奖励的。

宋晴岚不知道记录者的奖励会是什么，但是良好的修养让他没有直接开口询问。

季雨时与七队的每个队员都不一样，他不是一个轻易就愿意吐露心声的人，就连分析情况、整理事态，也是在完全有把握的情况下才会做。当初在“衔尾蛇”任务里当着众人的面说话，对季雨时来说也是一件经过了克服才完成的事。

两人朝售票机走去。季雨时把身份卡递给宋晴岚购买下一趟列车的车票，忽然瞥见了对方右手手背和掌心那道肿得凸起的青紫痕迹。

宋晴岚修长的手指迅速点了几下透明面板，看得出手的行动不太方便。

疼吗？肯定是疼的。季雨时忽地想到，从他离开车厢到被宋晴岚找到，对方竟一句责怪的话也没说过。他们现在的境地，完全和他有关。

且不论这个现实到底怎么样，至少对宋晴岚来说，从“卡俄斯”任务中被拦截回来以后，这里就是宋晴岚的现实。

首先提出怀疑的人是季雨时，宋晴岚辛苦搜集资料，再赶来宁城与他商量对策——这还是在完全没有头绪的情况下，对方就这么做了。再然后，宋晴岚被迫恢复了另一份记忆，将原本属于自己的现实推翻，要和他一起去寻找解决的办法，却被他半途抛下。

直到此时，宋晴岚也没显露出一点慌张与退缩。

可是他真的一点都不慌张吗？

世界上没有人比季雨时更清楚记忆混乱、分不清现实的感觉，而宋晴岚即便心性再坚定，也是一个有血有肉的人。

宋晴岚买完票，问道：“如果你需要这个奖励，那么当初做一个守护者参加高级任务获得积分的速度会更快，为什么你会选择做记录者？”

“因为做记录者，完成一百个记录者任务，是我得到一项奖励的考验，所以我只能是个记录者。”话一出口，季雨时才发现他竟然回答了宋晴岚的问题。

信任是相互的，打开心扉或许没那么难。

一辆悬浮列车经过这个小站，喧嚣声中，宋晴岚回过头来。

“我是被收养的。”季雨时垂下眼皮，睫毛投下一片阴影，缓缓道，“我想回到十几年前，去看看关于我父亲的凶杀案现场。”

50.

距离下一趟去往江城的悬浮列车出发还有大约半个小时，赶往江城的行动被暂时打断，两人找了个僻静的位置，避开了那些时不时出现、想要阻挠他们继续下去的人。

季雨时紧闭的心扉悄悄地打开了一条缝隙，尘封的往事也随之展露出来。

“星元一四三九年四月六日，那是很普通的一个早上，春天到了，雨水充足，从凌晨一直下到天亮。”季雨时缓缓道来，“我起得不算早，因为我父亲永远是起得最早的人。他一边工作，一边像以前一样给我做了早餐，是很粗鲁的鸡蛋三明治，配有点甜的热牛奶。桌上堆满了纸，乱得离谱，纸上全是我那时候看不懂的公式，我掀开那些纸张把早餐吃光了，他都没发现。等我要出门了，他才追上来给我拿了一件雨衣，还很抱歉地说他晚上又要加班。”

这些零碎的细节对案情来说或许并不重要，但这是季雨时与父亲相处的最后一幕。

宋晴岚没有打断他，静静听着。

季雨时继续道：“那天我走后，他没有去上班，因为他死在了家中，胸口插着一把刀。”

季雨时用简单的句子将十七年前的一幕带到宋晴岚眼前。

他说：“根据死亡时间来计算，他死于我出门后不久。警察调查案情，排查当天小区的所有出入记录，从监控系统中发现了疑似凶手的人。”

疑似凶手？听到这里，宋晴岚忍不住问：“没有破案？”

季雨时轻轻点头，确认了这一点。他有些怔忡，仿佛将自己带入了回忆里。

然后他转头，告诉宋晴岚：“那天早上，我和凶手在楼道里擦肩而过。”

宋晴岚心里一窒，忽觉胸口闷得快要喘不过气来。

一四三九年，季雨时那时多大？不过八岁而已。

季雨时讲述的时候并不激动，也不难过，他只是平铺直叙道：“我那时候太小，没有看到凶手的脸。即便我后来患上了超忆症，能想起很多事，能想起来那天凶手的穿着、走路的姿势，却唯独想不起他的脸，因为我没有看到。”

宋晴岚记得，他们在雨林时季雨时曾经说过，他的超忆症并不是天生的，而是偶然有一天，他突然发现自己能记起所有的经历、所有的细节。那么，季雨时之所以患上超忆症，是因为这件事吗？

童年失怙，他便拼命地去回想父亲去世那天的事情，能逐渐记起来所有的事情，却偏偏不能改变事实，那是一种多大的绝望？

宋晴岚看着眼前的季雨时，无法想象一个小孩在那样的境地要如何自处，终于明白他为何成长为今天的模样。

没有遗忘的能力，对有着巨大伤痛的人来说是一件很残忍的事。

“后来我被父亲的朋友收养了，也就是我现在的老师。”季雨时说，“他是一位非常出色的心理学家，可以说没有他就没有现在的我。”

宋晴岚问：“就是刚才给你打电话的人？”

季雨时颔首：“对。我在老师的帮助下进入了天穹系统，成了一名记录者。”

宋晴岚懂了。

做一百个记录者任务，经受历史的考验，成为一名面对历史能做到真正无动于衷的记录者，季雨时才能回到一四三九年的那一天，直面父亲的死亡。他想要的奖励，便是记住凶手的模样。即便已经迟了十几年，他还是想要伸张正义。

季雨时目前的人生，都在为这个目标而努力。他明明患有超忆症，却还是一遍一遍地去回顾历史，脑子里塞满无关的画面，仅靠着一点希望，才能反复承受痛苦。

当一个人的毕生目标太过沉重的时候，人就会变得很孤独，仿佛除了这个目标之外，生活中并没有其他值得留恋的事。

在充满丧尸与黑墙的恐怖世界，季雨时没有放弃。在颠倒混乱摸不着头绪的时间裂缝里，季雨时没有放弃。这一次，他却差点放弃了。

宋晴岚明白了刚才那个电话对季雨时的诱惑力有多大，同时，他好像也明白了季雨时魔怔时所说的“我没有那样的现实”是什么意思。

虽然季雨时已经清醒过来了，但宋晴岚敢肯定，接到那个电话后季雨时一定真的想过要放弃，一定真的想过就留在这个现实里，否则也不会在列车上对他撒谎。

因为季雨时知道，他们现在所在的现实不过是从十五年前才开始有所不同的，对季雨时来说，只要能回到一四三九年去完成目标，到底活在哪个现实其实真的没有什么区别。

是什么改变了季雨时的消极想法？宋晴岚猜不到，但很庆幸。

他试图不让气氛变得太沉重，说：“季顾问，如果能早一点认识你……”

“嗯？”季雨时清澈的眼睛看着他。

接着，季雨时露出错愕的表情，竟显得有些单纯。不知怎的，宋晴岚觉得面前的他其实还是个孩子，心中酸涩而柔软。

宋晴岚安慰他：“如果早一点认识你，我就早点让上面把你调来天穹七队挣积分，那么你早点完成任务，就能早点回到那一天，不至于等到现在和我一起被困在这里。总的来说，是我的锅。”

季雨时无言。

这种安慰是不是太笨拙了？

两人正说着，宋晴岚的手机响了，是段文打来的电话。

刚刚季雨时差点被这个现实拐走，他们还没和队友们联系，正要告诉队友们提高警惕，这个电话来得很是时候。

之前在去车站的路上，季雨时已经用宋晴岚的手机将汪部长的资料群发给了大家，不知道大家有没有像他们一样想起来。

两人对视一眼，宋晴岚接通了电话：“老段。”

段文急匆匆道：“宋队，我现在和汤其、汤乐在一起，你们到哪里了？”

宋晴岚眼角余光注意到季雨时摸了摸耳垂，这小动作让他轻轻勾了下嘴角。他没提季雨时的事，只是正色道：“我们在途中耽误了一下，现在在等下一趟列车，应该很快就能到江城。那份资料你们看了没有？”

“看了！”段文似乎在抽烟，狠狠吸了一口，说，“我有一个问题，这里到底是不是我们的世界？”

宋晴岚回答：“恐怕不是。”

段文沉默了。不怪他难以接受，他的老婆和女儿怎么办？

手机被汤乐拿了去，汤乐在电话里震惊道：“宋队，我们多了一个妹妹，你敢信？”

宋晴岚眯了眯眼睛，问：“传说中的汤融融？”

双胞胎一人叫汤其，一人叫汤乐。两个男孩子小时候常打架，每次嫌弃对方的时候，就说让父母再生一个妹妹，起个名字叫融融，合起来就是其乐融融。

在队里，汤乐被汤其教训的时候，就老是无中生有，说还是他的妹妹好。谁料，他们在这个现实还真的有了个妹妹。

双份记忆一叠加，这个妹妹在宋晴岚的记忆中也变得真实起来，那是个活泼可爱的女孩子，非常会撒娇。

汤乐感叹道："对！真的叫汤融融！"

电话那头的人又换了一个，这次是汤其："纯儿电话关机，老周的电话没人接，不知道是什么情况。宋队，我们现在应该做什么？"

队员们对彼此的信任十分深厚，得知事实后第一个问题不是要不要回去，也不是到底为什么会出现这样的情况，而是问"我们现在应该做什么"。

饶是宋晴岚作为队长，也有点感动了，但纯爷们之间不玩煽情的那一套，他说："现在走一步看一步，分头行动，老段你先去疗养院。"

这个世界对"观察"行为进行干涉的速度快得惊人，他们都还没有到江城，突如其来的一个电话便抓住了季雨时的弱点，差点将他留下。所以不排除汪部长那边也会被干涉，段文现在得先赶过去确保意外不会发生。

宋晴岚继续对汤其道："你们两个去找纯儿和老周，等我和季顾问一到，大家先在疗养院会合。"

众人应声："好。"

"等等！"宋晴岚道，"这一路可能会有认识的、不认识的人阻止你们行动，管好自己……千万不能跟着别人走。"

挂断电话，车站里甜美的播报声响起，提示他们开往江城东站的悬浮列车即将到达。

宋晴岚说："我们该走了。"

季雨时点点头。

两人大步朝月台走去。他们一出现，候车厅里坐着看投影书的人、喝水的人、聊天的人，还有经过的人，都渐渐把目光投向了他们。

那些人放下手边的一切事情，表情麻木、眼神空洞地站了起来，朝着他们追来。

季雨时走得很快，他跟在宋晴岚身后，心中比任何时候都要紧张。

他的手机在响，但他下意识地就知道那个电话会是谁打的。

宋晴岚发现了这一点，回头道："给我。"

季雨时有些迟疑地从口袋里把手机掏出来。

宋晴岚一把夺过，看见手机屏幕上果然显示着"老师"两个字，对季雨时的干涉又来了。他一边走，一边看也不看地把手机扔进了垃圾桶。

季雨时回头，几乎忍不住自己想去翻垃圾桶的冲动。但宋晴岚一把抓住他的手腕，不等他如何控制自己，就将他拉进了月台里。

列车到站，两人随便上了一个车厢。

有人下车，有人上车，有人如行尸走肉般从座位上离开，或跟在他们身后，或挡在他们面前。宋晴岚一概无视，将这些人撞开，引来正常人的责骂。

他们一连走到了列车末尾的车厢，车辆启动的提示音响起，宋晴岚打开洗手间的门，将季雨时推了进去。那些干涉他们的人失了目标，逐渐散去。

洗手间干净整洁，但空间狭小，两个身高腿长的大男人一加入，就变得更加逼仄了。

这情景似曾相识，季雨时记起来，大概和"衔尾蛇"任务里B队的他们离开润金大厦，和队友走散，然后躲进小亭子里，他踩到宋晴岚的脚那次一样。不同的是，这次一关上门，就有一个冰凉的物体扣上了季雨时的手腕。

"咔嚓"一声，季雨时低头一看，手腕上竟然多了一副手铐，他一回想，方才经过车厢的细节就出现在了脑海里。他们经过某个车厢时，恰巧遇到了乘警执勤。

季雨时震惊了："宋队？"

宋晴岚就没打算和他商量，再"咔嚓"一声把自己也铐上。

他抬手，亮晃晃的手铐把两人彻底铐在了一起，他表情还挺自得，说："刚才在乘警身上摸的。"

季雨时无语道："我也没有那么容易跑吧。"

宋晴岚靠在盥洗台上，似乎终于松了口气，懒散道："谁知道呢。别担心，季顾问，这下你彻底跑不掉了。"

洗手间的小窗外，景色飞速倒退，短时间内，列车已经提高到最大时速。

忽地，车厢猛地往右侧一甩，强烈的失重感袭来，两人下意识抓住身旁的物体稳住身形，听见门外的乘客们尖叫起来。

“怎么回事？”

“不知道！”

两人还来不及讲更多的话，就听见巨响伴随着尖锐刺耳的摩擦声传来，车厢天旋地转，朝某个方向狠狠地甩了过去！

“啊！”

更多的尖叫与惨叫声充斥耳膜，车厢倾覆后，警报声不绝于耳，防爆玻璃破碎，呈蛛网状坠落。骤然出现的空洞下是距离他们百米高的湖泊，有乘客和物品从车厢的窗口坠落下去，溅起微不足道的水花。

季雨时整个人悬挂在窗口，洗手间的卷纸扑簌簌滚开，在空中飘荡。

即便是水面，从这么高的地方摔下去也必死无疑。

“季雨时！”宋晴岚握住了他的手腕。

多亏了那副手铐，它给了宋晴岚反应的时间。年轻高大的男人臂力惊人，在这种情况下单手抓住另一名成年男性，手臂上都暴起了青筋。

季雨时反手抓住宋晴岚，身体和那卷纸一样，仿佛一吹就要坠落。

宋晴岚另一只受伤的手扣着洗手间的置物架，仅靠这一个点强撑着，若是置物架断裂，他们将一起命丧当场。

“啊啊啊！”又有人从车窗坠入了湖中。

“不要看！”宋晴岚面色涨红，艰难地从齿缝里挤出几个字，“抓住我！”

季雨时面色苍白地回头，将那画面从脑海中赶出去，另一只手也抓住了宋晴岚。

在这种情况下，季雨时习得的柔术起了作用，他蜷起身体，长腿够到盥洗台，如同耍杂技一样找到了另一个支撑点。九死一生，他终于成功打开了洗手间的门。

悬浮列车完全坠地，呈倒翻状挂在空中轨道上。

轨道旁的高温蒸得季雨时汗如雨下，宋晴岚和他铐在一起的手还伸举在空中，方便他动作。他爬出去，再艰难地把宋晴岚拉了上来。

轨道上已经站了不少乘客，有人像傻了一样站着，有人在哭。

两人脱险后甚至来不及后怕，就被眼前的一幕震惊了。

空中轨道上，出现了一道悬浮列车的虚影。那辆列车的颜色与他们身后倾覆的这一辆一样，仿佛是因为那辆列车的出现，他们的列车才被挤开了。那道虚影看不清头尾，是列车高速行驶下的状态，此时列车却如同被按了暂停键一样，没有任何声响。

宋晴岚随手捡了一个散落在地的物品，朝那道虚影扔去。物品被弹开了，那虚影竟然是有实体的。

季雨时的衣服被挂出一条口子，经过刚才那一幕，他看起来有些狼狈，开口道："是重叠……"

他大脑快速思考，然后蓦地眼神一凛，惊道："宋队，两个现实出现了重叠——我们肯定碰到了什么关键的东西！"

宋晴岚看了看自己的手机，说："老段找到了汪部长。"

他话音刚落，周围忽然安静下来。

他们转头看去，只见空中轨道上，所有幸存的乘客都看向了他们。

51.

同时被上百个活人眼也不眨地盯着是什么体验？初次遇见丧尸群时的惊悚也不过如此。

他们不动，那些人便也不动。

烈日当空，他们站在距离湖泊百米高的空中轨道上，一截被悬浮列车撞断的栏杆胡乱地支棱着，微不可察的风吹过他们的衣摆与发梢，好像只要稍不注意，哪怕是一阵风，也能将人吹得坠落而亡。

两人与上百人对峙，天地间安静了一瞬。

季雨时轻轻往后挪动了一下脚，那些乘客便行动起来，默不作声地从轨道上朝他们移动过来。

后腰被人用手撑住了，是宋晴岚抵了他一下，在他背后低声道："准备好，我们得跑了。"

季雨时一停，那些乘客也停了下来。

他们隔着不近不远的距离，目光仍死死地停留在季雨时与宋晴岚身上，方才的惊惶、失措、哭泣都不见了，纷纷面无表情。

要跑？季雨时握紧了拳头，没错，现在的情况他们必须得跑。

"先试一试，往反方向跑，看见有维修的人工栈道就下去。"

仿佛给了季雨时做准备的时间，宋晴岚说完后，压低嗓音倒数了三个数，喊道：“跑！”

两人陡然抬腿，拔足狂奔。手铐将他们的手铐在一起，他们跑得跌跌撞撞。

身后脚步声阵阵，百余人冲向他们。

狭窄的空中轨道不容这么多人同时通过，奔跑与推挤中，不时有坠湖声从身后响起，人们像下饺子一样被挤下了轨道。

“手给我！”宋晴岚在怒吼中回头，干脆一把牵住季雨时的手，两人十指紧扣，没了手铐的拉扯，他们霎时间拿出了百米冲刺的速度。

人流汹涌，大有赶上他们的势头。季雨时觉得腿都不是自己的了，悬浮列车高速行驶后轨道滚烫，蒸得他们汗如雨下，犹如身在火海。

宋晴岚的爆发力与耐力强过他数倍，狂奔间季雨时简直是被一股怪力拖着前进，不得不拼命跟上宋晴岚的脚步。对方高大的背影就在他眼前，宽厚的肩膀与矫健的身姿就是安全的保障，好像只要他在，他们就一定能突围。

掌心黏腻，满是汗水，季雨时只觉得脸颊、后背都不断有汗水滴落。

他这辈子就没跑得这么快过，但身后的人比他们更不知劳累，不过百米，就有人好几次堪堪扯住季雨时的衣服后摆，连季雨时都忍不住在心里爆了粗口。

没有武器、前路未知，也不能对活人动手，他们这次完全处于被动境地。

空中轨道看不到尽头，人的精力却有限。在这种无声的追逐中，宋晴岚很快想到了第二种办法，他们不能这样一直跑下去！

宋晴岚突地顿住了脚步，季雨时差点撞上他，还来不及说话就被宋晴岚一把托住腰，听他喊道：“上去！”

季雨时立即明白了，宋晴岚凭着身高优势，想要爬上那道悬浮列车的虚影！

虚影距离地面约有一米三高，说时迟那时快，季雨时从模糊的影像中找到车窗痕迹，在宋晴岚的托举下单手扣住了它！

刚才救了两人一命的手铐这时成了累赘，两人左右手铐在一起，季雨时几乎无法双手并用。

人潮密密麻麻地涌来，将他们围了个水泄不通，一双双手抓住他们的衣服把他们往下扯。

宋晴岚脸上、手臂上都被抓出了血痕，只管咬牙支撑：“拉我！”

季雨时脚下勉强踩到借力点，弯着腰将宋晴岚拉了上去。

两人就像杂技演员一样配合着，好不容易爬到了一条平行线上，却有数不清的手抓住他们的脚踝把他们往下拖。宋晴岚踹掉几只手，终于先一步爬上了车顶！

宋晴岚趴在车顶边缘，背后是万里晴空。季雨时抬起头还没来得及看清他的脸，身体就骤然腾空，竟然被宋晴岚硬生生地拉了上去！

下面的人暂时上不来，他们两人也没好到哪里去，躺在车顶歇息，一身狼狈。

宋晴岚骂道："我的鞋……"

季雨时也在大口喘气："我、我的也是……"

说来搞笑，一场看似搏命的追逐，真正损失的竟然是两人的鞋！

可怕的是，他们的奔跑一旦停止，那些乘客竟也全都停了下来。

季雨时探头看去，只见他们都抬着头，围在悬浮列车的虚影下方，好像一群伺机而动的活丧尸。

在这安静又诡异的情境中，两人浑身汗淋淋的，刚从悬浮列车的虚影上站起来，宋晴岚的手机就响了。

他拿出来看了一眼，皱眉道："季顾问——"

"轰"的一声巨响，两人眼前一黑，身体失重，猛地下坠！

仿佛狠狠地从高处坠落，两人都摔得浑身剧痛，眼冒金星。

"啊！"有女人的尖叫声传来。

季雨时坐起来，被眼前的情景震惊了。

干净整洁的悬浮列车车厢里坐满了乘客，他们原本正在看手机、喝水、聊天或者闭着眼睛休息，此时都惊讶地看向忽然出现的两人。

两人出现的地点竟然是一个车厢里的过道，耳旁传来熟悉的悬浮列车运作声，安稳有序。

这是一辆正在运行的悬浮列车。

可是，列车刚才不是倾覆了吗？这是怎么回事？

宋晴岚也坐了起来，他摔得不轻，一回过神就发现他们正被当作动物围观。

他握在手中的手机还在持续响铃，来电者显示是"外公"。

宋晴岚接了电话，站起来道："喂？"

电话那头却没有声音。

季雨时也站起来，两人站在过道上狼狈的模样让乘客们产生了警惕，大家窃窃私语，有人说要去找乘警。

但更多的人则是对他们感到好奇，有个老人问：“小伙子，你们是从哪里来的？怎么从天而降？”

季雨时打量四周，无暇顾及老人的问话。看到列车的电子显示屏时，他忽地愣住，竟然……

衣摆被拉了一下，季雨时低头一看，是个四五岁的小朋友。

小朋友睁着圆圆的眼睛，天真地询问：“哥哥，你为什么不穿鞋？”

季雨时站在过道上，两只脚都只穿着袜子，分外滑稽。

可能是看见了两人的手铐，小朋友不害怕他，反而又问：“哥哥，你在抓坏蛋吗？”

季雨时对小朋友弯了下嘴角。

在PU-31，有人告诉过他，若是被当前坐标的原住民发现了怎么办。

他答：“对，哥哥是警察。”

正在这时，宋晴岚的电话被挂断了。

眼前又是一黑，紧接着，刺眼的阳光照射下来。

身边热浪层层，转眼间，他们竟然又重新回到了虚影悬浮列车的车顶。

震惊之余，季雨时蓦地开口：“我——”

不料，宋晴岚也正要说话：“刚才——”

“你先说！”宋晴岚一只手捏着自己的手机，另一只手朝季雨时伸去。

两人被铐在一起后就像连体婴一样，随时随地都得牵住对方的手，才能方便行动。

季雨时握住宋晴岚的手，和宋晴岚一起站了起来。他的汗水顺着下巴滴落，白皙的脸庞泛着潮红，他看上去就快中暑了。

接着刚才没说完的话，季雨时道：“宋队，我猜我们刚才去的车厢就是现在脚下的车厢！”

“我们脚下的车厢？”宋晴岚问，“我们刚才是去了另一个现实？”

如季雨时刚才所说的那样，两个现实已经出现了重叠，他们脚下这辆在高速运动状态下被静止的悬浮列车，就是另一个现实出现的证明。

季雨时点头：“对！”

饶是已经体验过两次异世界的神奇之处，两人也觉得非常不可思议——刚才他们在短短几十秒之内，竟然就往返穿越了两个世界！

这种情况前所未有，可是重叠的现实就在眼前，由不得他们不信！

季雨时语气激动：“我可能知道我们现在在哪里了！”

宋晴岚看着他，眼神沉沉，等着他继续往下说。

“刚才我们坠入另一个现实的车厢时，我注意到了列车里电子显示屏上的时间。”

季雨时的观察力与记忆力一样出色，在短时间内记住了非常有用的信息。

“那个时间是，一四五六年五月十七日上午十点零分零三秒。”

听到这个时间，宋晴岚立即敏锐地捉住了信息点：“是我们从第三指挥中心出发去做A级任务的时间。”

他顿了顿，又说：“不对，那个时间点我们不是应该在胶囊舱里，还在跃迁过程中吗？”

季雨时的思路永远清晰，他冷静地分析：“不错，那个时间点我们确实还在出发去执行A级任务的跃迁过程中！就是因为这一点，我才弄清楚了到底是怎么回事！

“祖父悖论里说，一个人不可能穿越到过去杀死自己的祖父，即便这个人真的完成了这件事，也只能创造出另一条没有祖父也没有他的平行时间线，也就是所谓的平行世界。我们在时间裂缝里拯救了天穹十二队，也创造出了一个平行世界，这个平行世界却与通常意义上的平行世界不同——因为，我们并没有穿越到过去，更没有改变过去。”

没有改变过去？宋晴岚试图理解这句话的意思。

“像你之前举例的一样，假设天穹十二队消失的点为‘A’，我们在‘卡俄斯’任务里拯救他们的点为‘B’。”季雨时用宋晴岚的方法来解释，“我们关闭了时间裂缝，让消失的齐队回到了‘A’点，从而衍生出一条新的时间线，可以称之为‘C’点。”

宋晴岚颔首表示理解了。

季雨时继续道：“而这个‘C’点，它经过齐队执权的十五年，必定会发展到我们拯救天穹十二队的‘B’点……”

在由“C”点开启的时间线里，天穹十二队被未来的七队拯救，齐队成为部长，再派出七队去拯救十二队——只有这样，时间线对齐队来说才是一个完整的圆。

宋晴岚豁然开朗：“我懂你的意思了。按照这个思路，‘A’‘C’两点的时间线都必然会发展到‘B’点，那么在‘B’点应该会出现两个拯救天穹十二队的我们。但是事实上，真正在‘B’点的我们……只有一个！”

在“卡俄斯”任务里，他们并没有遇到另一个自己，且“C”点也是因为关闭了时间裂缝而产生的，所以不管是哪条时间线，天穹七队都只有一个。

季雨时眼睛亮晶晶的，接着说：“没错！最开始，我也以为我们现在所在的地方是蝴蝶效应产生后的平行世界，却怎么也无法说通，因为这里既没有另一个我，也没有另一个你。现在我明白了，那是因为我们在两个现实中都是唯一的，所以我们才会产生双份记忆！”

记忆的重叠得到了解释，可是现实的重叠又是怎么出现的？

宋晴岚立马想到，段文接到了汪部长。

所以，现实的重叠是段文那边的行动造成的。

天穹七队每个人在这个现实中都产生了不同的改变，除了季雨时的超忆症，其他人在看到汪部长的照片之前，根本想不起还有另一个现实。

这个改变自汪部长的职位变更而起，其根本原因便是天穹十二队的回归。

作为两个现实中唯一的天穹七队，汪部长是天穹七队区分两个现实的共同变量，是他们发现双重现实的共同事实。

宋晴岚思索着道：“在另一个现实里，现在是我们出A级任务后的第三秒，而我们现在所在的现实是一个月后，为什么重叠的是两个错开的时间？”

“是气泡世界。”季雨时说，“就像时间锚里所产生的时间悖论一样，这里其实是一个气泡世界。它从‘A’点开始，在‘B’点结束，形成了一个巨大的时间锚。由‘C’点衍生出来的时间，是一个不该存在的、多出来的时间线上的气泡。”

车厢下方，百余名乘客各自做着自己的事，或哭泣，或求救。可是当宋晴岚与季雨时一被他们看见，那些人便瞬间如同被施了咒一样，站在原地一动不动，只抬头看着他们。

阳光下，一眼看去，全是密密麻麻、表情空洞的脸。

如果是气泡世界，那么，齐队的执权、重叠的记忆……所有的一切似乎都解释得通了。

季雨时说：“这也是另一个现实的悬浮列车静止的原因。因为对另一个现实来说，现在的我们还在‘B’点，时间并没有向前，就像在‘衔尾蛇’任务里我们每次死亡都会回到同一个时间点一样。

“但是在这个气泡里，时间在继续，而我们在气泡里面的‘观察’和‘觉醒’，就像在试图戳破这个气泡。还是像在‘衔尾蛇’任务中一样，如果我们离开了这个现实，那么这里的时间将会停止向前，回到它开始的那一刻。为了继续衍生下去，这个世界必然会阻止我们，让这个气泡继续。”

还有很多问题亟待解答，但两人都需要时间来消化这个发现。

短暂的沉默后，宋晴岚说：“我可能知道我们刚才为什么会进入另一个现实了。”

季雨时抬起头，问：“为什么？”

“因为我的那个电话。”宋晴岚说，“那个电话来自一个月前。”

季雨时不解，目露迷茫。

宋晴岚微微低头看着他，说：“这次回来以后，外公说他曾经在我出任务的那天早上给我打过电话。他说电话接通了，我却没有说话。”

刚才那个电话里，宋晴岚也没有听见他外公的声音，大约是因为现实重叠影响了通信。

“可是，我们出任务时至少会提前好几个小时准备，手机要关机并且上交，我根本不可能接到电话。”宋晴岚说，“我以为是他记错了。”

宋晴岚又说：“看来他没有记错。季顾问，两个现实中人们的行为会大概率地相同，对吗？”

季雨时心中隐隐猜到他要说什么了，点头道：“对。”

宋晴岚接着说：“那在我们原本的现实中，我外公可能也打了这个电话。当两个世界出现重叠的时候，就是这个来自一个月前的电话，把我们拉进了原本的现实。”

52.

两个现实，一个宋晴岚。

一个现实在一个月前，一个现实在一个月后。当这两个现实开始重叠的时候，那个来自一个月前的电话就被一个月后的宋晴岚接到了。它意外连通了两个现实，将他们短暂地拉了回去，可是电话一挂断，链接也中断了，他们就又被扯回了一个月后的现实。

两人都很清楚，这种链接中断以后，即便宋晴岚马上回拨电话，电话那头的人也只可能是现在这个现实的外公，他们无法再被拉回原本的现实。

他们和原本的现实就像隔着一层膜，看得见摸得着，却无法真正加入。

宋晴岚思索着道："你说，会不会还有其他人在一个月前给我打过电话？"

季雨时说："就算有，也不会是现在这个时间点了。"

另一个现实此时正处于"B"点，相对于在气泡世界里的他们来说是静止的。刚才那个电话不过是碰巧在"B"点打过来，可是哪里会那么巧，有那么多电话从"B"点打过来呢？

季雨时打电话就更不可能了，一来是因为他的手机刚才被扔掉了，二来是，他的交际圈、亲友圈都仅限于季家三口。别说他是出任务了，就算他从那个现实彻底消失了，除了季家可能也不会有人在意……

思及此，季雨时忽地一惊，消极情绪竟然不知什么时候再次侵占了他的思维。要不是他反应得快，此时他恐怕又产生了"那个现实不值得留恋，和这里没有什么区别，不如留在这里"的想法。

天气这么热，季雨时心中却生出了凉意。这个世界对他们的影响简直是无孔不入，他垂头看见自己和宋晴岚铐在一起的手，悄悄松了口气。

还好，有这副手铐在，像宋晴岚说的那样，至少他这下彻底跑不掉了。

思路再次变得繁复，季雨时若有所感地抬起手，抓住宋晴岚的手腕。他的目光落在对方的腕表上，那秒针规律有序地转动。

宋晴岚问："怎么了？"

只见季雨时脸色一变，道："我们得马上离开这里！"

记忆迅速回到他们在车站购票时——宋晴岚问他要过身份卡以后，用受伤的手点击屏幕购票，列车的班次信息就在手下。

那画面因为宋晴岚选择班次后的翻页一闪而过，却深深地刻在了季雨时的记忆中。

紧随他们乘坐的这趟悬浮列车之后，有另一趟列车也将经过这条轨道！届时，和那辆已经倾覆的列车一样，下一趟列车也会和这原本现实中的列车虚影相撞！有着血肉之躯的人类站在这空中轨道上，遇到那种情况几乎避无可避，危险可想而知！

他把这话一说，宋晴岚也神色紧绷，问道：“还有多久？”

季雨时心算能力出色，立马回道：“最多不超过三分钟！快走！”

宋晴岚站在车顶，目光锁定了与他们刚才逃跑时相反的方向。

原来在他们背后近百米远的地方就有一条维修栈道，他们得立刻赶去那里！

来不及去管那些紧随他们不放的乘客，两人不由分说地开始了新的狂奔。

车厢上，两人拼命地朝维修栈道赶。车厢下，一群乘客随声而动，就像毫无知觉的行尸走肉。

这一幕与他们在金乌二号基地时惊人地相似，那时他们在通风管道上狂奔，身后与脚下都是张着血盆大口的丧尸，他们永远在绝境求生。

“下去！”宋晴岚一个急刹车，他们已经接近栈道了。

有了刚才爬上车顶的经验，这次手铐并没有十分碍事，两人一前一后地配合，很快就跳了下去，落在地面上。

十几名追上他们的乘客从悬浮列车的虚影下钻了过来，无声地伸着手想要将他们控制住。

一时间，两人被团团围住，无法脱身，犹如身处恐怖的默剧之中。

季雨时急道：“车要来了！”

宋晴岚说：“你先下！”

两人顺着栈道快速往下，有乘客也跟在他们后面下来了。

越来越多的乘客追过来了，可狭窄的栈道一时间容不下那么多人，季雨时抬头望去，竟看见数十张安静地看着他们的脸。

这些人完全没有了意识，不知道死亡将近。

栈道爬了一半时，空中隐隐传来破风声。那是列车高速运作的声音，由远及近，眨眼间近在咫尺！

惊天动地的“轰隆”巨响中，新的悬浮列车被虚影挤开，车身猛地在空中弹起，兀自与原本倾覆在一旁的列车相撞，霎时间四分五裂。

巨大的钢铁片打着旋“咻咻”地飞来，将这一排盯着下方栈道看的人削了个齐整。接着，仿佛有人惊醒了过来，放声尖叫。

两人往下攀爬的动作未停，季雨时甚至没来得及低头看一眼，视野里便出现了一个巨物——那是一个被甩脱的车厢！它擦着维修栈道而来，眨眼间将栈道上方的空中轨道砸出了一个空缺！

栈道失去了连接点，发出令人牙酸的“吱呀”声，眼看就要断裂，这一断裂他们就将狠狠摔在空中轨道柱底部的水泥地面、墙面上！

“跳进水里！”宋晴岚眼神凌厉地大喊。

他们距离湖面不过五六米，季雨时几乎没有犹豫，待宋晴岚一牵住他的手，两人便纵身一跃。

“嘭”的一声，湖面溅起高高的水花。

两人坠入湖中，隐约听见了钢架结构的栈道倒塌在坚硬水泥地上的声音。身边还有别的东西坠落的声音，零件、玻璃、车祸现场的尸体……清澈的湖水里什么都看得一清二楚。

入水的姿势不对，往水底沉去的同时，季雨时耳膜、胸口都传来剧痛，差点没忍住吐出一口血来。他腰间突然一紧，是身旁的宋晴岚将他翻了个面。

气泡在水中升腾，两人都看清了对方的脸。

宋晴岚憋着一口气，用这种面对面的方式将人搂住，想凭着自己绝佳的水性把两人带上水面。

手铐又成了最大的阻碍，季雨时不得不把被铐在一起的那条手臂蜷在背后，让宋晴岚能环住他的腰。这样还不够，求生的本能太过强烈，季雨时很快用另一条手臂紧紧地抱住了宋晴岚。

在水下，他们皮肉相贴，严丝合缝。季雨时干脆不动弹，尽量减小阻力，让宋晴岚一个人游动。

“哗”的一声，好像过了一个世纪那么久，两人终于冲出了水面，新鲜空气瞬间灌入肺部，两人都大口大口地倒着气。

“咯咯咯！”季雨时呛了水，咳得昏天暗地。

身边的水位不断下降，是宋晴岚已经踩到了靠近岸边的湖底，正带着季雨时朝岸上走去。

季雨时的耳膜和胸口都在痛，宋晴岚把他放在一块大石头上，本人可能也没好到哪里去，那张平日里俊美的脸庞变得苍白，连嘴唇都是白的，像是在强忍着什么。

季雨时很快发现了不对，宋晴岚与他靠在一起的那只手软绵绵地耷拉着，看上去很不正常。

他立刻明白了——刚才他们从栈道上往下跳时宋晴岚让他先跳，手铐将两人铐在一起，虽然力的作用是相互的，但因为姿势关系，他往下跳的自身重量必然会给后跳的人带来拉坠型伤害，宋晴岚的手是脱臼了。

季雨时愣了愣，道："宋队，你的手……"

"没事。"宋晴岚说完，"咔嚓"一声替自己接好脱臼的手，在剧痛下死死咬住了牙，痛得整个人都在发抖。

这一路，受伤的好像都是宋晴岚。被列车门夹伤的右手、被追逐围堵时脸上及手臂上的抓伤、跳水时脱臼的左手……手腕正位后足足缓了十几秒，宋晴岚才再次睁开眼睛。

那双寒潭似的黑眸已经恢复了镇定，他只字未提自己的伤，只是问："季顾问，还能走吗？"

季雨时还没回答，宋晴岚便又道："不能的话，就休息五分钟。我们沿着这里往栈道方向走，走两公里就能看见公路。"

季雨时说："我可以。"

宋晴岚看了看他，反而坐了下来，看看表说："算了，你不累我也累了，上吊都要喘口气，我们休息一会儿再继续。"

臆想中去往江城的路途再简单不过，事实却让人感受到了什么叫一路挫折。好在否极泰来，两人仅穿着袜子，经过两公里的长途跋涉，终于看到了公路。

脚底板在路面踩得生疼，太阳几乎把他们烤干了，两人这辈子都没这么狼狈过。

路上的情景令人大吃一惊，车祸不断，鲜血满地，不时有警报声传来，处处能看见烟火。和空中轨道一样，原本井然有序的路面突然凭空出现了无数车辆的虚影，两个现实的重叠让它们挤开了原本正在行驶的车辆。

两人不再继续前进，在靠近公路的地方找了个阴凉处躲起来。

大约过了一个小时，一辆大红色跑车狂飙而来。那跑车满身都是剐蹭痕迹，看来一路上没少穿越车祸现场。

跑车在他们面前急刹车，轮胎发出刺耳的摩擦声，一个漂亮的甩尾后停了下来。

驾驶座上，李纯对灰头土脸的自家队长与季顾问吹了个口哨，摘下墨镜，道：

"两位帅哥，要搭顺风车吗？"

两人上了车，一句话也不想说。

手铐在太阳底下亮晶晶的，李纯目瞪口呆，但是碍于宋晴岚的表情太臭，他也不敢问。

他家队长真会玩！

在震惊中，李纯把车子开得再次飙了出去，单手捣鼓了一阵，朝后座扔去水和食物，说："鞋也带了，宋队46码，季顾问42码。瞧瞧，我一个人同时干了三件事，我这速度，绝了！"

宋晴岚"咕噜噜"喝了大半瓶水，一开口就是绝杀："汤乐知道你这么玩儿他的车？"

李纯："呃……老大，不要在意这些细节！"

53.

刚才休息时，宋晴岚联系的明明是汤乐，对方说好在公路附近等他们，谁料来的人却是李纯。

目前的情况宋晴岚已经在电话里简要说明了，在"衔尾蛇"任务里，搞懂一个时间锚的概念就差点要了李纯的小命，别的队友他不清楚，反正他是没听懂什么"双缝干涉实验"，什么"气泡世界"。总之，他知道他家宋队和季顾问说了这里不是他们原本的现实就对了！

任务中总是他们三个人先会合，李纯丝毫未察觉到队长的嫌弃，发挥话痨本色开始说废话："我就觉得不对劲，那妹子怎么可能那么无理取闹，原来这里不是我们原来的世界！我这几天哄她哄得快成舔狗了！"

季雨时无言。

"还好，一看到汪部长的照片，我就想了起来！"李纯说，"在我们的世界，我都还没拿到妹子的电话号码呢，这个世界怎么这样？直接就把她塞给我了？谈恋爱之前两人都不需要了解了解的吗？害我一片痴心错付！"

宋晴岚喝光一整瓶水，注意到季雨时正脱掉袜子，准备穿鞋。

两人的脚底板都被划伤了，季雨时的更甚，不仅有伤痕，还有在空中轨道上烫出来的水泡。

袜子黏在皮肤上，季雨时撕扯时手挺狠，宋晴岚看着都疼，恨不得出手帮忙，季雨时却眼都不眨一下，面无表情。

这人真是，别人碰他一下就喊疼，倒是每次自己受伤了，再疼也一声不吭。

宋晴岚寻思着，这坏习惯是不是得让季顾问改改？在他们七队，就没人喜欢憋着。

比如李纯此时就还在叹息：“昨晚她偏要闹，我越想越难过，就找了朋友借酒消愁，今早汤乐从窗户翻进来那脸黑得差点把我掐死。唉，早知道就不喝了，不仅耽误事儿，还伤身体，大家好聚好散，分手以后见面还是朋友。”

李纯的渣男语录一套接一套，宋晴岚不得不出声打断他：“看路。”

在PU-31，李纯开着车冲进润金大厦的事还让人心有余悸。现在宋晴岚累得都不想说话，也就没空在意司机无证驾驶这个事实。

李纯从后视镜里看了一眼，宋队没心情和他扯淡，季顾问也恹恹地靠在后座上。

他不再活跃气氛，立马老实了不少，说：“好吧，其实我就一个问题……”

宋晴岚道：“说。”

李纯问：“我们要怎样才能回到原来的世界？”

这个问题一针见血，恰巧点进了每个人心里。现实出现了重叠，到处都可以看见另一个世界的虚影，却只是看得见摸得着，并无法直接加入其中。现在要怎么做，他们其实完全没有头绪。

李纯又问：“那，我们要是离开了，这里会怎样？是不是会消失啊？”

车子一路疾驰，路上的情景令人心惊。不仅是路上出现了车辆的虚影，越靠近城市，人类的虚影也越多了。

气泡世界由原本的世界衍生而来，除了细节上的不同，各方面都是高度相似的。也就是说，这里的人和事都是真实存在的，气泡世界的人们有着属于自己的人生。

“我不知道。”季雨时说，“可能会消失，也可能像‘衔尾蛇’一样周而复始，从我们离开的节点开始，一直循环下去。”

李纯心中不忍：“那也太可怜了。”

季雨时却说：“其实还好。”

宋晴岚转头，诧异于季雨时的态度，他觉得季雨时不像是没有恻隐之心的人。

只见季雨时淡淡地开口：“像PU-31的那些幸存者一样，气泡世界的人永远不会感觉到自己在周而复始的循环中，他们认为的‘当下’，永远都是他们的‘当下’，某种意义上这和我们并没有什么不同。其实，就连我们也无法确定我们生活的世界是否真实。”

李纯听得背后发凉，轻轻颤了颤，道：“季顾问，你说得好瘆人。”

又来了，所谓的“缸中之脑”悲观主义想法。

宋晴岚抬起手，季雨时的手便也跟着抬起来，手铐“哐当”作响，宋晴岚说：“真实？这就是真实。就算是怕有人经不住诱惑逃走，除了和你，我也想不到还会和谁在一起锁死了。”

宋晴岚的手腕刚脱过臼，还红肿着，看上去颇为吓人。

他英气的眉毛微扬，又说：“要是换了纯儿……”

李纯不服：“换我怎么了？”

宋晴岚没有人性地说：“打晕带走。”

李纯再次嚷嚷起来：“难道我不配吗！”

宋晴岚懒洋洋地靠在后座上，有一句没一句地和他怼着。

听着他们的吵闹声，季雨时转头看向了车窗外，嘴角微弯。

列车倾覆、飞机失事、车祸遍地。新闻里播报着世界各地出现的重叠现象，城市里硝烟遍地，人类、动物、一切可活动的事物虚影凭空出现，甚至有地标性建筑被另一建筑虚影取代。

转眼间，这个世界已经如临末日。全息屏幕上、收音机里、网络中，无处不在传递关于虚影的消息。

在世界重叠现象出现后不到两个小时，天穹便发出了紧急调令——各国时间管理联盟将此次事件定义为“平行世界重叠”，对这个现实的人来说，他们完全想不到身处的世界只不过是时间锚中多出来的气泡而已。

在途中，宋晴岚也接到了调令，上面通知各组守护者立即回归江城分部。他挂断电话以后，却与两名队友径自赶往汪部长所在的疗养院。

对他们来说，回到自己的现实才是真正的紧急事件。

红色跑车在一片混乱的城市中风驰电掣般前行，经过坠落在地的高架桥、轰然倒塌的大厦，还有无数被撞得翻倒的汽车。短时间内，跑车就被迫撞得面目全非。

街道上充满了另一个现实中人们的虚影，这个现实的人们则惊慌四散，所有的认知被推翻，他们的世界已经天崩地裂。

“天穹灭世！”

“穿越非法！”

“停止触摸时空！关闭天穹系统！”

“打倒时间管理联盟！”

路上出现了一支游行队伍，反对派们正在激昂地喊着口号，义愤填膺。

早在二十几年前科学家团队刚刚着手研究天穹系统时，这样的抗议便大规模地出现过一次。但是，作为年轻人，季雨时还是第一次看见这样的场面。

宋晴岚见他频频回头，便说：“他们这样抗议的时候，其实根本想不到天穹为他们付出了多少。”

作为一名守护者，宋晴岚对任务的艰辛和平安世界的来之不易深有体会。

如小作文传递的正面社会影响一样：哪有什么现世安稳，不过是无数默默无闻的人在世人看不见的地方砥砺前行。

季雨时说：“可能科学家在发明天穹的时候，也没想到会发展成什么样……”

这句话他讲得很轻，是以宋晴岚没有听清。

转眼间，车子艰难地驶入了另一条路，他们花了比预计的多两三倍的时间才勉强到达疗养院附近。

下车前，宋晴岚在车上使用工具撬开了手铐，两人终于得以解脱。

季雨时活动着酸胀的手腕，问：“不锁了？”

那手铐被扔在座位上，这一路它简直让人又爱又恨。

宋晴岚看了一眼，凉凉地道：“不锁了，但是你仍然没脱离我的视线范围。季顾问，别忘了你有前科。”

李纯正从驾驶座回头，津津有味地说：“嗳，老大你真是霸总发言，季顾问要是个女孩儿——”

季雨时接上了他的话：“就离你远点。”

李纯：“啊？”

宋晴岚敲某人的头，问：“你看他像女的？”

最后这句话，李纯总觉得哪里不对。宋队和季顾问……他们不是不对付吗？

怎么突然就关系这么好了？

三人下车。冥冥中，仿佛有股神秘的力量产生了作用，路上的行人纷纷停下了脚步。人们刹那间安静下来，转过头死死地盯着他们三人，然后，从街道的四面八方机械地朝他们走来。

李纯头皮发麻道："不会吧，又来？"

三人慢慢后退，行人却并没有像他们之前遇到的那些人一样，根据他们的行为放慢速度。与之相反的是，行人见他们停下，走过来的速度更快了。

越靠近他们，行人就走得越快，几乎是在朝他们奔跑。

"跑！"

"快跑！"

三人同时反应过来，一声大喝，然后拔腿狂奔。

身后人群汇集，如潮水般朝他们涌来，前方也有人流在源源不断地涌来。

他们撞过无数虚影，推倒犹如死板的石头雕像的活人，刹那间被挤得寸步难行，很快就被挤散了。

人头攒动，季雨时被逼到街口，人们像沙丁鱼般和他挤到了一起。

"季雨时！"

"宋队！"

宋晴岚和李纯的声音响起，在人潮中却只闻其声，不见其人。

季雨时抬头望去，四周都是一样的陌生面孔，或一动不动地停在原地，或面容僵硬地朝他走来。他竟分不清哪些才是另一个世界静止的虚影，哪些才是活生生的人类。

这些面孔充斥他的大脑，他不能控制地开始在记忆里搜索，这瞬间涌入的巨大信息量撑得他的大脑隐隐作痛。短短几分钟内，季雨时的额头上便冷汗淋漓。

忽地，有人从外围挤了进来。那是一张毫无特色的脸，寡淡的眉毛，平凡的五官，和那些涌上来的行人一样，是季雨时记忆中没有见过的脸。

季雨时茫然地抬头，望进了一双深邃的黑眸中。

那人个子很高，在人潮中抬手，凭着臂长优势把一个圆片贴在了他耳后，低声道："别动。"

耳旁传来细微的声响，紧接着，熟悉的触感从他耳后蔓延到脸庞、鼻尖。

他的面部被一张新脸包裹了起来。

八十九次记录者任务，八十九次装作不存在，八十九次熟练使用过的模拟面孔，没人比他更清楚它的用途。有了它，季雨时成了另一个人。

围绕着他的人们逐渐醒来，脸上重新出现了生动的表情，恢复了之前的惊诧、慌张，纷纷散去。他们犹如潮水般涌来，又犹如潮水般散去。

季雨时小口喘着气，身形被另一个高大的身影笼罩着。

宋晴岚在模拟面孔下开口道："都说了，你没脱离我的视线范围，就绝对不会被他们拐走，怕什么？"

季雨时说："我、我没怕。"

宋晴岚轻轻笑了一声。

另外三个人走了过来，同样顶着平平无奇的脸。

一个圆脸青年正在打一个方脸青年，急道："我就去黑市买点高科技物品，回来车就成这样了？就这样了！你给我赔！"

方脸青年哭丧着道："唉，虚拟世界，真真假假，何必当真！"

另一个圆脸青年说话了，听声音是汤其："季顾问，没想到我们这么快就又组队了。"

54.

分开时，所有人都没想到那并不是真正的结束，更没想到大家这么快就再次组队了。

七队五个人齐聚，还差段文与周明轩。

段文已经先他们一步去了疗养院，宋晴岚便问："老周呢？"

五人大步往疗养院赶。

所谓的六人定律也好，自我观察造成的干涉也好，他们一旦戴上了模拟面孔，就仿佛瞬间与这个世界的"意识"断开了联系。

街道上本来就人人仓皇，他们这样脚步匆匆，也未再引起任何人注意。

宋晴岚的话一说出来，另外三人却都沉默了。

季雨时都觉得反常了。

"出什么事了？"宋晴岚语气沉了些。

小队里没有人比宋晴岚更了解周明轩，他们一起入伍，一起成为特种兵，又一起成为守护者。周明轩平时只是爱耍嘴皮子，但可以说是除了段文之外，队里最看重大局的一个人。

众人大步走下台阶，与数个人类虚影擦身而过。经过一条横街，游行者迎面而来，警车正在驱逐，到处都有尖叫声。

汤其说："他可能不回去了。"

宋晴岚脚步一滞。

与季雨时不同，他们都是普通人，一旦有了两份记忆，就很容易忽略掉其中一份。

宋晴岚回想起在气泡世界的记忆——周明轩的生活与原本的现实区别很大，且对周明轩来说过分重要：在这个世界，周明轩唯一的亲人，他的奶奶还在世。

宋晴岚还记得在原本的现实中，因为守护者计划的训练，周明轩回家的时间没有规律，某次三天的训练结束后，他回到家中，发现奶奶已经去世多时。

这是周明轩的心结，很长一段时间他都不愿提起这件事，可是这个世界竟给了他新的可能。

在气泡世界中，改变并不可怕，得到原本没有的事物也不可怕，例如多出一个女朋友的李纯、多出一个妹妹的汤其和汤乐、多出老婆孩子的段文。真正可怕的是，当一个人最珍贵的东西被命运夺走以后，气泡世界会让你感受到什么叫失而复得。

周明轩现在面临的情况与季雨时何其相似？连一向分外冷静、做过许多次记录者任务的季雨时都难以抵抗诱惑，何况是热血冲动的周明轩。

"我们去老周家里找过他。"汤乐接着他哥的话说，"奶奶现在腿脚不好，得靠人照顾。"

"可这都是假的啊！"李纯急了，"老周怎么就不明白呢？"

"不是不明白。"宋晴岚忽然这样说了一句话，"是要放手太难，需要有人拉他一把。"

季雨时侧过头，无意识地握紧了手。宋晴岚并没有在看他，他手中却似乎还残留着那强劲有力的大手触感，他被名副其实地"拉过一把"。

宋晴岚道："先这样，我们和老段会合以后再说。"

众人很快来到了疗养院，这里的情形令人大吃一惊。疗养院里疯跑的病人、追着病人的护工、匆匆赶来接走家人的家属，乱成了一团。

另一个世界的虚影出现在疗养院的草坪上、喷泉旁，较之外面，这里的虚影更为清晰。那些人类的虚影静止着，让人能清楚地看见他们的长相、面部表情，甚至有病人找到了另一个自己，正神志不清地对着自己的虚影大喊大叫。

更让七队众人确信一切与汪部长有关的是，疗养院里不仅出现了活动物体的虚影，就连另一个世界的植物、建筑、半开合的门与窗户都清晰可辨，已经不能再说是虚影，而是实实在在的存在。

两个现实的重叠以这里为圆心，向整个世界扩散。

宋晴岚看了看手表，催促道："快走！"

众人加快了速度。

季雨时知道宋晴岚为什么催促，这个现实的天穹肯定已经发现了重叠的源头在哪里，宋晴岚看表，是在计算从收到天穹紧急召唤调令的那一刻开始，天穹的人到达这里大概需要多久。

"宋队！"季雨时问，"我们还有多久？"

来不及等电梯，众人三步并作两步，顺着楼梯蜿蜒而上。

宋晴岚说："最多还有十分钟！"

"嘭——"

病房门被撞开，屋内等待着的段文猛地抬头："宋队！季顾问！"

众人进屋，季雨时第一时间便看到了坐在床边的汪部长。

向来睿智和蔼的女性领导，不复以往那般妆容精致。只见她头发未经打理，身穿病号服，正面容呆滞地看着屋子里的一个虚影。那虚影是一个白发苍苍的老头，正窝在单人沙发里喝茶，因为时间静止着，茶杯抵在嘴边一动未动。

"汪部长！"宋晴岚大步跨过去，半蹲在汪部长面前，试图叫醒她，她却没有反应。

段文告诉他们："没用的，我来这里已经很久了，她一直这样。我怀疑在这里治疗所谓的精神分裂根本就是起了反作用。"

宋晴岚伸手在自己耳后按了一下，模拟面孔在他脸上开始瓦解，露出他原本深邃的轮廓，他问："您能认得我吗？"

汪部长终于低头看着他，表情却没有丝毫变化。终于到了这一步，走到了他们所认为的关键人物面前，除了证实现实的重叠因她而起之外，他们却并没有得到任何提示。

“见鬼！”李纯忍不住骂了一声，“这里的人对汪部长做什么了？好歹她进来之前也是大学教授，这样算什么？”

这句话提醒了季雨时，在宋晴岚找到的资料里，汪部长在这个现实是一名量子物理学教授，所研究的项目甚至包含了气泡世界。

季雨时在屋子里打量，从那些重叠的物品中分辨哪些是属于这个现实的。

作为一名有声望的大学教授，这里放着汪部长的许多个人物品，甚至还有一些纸质书。季雨时的视线落在了薄薄的透明面板上，那是汪部长的电脑。

他拿起透明面板，用汪部长的面容解锁，然后略过私人内容查找有用的信息。

“宋队！”季雨时开口，“你们看这个！”

全息投影打开了。

宋晴岚皱起眉道：“这是？”

小队众人看过去，纷纷表示看不懂。投影上写着、画着许许多多潦草的公式和图形，一页接一页，怎么也看不到尽头。

一时间如同梦回“卡俄斯”，季雨时在太空舱里写公式时，他们也是一脸蒙。

果不其然，能看懂的就只有季雨时，他在高速运作的思维下尽量简单地告诉大家：“汪部长好像在计算两个世界电磁波的差异性……”

“电磁波？”宋晴岚很快想到了通信设备，“她在研究这个？”

季雨时滑动全息投影，空中出现了两条波形线。这两条波形线粗略看去几乎一模一样，但是只要仔细地看，就会发现它们有细微的差别。数据长得看不到头，而根据波形线标注的时间来看，汪部长对它们记录的时间已经超过了十五年。

也就是说，很可能汪部长在研究项目时意外监测到了另一个世界的电磁波频率，由此才展开了气泡世界的研究。

“不……还不止……”季雨时神色紧绷，黑眸中倒映着全息投影的光线，语气紧张中带点兴奋，“我们猜对了，汪部长在一定程度上可能真的有两份记忆。”

段文说：“不对，我们有两份记忆，不是因为两个现实只有一个我们吗？难道汪部长也只有一个？”

“不，只有我们七个人是唯一的。”季雨时说，“我们拯救天穹十二队以后创造出了一个气泡世界，就算齐队长不成为部长，在这个现实里也有太多的元素可以改变了，小小的误差就会让汪部长成不了部长。她之所以特别，是因为她是我们七个人共同的变量，当我们靠近她，这个现实就会出现动摇。”

他们拯救了天穹十二队，无意间让这十五年形成了一个时间锚，从而产生了气泡世界。可以说是因为他们，气泡世界产生了。它十分脆弱，依附着现实，只要他们离开它回到时间的锚点，它便会坍塌，重新开启另一个气泡，无法真正地衍生下去。

季雨时继续道：“汪部长的两份记忆其实不像我们这样，与其说是记忆，不如说是她了解到了另一个现实中的自己。汪部长在研究项目里选择的研究对象是自己，她不仅监测到了另一个自己，还对两个自己之间频率的不同进行了详细记录。或许这才是她精神状态不稳定的原因。”

那些凌乱的公式里，季雨时找到了一份非常有规律的数据。

汪部长详细地记下了她每次监测到的相同与不同，并试图将它们融合。

“另一个自己。”忽然，女声响起。

众人回头，可能是这句话造成了触动，只见原本表情呆滞的汪部长转向了他们，开口道：“那不是真的我，我会证明。”

安静的房间，静止的虚影，精神状态不稳定的女人，这一刹那所有人都觉得有些毛骨悚然。原来不仅是他们，每个世界的人都会认为自己才是真正的唯一。

时间不多了，宋晴岚开启模拟面孔才转身，问：“怎么证明？”

汪部长回过头，重新看着出现在沙发上的那道虚影，说：“找到关键点。”

众人沉默，这回答了等于没回答！

沉默的时间其实很短，因为季雨时立刻开口：“我知道了。”

除了季雨时与宋晴岚，屋子里其他人都是一脸震惊。

“你又知道了？”李纯要疯了。

“我和宋队在不久前被一个电话短暂地拉回了原来的现实。”季雨时见宋晴岚颔首，才继续解说，他滑动全息投影，让之前的两条波形线出现，“如果使用一个电磁波模拟程序，模拟一个月前我们与原本现实同步的电磁波，然后……”

他顿了顿，有些犹豫。

“然后打给那一天会接电话的人。”宋晴岚仿佛看穿了季雨时的大脑，接着他的话道，“并且是要打给在两个世界中都是唯一的那个人。”

汤其说：“但是季顾问说了，在两个世界中只有我们七个人是唯一的，这个电话怎么打？”

汤乐也点了点头，急于知道答案。

“这个‘唯一’不一定是和我们含义一样的‘唯一’，只要这个人在两个现实中的生活完全不同，绝对没有使用相同的号码就行。”宋晴岚说，“我们得确保这个电话拨出去不会被干扰，对吗，季顾问？”

季雨时点点头。

段文很快想到了：“那不是现成的？打给汪部长？”

李纯问：“文哥，你记得汪部长的电话号码？”

众人面面相觑，别说是领导的电话号码了，就算是最亲密的家人的号码，人们也不一定会去记。

季雨时却说：“我记得。”

所有人一惊，他们怎么就忘了队里还有个过目不忘甚至用不上手机通信录的季雨时！

季雨时话音刚落，楼下便传来了嘈杂的车声与人声。

宋晴岚快步走到窗前，拨开百叶帘看了看，说：“天穹来人了。”

“那我们走！”汤乐说，“现在就去找到老周，然后用模拟器打电话！！”

宋晴岚松开手指，百叶帘“哗啦”一下弹了回去，几秒后，他说：“不用找了。”

“哐——”

房间门被踹开，周明轩出现在门口，手中一把激光枪对着他们。

所有人怔住，这是什么意思？

面对枪口，宋晴岚丝毫没有动作，更谈不上惧怕。他只是沉着眼神，就那样看着最为信任的队友。

只听周明轩低声道：“宋队，对不起，我不打算回去了。”他把枪口偏了偏，示意道，“趁他们没上来，我掩护你们，快走。”

55.

周明轩没有要脱离这个世界的意愿，因此这个世界也不会阻拦他的行动。天穹七队的人都收到了紧急调令，但是看这情况，只有周明轩一个人回到了天穹。

有纷乱的脚步声传来，天穹派出了一支训练有素的小队，正在疗养院里四处搜寻为什么现实的重叠会以这里为源头。只有周明轩一个人知道原因是汪部长这个变量。

房间里没有一个人动，大家都看着周明轩与宋晴岚。

宋晴岚道："你觉得我们会让你留在这里？"

"是啊！"

"老周你是不是傻？"

"这里就是一个气泡而已，具体要怎么解释我也搞不懂，反正季顾问知道，难道你不相信季顾问？"

队友们七嘴八舌地说着，都急了，要他们放弃一名队友那是万万不可能的事。

周明轩沉默了几秒，道："我知道。"

他看向季雨时，问："季顾问，宋队在信息里说如果我们所有人都回到了原本的现实，这里就会重启，就像'衔尾蛇'中的循环一样。那如果我留下，这个现实是不是就可以继续下去了？"

季雨时即便戴着模拟面孔，也依旧是这一队成员里最好分辨的那一个。虽然模拟面容遮住了他的真实表情，但是他太能与此刻的周明轩共情了，因此，他无法对周明轩撒谎。

队友们充满期冀地看着他，希望他能打碎周明轩可笑的幻想，但季雨时还是如实回答了。他说："是。"

众人哑然，这个世界还有继续的可能？

"但是。"季雨时语速很快，冷静地说，"如果你不回去，那么我们回到那个'B'点就会少了一个你，你的朋友、战友，还有你生命里的其他人，从此以后都将失去你。天穹七队将会少了一个周明轩，七个人的队伍不再完整。这比队里的观察员老于受伤还可怕，因为，现在一时心软就让你沉迷在这个衍生世界的那种内疚，将会陪伴七队每个人的一生。"

季雨时说："气泡终究是气泡，你的遗憾短暂地被满足以后，终究会逝去，可是你的人生不会，到时候你一个人在这里要怎么办？除非，你的人生只为这一件事而存在。"

这是季雨时除了分析情况以外，第一次在众人面前一口气说这么多话，连周明轩都觉得错愕。

只有宋晴岚知道这段话是怎么来的，不过让宋晴岚没想到的是，那个"拉周明轩一把"的人不是他，而是季雨时。

这些话季雨时是在对周明轩说，其实也是在对自己说，他们都被这个气泡深深地诱惑过，他知道怎么带周明轩走出泥沼。

搜查声越来越近，宋晴岚上前一步，一把夺过了周明轩的枪，道：“少胡思乱想，管它会不会继续，你都不属于这里。总之，你必须跟着我们走，现在，立刻，马上！”

周明轩犹豫道：“宋队，我……”

汤其走过去，二话不说就揽住了周明轩的脖子，给他贴了个小圆片。新的模拟面孔覆盖了周明轩的脸，其他人拥上来，推着周明轩往外走。

一行人朝搜查者的反方向离开，刚出门就被搜查者喊住：“干什么的？过来登记！”

他们脚下不停，闷不作声地绕过几条长长弯弯的走廊。

宋晴岚推开消防通道，边走边说：“老段，电磁波模拟程序会不会写？”

作为控制员，段文答道：“会！”

宋晴岚问：“需要多久？”

段文拿走了汪部长的透明面板，那上面就有现成的数据，因此，他信心满满地回答：“几分钟。”

又下了一层，迎面碰到从楼下上来的天穹搜查者，双方都是脚步一滞。

来的竟然是这个现实中天穹三队的守护者，正好一个个全是熟面孔。

对方看见了宋晴岚手中的枪，为首的队长喊道：“站住！”

“跑！”

不知道谁喊了一声，众人掉头就跑。

三队不是吃素的，身手利落得和他们比起来半点不差。

疗养院不算宽敞的消防通道里，双方人马展开了追逐。

七队撞开了一扇又一扇消防通道的门，却发现每一层都已经被天穹的人在短时间内占领了。

好在没有人开枪，但宋晴岚知道，三队通过皮下通信器中公共频道的连接，早已通知了所有赶到疗养院的小队，打算把他们这一队可疑的陌生人瓮中捉鳖。

“我就知道，上回不该阴了他们的装备！”李纯骂道，“有报应的！”

“那回去以后把你那份吐出来！”

“做梦！”

段文吐槽："都换了个现实了，他们怎么还老是随便出外勤？也太没有档次了吧！"

吐槽归吐槽，众人心里都很清楚，这种情况下怕是这个现实里江城分部的所有人都出外勤了。不仅是天穹，从窗户望去，还能看见疗养院楼下乌泱泱的一片人头——有许多人被这里的重叠与天穹的动静吸引，将这里围得水泄不通。

警报声、人声、直升机的声音嘈杂无比，七队插翅难飞。

"分开走？"汤其问，"找个地方集合！"

"不准分开走。"宋晴岚猛地推开一扇新的门，"全都给我跟上！"

这是一个疗养院自带的娱乐影音室，除了许多像被按了暂停键、清晰真实却又静止不动的人影，里面并没有活人。

宋晴岚道："就在这里了！"

队友反锁门，段文不用宋晴岚命令就立即拿出透明面板放上桌，开始疯狂地写程序。几分钟而已，只需要几分钟。

大家安静下来，影音室里一时间只剩下段文敲击全息键盘时发出的模拟音效——他连静音都顾不上开了。

所有人都清楚，只要段文写好程序，一个电话拨出去，他们就将回到原本的现实。六人将段文团团围住，神色紧绷，成败在此一举，他们要与这个气泡世界割裂。

"等一等。"沉默中，汤乐忽然开口，"我想给妹妹打一个电话。"

所有人都愣住了。

汤乐眼睛红了，说："就算我不属于这里，这里是个气泡，我也想打给她……以后，我们就没有妹妹了。"

汤其用手撸着汤乐的板寸头，跟撸狗似的，也红了眼睛。

李纯已经摸出了手机，道："我也……那什么，好歹一段情，分手不当面说已经很渣男了。"

全息投影上，代码在自动生成。段文敲下最后一个字，靠在椅背上捂住了眼睛。

他是个三十几岁的大男人了，却也无法割裂在这里享受过的父女亲情，他那个忽然冒出来的女儿，从此以后他再也无法看见了。即便他将来有一天生儿育女，也不可能还会是现在这一个。

周明轩一个人坐在远处，不知道在想什么，也是摩挲着手机，神情晦暗不明。

季雨时靠着窗前的一张桌子，阳光从他的侧面照下，将他白皙的皮肤照射得几乎透明。他没有手机，没有多出来的可以留恋的东西，只是垂着眼皮，不知道在想什么。

“宋队。”李纯问，“你在这里有什么变化？”

所有人都抬起了头，朝宋晴岚看去。

两个现实中的记忆重叠，每个人都有双份记忆，却想不起来宋晴岚在两个现实中到底哪里有所不同。

宋晴岚双手抱着手臂，斜靠着高台，长腿着地。

他英气的双眼中一片深沉，开口道：“早上八点，我爸没有在去哪个地方开会的飞机上，竟然还坐在家里悠闲地喝茶，这个算改变吗？”

季雨时也看向了宋晴岚，他也没有听宋晴岚说过关于改变的事。也就是说，宋晴岚的生活在两个现实中几乎没有改变，他没有什么遗憾，也没有什么想要改变，他把自己的生活把控得非常完美，分毫不差。

一个没有欲望也没有遗憾的人是无懈可击的，宋晴岚强大的内心与精神状态或许正来源于此。

短促的提示音响起，全息投影上，模拟程序完成了。模拟出的电磁波频率与另一个现实的完全同步了，只要他们连接手机，拨打出那个唯一的电话号码，一切就会终结。

季雨时离开窗前，从宋晴岚手中拿过手机连接模拟器，正要输入号码。

这时，“轰隆隆”的巨响传来，众人俱是脸色一变。影音室的门陡然巨震，是这个世界的人使用了破门器，只需要再撞一下，那门就会轰然倒塌！

“快过来！围拢！”

“快快快！”

又是“轰”的一声，地板都在震动。那一秒被拉得很漫长，段文关闭投影后，宋晴岚的一声“别动”仿佛与那声巨响同时响起。

厚重的大门“哐当”倒地，在空中掀起了一片尘埃。数十名天穹守护者站在门口，荷枪实弹，看着影音室里一片静止的人影。

两个现实的重叠从疗养院起，这里的虚影已经不能用“虚影”来形容，所有来自另一个现实的人除了静止以外，看上去都和他们没有什么区别。

在这些守护者眼中，这个影音室里好像没有活人。

“下一个房间！”有人说道。

他们鱼贯而入，按规定在这里的墙上贴好检测仪器，再迅速扫了一眼，就打算去下一个点。

突然，有人出声道：“等等。”

在那些身穿黑色作战服的守护者中，有人走了出来。

那是一个非常年轻的男人，作战服胸前写了个“9”字。他身材瘦削，皮肤白皙，长了一双桃花眼，背着一把与宋晴岚差不多款式的霰弹枪。

疗养院外人声鼎沸，走道上有守护者在奔跑，媒体的呼喊、警笛的鸣叫，都昭示着这个世界已经大乱。

那个年轻的男人在宋晴岚面前停住了脚步，一双桃花眼紧紧盯着这张陌生的、平平无奇的面孔。然后，他脸上浮现了一个微笑，开口道：“告诉齐部长，我们宋队有些调皮，爱玩躲猫猫，能不能从轻发落？”

霎时间，落针可闻。

倒数第三步，季雨时的手在口袋里按下了最后一个数字键。

年轻男人抬起手臂，手指伸向宋晴岚这张陌生面孔的耳后，探向那枚隐蔽的小圆片。

倒数第二步，季雨时突然开口：“宋队。”

七队众人同时动作，一个接一个拉住队友的手。

年轻男人后退，“唰”的一声，包围着他们的守护者齐刷刷地举枪。

最后一步，被枪口对准，季雨时按下了通话键。

“嘟——”

守护者们逼近。

“嘟——”

在众人的簇拥下，换上劲装的齐部长大步走了进来，两鬓斑白，风姿不减当年，一如在“卡俄斯”初见。

“嘟——”

疗养院开始巨震，从天花板到四周的墙壁都晃出了虚影，世界开始崩塌。

人们惊慌失措，但现实与现实之间犹如有了一层厚厚的隔膜，所有的声音都听不见了。

冥冥中，一切自有注定。

“喂？”熟悉的中年女声在电话听筒里响起。

【警告！警告！您已偏离目的坐标！您已偏离目的坐标！】

胶囊舱的巨震中，季雨时紧紧抓住安全椅扶手，连嘴唇都变得苍白了。眼前红光闪烁，他知道他又回到了跃迁的那一刻，回到了所谓的“B”点，回到了属于他们的现实，回到了他们在第三指挥中心出发后的第三秒，也回到了那一场完美的时空劫持中。

【检测到非法跃迁！】

【检测到非法跃迁！】

听得耳朵起茧的警报声并不能引起季雨时的半点情绪波动，他干脆闭上眼睛，等待那眩晕与耳鸣散去，让自己不至于吐在自己的胶囊舱里。

不知道过了多久，可能只有几秒，但对季雨时来说漫长得如同好几个小时。意料中胶囊舱降落的情形没有出现，等一切安静下来，他再睁开眼睛的时候，入目是一片蔚蓝的天空。

阳光正好，潮湿的风吹动着视野上方的树叶，附近传来人们的嬉笑声。

季雨时坐起身来，发现他躺在海滩的躺椅上，前方十几米外就是蓝色大海。海水拍打着沙滩，偶尔有海鸟飞过。海滩上有小孩在抱着滑板捡贝壳，穿着泳装的游客们来来往往。

一时间，他有些恍惚了。

这里很像他高中毕业旅行时，一个人去过的那个海滩。

不对，这里就是那个海滩。他低头，看见自己身穿那时候的衣物，手腕上却多了一个不属于那时的黑色通信器，这提示了他，他不是在做梦。

通信器上有一条未读消息，季雨时点开了全息投影。

【欢迎，季雨时，欢迎回到天穹。】

季雨时想都不用想，就知道这条信息来自“所有时代意义上的天穹”，只有它才有这种以假乱真的本事。

【恭喜，您完成了新的A级任务——卡俄斯。】

季雨时皱起眉头，这个意思是……“卡俄斯”的任务直到现在才开始结算？

【恭喜，您触发了衍生任务，评级为S。】

【任务模式：我是谁。】

【任务规则：无。】

【任务目标：无。】

【恭喜，您完成了衍生任务——我是谁，即将解锁下一个任务。】

季雨时心想，这是把气泡世界当作衍生任务，然后积攒到一起来结算了？

“这是哪里？”他问。

语音系统开启，天穹温和的女声道：“经过系统升级，这是我为您量身定做的时空中转站，您可以在这里休息、训练，以及用餐。我有丰富的物资储备，建议您使用后再进行下一个任务。”

季雨时继续问：“其他人呢？”

天穹回道：“其他人也在为他们量身定做的时空中转站里，您需要跳转至其他人的中转站吗？”

季雨时毫不犹豫地道：“是。”

天穹继续说：“请选择跳转对象，宋晴岚、周明轩、段文、汤其、汤乐、李纯。”

海风徐徐。

季雨时躺回躺椅上，思考了很久才说：“宋晴岚。”

（未完待续）